TABLE

LIVRE PREMIER

Mélasse et sucre blanc

LIVRE DEUX

Sucre brut et sucre roux

LES FAMILLES DUGUID ET JOHNSTONE

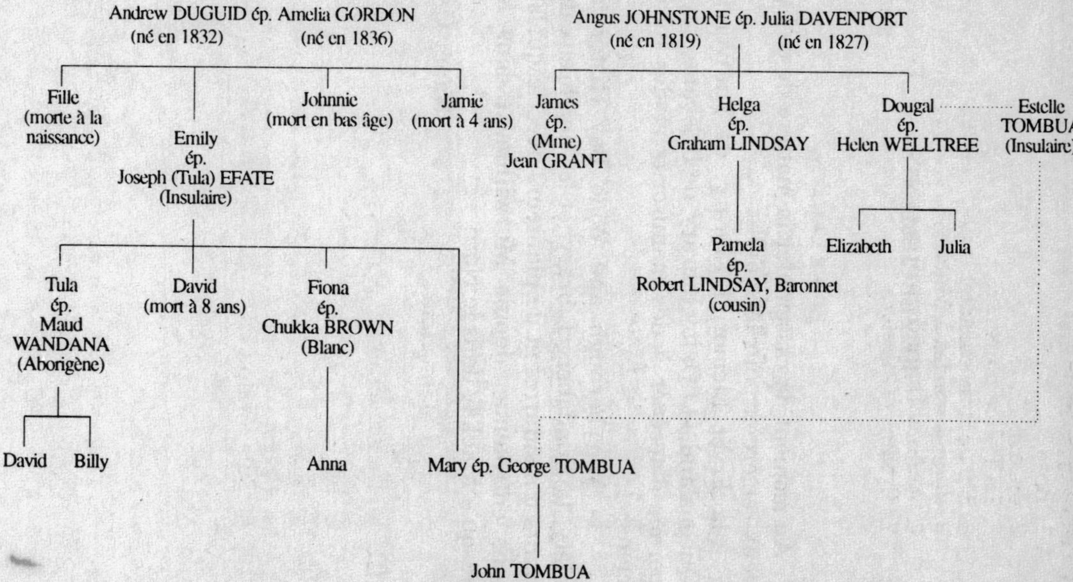

REMERCIEMENTS

Au moment de rassembler la matière de ce livre, je veux remercier pour leur aide :

– la Fryer Memorial Library, de l'université du Queensland, et l'Oxley Library, de Brisbane, qui m'ont permis d'accéder à des manuscrits et des livres anciens,

– la Maryborough and Wide Bay Historical Society, la Bundaberg Library, et les nombreux descendants d'insulaires et de planteurs avec lesquels je me suis entretenue, depuis Murwillumba dans le Sud jusqu'à Mackay dans le Nord.

Nancy CATO.

Le *premier blanc* est un sucre aux très beaux cristaux limpides et purs ;

Le *second blanc*, bien que moins translucide, ne comporte aucune impureté, c'est un sucre de premier choix ;

Le *premier jaune*, aussi pur, d'une bonne cristallisation, est apparemment un sucre aussi parfait que possible ;

Le *second jaune* est un excellent sucre à usage domestique, très éloigné du

sucre brun, qu'on donnait à manger aux Canaques.

(Extraits d'un rapport sur la qualité de la production sucrière en 1890 à Bundaberg, Queensland.)

N.d.T. Ces noms, propres à l'Australie à la fin du siècle dernier, ne coïncident guère avec les catégories françaises traditionnelles. Si le *sucre brun* correspond à l'appellation de « mélasse » et le *second jaune* à celle de « cassonade » ou « sucre roux », le *premier jaune* est à rapprocher de notre « sucre blond ». C'est l'étape ultime à la sortie de la sucrerie, les autres n'étant obtenues que grâce au blanchissage qui s'effectue dans la raffinerie, et qui débouche sur les appellations « sucre terré », « sucre royal »...

LIVRE PREMIER

Mélasse et sucre blanc

I

L'OCÉAN PACIFIQUE

1. Le navire

Par une matinée azurée, la goélette *Jason* s'engagea dans l'ouverture du récif qui abrite l'île de Lifou, la plus grande des îles Loyauté, près de la Nouvelle-Calédonie. Il était sept heures. Sur le pont la température avoisinait trente degrés, et la mer devait être presque aussi chaude. Une houle indolente, qui avait traversé le Pacifique sur des milliers de kilomètres, se brisait en une frange laiteuse sur l'arête émergée des barrières de corail. Chaque creux de vague révélait un vert translucide, recouvert peu après par l'écume blanche...

Les bords de la passe qui défilaient de part et d'autre ressemblaient à de gigantesques mâchoires. La goélette s'était laissé ballotter toute la nuit au large, en attendant que l'aube permît de repérer la meilleure approche de l'atoll. La coque aurait aisément heurté l'un des crocs de cette gueule au sourire menaçant.

Le navire progressait maintenant dans une zone calme et plate, dont la surface bleue était striée çà et là par les crêtes des vagues parvenues à franchir la barrière de corail. Face à une plage sablonneuse d'un blond éblouissant, on amena la grand-voile. L'ancre s'enfonça dans une eau verte et limpide, pareille à l'émeraude. Les membres de l'équipage attendirent alors que les pirogues des insulaires surgissent pour les accueillir.

Bien qu'il fût d'usage dans les îles de garder son fusil chargé, on ne redoutait ici aucune agression. Le village avait été évangélisé depuis de nombreuses années ; une mission presbytérienne basée en Australie y avait pris le relais de la Société des missionnaires de Londres.

On ne percevait à terre d'autre mouvement que les effets de la brise sur les palmes des cocotiers, ondoyant en signe de bienvenue à l'adresse des arrivants. Le capitaine John Coath, commandant du navire, homme ordinairement peu anxieux, scrutait la plage déserte avec impatience. Il aurait dû imaginer quelque chose pour attirer l'attention des indigènes. Mais un sentiment confus le rivait à son poste.

On eût dit que le temps s'était immobilisé. Les eaux vertes, le sable d'or pâle et le ciel outremer devant lequel se balançaient des palmiers paresseux semblaient témoigner, en silence mais avec insistance, d'un ordre éternel, indépendant de la présence de l'homme.

Le commandant se retourna brusquement, rompant le charme hypnotique de ce rivage hospitalier. Il appela d'une voix rude :

– Irving !

Son second, un Anglais aux yeux bleus, glissa la tête hors de l'écoutille. Une épaisse barbe sombre encadrait sa face rougeaude. L'équipage, composé de Canaques issus d'autres îles de la Mélanésie, demeurait accoudé au bastingage avec nonchalance.

– Irving, reprit le commandant, faisons le « coup des missionnaires ». Mettez votre chapeau noir et prenez quelques livres qui serviront de bibles. J'enfilerai mon ciré blanc, on arpentera le pont en chantant des cantiques. Ça devrait les attirer.

Depuis des années, les commerçants en bois de santal qui fréquentaient les îles Loyauté étaient devenus les ennemis jurés des missionnaires en place. Ces derniers s'acharnaient à dissuader les villageois de travailler à leur service, et les femmes de s'offrir à eux. Loin de s'intéresser au bois de santal, ces nouveaux venus recherchaient en fait de la main-d'œuvre, des jeunes hommes vigoureux qu'ils enverraient travailler la canne à sucre dans les récentes plantations de la colonie australienne du Queensland.

John Coath et son second se mirent à parcourir le pont de long en large, chacun tenant un livre ouvert. Ils psalmodiaient à tue-tête et levaient fréquemment les yeux au ciel. Un fou rire gagna l'équipage à la vue de cette étrange conduite.

Irving avertit son commandant, sans quitter sa fausse bible du regard et sans cesser de chanter :

– Regardez, je crois qu'ils arrivent !

Un murmure diffus parmi les matelots incita le commandant à glisser le regard vers le rivage. Il vit plonger les premiers insulaires. A l'aise comme des poissons dans l'eau, ils nageaient vers le navire en apportant des cadeaux : des noix de coco et des ignames enfilées sur des bâtons qu'ils poussaient devant eux. Des pirogues emplies de jeunes hommes enjoués, musclés comme des athlètes, les suivaient ; des fleurs décoraient leurs épaisses chevelures noires et des colliers de coquillages pendaient à leurs cous. Ils s'étaient noué un simple sulu autour des reins, sans doute par respect pour la pudeur de l'épouse du missionnaire.

Ils pagayaient vigoureusement. Irving apprécia d'un œil expert les muscles saillants qui roulaient sous leurs peaux luisantes. Ces hommes rapporteraient une belle somme – au moins six livres sterling par tête – sur le marché du travail au Queensland.

Plus ils approchaient et plus ils faisaient de grands gestes en riant.

Les missionnaires leur avaient tellement dit de prendre garde aux hommes blancs qui abordaient qu'ils s'étaient cachés à l'approche de la goélette. Le révérend Duguid, responsable de la mission, étant en déplacement sur une autre île, ils avaient redouté un danger. Mais il semblait s'agir d'un *bateau à missionnaires* : puisqu'on distinguait une silhouette d'ecclésiastique sur le pont, tout allait bien.

Dès qu'on les accueillit à bord, les indigènes se répandirent dans tout le navire. Ils parlaient entre eux d'un débit rapide, avec des voix graves entrecoupées d'éclats de rire enfantins, touchaient tout ce qui passait à portée de leurs mains, prenaient tout ce qu'ils pouvaient soulever. Certains s'acharnaient sur les clous en laiton enfoncés dans la menuiserie. Ils enfouirent dans leurs sulus ou accrochèrent à leurs cheveux les paquets de tabac qu'on leur remit en remerciement des ignames et des noix de coco. Ceux qui avaient appris l'anglais s'exprimèrent en « pidgin », une sorte de petit-nègre :

– Vouloir plus ignames ? Vous acheter ignames ? Vous avoir beaucoup couteaux, beaucoup clous ?

Tandis que le commandant assurait son autorité en arborant un pistolet à sa ceinture, son second leur indiqua que la soute renfermait toutes sortes d'articles intéressants : des tissus chatoyants, des billes de verre, des miroirs, des clous et des tomahawks en acier. Les insulaires avides et insouciants du danger dégringolèrent la rudimentaire échelle de bois. Ils plongèrent les mains parmi les marchandises qui excitaient leur curiosité puérile.

L'échelle fut hissée en douceur vers le plafond de la soute et disparut. Le local s'assombrit brusquement, un bruit sec résonna au-dessus des têtes. Les hommes relevèrent les yeux : ils étaient piégés. Les écoutilles furent rapidement cadenassées. Les prisonniers entendirent avec frayeur le navire appareiller, la chaîne de l'ancre s'enrouler, les voiles se hisser, l'eau glisser contre la coque. Un hurlement de rage et d'angoisse jaillit de leurs gorges. Ils étaient coincés comme un vulgaire gibier.

Le *Jason* offrit sa grand-voile à la brise et s'orienta vers l'ouverture de l'atoll. Sur la plage, les femmes du village virent dériver les pirogues vides. Le navire inconnu s'éloignait. Celles qui s'étaient lancées à l'eau derrière les embarcations, où elles n'étaient jamais admises, se mirent à nager désespérément, implorant leurs hommes de revenir. Certaines suivirent la goélette durant trois kilomètres, après quoi, prises par la marée au-delà du récif, elles furent trop fatiguées pour lutter contre le courant. On ne les revit jamais.

Un seul insulaire, Tanua, se trouvait sur le pont quand on ferma les écoutilles. Il tentait d'extraire un clou enfoncé dans les bordages. Quand il remarqua le départ du navire il courut vers le bastingage et se jeta à l'eau en plongeant assez profondément pour ne ressortir qu'à distance respectable. Mais les Blancs guettaient sa réapparition. Le second s'empara d'une longue gaffe de bois prolongée par un crochet métallique qu'il lui enfonça dans la joue. Il le harponna comme un gros poisson, le tira et le hissa sur le pont. L'indigène se débattait en perdant son sang. Sa douleur, déjà atroce, redoubla d'intensité quand on lui arracha le crochet. Par une écoutille, ouverte depuis qu'on était en pleine mer, on le précipita dans la cale au milieu de ses semblables.

Il y retrouva Wamu, un fils du chef. Un missionnaire l'avait baptisé sous le nom de Taniela, ou Daniel.

Etre victime du traquenard des hommes blancs rendait Wamu furieux. Il se sentait d'autant plus humilié qu'il avait pris l'initiative de dire : « Regardez, ils sont amis, ils sont missionnaires, ils lisent le Bon Livre et chantent des cantiques. Allons les accueillir avec des fruits. »

Heureusement les insulaires dont les épouses et les sœurs avaient nagé à leur poursuite n'avaient pas assisté à leur noyade. Dans un premier temps ils s'assirent en silence, effrayés, trop abasourdis pour s'insurger. Quand le navire se mit à s'agiter sous l'effet de la houle de haute mer, lamentations et protestations s'élevèrent. Où allaient-ils, et pourquoi ?

Ils savaient que des brigands volaient parfois les

femmes dans les villages. Mais comment imaginer qu'ils raviraient des jeunes hommes vigoureux pour les emmener au loin, et, qui sait, les empêcher à jamais de revoir leur île merveilleuse ?

L'obscurité leur fit perdre le sens de la durée. Leurs excréments commençaient à empuantir l'air. Ils recevaient pour toute nourriture du riz bouilli et une maigre ration de légumes. A la première tempête, la nausée qui les gagna s'ajouta à leurs souffrances. L'eau suinta à travers les planches vétustes de la coque. Ils furent pris de panique.

Sept d'entre eux devinrent presque incapables de manger, et ils ne gardaient pas assez longtemps ce qu'ils avalaient pour être nourris. La dysenterie acheva de les affaiblir. La plaie de Tanua, l'homme à la joue arrachée, s'infecta. Il fut terrassé par la fièvre et mourut le premier.

Les hurlements qui s'élevèrent de la soute au constat de son décès attirèrent l'attention des Blancs. On descendit l'échelle et on autorisa deux prisonniers à sortir pour évacuer le cadavre. Les autres restèrent sous la menace des fusils. Sans la moindre cérémonie, le mort saisi par la tête et par les pieds fut jeté pardessus bord en pâture aux requins. Un, deux, trois, floc !

Tout autour, le bleu serein du Pacifique, profond, presque violet, s'étendait sans le moindre filet blanc. Le mauvais temps s'était éloigné, laissant pour tout relief une succession de renflements d'une soyeuse luminosité, fendus transversalement par la course du navire. Aucune île, aucune brume de terre ne rompait la platitude de l'horizon.

L'effroi paralysa les deux Mélanésiens debout sur

le pont, accoutumés à ne jamais perdre de vue leurs côtes natales.

– Vous, mes gaillards, vous allez travailler dans une île avec hommes blancs.

Celui qui venait d'intervenir parlait en chef. Sa barbe noire rendait encore plus rude son visage rubicond. Ses yeux perçants, du même bleu que l'océan, étincelaient avec autant de froideur que deux billes de verre.

– Etre quelle île ? demandèrent-ils, stupéfaits.

– Queensland, grande île. Très bon endroit, beaucoup *kaîkaî*, beaucoup tissus, chemises, pantalons, tomahawks. Vous travaillez trois ans là-bas et on vous ramène chez vous. Vous avoir fusils, couteaux, chemises, pareils chefs blancs.

Les regards des deux autochtones s'illuminèrent.

– Trois lunes ? Vous ramener nous sur île après trois lunes ?

– Oui, c'est ça. Trois ans.

Irving n'hésita pas à mentir. Il ne se voyait pas apprenant le calendrier à ces nègres.

Le capitaine Coath jugeait préférable de « laisser ces pauvres imbéciles prendre l'air du large sur le pont », maintenant qu'ils ne risquaient plus de rejoindre une terre. Mais Irving demeurait circonspect. Il les trouvait plus tranquilles là où ils étaient, malgré les gémissements et la puanteur qui s'échappaient par les écoutilles. Il avait trop vu des « ruses » de Canaques débouchant parfois sur l'assassinat d'équipages entiers. Il demanda tout de même qu'on leur permît de sortir, uniquement par groupes de deux ou trois, eu égard à leur santé, vu que chaque mort signifiait un manque à gagner de six livres à Maryborough.

Trois autres cadavres durent être jetés à la mer. Un jour on perdit même un homme en parfaite santé. Au cours d'une sortie réglementaire il poussa soudain un hurlement d'enragé et enjamba le bastingage. Furieux de voir à l'eau une partie de son bénéfice, le commandant s'écria :

– Amenez la grand-voile ! Repêchez ce timbré !

Le temps de descendre une chaloupe, l'insulaire nagea si vite que sa tête ne ressembla plus qu'à une noix de coco à la dérive. Puis elle disparut aux yeux de l'équipage. S'était-il laissé couler, victime de son épuisement ? Ou bien des requins attirés par les cadavres abandonnés suivaient-ils le navire ?

Les marins eurent beau ramer un long moment dans différentes directions, ils n'aperçurent aucun indice. On jugea inutile de gaspiller son temps pour un seul homme. Plus tôt on déchargerait au port la cargaison humaine, plus nombreux seraient les survivants. Le commandant Coath ordonna à la chaloupe de revenir. La goélette reprit sa route.

2. Les insulaires

Joseph Efate, né sous le nom canaque de Tula, s'assit dans un angle de la soute, sur un amas de métaux qui lestait le navire. Il évita de respirer profondément pour résister aux miasmes ambiants. Il se persuada qu'il était en train de rêver, qu'il allait se réveiller au cœur de son village, dans la case des hommes. Allongé sur une douillette natte en feuilles de pandanus, il humerait l'air délicatement parfumé par les palmes entrelacées, rafraîchi par la brise soufflant à travers les interstices des murs.

Joseph et ses amis avaient entendu parler des « attrapeurs », bien qu'ils ne fussent encore jamais venus dans leur village. On les craignait moins que les « massacreurs », en quête de têtes humaines pour les revendre aux chasseurs de têtes du Nord et de l'Est. Ces brigands utilisaient de terribles armes à feu qui détruisaient des villages entiers. Ils lançaient de gros rochers sur les pirogues qui les approchaient pour leur proposer un commerce amical, et tiraient sur celles qui tentaient de fuir.

Bien qu'âgé de quinze ans, Joseph possédait une constitution robuste et précoce et se considérait déjà comme un homme. Le jour où il s'était fait enlever, sa nature prudente l'avait incité à se cacher dans un bosquet de pandanus et d'arbres à pain jusqu'à ce que les autres lui assurent qu'ils n'apercevaient aucun de ces « bang-bang » capables de transpercer une hutte. On avait en revanche remarqué deux hommes blancs lisant le Bon Livre et chantant des cantiques... Ainsi le village avait-il mis les bateaux à l'eau en toute confiance.

Aujourd'hui, Joseph s'efforçait de ne pas succomber à la mélancolie ni à la folle envie de s'ébrouer dans une cascade limpide, capable d'étancher sa soif et de le débarrasser de la puanteur collée à sa peau. Il laissa ses pensées remonter le temps jusqu'à l'époque des premiers missionnaires arrivés sur son île.

Les villageois avaient bien sûr déjà vu des hommes blancs. D'abord les commerçants en bois de santal : ils avaient donné au chef Louela un chapeau haut de forme à porter avec son collier de dents de marsouin, ainsi que de grosses perles de verre et des miroirs, cassés depuis lors. Puis ils étaient repartis avec quelques-unes des plus jolies filles de l'île. Ensuite étaient venus les missionnaires des Samoa et ceux de la Société des missionnaires de Londres. La plupart d'entre eux s'en étaient retournés, découragés de ne pas parvenir à faire cesser les guerres ni les mœurs cannibales des insulaires.

Le jour où *Missié* le révérend Duguid, comme il disait s'appeler, débarqua pour leur en apprendre davantage sur le grand Dieu des Blancs et son fils Jésus, ils commencèrent par se méfier. Une fois la chaloupe du pasteur parvenue sur la plage, ils le laissèrent grimper le sentier de corail, mais derrière les buissons une dizaine de flèches étaient pointées vers sa poitrine.

Un villageois remarqua alors une autre silhouette, restée dans la chaloupe avec des matelots indigènes : une Dame blanche. Selon des rumeurs non vérifiées, les étrangers venaient d'une grande île à l'ouest, très riche, très peuplée, mais où il n'y avait aucune femme.

L'homme traversa la plage avec assurance. Les villageois reconnurent le livre noir qu'il tenait sous son bras : une bible, le Bon Livre que leur avaient présenté autrefois les missionnaires. *Missié* Duguid, coiffé d'un casque colonial blanc, portait une longue barbe dorée par le soleil.

Tous les indigènes se précipitèrent pour l'accueillir.

Ils furent d'abord très intrigués par la Dame blanche. Certains soulevèrent sa longue jupe afin de regarder ses jambes. Mais elle poussa de tels cris et *Missié* Duguid sembla si furieux que personne ne recommença.

Bercé par ses souvenirs, Joseph oubliait la soute surpeuplée et les gémissements des malades : Tula, l'adolescent, nageait dans la petite lagune aux flots transparents, presque entièrement enclose par le corail qui en interdisait l'accès aux requins et aux reptiles marins.

Tula glissa dans l'eau, les yeux ouverts. Les rayons du soleil traçaient sur le fond sablonneux un filet dansant aux mailles luisantes. Une tache sombre, à quelques mètres, révéla un banc de jeunes harengs. A peine le nageur eut-il tenté de s'en approcher qu'ils se dérobèrent tous en un même mouvement. Il lança parmi eux un petit morceau de corail : le banc se scinda en deux pour se reconstituer plus loin. De l'ombre de Tula jaillit un poisson turquoise, aussi brillant qu'une pierre précieuse. Dans une crevasse du corail une pieuvre déroula ses tentacules, suffisamment petits pour être inoffensifs, trop gros pour être comestibles. L'adolescent remonta à la surface. Il secoua la tête pour chasser l'eau de ses cheveux crépus et tourna les yeux vers la côte, à une vingtaine de mètres de lui.

Sur la plage jouaient les deux enfants dont on lui avait confié la garde. La fillette riait en regardant ruisseler entre ses doigts le sable fin et étincelant, tandis que le petit garçon creusait et sculptait la dune avec un sérieux et une concentration que Tula n'aurait pas manifestés à son âge.

Deux bébés blancs et potelés, à la peau tendre, délicieusement dorée par le soleil des Tropiques. Leurs cheveux, d'un blond presque blanc, souples comme la plus fine fibre de noix de coco, ne cessaient d'émerveiller Tula. Tous les autres enfants qu'il connaissait possédaient une chevelure noire et crépue.

La fillette faisait couler du sable sur la tête de son petit frère, qui s'évertuait sur ses constructions fantaisistes. Le bambin la frappa. Elle hurla et lui renvoya sa gifle. Tula se hâta de revenir vers eux pour les gronder.

– Em'ly ! Pas bagarre Jamus. Si pas gentille, Joseph dira à votre maman !

Elle plissa les yeux dans sa direction et ses larmes firent place à un sourire ensorceleur. Elle essuya sans hâte le sable collé à ses mains. Il ne la dénoncerait pas, il était son esclave, rétribué pour veiller sur sa sécurité, la prendre sur son dos quand elle était fatiguée ou bien quand elle devait franchir des rivières boueuses ou de tranchantes crêtes de corail.

Sa mère, très occupée à relier des livres de cantiques et à transcrire des prières en dialecte local avec son mari, savait qu'elle et son frère ne couraient aucun risque en présence de Tula. Comme le révérend accomplissait de nombreux voyages à travers l'archipel des îles Loyauté ou celui des Nouvelles-Hébrides, Tula prit en charge la petite famille dès l'âge de douze ans. Il dormait dans la maison, sur le parquet, pendant les absences de M. Duguid.

Tula revoyait dans son rêve le jour où Emily avait exploré l'antre d'un crabe, son petit bras rose et dodu enfoncé tout entier dans le trou. Soudain, un hurlement de douleur : l'occupant des lieux, toujours en quête de nourriture, lui avait pincé un doigt.

L'adolescent l'avait prise sur ses genoux pour la consoler et sucer son index endolori. Il n'avait pas recraché le sang perlant sur la blessure, il l'avait bu. Ce sang n'était ni blanc ni bleu, contrairement à ce qu'il s'était imaginé d'après la couleur des veines courant sous la peau translucide de la fillette. Boire le liquide magique d'où l'homme blanc tirait sa force, sa *mana* !

Mana ! Le cri que les hommes poussaient à l'unisson quand s'ouvrait la cérémonie où on buvait le *kava*... Tula se rappelait les villageois parés de feuilles et de fleurs d'hibiscus, il réentendait le long rituel des questions et des réponses, le sourd battement des mains. Trop jeune à l'époque pour participer, il épiait dans l'ombre le déroulement des soirées.

Les missionnaires désapprouvaient l'absorption de *kava*. Ils obligeaient les hommes à enfiler un sulu et les femmes à masquer sous de longues robes leurs silhouettes simplement ornées de colliers de coquillages et de ceintures d'écorce. Les tissus étant constitués d'écorces battues, la confection de vêtements prenait beaucoup de temps et on ne s'en servait d'ordinaire que pour habiller les chefs ou décorer les maisons.

De grandes festivités marquaient les anniversaires du fils aîné du chef. D'après ce qu'on avait rapporté à Tula, avant l'arrivée des Blancs le garçon examinait les prisonniers de guerre et choisissait le plus charnu pour son repas. Ce plat fut ensuite remplacé par un cochon rôti, accompagné d'ignames et de bananes. Chants et danses succédaient au dîner. Le rythme lancinant des battements de tambour échauffait le sang au point que les jeunes filles étaient sûres de se trouver un compagnon pour « passer la nuit sous les palmiers », selon l'expression consacrée.

Ce fut lors d'une de ces nuits que Tula mit pour la première fois sa virilité à l'épreuve. Auparavant il préférait pêcher sur la barrière de corail que jouer avec les filles. Elles gloussaient en se jetant au cou des garçons et lançaient de mystérieuses plaisanteries qui se terminaient invariablement par un fou rire. Tula était heureux de se vouer à la demeure du missionnaire, où les filles n'osaient pas le poursuivre. Seule Susanna, qui travaillait sur place, lui adressait parfois des regards provocants, inattendus chez une personne aussi hautaine.

– Tu veux une banane, Tula ? lui disaient certaines.

Leurs camarades renchérissaient aussitôt :

– Oh, il n'en veut pas, il en a déjà une grosse. Elle est de bonne taille, n'est-ce pas, Tula ?

Les filles pouffaient de rire et se tombaient mutuellement dans les bras tandis qu'il s'éloignait en hochant la tête.

Sa mère mourut au cours de la grande épidémie de rougeole, la première, alors qu'il était encore bébé. La seconde épidémie fut pire, elle chassa une grande part de la population vers Tanna, la plus proche île des Nouvelles-Hébrides. Un pasteur les y menaça de la peste céleste s'ils ne rebroussaient pas chemin. Sur l'île d'Erromanga, les habitants se soulevèrent et assassinèrent les missionnaires blancs, dont le dieu avait envoyé la maladie.

Sur Lifou, les Duguid virent les flammes détruire leur maison. Le révérend Andrew punit les auteurs de l'incendie de trente coups de fouet, et les contraignit à lui reconstruire un bâtiment, plus confortable, en blocs de corail assemblés à la chaux. Il réquisitionna les meilleurs spécialistes du tressage de palmes pour en confectionner le toit.

Le pasteur et son épouse continuèrent à vaquer à leurs occupations, avec un calme et un sang-froid qui suscitèrent l'admiration générale. Joseph Tula avait toujours été fasciné par ces Blancs, et particulièrement par leur premier garçon, Johnnie, mort depuis lors.

Ils avaient eu auparavant une petite fille, mais elle était morte quelques heures après sa naissance. Johnnie, robuste et vigoureux, donnait des coups de pied à son berceau dès qu'on l'installait sous le soleil matinal qui baignait la véranda.

Tula passait des heures et des heures à surveiller le bébé qui jouait avec ses petits poings potelés, jusqu'à ce que Mme Duguid le chassât. Mais après la mort de Johnnie, l'épouse du révérend surprit un jour le regard embué de larmes qu'il tournait vers le berceau vide. Une affection réciproque les lia désormais, et Tula fut presque considéré comme un membre de la famille.

Reverrait-il jamais Mme Duguid, la petite Emily et le petit Jamus ? se demandait-il aujourd'hui, prostré au fond de la soute puante du navire d'esclaves.

Johnnie, sûrement pas, puisqu'il était enterré sous un palmier, au sommet de l'île.

Tula se souvenait du diagnostic prononcé par Mme Duguid :

– Dysenterie. Il se déshydrate, avec cette chaleur !

M. Duguid avait recommandé à son épouse de donner à leur enfant du lait de noix de coco, n'importe quoi, pourvu qu'il continuât à boire quelque chose. Le petit, tantôt écarlate, tantôt livide, devenait trop faible pour avaler la moindre boisson et dépérissait. Autrefois potelé et bien portant, Johnnie n'avait plus que la peau sur les os. Dans son crâne que la maigreur rendait démesurément grand, ses yeux enfoncés, énormes, lui donnaient l'allure d'un vieillard sage et solennel, conscient de son destin.

Tula avait regardé le cortège funèbre emporter le

petit cercueil artisanal au sommet de la colline. Mme Duguid ne l'avait pas accompagné. Elle était restée dans la pénombre de sa chambre, le visage tourné vers le mur.

Cette épreuve semblait l'avoir éloignée d'Emily, sur laquelle Tula dut veiller très souvent. Selon son habitude, M. Duguid faisait la tournée de ses paroissiens et parcourait l'île d'un bout à l'autre, jusqu'au-delà du lagon. Parfois il s'embarquait pour de longs voyages sur la goélette de la mission.

Sa femme ne lui parlait plus que rarement. Elle lui reprochait d'avoir voulu livrer à l'océan la dépouille de leur bébé, plutôt que de l'inhumer sur « cette île torride ». Tula l'avait entendue implorer le pasteur d'enterrer Johnnie à côté de sa petite sœur, morte sans même connaître la lumière du soleil.

Tula avait compris les sentiments de Mme Duguid. Elle lui avait exprimé un jour son souhait de voir la tombe de son enfant au point culminant de l'île, « le plus proche du ciel ». Les insulaires eux-mêmes inhumaient toujours les membres de leur famille et leurs amis ; seuls les ennemis étaient jetés à la mer ou même quelquefois, comme jadis, dévorés au cours d'un grand festin.

Maintenant les fêtes se faisaient rares, et on n'y dansait plus guère. Les cérémonies chrétiennes les remplaçaient. Les jeunes hommes, baptisés, portaient de nouveaux prénoms : Taniela, Tavita (David), ou bien Joseph, celui qu'avait reçu Tula.

On aimait chanter des cantiques et dire le *Notre Père* en chœur, même si on ne comprenait qu'à moitié le sens des mots. Mais *« La Puissance et la Gloire »*, Tula savait ce dont il s'agissait. C'était le sentiment qui l'envahissait lorsqu'il s'allongeait sur une palme, en haut d'un cocotier, pour laisser le vent le bercer comme un oiseau. Ou bien lorsqu'il chantait à gorge déployée face au ciel bleu et moite qu'il croyait presque pouvoir toucher en étendant le bras. Ou bien lorsqu'il nageait à l'assaut des brisants, mobilisant toute sa force musculaire contre les lames de l'océan, et finalement plongeait sous l'écume, dans les eaux vertes et diaphanes.

Ce fut aussi ce qu'il ressentit le jour où, à la suite de longues et ennuyeuses leçons de Mme Duguid, il eut une révélation soudaine. Les amusants petits signes noirs dessinés sur les livres ne lui évoquaient plus seulement des personnages tantôt debout sur la tête, tantôt assis les jambes croisées, tantôt recourbés comme des crochets ; ils représentaient les sons de la voix. Lui, Tula, parvenait à les lire. Bientôt il apprit à écrire.

L'esprit toujours accaparé par ses rêves, Joseph revécut le moment où Tula releva le petit Jamie et le frotta pour le débarrasser du sable collé à sa peau. Il détourna son attention de la tâche à laquelle il se livrait sur la plage en lui faisant admirer le vol plané d'un aigle de mer à la gorge blanche et aux ailes rousses.

Il prit Emily par la main et Jamie sur son autre bras, puis suivit le sentier de corail blanc qui serpentait à travers l'épaisse forêt tropicale et menait à la maison. Mme Duguid se tenait près du four construit dans le jardin. Susanna dressait la table, foulant en silence le sol de ses pieds nus. Une vaste robe bouffante, nouée à la ceinture, lui tombait aux chevilles et masquait les formes naissantes de son corps. Elle respectait ainsi les préceptes des missionnaires, selon lesquels la nudité était un péché.

Susanna se dirigea vers la cuisine. Son déhanchement voluptueux aurait autrefois fait danser de façon provocante la ceinture de perles qu'elle portait alors pour toute parure autour de la taille.

– Joseph, c'est toi ? Va faire la toilette des enfants. Je finis de préparer le *kaï*.

La voix de Mme Duguid trahissait son esprit distrait, préoccupé. Malgré leurs protestations, Joseph fit la toilette des petits avec un linge rêche. Susanna, qui avait un faible pour James, le hissa sur sa chaise en lui chantonnant à l'oreille :

– Viens, mon Jamie, viens, bon petit gars.

L'enfant agrippa à pleine main la chevelure crépue de la jeune fille et tira dessus en riant jusqu'à ce qu'elle lui desserrât les doigts pour parvenir à se redresser.

– Joseph, reprit Mme Duguid, tu peux t'asseoir avec nous. Tu n'as pas encore mangé ?

– Non, Madame.

– Alors assieds-toi. Susanna, va chercher le plat, s'il te plaît.

Susanna prit un air cérémonieux et hautain pour déposer devant Joseph une assiettée de bananes et de taros cuits au four, garnie de légumes verts bouillis dans du lait de noix de coco. Elle désapprouvait que les garçons de couleur mangent à la même table que les Blancs. Joseph lut dans son regard combien elle lui reprochait de manifester un tel aplomb à douze ans.

Mme Duguid prit place à son tour et dit sa prière :

– *Certains ont à manger et n'ont pas faim,*
Certains ont faim et n'ont pas à manger,
Nous qui avons la nourriture qui nous convient,
Remercions le Seigneur de nous l'avoir envoyée.

La faim tenaillait Tula. Il attendit impatiemment l'instant où il pourrait se ruer sur son assiette.

– Descendez, sales nègres !

Joseph Tula Efate fut arraché au doux univers de son rêve par le fracas d'une échelle lancée au fond de la soute. Deux douzaines d'hommes, incapables de s'accrocher aux barreaux, dégringolèrent dans l'espace obscur et puant où seule une double rangée de planches accrochées aux flancs du navire tenait lieu de couchettes.

Cinq nouvelles victimes du mal de mer ou du mal du pays avaient été jetées par-dessus bord, ce qui avait un peu désencombré les lieux. Mais maintenant les prisonniers recevaient sur la tête une foule d'étrangers ! Organisés tant bien que mal en vue d'une longue traversée, ils ne masquèrent pas leur irritation face à l'irruption des arrivants, fraîchement embarqués au port précédent. Forts de leur antériorité sur le navire, ils rechignèrent à leur faire de la place.

Wamu, le fils du chef du village, avait pris Tula sous sa protection. Il s'opposait à ceux qui abusaient de son jeune âge pour le molester et s'emparer du riz bouilli qu'on leur descendait dans un seau deux fois par jour. Wamu et Tula dormaient tête-bêche dans un coin qu'ils s'étaient aménagé et se serraient l'un contre l'autre pour ne pas glisser par gros temps.

Parfois Wamu entonnait un mélancolique chant d'adieu. Tula l'accompagnait alors en frappant dans ses mains ou en tapant sur le bois de leur couchette. Quand on les autorisa à sortir ensemble sur le pont, main dans la main, ils y contemplèrent l'horizon sous lequel leur île s'était enfoncée peu à peu.

Au début les nouveaux captifs furent trop abasourdis pour entamer une conversation. La plupart d'entre eux souffraient de blessures sanguinolentes, de balafres ou d'ecchymoses. Ils provenaient d'un archipel lointain, dont le langage différait de celui de l'île de Tula. Certains servirent d'interprètes pour aider les autres à expliquer que les « attrapeurs » étaient venus dans leur baie en affichant un comportement innocent et amical. Les indigènes avaient ramé en direction de leur navire pour les accueillir avec des guirlandes de fleurs.

Lorsque les pirogues avaient approché les flancs de la goélette, de grosses pierres et de lourds morceaux de métal, lancés depuis les haubans, s'étaient abattus sur eux. Tombant au milieu des embarcations, les projectiles en avaient coulé plusieurs et blessé de nombreux hommes. Tout le monde s'était jeté à l'eau pour regagner le rivage à la nage, mais une chaloupe détachée du navire les avait poursuivis. L'équipage avait donné des coups de rame sur les têtes des fuyards qui refusaient de monter à bord. Certains s'étaient noyés, quelques-uns s'étaient échappés ; les autres avaient été faits prisonniers.

Au fur et à mesure qu'ils retrouvaient leurs esprits, les nouveaux prisonniers se mettaient à contester les couchettes qu'on leur attribuait. Ils étaient issus d'un peuple belliqueux, accoutumé à chasser les têtes. Ils entretenaient les plus mauvais rapports avec les habitants de Lifou, qu'ils considéraient comme des « valets des missionnaires ». L'un d'eux tenta de prendre la place que Tula s'était aménagée.

– C'est sa couchette, lança Wamu d'un ton bourru.

L'autre roula des yeux noirs, injectés de sang. Une cicatrice lui barrait le sourcil gauche, tandis qu'une bosse lui gonflait le droit. Peu enclin à discuter, il envoya un coup de poing dans la poitrine de Wamu, qui bondit aussitôt sur lui. Deux nouveaux arrivants arrachèrent des lattes de bois et les utilisèrent comme armes pour attaquer Wamu, puis Tula venu le secourir.

Les échos du tohu-bohu parvinrent aux oreilles des Blancs restés sur le pont. Ils pensèrent qu'une émeute avait éclaté. Les prisonniers s'en prenaient sans doute à la coque du navire. Deux d'entre eux ouvrirent le feu à travers une écoutille.

Une balle frappa à mort Luhi, un homme de Lifou. Une autre atteignit Wamu.

Celui-ci s'appuya sur un bras, releva la tête, et prit la parole avec une dignité de prophète. Il vilipenda ceux qui avaient tiré. Une nouvelle balle l'atteignit. Il s'effondra. Plus aucun son ne sortit de sa bouche.

Tula entendit une voix rugir au-dessus de sa tête :

– Essayez de ne pas les tuer ! N'oubliez pas que chacun d'eux me rapportera six livres à Maryborough !

Il se fraya un passage jusqu'à Wamu, mais son ami était déjà mort. Il s'assit et attira sa dépouille en travers de ses genoux. Le chagrin le pétrifiait. La nuit s'était maintenant abattue sur la mer, et une obscurité complète baignait la soute. Une fois ou deux la nuit fut percée par le passage de marins qui lancèrent depuis le pont des morceaux de papier enflammés pour s'assurer que rien ne bougeait. Seuls les gémissements des blessés déchiraient le silence.

L'effroyable nuit s'écoula tant bien que mal. A

peine assoupi, Tula s'éveillait pour retrouver le corps rigide et froid de Wamu entre ses bras.

Un visage rose avec une moustache blonde risqua un coup d'œil depuis l'écoutille supérieure : un homme jeune, tenant une tasse de café fumant. Il semblait compter les cadavres et commenter la situation à une personne derrière lui.

– Que diront-ils chez moi quand ils sauront que j'ai descendu une douzaine de moricauds au petit déjeuner ?

C'était un grand gaillard frais émoulu d'Angleterre, qui avait signé avec le commandant Coath pour « acquérir de l'expérience ». Il jugeait toute cette traversée absolument passionnante.

Dans le courant de la matinée, l'échelle descendit à nouveau dans la soute et une voix demanda aux prisonniers, maintenant assagis, de grimper sur le pont. On ligota les morts et les hommes les plus grièvement blessés, afin de les jeter à la mer. En se livrant à cette manœuvre, Tula glissa sur le sang répandu par ses compagnons.

On longeait une île. S'agissait-il de celle d'où provenaient les nouveaux prisonniers ? Il constata seulement que la proximité des terres n'empêchait pas les marins blancs de jeter morts et blessés par-dessus le bastingage.

Certains sombrèrent immédiatement, tandis que d'autres surnagèrent quelques instants. Leur sang se répandait dans les flots émeraude, qu'il maculait de rouge. Les indigènes qui se sentaient encore quelques forces se lancèrent spontanément à l'eau dans l'espoir de gagner le rivage. Peu importait que ce fût une île peuplée de cannibales où l'on ne donnerait pas cher de leur peau, tout valait mieux que les horribles attrapeurs. Ils s'étaient convaincus qu'on les mangerait de toute façon dès leur arrivée sur « l'île » des Blancs.

Cette disparition de vingt-cinq à trente hommes résolut le problème de la répartition des couchettes.

Avant d'être renvoyé en bas, Tula jeta un coup d'œil panoramique sur l'horizon et aspira de profondes bouffées d'air pur. Les Blancs étaient descendus donner l'ordre à l'équipage canaque de laver les taches de sang et de passer les murs à la chaux. Tula se consola à la pensée que l'odeur de sa prison deviendrait moins insupportable. L'air y serait plus sain et la blancheur des parois atténuerait l'obscurité. Mais jamais il ne parviendrait à effacer les images d'horreur enregistrées dans sa mémoire.

Il reverrait toujours son ami Wamu se redresser sur son seul bras valide, et lever la tête pour parler d'une voix ferme et fière ; puis la balle percer son torse et le sang jaillir de sa bouche, au milieu d'une écume rose. Comment pourrait-il oublier son corps sombre et vigoureux tournoyant avant de s'abîmer dans les profondeurs translucides, en dessous du navire ? Les énormes poissons sanguinaires, ceux-là mêmes qu'il chassait jadis au-delà des coraux, avaient dû guetter sa chair pour la dévorer...

Comme la matinée était belle ! Des événements aussi cauchemardesques pouvaient-ils se dérouler au milieu d'un environnement si aimable ? Une douce brise effleurait la surface de la mer. On longeait un îlot boisé à la végétation vert sombre. Au-delà, de part et d'autre, des grappes d'atolls de corail et d'îles plus vastes flottaient langoureusement dans une brume bleutée. Elles devaient appartenir à l'archipel des Nouvelles-Hébrides, il ne s'agissait pas des îles

Loyauté : Tula les avait déjà parcourues en pirogue et en chaloupe. L'expérience acquise dans le grand bateau des missionnaires, et avec les hommes blancs en général, l'aidait à surmonter sa peur et son mal du pays. Il était même suffisamment jeune pour se laisser exciter par l'aventure d'une traversée en direction de la grande « île » du Queensland. Il n'avait pas de mère pour le pleurer, pas de femme ni d'enfants. Il n'était âgé que de quinze ans.

Mais de là à quitter son pays sans dire au revoir à son père, à ses amis Duguid, ni surtout à la petite Emily ! Tula espérait qu'ils ne le croiraient pas parti de son propre chef. Il se persuada que les trois lunes qui le séparaient de son retour passeraient vite.

Le chef Louela voudrait sans aucun doute venger le rapt et le meurtre de son fils Wamu. Si ce navire-ci les ramenait à Lifou, il faudrait s'en échapper au plus vite dès son entrée dans la lagune. Tula regretta de ne pas avoir un tomahawk à portée de main pour fendre le crâne du jeune homme à la tasse de café. Le mot « moricaud », lui était inconnu, mais le ton de la voix révélait tout le mépris qu'il recouvrait.

Peut-être pourraient-ils acheter des fusils au Queensland, et les rapporter pour protéger leur île des esclavagistes blancs et des chasseurs de têtes noirs.

3. Les missionnaires

Le révérend Andrew Duguid ôta son casque colonial et épongea la sueur qui lui ruisselait sur le front. *L'Aurore*, la goélette de la mission, l'avait déposé au large alors qu'elle faisait route vers Uvéa. Seul à bord d'une petite chaloupe, il ramait vers le rivage.

En temps ordinaire, deux ou trois pirogues venaient à la rencontre du navire et le révérend rejoignait la côte sous l'escorte des jeunes garçons de la mission presbytérienne des Nouvelles-Hébrides. Mais aussi étrange que cela pût paraître, aucune ne se montrait. Il n'y avait pas âme qui vive sur la plage : ni femme ni enfant n'accourait en nageant. Une épidémie s'était-elle abattue sur le village ? Cela ne faisait qu'une semaine que le pasteur l'avait quitté.

Les rames hors de l'eau, il contempla l'épais manteau sombre de la jungle qui recouvrait les douces collines de l'île. Il mourait d'envie d'apercevoir à nouveau un relief digne de ce nom. Face à la sempiternelle verdure des Tropiques, l'image des montagnes arides et nuageuses de l'Ecosse, parsemées de bruyères mauves ou écarlates, hantait son esprit. Il avait pourtant choisi délibérément son exil. Amelia, sans qui il ne serait jamais venu, l'avait accompagné de grand cœur. Elle avait accepté le climat torride, le manque de confort, l'absence de femmes blanches avec qui bavarder, la fastidieuse tâche d'apprendre aux jeunes filles la lecture, la couture et les bonnes manières.

Il se savait parvenu à des résultats appréciables. Au lieu de se pavaner nues sous de simples colliers de perles, les femmes indigènes s'habillaient décemment de robes amples qu'elles se confectionnaient elles-mêmes. Les hommes ne se droguaient plus en buvant du kava, ils ne collectionnaient plus les têtes de leurs ennemis comme preuves de leur virilité, n'étranglaient plus les veuves, ne mangeaient plus de chair humaine. Ils avaient renoncé aux plus répréhensibles de leurs coutumes et à leurs rituels païens. Cependant, le pasteur se sentait loin d'avoir achevé son œuvre.

Plus encore que les péchés qui réapparaissaient çà et là, les naissances illégitimes, les combats sanglants entre villages rivaux, il déplorait l'indifférence fondamentale à la religion que manifestaient même ses propres adeptes. A l'image de Joseph Efate, celui que ses oncles continuaient à nommer Tula, ils étaient dociles, de bonne humeur, et disposés à travailler dur au potager de la mission si on le leur demandait. Mais ni les hymnes ni les prières collectives ne parvenaient à masquer leur inertie spirituelle.

Ils aimaient chanter et possédaient un sens inné de l'harmonie. Le pasteur leur avait enseigné des hymnes traduites dans leur dialecte mélanésien, qu'il continuait d'apprendre lui-même. La petite île de Lifou ayant subi depuis longtemps l'influence des missionnaires, la plupart des habitants étaient baptisés. Dans ses débuts le révérend Duguid s'était néanmoins heurté à des expériences décourageantes. Un jour, après avoir parlé de l'amour de Jésus et de ses souffrances pour le bien de l'humanité, il fut déconcerté par les yeux incrédules, indifférents, avec lesquels on le regarda. Une autre fois, les insulaires partirent d'un grand éclat de rire.

Quand il en invita quelques-uns chez lui, un grand gaillard presque nu s'assit avec désinvolture en posant ses fesses à même la table. Le visage d'Amelia fut éloquent ! Le pasteur éprouva le sentiment profond que ce peuple était paresseux, bon à rien, décevant sous trop d'aspects. Inutile de crier après les hommes qui s'accordaient une sieste en milieu de journée pour leur dire de reprendre le travail. En revanche les femmes manifestaient plus d'ardeur à la tâche. Quand les marchands de bois de santal avaient surgi, le pasteur s'était néanmoins senti obligé de prévenir les insulaires qu'ils perdraient leur âme à accepter les propositions de ces Européens.

De temps à autre, à l'occasion d'une naissance, il les laissait organiser un festin traditionnel : cochon rôti entier, bananes, ignames et patates douces cuites au four, manioc mitonné à même la terre. Ils passaient une semaine à préparer ces agapes, et avaient besoin d'une autre semaine pour s'en remettre. Constamment soucieux du temps qui passait, Andrew déplorait ce gâchis.

Il consulta d'ailleurs sa montre de gousset tout en gardant les coudes appuyés sur les poignées de ses rames. La splendide courbe de la baie au sable doré, la silhouette délicate des feuilles de palmier qui se détachaient sur le ciel, les quelques huttes aux toits de chaume disséminées dans la clairière, rien de tout cela n'émouvait vraiment l'homme de Dieu.

Il était ici parce que le devoir l'appelait, parce qu'on avait besoin de lui. Il reprit en main ses rames. Etrange, ce calme qui régnait ! Amelia devait l'attendre dans leur maison, construite en surélévation pour mieux recevoir la brise marine. Le pasteur distinguait le haut d'un de ses murs de corail blanc qui émergeait des frondaisons, ainsi que son toit en palmes tressées.

En revenant de Maré il avait croisé une étrange goélette à coque noire qui cinglait vers les Nouvelles-Hébrides. Elle pouvait être française, bien qu'elle ne battît aucun pavillon. Elle appartenait plus vraisemblablement à un marchand de bois de santal en provenance d'Australie. Ces navires savaient qu'ils n'étaient pas les bienvenus, et passaient le plus au large possible des bâtiments qu'ils rencontraient.

Le fond de la chaloupe émit un faible crissement lorsque Andrew l'échoua sur le sable corallien immaculé. Il borda les avirons d'une main experte, bondit à terre et tira son embarcation pour la mettre à l'abri de la marée. Il y laissa la plupart de ses affaires, qu'il viendrait rechercher plus tard, et attaqua l'ascension de la plage. La déception de ne pas bénéficier du chaleureux accueil habituel lui rendit plus pénible la pente du sentier sinueux qui menait vers l'ombre protectrice de la forêt.

Ce fut alors qu'il entendit des gémissements de femmes.

Elles étaient assemblées sur le seuil de la maison commune du village, environnées d'enfants qui poussaient des hurlements, de bébés qui pleuraient, de chiens qui aboyaient. On ne voyait aucun adolescent. Seraient-ils tous sortis pêcher ?

Une femme en sanglots se rua sur le pasteur :

– Ah, Homme-de-Dieu ! Grand désastre, pire que cyclone, abattu sur nous pendant votre absence !

– Et ma femme ? Où est ma femme ?

Andrew avait les lèvres livides. L'émotion le paralysait.

– Mme Duguid ? Que lui est-il arrivé ?

– Non, non, les hommes, les jeunes. Tous, tous partis. Et leurs femmes aussi. Elles nagé derrière attrapeurs. Elles appelé hommes, elles pleuré. Elles écrasées sur les récifs. Aussi emportées par le courant.

Le pasteur se défit de son casque trempé par la sueur et s'abrita à l'ombre d'un arbre à pain.

– Que me racontez-vous là ? Les jeunes hommes sont partis ? Contre leur volonté ? Des marchands les ont enlevés pour les réduire en esclavage ? Je leur avais dit de ne rien attendre de bon de ces Blancs !

– Mais missionnaires, on aurait dit. Chantaient tout le temps, lisaient Bible. Hommes sortis accueillir bateau de Dieu. Bateau parti, vite-vite, et hommes partis avec ! Les plus beaux, les plus forts ! Aiiieee !

Les mots de la villageoise se fondirent en un long gémissement de désespoir. Sous l'emprise de la fureur, le révérend Duguid se prit à maugréer :

– C'est eux que nous avons croisés au large de l'île... Je comprends qu'ils aient filé ! Il faut que j'écrive tout de suite au président de l'Eglise d'Ecosse.

Oubliant sa fatigue et la canicule, il se précipita chez lui et jeta son casque sur la table du vestibule.

– Amelia !

– Ah, c'est toi, Andrew ! Je ne t'avais pas entendu !

Mme Duguid franchit le rideau en bambou qui fermait sa chambre. Elle finissait de brosser ses cheveux bruns pour les nouer en chignon. Mais le tremblement ému de ses frêles mains blanches l'en empêchait. Il embrassa hâtivement son épouse, se jeta sur la première chaise et demanda du papier et une plume.

– Il faut que j'écrive à notre président, ainsi qu'au révérend Robert Steele.

– Oui, Andrew. Mais laisse-moi d'abord te préparer une tasse de thé, tu dois mourir de soif.

– Je ne veux pas de thé, femme ! Ah ! Ces ignobles négriers ! J'avais entendu parler de leurs forfaits à Malekula, voilà maintenant qu'ils sévissent jusqu'ici !

La cuisinière était à l'extérieur, à l'ombre d'un palmier, pour que sa chaleur n'irradiât pas dans la maison. Amelia alla remettre du bois dans le foyer puis déposa sa grosse bouilloire noire sur la plaque de fonte. La porte restée ouverte permit à son mari de l'entendre raconter le peu qu'elle savait du drame :

– Je n'ai rien su, j'ai seulement entendu les hurlements des femmes. Quand je suis sortie, la goélette avait déjà pris le large. Je n'ai vu que ces pauvres gens nager à sa poursuite.

– Es-tu sûre que le gréement était celui d'une goélette ? Ne s'agissait-il pas d'un brigantin, du type de *La Sirène*, que commande ce misérable Ross Lewin ?

– Non, c'était une goélette, avec une coque toute noire.

Andrew frappa sur la table, hors de lui.

– Il ne faut pas les laisser s'enfuir ! Ce sont des marchands d'esclaves ! Ils se saisissent de ces malheureux comme d'un vulgaire gibier et les revendent sur les marchés. Ils prétendent les ramener sur leurs îles après un séjour de trois ans dans les plantations de sucre. Que va-t-il advenir des jeunes gens que nous avons évangélisés, comme Joseph ?

– Joseph ? s'écria Amelia. Ils n'ont pas pris Joseph !

– Si ! Avec tous les autres garçons.

– Comment vais-je faire sans Joseph ? Il était si dévoué à Emily ! Et puis ce n'est qu'un enfant...

– Mais bien charpenté et très musclé. Il aura besoin de toutes ses forces pour résister au travail qu'exigent les champs de canne où on l'expédie. Tout ça pour que les grandes familles de Maryborough donnent leurs bals et paradent dans leurs beaux attelages ! Ces gens se fichent que leurs fortunes soient bâties sur la ruine des foyers indigènes et sur le martyre des Noirs.

– Cher Andrew, le thé est prêt. Bois-le pendant qu'il est chaud, j'irai te chercher la plume et le papier. Et mange cette galette d'avoine, tu maigris ces temps-ci.

Amelia porta un regard affectueux sur le visage anguleux de son mari : une foi fervente faisait luire ses yeux profondément enfoncés dans leurs orbites. Elle était heureuse de son retour. En dépit de son allure frêle, son mari était un homme autoritaire et intrépide. Elle l'aimait tendrement.

Durant ses voyages elle ne dormait jamais bien. Mais tout au long de la semaine qui venait de s'écouler, une obscure intuition l'avait oppressée. Ecossaise, elle tenait de sa mère un désagréable don de prémonition.

Elle avait souffert d'une hallucination de cet ordre peu de temps avant la mort de Johnnie. Une nuit d'insomnie, une image avait surgi devant ses yeux, celle de son enfant livide et immobile dans son berceau. Une blatte ailée, énorme, une écœurante créature noire et luisante, s'était posée sur son petit bras et il n'avait pas même tressailli.

Cette fois-là, Amelia se douta qu'il ne s'agissait que d'un mirage, d'une vision de son esprit. Mais la vivacité de l'apparition la poussa à se lever, tout en prenant soin de ne pas réveiller Andrew. Sa hâte à se précipiter au chevet de Johnnie lui fit renverser sa bougie, et la cire fondue lui brûla le poignet. Bien sûr l'enfant dormait. Il respirait calmement, le visage légèrement empourpré. La sueur collait contre son front ses cheveux soyeux. Il n'y avait pas de blatte. D'un doigt léger Amelia releva les mèches humides. L'envie de serrer contre elle la tiédeur du petit corps lui devint irrésistible. Elle le redéposa ensuite en le tournant de l'autre côté. L'enfant cilla à peine, ses lèvres s'agitèrent en d'instinctifs mouvements de succion avant qu'il ne retombât dans le sommeil. La mère referma soigneusement la moustiquaire autour du berceau et repartit se coucher. Trois semaines plus tard la dysenterie emporta son fils.

Elle rêvait souvent de lui depuis lors. Chaque fois elle le retrouvait vivant, elle le revoyait s'accrocher à ses longues jupes pour effectuer ses premiers pas chancelants. A son réveil elle prenait douloureusement conscience de son aberration. Maintenant il s'en était allé rejoindre sa petite sœur enterrée sous les palmiers de Lifou. Quand on chantait à l'église le cantique *« Autour du trône du Seigneur, des milliers d'enfants »*, elle se mettait à sangloter. Peu lui importaient ces milliers de petits anges, elle voulait son enfant à elle, la chair de sa chair.

– Nous en aurons un autre.

Andrew avait tenté de réconforter son épouse. Mais elle avait senti qu'il ne partageait pas sa douleur et que cette situation les éloignait l'un de l'autre. Le petit James leur fut néanmoins donné. Dans un premier temps elle s'était demandé si le Seigneur ne lui signifiait pas Sa volonté qu'elle mît au monde de nombreux enfants, s'Il ne la punissait pas d'apprécier le plaisir physique de l'amour. Même sa tendresse envers Johnnie était empreinte de sensualité quand elle passait ses doigts au travers de sa chevelure de soie, quand elle caressait sa peau opaline, quand il jouait avec le mamelon du sein qui venait de l'allaiter. Toute de douceur et de féminité, Amelia Duguid possédait une nature passionnée, néanmoins marquée par plusieurs générations de presbytériens sévères, intransigeants sur ce qu'il convenait d'éviter ou d'interdire.

Maintenant qu'il lui fallait élever Emily et James dans l'isolement de cet univers tropical, elle ne désirait plus d'autre enfant. Continuerait-elle de dormir auprès d'Andrew ? La lourde tâche que sa vocation lui assignait méritait toutefois un peu de réconfort, et elle-même appréciait l'ardeur avec laquelle il la possédait.

Amelia le regarda avaler sa galette d'avoine et son thé sans les déguster. Il concentrait toute son attention sur la lettre véhémente qu'il adressait au Dr Steele, à Sydney. Son épouse parcourut d'un regard silencieux le vaste salon où ils étaient assis tous deux. Elle ne pouvait que s'estimer heureuse de l'environnement dans lequel elle vivait.

La maison était claire, fraîche et bien aérée. Des persiennes en palmes tressées en garnissaient les larges fenêtres : elles y laissaient pénétrer la brise marine tout en les protégeant des orages. Marques de la fantaisie personnelle d'Amelia, des cotonnades ornaient les murs, et des rideaux de mousseline impeccablement propres, retenus par des embrasses couleur lilas, encadraient les fenêtres. En revanche, de rudimentaires étagères recouvraient le plus grand mur de la pièce ; elles supportaient à la fois les accessoires de couture et la collection d'ouvrages ecclésiastiques. Les époux Duguid ne lisant pas de romans, cette catégorie de livres était exclue de la maison.

Le confortable mobilier de bambou apporté de chez eux avait brûlé lors de l'incendie. Ils n'avaient sauvé que les chaises et la robuste table sur laquelle ils mangeaient. Pour le reste, Amelia avait recouvert de cretonne et de chintz des caisses d'emballage.

Au-delà de la porte d'entrée s'étalait l'immensité bleue de l'océan Pacifique. Une île y reposait à l'horizon, discrète comme un nuage timide. Bien qu'elle n'y fût jamais allée, Amelia l'appelait son île.

Peu après son arrivée elle avait écrit à sa mère, pour tenter de lui dépeindre la splendeur du panorama :

« Le bleu profond de l'eau calme au centre de la baie encadrée de brisants montre l'endroit où s'interrompt la barrière de corail. Chaque fois que je lève les yeux, une ligne d'un blanc étincelant capte mon regard. Elle me fait penser au sourire radieux des garçons de l'île, avec leurs dents d'une parfaite blancheur. Ils la doivent sans doute à leur nourriture : un peu de porc et de poisson, mais essentiellement des fruits et des légumes.

« Les premiers instants de la matinée sont les plus merveilleux... L'espace qui nous sépare de la mer est planté de cocotiers et d'arbustes au feuillage vert brillant. Le cocotier le plus proche élève au-dessus de l'horizon des palmes semblables à de gigantesques plumes qui se détachent sur le ciel azuré, tandis que les feuilles basses ont pour arrière-plan le bleu outremer de l'eau. La brise les agite constamment avec grâce... »

S'étant essayée à peindre des aquarelles, Amelia avait constaté qu'elle ne parviendrait jamais à rendre l'éclat de ce spectacle. En fait elle ne disposait pas d'un temps suffisant à y consacrer. De nombreuses filles de l'île s'occupaient des tâches ménagères des Duguid, telle la lessive dans le torrent voisin, mais leur manque d'ardeur nécessitait que l'on veille constamment sur elles. Andrew insistait toutefois pour que sa femme fît appel à leur aide. La chaleur du climat l'avait épuisée pendant qu'elle attendait Jamie, et depuis lors elle n'avait jamais retrouvé toutes ses forces.

Tandis que le pasteur était toujours plongé dans la rédaction de son courrier, un cri plaintif provint de la pièce où dormaient James et Emily. Bien que trop grande pour avoir régulièrement besoin de siestes, Emily ne supportait la canicule qu'à condition de se reposer un peu. Amelia pénétra dans la chambre et redressa la fillette dans son lit. La joue sur laquelle elle dormait s'était empourprée. Une âcre odeur de transpiration baignait sa robe légère. Ses cheveux blonds, plus pâles encore que la barbe dorée d'Andrew, étaient trempés et collaient à son cou.

Emily réclamait en pleurnichant que sa mère lui ôte sa robe et lui sèche les cheveux.

– Je veux Joseph, ajoutait-elle au milieu de ses gémissements.

Amelia avait redouté cette demande. Comment lui expliquer que son esclave si dévoué, son ange gardien, était parti ?

Joseph Tula ! Tula aux larges épaules, à la luisante peau de bronze, à l'enfantin menton glabre... Joseph à la chevelure dense et crépue qui lui couvrait le crâne comme un casque, Joseph aux yeux de braise et au si charmant sourire... Amelia l'avait toujours apprécié et lui confiait ses enfants sans la moindre crainte. Baptisé à l'église, il faisait presque partie de la famille.

Elle tenta de détourner l'attention d'Emily en lui annonçant :

– Papa est revenu !

– Papa !

La fillette se débattit violemment pour se dérober à son étreinte. Elle courut vers le salon et se précipita sur les genoux de son père. Cette semaine d'absence lui avait paru une éternité. Elle lui secoua tant et si bien le bras que plusieurs gouttes d'encre échappées de la plume maculèrent la lettre destinée au Dr Steele.

Andrew Duguid fronça les sourcils. Sa poigne d'acier s'empara des doux petits poignets. Il maintint fermement sa fille devant lui pendant qu'il la grondait :

– Les petites filles ne doivent pas se prendre pour des diables qui bondissent de leur boîte. Tu sors d'ici et tu reviens m'embrasser calmement.

Il ne resta plus rien du flot de joie qui avait submergé Emily. Pâle et silencieuse, elle se retira à pas de loup au-delà de la porte puis retraversa la pièce sur la pointe des pieds. Quand elle fut à quelques centimètres de la barbe paternelle, elle l'effleura de ses lèvres. Le pasteur eut beau lui caresser tendrement la tête, deux grosses larmes perlèrent dans ses yeux bleus.

Amelia, qui avait souvent jugé son mari trop strict envers les enfants, resta muette. Le pasteur se pencha à nouveau sur sa table. Il fixait sa lettre d'un regard aussi déterminé et vengeur que s'il avait eu sous les yeux les négriers eux-mêmes. Sa plume crissait ardemment, volait de ligne en ligne. Il soulignait certains mots pour leur donner plus de poids :

« ... ces bandits dépravés et sans âme se sont emparés de presque tous les jeunes hommes vigoureux que j'avais convertis. Ils sont indirectement les assassins de la plupart des femmes, qui se noyèrent en tentant de rattraper leurs maris.

« De telles actions ne peuvent pas et ne doivent pas rester impunies. D'après les descriptions recueillies, le navire fait route vers le Queensland (évidemment !) ; je crois l'avoir aperçu quand j'étais moi-même en mer.

« Si on retrouvait la trace de certains de mes hommes, dont un nommé Wamu, fils du chef du village, on pourrait apprendre le nom du navire et traîner en justice son commandant et son second... »

Le pasteur apposa sa signature d'un ample geste, souffla délicatement pour sécher l'encre, plia le papier et le scella. Il ne savait pas quand passerait le prochain navire assurant le courrier, peut-être dans des semaines. Mais, au moins, avoir écrit sa lettre le soulageait.

Il se rendit compte que les commerçants qui débarquaient dans les îles cherchaient avant tout à gagner de l'argent et ne prenaient pas en considération le bien spirituel et temporel des insulaires. Cependant ils n'en étaient pas encore venus à enlever des hommes. Certains indigènes consentaient à s'enrôler dans des équipages pour de courts voyages, mais leur condition était différente. Cette fois il s'agissait de prisonniers qu'on vendrait six livres par tête à Maryborough, comme une simple marchandise.

C'était le bois de santal qui avait commencé à attirer les négociants. Ils en avaient profité pour se ravitailler en fruits et légumes et laisser en échange aux indigènes de la verroterie et des cotonnades grossières achetées à bas prix en Angleterre. Ils tiraient alors un gros bénéfice de la vente de ce bois à de riches commerçants des côtes chinoises qui fabriquaient des bâtons d'encens destinés à se consumer devant les idoles des ancêtres.

Tandis qu'Andrew Duguid rangeait sa missive, le petit Jamie se mit à gémir dans la pièce voisine. Amelia alla le voir et le trouva tout brûlant. La fièvre ! Le cœur lui manqua soudain. Elle crut défaillir. Puis peu à peu ses palpitations se transformèrent en un battement lourd et oppressant.

4. Les négriers

Quelque temps après avoir livré à Maryborough Joseph Tula et ses compagnons, John Coath, le commandant du *Jason*, repartait pour une nouvelle chasse à l'homme. Il était en paix avec sa conscience. Une douzaine de nouvelles « recrues » s'entassaient déjà dans sa soute infernale, des hommes capturés par ses marins pour s'être trop approchés de la goélette avec leurs pirogues. Au moment où ils avaient tendu les mains dans l'espoir de recevoir du tabac en échange de leurs ignames et de leurs bananes, ils avaient été hissés par-dessus le bastingage.

La cale contenait une provision de marchandises suffisante pour séduire les Canaques ou payer leurs familles. Les coffres regorgeaient de pipes en terre, de tabac, de couteaux, de tomahawks, de miroirs, de clous, de perles multicolores et de tissus imprimés. En dépit de la loi du Queensland, qui en interdisait l'importation dans les îles, il y avait également des mousquets, armes très prisées par les indigènes.

La plupart de ces babioles pourraient servir lors d'une traversée ultérieure : pour se procurer des hommes il suffisait de les attirer à bord puis de quitter les côtes en vitesse. Mais il était de meilleure politique de les échanger contre de la camelote, afin de pouvoir retourner sans incident dans les mêmes îles. Le commandant commençait à épuiser les terres où la population regardait d'un bon œil sa goélette noire. D'après ce qu'il avait remarqué, prétendre qu'on venait de Maryborough engendrait un meilleur accueil. Aujourd'hui de nombreux insulaires connaissaient ce port de réputation.

– Quel nom ? Vous quel pays ?

– Maryborough.

La réaction était presque toujours la même :

– Maliboulou bon pays. Achetez hommes ? Longtemps le travail ?

– Trois lunes.

Bien que ce fût sa réponse habituelle à la question cruciale, John Coath avait dû la remplacer par « trois ans » à plusieurs reprises. Parfois on lui imposait en effet la présence d'un représentant du gouvernement, chargé de s'assurer que les insulaires mesuraient bien les termes de l'accord. Mais le commandant ne se laissait pas encombrer trop longtemps par les fonctionnaires zélés. Il leur faisait comprendre de prime abord, par des menaces voilées puis par toutes sortes d'intimidations, qui était le maître à bord. Un jour où l'un d'eux se montra trop têtu, il le mit aux fers puis le jeta dans la soute parmi les indigènes, prétextant qu'une crise de folie furieuse s'était emparée de lui et qu'un petit séjour dans un réduit obscur le calmerait.

Il savait que ses « recrues » parvenaient finalement à apprécier la vie à Maryborough. Les dimanches passés dans les maisons de jeu et auprès des femmes les convainquaient ordinairement de signer pour un nouveau bail. On leur donnait alors un nom anglais, comme Albert, Jim ou Tommy. Les Canaques recevaient par exemple le surnom de *Tommy Tanna*, tandis qu'on appelait plutôt les Chinois *John* et les aborigènes *Jacky*. Franchi le cap de cinq ans, ils n'envisageaient plus de repartir. John Coath considérait donc qu'il leur faisait une faveur en les ramassant, même s'ils semblaient parfois ne pas l'apprécier.

Toute cette nuit on avait louvoyé sur place dans l'attente que l'aube permît de repérer le passage entre les récifs. La brise de terre, filtrée par les fleurs et les feuilles odorantes, environnait le pont d'effluves épicés. La mer n'ondulait même pas, aucune ride ne venait strier sa surface miroitante. Seul le sillage du navire la creusait doucement, sans la moindre écume. Rien ne venait troubler l'image du rivage ponctué de palmiers qui s'y reflétait à la clarté de la lune.

Quand le soleil émergea de la brume pour devenir doré, un léger vent, tiède comme du lait qu'on vient de tirer, se mit à agiter l'air. Il provenait du large, apportant des senteurs d'iode et de sel. Le *Jason* se faufila sans difficulté dans la passe et jeta l'ancre au fond de l'eau cristalline qui recouvrait le sable de la baie.

Une foule d'indigènes apparut sur la plage. Leurs signes invitaient à envoyer une chaloupe sur la rive. Cette pratique était inhabituelle. Le commandant s'attendait à ce que des pirogues viennent l'accueillir, chargées de fruits et de légumes à troquer. Mais il ne vit pas de raison de se méfier. L'île avait été évangélisée par des missionnaires, qui y avaient formé des enseignants. L'équipage mit le canot à la mer.

Il ne tarda pas à revenir, ramenant à son bord Irving, le second, ainsi que le représentant du gouvernement et plusieurs nouvelles recrues. Des tomahawks à long manche pendaient négligemment à la ceinture de tous les indigènes. Ils redoutaient, disaient-ils, la présence sur le navire d'ennemis originaires d'autres îles. Leur comportement s'avérait pourtant désinvolte. Très volubiles, ils ne cessaient de rire d'une voix de fausset.

Coath leur ordonna de se mettre à l'avant afin de mieux les surveiller. Il ne voulait pas risquer de bagarre avec les précédents occupants de la soute. Les nouveaux arrivants manifestaient une telle excitation que tout pouvait arriver.

Le commandant éprouva un malaise diffus. Il demanda à Irving de rester avec lui pendant que le fonctionnaire repartirait chercher un autre chargement. Tous deux armés, ils n'avaient rien à craindre d'une poignée de négros. Il laissa son second sur le pont et descendit dans sa cabine nettoyer son pistolet de secours en cas de besoin.

Pendant ce temps, au moment précis où la chaloupe atteignait le rivage, elle fut prise sous un feu de mousquets tiré par des insulaires cachés dans la jungle. L'envoyé du gouvernement s'effondra, frappé à mort. Les rameurs canaques plongèrent par-dessus bord, mais une pluie de balles les assaillit dès qu'ils firent surface. Ceux qui réussirent à rejoindre la plage furent massacrés.

Irving, assis sur le pont, les pieds appuyés contre le

bastingage, regarda le point du rivage d'où provenaient les coups de feu. Aussitôt, comme sous l'effet d'un signal, une des nouvelles recrues traîtreusement glissée derrière son siège lui assena un coup de tomahawk. L'arme lui balafra le visage, du front au menton.

En entendant le hurlement poussé par son second, le commandant se rua sur le pont. Il le découvrit affalé contre la rambarde de l'escalier, le visage couvert de ses mains. Du sang ruisselait entre ses doigts.

Coath le traîna dans sa cabine, l'allongea sur le plancher et verrouilla la porte derrière eux. Les cris et les gémissements en provenance de la soute lui apprirent qu'on en exterminait les occupants. Les événements, par l'ingéniosité du plan qui avait déclenché l'attaque au moment même où les hommes d'équipage ne se trouvaient plus à bord, le stupéfiaient. Il dressa attentivement l'oreille.

Les insurgés se regroupaient autour de l'écoutille de la cabine. Ils discutaient avec agitation, attendaient que les deux hommes blancs ressortent. Ils avaient coupé le câble de l'ancre, et la goélette dérivait dans le lagon.

Le capitaine espérait encore qu'une aide leur viendrait du rivage. Il se persuadait que la chaloupe allait bientôt revenir. Le second n'était plus en état de lui décrire le massacre auquel il avait assisté depuis le pont.

Un regard par le hublot lui permit de découvrir que le navire se laissait emporter au gré des vents et des courants. Peu après le *Jason* s'écrasa bruyamment sur un récif à fleur d'eau et se coucha sur le flanc. La résonance sourde des pieds nus qui martelaient le pont fit place au bruit des corps tombant à l'eau, puis à un silence complet. Tous les indigènes regagnaient le rivage à la nage.

Les hommes restés à terre entretinrent un feu destiné à harceler le commandant qui, à travers l'écoutille, s'efforçait de tirer en direction de la plage. Trop affaibli par sa blessure pour tenir son arme, le second rampait à ses côtés et lui tendait les munitions. Le pont s'inclinait de plus en plus.

Aucune nouvelle attaque n'intervint durant toute la journée du lendemain. Ils profitèrent de la nuit pour se glisser discrètement hors de la coque. La marée basse leur permit d'atteindre le rivage sans perdre pied. Irving était exténué, il avait perdu beaucoup de sang et il délirait. Sa joue fendue l'empêchait de manger et il ne pouvait boire qu'avec l'aide du commandant.

Ils parvinrent à se cacher dans la jungle durant cinq jours, survivant grâce à des bananes et du lait de noix de coco vertes. Mais ils se doutaient que les Niutas, les hommes des collines, rôdaient à leur recherche.

– Ça va pas, chef, se résolut enfin à avouer Irving, je suis foutu. Flanquez-moi une balle dans la peau, qu'on en finisse !

– Ne soyez pas stupide, ne paniquez pas. Tant qu'on reste cachés on peut tenir le coup. Ils s'éloigneront bien un jour ou l'autre, et on sortira.

– Ces salauds d'assassins nous descendront avant.

Le commandant eut un rictus de rage :

– Notre peau, je la leur ferai payer cher !

– Je suis foutu, je vous dis. Je tiendrai pas le coup.

Coath fut tenté de le prendre au mot. Le pauvre diable avait une mine épouvantable, un teint livide. Le pus et le sang coagulés raidissaient sa barbe noire, l'absence de sommeil gonflait ses yeux rougis. Il eût été plus humain de le délivrer de ses souffrances. Mais un coup de feu aurait attiré l'attention.

– Ne faites pas tant de vacarme, grogna Coath, ils vont vous entendre et nous liquider tous les deux.

– Je m'en fous ! Je m'en fous !

Irving se précipita vers la plage en hurlant. Peut-être ne pensait-il plus qu'à rafraîchir dans l'eau son visage mutilé. Il courait en tous sens, fou furieux, appelant sa vieille mère restée au pays.

Les Niutas le localisèrent rapidement. Ils déboulèrent sur lui avec force cris de joie et le traînèrent le long d'un sentier qui menait à une clairière. Deux hommes l'y abattirent à bout portant tandis qu'un troisième lui tranchait la tête. Ses blessures n'en faisaient pas un trophée bien décoratif : ils le laissèrent sur place et partirent à la recherche du second homme blanc.

Moins de vingt-quatre heures plus tard se présenta une goélette en provenance des îles Fidji, elle aussi à la recherche de main-d'œuvre à bon marché. Elle aperçut le *Jason* échoué sur les récifs. Par crainte de mesures punitives, les Niutas se réfugièrent dans les collines. Le commerçant fidjien porta secours à John Coath et l'aida à récupérer ce qu'il pouvait de l'épave du navire.

Coath jura qu'il se vengerait de la perte du *Jason* et de tout son équipage. A son retour on lui confia le commandement d'une autre goélette mais désormais il ne prit plus le risque de faire du troc avec les indigènes. Il les ramassa simplement à la pointe de son fusil. Il concourut à répandre la légende de la cruauté et de la fourberie des insulaires, sans préciser que c'était lui et ceux de son espèce qui leur avaient fourni des armes, qui avaient enlevé leurs femmes, kidnappé leurs hommes les plus valides, et qui leur avaient appris à voir en l'homme blanc un ennemi.

Si l'une de ses « recrues » tombait malade au cours du long retour vers l'Australie et ne semblait pas devoir survivre, il ne perdait ni temps ni argent à essayer de la soigner. Au large ou près d'une île, il la jetait à la mer. Comme il n'accordait aucune confiance aux « sales fourbes de nègres », il les laissait constamment dans la soute, souvent sans eau et sans nourriture pendant une journée entière. S'ils réclamaient à boire, il allait au bord de l'écoutille et leur urinait dessus :

– Vous voulez de l'eau ? En voilà !

Sur son nouveau navire, qui méritait bien son nom de *Cerbère*, Coath devint célèbre dans tout le Pacifique Sud. Il ne descendait jamais à terre sans une garde armée jusqu'aux dents. Mais tôt ou tard une des victimes de ses sévices aurait sa peau, ainsi que celle de ses semblables, Ross Lewin et Bully Hayes. Il se savait haï. Pourtant, sa goélette noire continuait de s'aventurer parmi les îles des chasseurs de têtes, là où tous les autres renonçaient à aller.

– Je ferais bien un aller et retour en enfer, s'il y avait de l'argent à en rapporter ! proclamait-il d'un air vantard.

La plupart des gens l'en croyaient capable.

II

LE QUEENSLAND

1. Le domaine

Le petit déjeuner à Chindera était un moment très agréable, surtout quand il faisait beau et chaud. On pouvait alors le prendre sous la véranda ouverte sur le jardin. Les membres de la famille arrivaient en ordre dispersé, « comme les vaches de Brown », se plaisait à dire Mme Johnstone. Hiver comme été le repas commençait toujours par un bon porridge écossais, plat favori d'Angus Johnstone. On l'agrémentait de beurre et de sel et on y versait le lait frais qu'Annie Fallon, la laitière, venait d'apporter.

Elle débarquait à l'aube, tirant derrière son vélo la carriole où s'entassaient ses bidons. L'insouciance avec laquelle elle laissait voir ses sous-vêtements en pédalant trahissait un grand mépris des convenances. Amusés par son habitude de porter en toute saison des caleçons de flanelle rouge, les enfants de Maryborough la surnommaient « Annie-cuisses-rouges ».

Ce matin-là, Dougal pénétra le premier sous la

véranda. Ce garçon costaud était dans la fleur de l'âge et il savait l'effet que sa stature virile produisait sur le sexe opposé. Beaucoup de jeunes femmes le trouvaient irrésistible, tandis qu'un nombre presque aussi grand le détestaient. Ses yeux, bleus comme la mer, étaient durs, et ses lèvres charnues et rouges dégageaient une étrange sensualité sous sa moustache rouquine.

Il s'était vite révélé le plus beau et le mieux bâti des enfants. La blancheur laiteuse de sa peau contrastait alors avec la rousseur dorée des boucles qui lui retombaient sur le front. Aujourd'hui ses cheveux soigneusement pommadés prenaient des reflets rose-orangé. A dix-neuf ans, son visage commençait à s'empourprer comme celui de son arrière-grand-père McEachern, au caractère si coléreux.

Dougal avait également hérité du redoutable nez McEachern, crochu comme un bec d'aigle. Ses dents étaient remarquablement blanches et acérées. Son frère James, peu charitable, lui trouvait une « grimace de renard ». En réalité son expression évoquait plus un rapace qu'un carnassier.

Il prit le récipient qui chauffait sur le réchaud à alcool et se servit un bol de porridge. Après y avoir promptement versé du lait et du sucre, il commença à manger, avalant des cuillerées énormes. On aurait dit qu'une affaire de toute première urgence l'attendait.

Sa sœur Helga, son aînée d'un an, le rejoignit dans un déshabillé rose. Ses amples manches faisaient penser à des ailes de papillon. Un large ruban de satin, du même rose, retenait les cheveux noirs aux boucles désordonnées qui lui envahissaient le front.

Dougal leva les yeux sur elle. Il déplorait qu'Helga descendît prendre son petit déjeuner en soignant son entrée comme si elle débouchait dans sa loge privée à l'opéra. Il n'était jamais allé à l'opéra et n'éprouvait aucune envie d'y mettre les pieds. Les gravures et les articles de journaux qu'il avait parcourus lui donnaient une idée suffisante des intrigues qui s'y déroulaient ordinairement.

Elle lança un regard dégoûté vers le porridge sommaire que Dougal engloutissait à grand bruit. Les épais sourcils noirs qu'elle tenait de son père se froncèrent d'indignation. S'écartant de la table sur laquelle son frère était gloutonnement penché, la jeune fille se dirigea vers la balustrade italienne.

Adossée à la rambarde, une main sur la pierre déjà chauffée par le soleil, elle était encadrée par les piliers de la véranda, sur lesquels courait une bougainvillée flamboyante, aux étranges feuilles couleur de cerise, fines comme du papier. La floraison de la glycine enroulée sur la balustrade était terminée depuis deux mois. Un abondant feuillage d'été, vert tendre, recouvrait ses ramifications torsadées, grosses comme le poignet.

Parmi les fleurs du poinciana, des insectes butineurs voletaient et des perroquets arc-en-ciel poussaient des cris perçants. Au pied du luxuriant jardin semi-tropical miroitait le fleuve, captant dans ses eaux toute la clarté de ce début de matinée.

Helga revint vers la table. Elle prit une tranche de papaye et une de cantaloup qu'elle saupoudra légèrement de sucre. A vingt ans elle était déjà ce que sa mère appelait « bien en chair ». Préoccupée par sa poitrine volumineuse, elle se serrait si étroitement dans ses vêtements qu'elle parvenait à garder une taille de guêpe.

Depuis son arrivée sous la véranda, elle n'avait pas

échangé deux mots avec son frère. Elle ouvrit la conversation en manifestant sa mauvaise humeur :

– Faut-il vraiment que tu avales chacun de tes repas aussi goulûment que si c'était le dernier ?

Dougal préféra répondre sur le ton de la plaisanterie.

– Toi, tu picores comme une volaille. Tu crois que c'est mieux ? Pourquoi es-tu hantée par l'idée de grossir de quelques grammes ? Tu es assez grande pour les supporter.

– Justement. On qualifie très vite une femme grande de « forte ». Je dois rester d'autant plus mince, élancée, comme on dit dans les livres.

– Elancée ! grogna-t-il, et il alla chercher des saucisses et du bacon dans le passe-plat avant de reprendre : Qui demande à une fille de ressembler à un arbre ?

Mme Johnstone fit une entrée majestueuse. En dépit de la chaleur matinale, un petit châle de laine blanche recouvrait ses cheveux grisonnants et retombait sur ses épaules. Dougal se leva respectueusement. Sa mère l'embrassa en passant puis s'assit à la table de fer forgé. Faisant mine de découvrir la présence de sa fille, elle l'aborda d'un ton froid :

– Bonjour. Ton père arrive. Tu veux bien lui préparer son porridge ? N'oublie pas de réchauffer son bol avec l'eau de la bouilloire.

Le petit déjeuner était le seul repas que les Johnstone aimaient prendre en l'absence de leurs domestiques. Ils s'y retrouvaient sans cérémonie, contrairement aux déjeuners pris dans la salle à manger familiale, et surtout aux dîners autour de la solennelle table sculptée à douze places qui trônait, à côté du buffet d'acajou, dans le grand salon décoré de miroirs.

Helga termina tranquillement sa part de papaye avant d'obéir aux instructions de sa mère. Elle emplit un bol avec l'eau en train de frémir sur le réchaud puis le vida par-dessus la balustrade. Ensuite elle y versa le porridge et ajouta deux noix de beurre avant de déposer le bol à la place de son père.

Elle mit enfin un œuf dans le coquetier d'argent qu'Eliza, la fille de cuisine, astiquait après chaque usage, vu que l'œuf noircissait immédiatement le métal. Helga ne pénétrait dans la cuisine qu'à titre exceptionnel.

– Bonjour, bonjour ! Quelle belle journée ! On entendrait pousser les cannes à sucre !

Angus Johnstone prit place en affichant un chaleureux sourire. Ses favoris grisonnants, aussi hérissés que ses luisants sourcils noirs, ne démentaient nullement son air de contentement. Dougal se dit qu'il ferait peut-être bien de profiter de la bonne humeur du « vieux » pour lui parler du cheval qu'il souhaitait acquérir.

A cinquante et un ans, Angus ne se considérait pas comme un homme âgé. Grand, solidement bâti, il restait très vert, et son maintien un peu militaire mettait en valeur sa constitution robuste. Des raisons d'ordre économique l'avaient incité à ne pas se marier jeune. « Ne te marie pas pour l'argent, mais ne néglige pas les endroits où il se trouve », lui avait répété sa mère. Ses deux fils et sa fille lui donnaient satisfaction, ils le consolaient de ce que Julia ne fût plus en état de mettre d'autres enfants au monde, suite à ses fausses couches répétées après la naissance de Dougal.

Les deux garçons dirigeaient plantation et sucrerie pendant ses absences. L'intelligence brillante de James et ses dons pour la comptabilité lui permettaient de s'occuper à merveille de la gestion. Dougal, qui jouissait surtout d'un esprit pratique, savait opportunément embaucher et licencier régisseurs et chefs d'équipe. Il s'assurait qu'ils n'étaient pas trop tendres envers les Canaques et que chacun connaissait son travail.

Helga, c'était autre chose. Sous ses épais sourcils en bataille, Angus la regardait grignoter un toast sans beurre. D'un esprit vif et volontaire, elle lui ressemblait en trop de points pour ne pas lui causer certains soucis. Elle voulait rester célibataire et quitter le pays pour étudier la musique et le théâtre. Une Johnstone sur les planches ! Son père avait un sens aigu de la dignité familiale et considérait que le métier de comédienne était le plus déshonorant de tous. Il fallait lui ôter de la tête cette idée insensée. Le mariage et quelques enfants auraient vite fait de la guérir. Angus remua son porridge pour y faire fondre le beurre et le saupoudra généreusement de sel. Ses yeux bleus se fixèrent sur son épouse.

– Où est James ? Il est temps qu'il se lève, la matinée est belle ! Appelle-le, maman !

Se contenter de crier « James, viens manger ! » n'aurait servi à rien. Le vaste bâtiment qui s'étendait derrière eux et au-dessus de leurs têtes était construit sur le modèle des palais italiens découverts par Angus lors d'un voyage en Europe effectué dans sa jeunesse.

La chambre de James se situait parmi les douze qui donnaient sur le balcon du premier étage. Au rez-de-chaussée, salles de réception et salles à manger, percées de grandes fenêtres équipées de persiennes, s'ouvraient sur une longue galerie extérieure et sur la terrasse.

La massive porte sculptée de l'entrée principale provenait de Florence, de même que la fontaine de bronze, ornée de putti et de dauphins, au centre du jardin. Les balustrades étaient en marbre blanc de Carrare. Sur la colline qui dominait les verdoyants hectares aménagés, Angus Johnstone avait fait ériger un temple romain à pilastres et stèles de pierre, où il aimait s'asseoir pour contempler sa propriété et la façade de son imposante demeure.

On avait construit Chindera, avec ses voûtes, ses colonnades et sa tour, pour le plaisir des yeux, mais sans négliger pour autant son confort. La fraîcheur y régnait en plein été. De la berge verdoyante de la Mary River, sur laquelle poussaient d'épaisses lianes, partait en pente douce une pelouse parsemée de bosquets aux essences les plus variées : des bambous géants, des palmiers, des jacarandas aux feuilles légères et des manguiers ombreux dont les roussettes dévoraient la nuit les fruits dorés.

Julia agita la clochette posée sur la table. Les rayons du soleil à travers les feuilles se réfléchissaient sur la nappe blanche et l'argenterie. Le couvercle qui maintenait le pot de miel à l'abri des guêpes et des abeilles renvoyait leur éclat.

La bonne affectée au service de la table apparut sur le seuil de la salle à manger attenante.

– Harriet, rapporte-nous un peu de café. Et appelle M. James, veux-tu ? Dis-lui que nous avons presque terminé.

– Oui, M'am.

Harriet emporta les bols de porridge vides. Alors

que la plupart des Australiens buvaient du thé au petit déjeuner, Helga préférait le café, afin de se sentir plus proche des mœurs européennes.

Angus alla reprendre des saucisses et du bacon. Pendant ce temps sa femme disposa les tasses à thé. Leur fine porcelaine de Chine tinta avec élégance. Après avoir versé de l'eau bouillante dans la théière, Julia se tourna vers sa fille :

– J'ai proposé au jeune M. Lindsay de dîner avec nous ce soir.

– Pourquoi me dites-vous ça ?

La façon dont Julia Johnstone fronça les sourcils aurait intimidé n'importe qui. Voyant sa fille imperturbable, elle ajouta :

– Tu voudras paraître sous ton meilleur jour, je présume, comme chaque fois que nous recevons un invité. Je suggère qu'Estelle repasse ta robe de mousseline vert pâle, elle te va très bien.

– Je ne m'intéresse pas à M. Lindsay, maman. Il m'ennuie.

– Il paraît évident que lui, en tout cas, s'intéresse à toi. Quoi qu'il en soit, en tant que jeune fille de la maison, tu dois te montrer affable et gracieuse. Et puis cela te fournira l'occasion de mettre ta voix à l'épreuve.

Helga décapita son œuf coque d'un coup de cuillère. La rage l'empêcha de répondre.

Au moment où la bonne revint avec le café, James fit son entrée. Ses cheveux passablement ébouriffés ne lui ôtaient rien de sa beauté ténébreuse. Il différait en tout point de son frère Dougal. Sa moustache tombante le faisait paraître plus mûr que son âge et donnait à son visage pâle un air mélancolique. Après avoir murmuré un « bonjour » à la famille, il courba sa haute stature pour embrasser sa mère puis se dirigea vers la balustrade avec une tranche d'ananas. Tout en savourant son fruit juteux il laissa à son tour courir son regard sur le jardin doré par la lumière du matin. Une volée de perroquets arc-en-ciel s'abattit au-dessus de sa tête. Dans leur empressement, ils semblèrent heurter les branches supérieures du pin bunya. Puis ils s'y posèrent, alignés comme des perles sur un collier. Ils évoquaient les verroteries que les commerçants offraient aux insulaires pour les inciter à aller travailler au Queensland, dans des plantations semblables à celle de Chindera.

Le regard de James glissa sur le velours de la pelouse. Cette grande demeure aux salons vastes et frais donnant sur la véranda fleurie, ce sentier de promenade encadré de manguiers, ces hectares où s'alignaient les cannes à sucre, toute cette opulence reposait sur le travail des gens de couleur qui se tuaient à la tâche douze heures par jour pour recevoir dix shillings en fin de mois, ainsi qu'un pantalon, une chemise et une couverture en guise de prime annuelle.

Chindera employait quatre cents Canaques, une demi-douzaine de Chinois et quatre-vingt-dix Européens. Un journal local, le *Tribune*, avait déclaré récemment :

« Grâce à la main-d'œuvre de couleur, le Queensland a la possibilité d'amasser une richesse incroyable, alors que sans elle l'industrie du sucre ne pourrait survivre. »

James se demandait souvent s'il était le seul Blanc de Maryborough à éprouver un pincement au cœur en réfléchissant à ce que recouvrait la notion de « gens de couleur ».

Il jeta son écorce d'ananas parmi les constellations de fleurs fanées qui jonchaient le gazon au pied du frangipanier, puis rejoignit sa famille demeurée autour de la table.

A lire les journaux du Sud on se rendait compte combien le *Tribune* et le *Chronicle* étaient inféodés aux propriétaires de plantations. James ne croyait pas à toutes les histoires de piraterie, à l'existence de négriers tels que Bully Hayes ou encore Murray, le commandant du *Carl*. Il savait pourtant que les insulaires débarquaient dans un piètre état physique et moral, qu'ils souffraient atrocement d'être coupés de leur pays. Une fois au travail, ils apprenaient par leurs compagnons qu'il leur faudrait attendre trois ans et non pas trois lunes avant de repartir. Ils passaient dès lors leurs nuits à se lamenter en chantant en chœur d'étranges chansons emplies de tristesse et de nostalgie.

Cela prouvait au moins qu'ils étaient des êtres humains, doués de sentiments, bien que certains prétendissent qu'ils n'avaient pas plus d'âme que les animaux. Pourtant James les avait vus entassés pêle-mêle sur les ponts, comme du bétail, aussi ignorants de leur sort que des bêtes menées à l'abattoir.

Il avait remarqué les étiquettes accrochées autour de leurs cous tandis qu'on les expédiait avec d'autres marchandises vers les rives du Johnston. Le congé du navire mentionnait : « En provenance de Maryborough, 1 cheval, 35 sacs de sucre, 13 Canaques, 160 stères de pin, 1 barre de fer. Montant total du fret : 27 livres et 12 shillings. »

Puis il avait entendu parler de la troublante affaire du *Jason*, la goélette basée à Maryborough dont le commandant, John Coath, venait d'être incarcéré pour « atteinte au droit des indigènes », à la suite d'une longue enquête. Le scandale avait considérablement embarrassé toute la ville, car il laissait supposer que les commerçants fidjiens n'étaient pas seuls à commettre des enlèvements et des meurtres ; Sydney devait aussi avoir des commandants sans scrupules.

Un taux de mortalité très élevé sévissait parmi les nouvelles recrues de Chindera. Le nombre de malades surprenait d'autant plus qu'on y employait toujours des hommes dans la fleur de l'âge. James fut contraint de penser que beaucoup d'entre eux ne venaient que sous la menace. Victimes de brutalités, ils semblaient avoir souffert de la faim avant leur arrivée au Queensland. Quand il suggéra d'augmenter leur ration de nourriture, Dougal et son père s'y refusèrent. Si on donnait à manger aux Canaques autant qu'aux Blancs, avaient-ils rétorqué, on ne gagnerait plus rien à faire appel à eux.

L'affaire du *Jason* l'avait conforté dans sa méfiance à l'égard de tout transfert de populations insulaires.

William Brookes, un journaliste du *Courier Mail*, aborda ouvertement le problème. Qualifier le recrutement des Canaques de « traite des Noirs » lui valut l'hostilité des notables de Maryborough.

M. Johnstone lisait précisément le *Courier Mail* de la veille tout en prenant son thé. Il se mit à grommeler, à postillonner dans sa tasse. Il jeta violemment le journal à côté de sa soucoupe.

– Des mensonges ! Des foutus mensonges !

Il cria si fort qu'une veine gonfla sa tempe. Il devint dangereusement écarlate. Finie la bonne humeur, remarqua Douglas non sans mélancolie.

– Ecoute ça, Julia, reprit-il : *« Le Queensland a*

tenté d'introduire l'esclavage sur ses côtes... L'utilisation de la main-d'œuvre de couleur est la ruine sociale et morale de cette colonie ! » Ton William Brookes fait encore des siennes, avec son prêchi-prêcha ! Et en plus cet imbécile de révérend Sunderland, de Sydney, raconte qu'il a *« rencontré dans une plantation du Queensland des Canaques introduits en fraude, brutalisés, mal nourris et fréquemment fouettés »*. Quelles balivernes ! Et où elle est, cette plantation ? J'aimerais bien le savoir ! Sûrement pas à Maryborough !

Il reprit sa tasse et en avala rageusement le contenu. James tenta d'intervenir sur un ton raisonnable. Bien qu'il se trouvât du côté des planteurs, il possédait l'inconfortable faculté de discerner les aspects contradictoires de toute question.

– Pourtant, père, n'y a-t-il pas quelque chose de vrai dans les déclarations de ce Brookes ? Par exemple...

– Quoi ? L'esclavage ?

– Par exemple il est exact qu'on peut faire ce qu'on veut des Canaques achetés pour trois ans. Ils ne sont pas libres d'aller et venir, de changer de travail ni de retourner chez eux s'ils ne se plaisent pas...

– Ils signent un contrat ! Trois ans à six livres par an.

Dougal intervint sans prendre le temps d'avaler le toast qu'il avait en bouche :

– Tu ignores ce dont tu parles, James. Que fais-tu de la loi en faveur des ouvriers mélanésiens ?

– Personne ne respecte cette loi, tu le sais parfaitement. Tu peux nourrir les Canaques aussi mal que te le conseille ton régisseur, ils n'ont pas les moyens de protester. Aucun des Blancs qui travaillent à la sucrerie n'accepterait de pareilles conditions.

– Qu'est-ce que c'est que ce discours de révolutionnaire ? hurla Angus. Dieu a conçu les Noirs de telle sorte qu'ils puissent travailler sous les Tropiques, les Blancs ne sont pas faits pour s'échauffer à ce point. Tu veux outrager la Providence ?

– Sans doute avez-vous accès aux secrets du Tout-Puissant, père, mais j'aimerais en être certain. Il me semble que nous exploitons les indigènes pour servir nos propres buts, et que nous nous justifions a posteriori en invoquant la volonté de la Providence.

Une lueur redoutable brilla dans les yeux d'Angus. Son regard foudroyant défiait son fils d'ajouter un seul mot.

– Tu parles comme ce journaliste négrophile de Brisbane, surenchérit Dougal. Nous sommes nombreux à penser qu'il mérite d'être enduit de goudron et recouvert de plumes.

Mme Johnstone s'interposa avec douceur :

– Tu reprendras du thé, chéri ? James, du café ?

Persuadée qu'il ne convenait pas à une dame de discuter avec les hommes, elle n'intervenait jamais dans leurs conversations. Helga, le visage rembruni, demeurait plongée dans ses propres pensées.

James haussa les épaules et abandonna la controverse. Il se disait souvent qu'il aimerait écrire, soulever les passions et défendre des causes à la pointe de sa plume. Mais il ne se sentait pas de don pour l'écriture. Il n'avait de réelle aptitude que pour la tenue des comptes de la sucrerie. Il aimait juxtaposer les faits et les chiffres, aligner des colonnes, mettre au point un système de classement qui lui permît de savoir instantanément où se trouvait toute chose et en quelle quantité.

Des matinées estivales comme celle-ci le plongeaient toutefois dans un indéfinissable malaise. Il regardait les perroquets se détacher un à un de la branche où ils composaient un long collier multicolore. Accompagné de cris aigus, leur vol dispersé créait autour de l'arbre des gerbes de plumes vertes, pourpres, jaunes et bleues. Libres comme l'air ! Et entourés de leurs semblables. James ne se trouvait vraiment rien de commun avec le reste de la famille, ni avec les fils des propriétaires ou des grands commerçants qu'il rencontrait dans les réunions mondaines. Il ressemblait au coucou, né d'un œuf déposé par sa mère dans le nid d'une autre espèce.

Cette image du coucou, Mme Johnstone la ressassait à propos d'Helga tout en préparant le dîner. Comment avait-elle eu une enfant aussi pénible et obstinée, alors que les autres jeunes filles de sa connaissance se montraient sérieuses et soumises ? Dougal n'était certes pas facile mais, s'il se livrait à quelques frasques, il revenait toujours à la raison.

Elle remit en place une fourchette sur la table et se recula pour admirer le décor. L'éclairage feutré qui baignait la magnificence des lieux mettait en valeur la nappe de dentelle. Son blanc lumineux se détachait sur les couronnes dorées et vert sombre qui ornaient, en relief, le papier mural. Derrière les fauteuils en bois de rose sculpté, capitonnés de brocart vert, se profilait le buffet d'acajou, chargé de ses lourds plats d'argent, si robuste et massif qu'il semblait avoir toujours connu cette demeure et ne jamais pouvoir la quitter. Le dîner représentait un moment grave, même dans l'intimité. Ce soir on recevait le rédacteur en chef du journal local, ainsi que M. Lindsay, connu pour entretenir de bonnes relations en Angleterre.

Au milieu de la table, une soupière d'argent dressée sur un tapis de fleurs d'hibiscus rouges reflétait la lumière du lustre qui pendait à l'aplomb. Etalées à même la nappe, les fleurs équeutées ne survivraient pas à la nuit. Elles proliféraient grâce à la richesse du terrain, mais fanaient en fin de journée. Tel était le revers de l'exubérance du climat subtropical : les arbres laissaient tomber à leurs pieds une profusion de pétales, les jacarandas étaient encerclés de bleu, les flamboyants de rouge, les poincianas d'orange et de jaune. Et des fruits aussi délicieux que les mangues et les papayes devenaient vite blets puis pourris. Le sol de la plantation était si riche que de monstrueuses herbes folles croissaient jusqu'à une hauteur de quatre mètres.

Mme Johnstone sourit avec satisfaction. Oui, cela conviendrait. Harriet avait savamment plié les serviettes en forme de fleurs de nénuphar, cet exploit serait porté à son crédit.

La maîtresse de maison s'enorgueillissait de son bon goût. Elle regrettait de ne pas avoir une fille aussi raffinée que son majestueux salon. Par exemple une blonde aux fins sourcils, comme Mlle Rose Lovelace, la fiancée de James, dont les doigts effilés excellaient dans les travaux d'aiguille et l'aquarelle. Sensible à la musique, Helga montrait un talent certain pour le chant. Mais elle était trop grande et ses mains, pourtant gracieuses, avaient des dimensions dignes d'une pianiste. Peut-être aurait-il mieux valu qu'elle fût un garçon.

2. La bonne société

Au dîner Helga fut placée à côté du jeune M. Lindsay. Plus si jeune que cela, songea-t-elle en constatant qu'il paraissait avoir franchi la trentaine. Elle lui aurait néanmoins reconnu une belle prestance si elle avait jugé un homme à sa carrure et à sa bonhomie. Mais le manque évident de sensibilité musicale qu'il manifestait suffisait à le disqualifier à ses yeux. Ses cheveux châtain foncé lui recouvraient amplement la nuque. Helga constata avec étonnement qu'il lui en poussait même sur le pourtour des oreilles, oreilles au demeurant d'une forme irréprochable. Aucune commune mesure avec celles de Dougal, si disproportionnées... Non, elle n'éprouvait décidément aucun intérêt pour M. Graham Lindsay. Les seuls hommes qu'elle aurait souhaité rencontrer étaient des musiciens comme Verdi.

Une fois le potage servi, M. Johnstone aborda le sujet qui lui tenait à cœur :

– Vous avez vu ces absurdités dans le *Courier Mail* d'aujourd'hui, je suppose ?

Son épouse fronça les sourcils. Elle préférait éviter les sujets de controverse, du moins jusqu'au dessert, moment où le vin commençait à assagir les hommes.

– Ah, l'article qui traite les planteurs de capitalistes égoïstes, désireux d'accroître leurs richesses en faisant travailler les Noirs comme des esclaves ?

– Oui ! Quelles inepties ! Le *Maryborough Chronicle* avait pourtant montré que ces crimes étaient le fait des commerçants fidjiens. Du moins dans la plupart des cas. Hein, Woodyatt ? Votre éditorial de demain dans le *Chronicle* rétablira la vérité ?

– Absolument. J'ai qualifié ces affirmations de « balivernes intolérables ».

Julia Johnstone intervint timidement :

– Monsieur Lindsay, vous avez déjà voyagé sur un de ces navires de recrutement, je crois ? Votre témoignage peut nous prouver que, contrairement aux assertions de la presse du Sud, les capitaines de Maryborough ne pratiquent pas ce genre de méthode.

Le *Chronicle* avait toujours soutenu cette thèse, malgré la déconvenue causée par le tapage fait autour de l'enquête sur le *Jason*. Les propriétaires du journal possédant également des intérêts dans le commerce maritime, le rédacteur en chef savait qu'il ne garderait son poste qu'à condition de conforter les opinions des planteurs.

Lindsay se renfrogna. Le sujet paraissait épineux dans un tel entourage, mais, conscient du regard d'Helga, il se réjouissait à l'idée de créer un effet de surprise. Il lâcha de but en blanc :

– Malheureusement la traite des Noirs est la traite des Noirs, quel que soit le port d'attache du navire.

Après un bref silence de stupéfaction, M. Woodyatt se racla la gorge.

– Nous n'utilisons pas l'expression « traite des Noirs » ici, nous disons « recrutement des Canaques » ou bien « migration », « déplacement »...

– Oui, j'ai remarqué, interrompit sèchement Lindsay.

Angus se pencha pour remplir le verre du jeune homme. Sa main tremblait.

– Puis-je vous resservir ? C'est un vin local, produit par des Allemands installés au sud de l'Australie, mais je le trouve très agréable.

Sa tentative de diversion tomba à plat. Helga

éprouva une sympathie soudaine envers le jeune Lindsay quand elle vit les efforts développés par son père pour refouler sa colère. Lié par les règles de l'hospitalité, Angus s'agitait sur son fauteuil comme s'il était assis sur des charbons ardents.

– La main-d'œuvre de couleur est indispensable à la survie de l'industrie sucrière, argua Woodyatt dans le style de ses éditoriaux. Grâce à elle, le Queensland prendra le pas sur les autres colonies d'Australie et connaîtra une prospérité inespérée.

– La question est plutôt de savoir si la fin justifie toujours les moyens.

Helga profita de la nouvelle intervention de Graham Lindsay. Le regard enflammé, elle l'interrogea :

– Je vous en prie, monsieur Lindsay, parlez-nous de vos aventures sur la goélette qui transportait des Canaques. Comment s'appelait-elle ? Le commandant vous parut-il sympathique ? Etiez-vous à bord en tant que représentant du gouvernement ? Et où êtes-vous allé ? J'aimerais beaucoup naviguer dans le Pacifique.

Lindsay parut flatté, mais il resta un bon moment sans pouvoir répondre. Les ardents yeux noirs braqués sur lui l'avaient atteint avec la violence d'une épée. Il se sentait transpercé, tremblant. Les boucles brunes qui encadraient le visage au teint de pêche de sa jeune voisine le séduisaient, de même que l'impatience de sa démarche et sa façon de secouer nerveusement le pied quand elle était assise.

Leur première rencontre remontait à une semaine. Elle jouait alors au tennis sur le court gazonné de Chindera, impeccablement entretenu par le jardinier canaque et ses aides. Elle s'était jetée dans la partie avec une rage de vaincre et une concentration inhabituelles chez une fille. Quand on la lui présenta, Lindsay la jugea maussade. Elle parlait peu et ne souriait jamais. Pourtant un magnétisme certain se dégageait d'elle.

Il était ravi de lui servir de compagnon de table ce soir. Le vert émeraude de sa robe de mousseline et la nacre de son discret collier de perles mettaient en valeur sa chaude carnation.

Sur son autre côté, en bout de table, présidait Mme Johnstone. Face à lui, Rose Lovelace, la fiancée de James, une authentique beauté, n'avait pas encore trouvé l'occasion de dire un mot.

Graham Lindsay se ressaisit pour répondre à Helga. Il ne put néanmoins s'abstenir de bégayer :

– Eh bien, je... j'embarquai en t-tant que su-subrécargue sur un petit brigantin, le *Canasson boiteux...*

– Quel nom peu romantique pour un navire !

– Notre traversée ne le fut pas davantage. Ce vieux rafiot délabré faisait eau de toute part. Les cafards y étaient aussi gros que des souris.

– Oh ! Je déteste ces bêtes !

– Nous transportions un chargement de carabines et de mousquets, bien que le congé eût affirmé que nos caisses ne contenaient que des haches. A vrai dire les insulaires pouvaient aussi bien se massacrer entre eux avec des haches qu'avec des armes à feu ! Le représentant du gouvernement, un certain Nixon, porta un jugement aussi sévère que moi sur ce que nous vîmes.

– Vous avez assisté à des enlèvements de Canaques ?

– Je ne saurais appeler cela autrement. La moitié d'entre eux peut-être comprirent le contrat et vinrent de leur plein gré. Les autres furent soit vendus par leurs propres chefs, soit dupés par des promesses mensongères sur ce qui les attendait. Au moins dix pour cent furent entraînés de force, renversés hors de leur pirogue et hissés sur la chaloupe. Ceux qui connaissaient déjà le Queensland semblaient toutefois disposés à y retourner. Ils disaient : « Moi plus argent, plus tabac, pas rester. Maliboulou bon endroit. »

Angus sauta sur l'argument que son interlocuteur venait de lui offrir.

– Ce qui montre qu'ils savent où est leur intérêt. Sinon ils ne voudraient pas revenir. Vous avez payé la famille du chef, je suppose ?

– Nous ne manquions pas de marchandises à offrir : des billes de verre, des clous, des harmonicas... Mais une partie de la cargaison, ai-je constaté, était constituée de rhum de la Jamaïque excédant de trente pour cent la teneur légale en alcool ! Et le bougre qui nous tenait lieu de cuisinier se servait copieusement tous les soirs. Un matin sur deux il n'était pas en état de nous préparer le petit déjeuner !

– Charmant !

Lindsay s'adressait à Helga, mais il sentait que toute la tablée l'écoutait. Ragaillardi par l'attention qu'il suscitait, il but une gorgée de vin et poursuivit :

– Sur une des îles, les marins ramassèrent une grande quantité de crabes des cocotiers. En attendant de les manger le lendemain, ils les mirent dans des caisses qu'ils laissèrent sur le pont. Mais ces crabes ont des pinces très vigoureuses, capables de briser les noix de coco. Au cours de la nuit ils défoncèrent les lattes de bois qui les retenaient prisonniers et se répandirent sur tout le navire. Ils s'infiltrèrent jusqu'à la coquerie et dans nos couchettes. Un des marins faillit passer par-dessus bord en en rencontrant un à mi-hauteur du mât de misaine. Ils envahirent même la cabine du commandant : dans une crise de delirium tremens, le pauvre déchargea ses pistolets sur eux... Oh, on ne s'ennuyait jamais à bord du *Canasson boiteux* !

Le récit déclencha une vague de rires dans l'assistance. Chacun était soulagé qu'on abordât un sujet aussi futile qu'une invasion de crabes monstrueux.

– Mais qu'est-ce qui vous a conduit à vous embarquer sur ce navire ? demanda Julia Johnstone.

– Voyez-vous, j'éprouvais un grand besoin de vacances après les années que j'avais passées cloîtré dans l'arrière-pays. Un cousin de ma mère possède un élevage d'ovins à l'ouest d'ici, et il m'y avait appelé dès mon arrivée d'Angleterre. La poussière et les odeurs de mouton ont eu raison de moi. Descendu sur la côte, j'ai aperçu ce navire au port, en partance pour les Nouvelles-Hébrides. Ma place ne m'a coûté que la modique somme de trente guinées.

En dépit des évidences, Helga s'obstinait à considérer avec lyrisme cette échappée vers les immensités océanes :

– Ce fut tout de même un voyage exaltant !

– Pas vraiment, mademoiselle. Une fois passé les frissons du départ, il s'est révélé plutôt monotone. Un temps si uniformément beau que nous sommes restés immobilisés à cause de l'absence de vent, une expérience sinistre ! La mer était comme une immense plaque de marbre, ou plutôt une nappe de vif-argent. La terre ne m'a jamais paru si ronde. Mon meilleur souvenir, je crois, fut ma première découverte d'un atoll. Tout y était : cocotiers, huttes de chaume, lagon. Le volcan de Tanna m'a également beaucoup impressionné. Ses jets de lave incendiaient les nuages dans la nuit...

– Avez-vous rencontré des cannibales ?

– Oh oui, bien que les missionnaires prétendent ces coutumes disparues grâce à eux. Le premier insulaire rencontré à terre tenait du sauvage intégral, il n'était couvert que d'huile de palme et... d'un petit rien.

Graham Lindsay s'abstint de mentionner que le « petit rien » consistait en une demi-noix de coco pendue à sa ceinture, qui avait le plus grand mal à cacher son anatomie masculine.

– Il parlait une sorte de petit-nègre, reprit-il. Il put me dire : « Moi travailler beaucoup Maliboulou. Patron Missié Cran avoir beaucoup travail de sucre. »

L'assemblée s'esclaffa, car Crans possédait l'une des plus vastes plantations et de nombreux moulins en ville.

– Ce villageois de Tanna, commenta Lindsay, appartenait à un peuple très beau et très robuste. Bien qu'ils ne soient que des nègres, ils se tiennent droits devant vous et vous regardent dans les yeux.

– Ce sont des hommes, après tout, se contenta de remarquer calmement James.

– Oui, mais en les entendant jacasser comme des perruches ou comme des singes on aurait tendance à l'oublier.

– Ce que vous percevez comme un babillage sans suite leur permet de converser entre eux. Il suffirait que vous connaissiez leur langue...

– Pardieu c'est vrai, je n'y avais jamais pensé. Peut-être les langages des Blancs leur apparaissent-ils aussi barbares !

– Sans aucun doute.

Les serviteurs ayant desservi les assiettes à potage, Angus s'attela au découpage du canard. Julia laissa échapper un soupir de soulagement qu'elle aurait aimé plus ample, mais son corsage, trop scrupuleusement lacé par Harriet, la comprimait.

– Si je comprends bien, intervint le rédacteur en chef du *Chronicle*, ceux qui reviennent dans leur île ont hâte de signer à nouveau pour trois ans.

– Certains, oui. Mais l'un d'eux m'a dit : « Commandant, il baratinait moi. Moi allé Quinslan, travaillé toute la journée, comme un cheval, et rien gagné. Patron du Quinslan avoir tróp tué moi. »

Helga partit d'un grand éclat de rire.

– Comment peut-on *trop* tuer quelqu'un ?

– A mon avis il voulait dire que le contremaître l'avait malmené ou battu. Certains hommes plus âgés se refusent à laisser leurs épouses et leurs enfants. Parfois les femmes et les mères poursuivent le bateau à la nage, en les implorant de revenir.

– Ainsi va le monde ! « Les hommes doivent travailler, les femmes doivent pleurer », comme l'a dit M. Kingsley.

– Je ne prétends pas le contraire, mais si les transferts continuent sur ce rythme, les îles manqueront de jeunes hommes. Un grand nombre ne revenant jamais dans leurs villages, les naissances ne suffiront plus à reconstituer la population.

Dans le silence tendu, on n'entendit plus que le bruit des couteaux et des fourchettes. Ses affirmations portaient un coup fâcheux à l'image du pauvre M. Lindsay. Confuses, les dames plongèrent le nez dans leurs assiettes. Les joues d'Helga ne rosirent pourtant pas. Peut-être son innocence l'empêchait-elle de comprendre la relation entre le manque d'hommes et la baisse de la natalité.

Mme Johnstone réamorça la conversation d'une voix mal assurée :

– Oui, je suis certaine que vos aventures dans les îles ont été décevantes, monsieur Lindsay.

Puis elle se lança dans la description de son projet de grand bal pour l'ouverture de la saison du sucre. Il se tiendrait dans l'entrepôt de la sucrerie de Chindera.

– Graham, parlez-nous un peu des filles des îles.

Dougal questionna Lindsay avec empressement dès que les dames se furent retirées à l'issue du dîner. Il se pencha vers lui et lui tendit un verre de porto.

– Jolies ? demanda-t-il en confidence. J'ai entendu dire qu'elles ne s'ornaient que de quelques coquillages autour de la taille, ou de quelques feuillages.

Son père fit mine de désapprouver, mais le scintillement de ses yeux trahissait son intérêt pour le sujet. Seul James restait indifférent. Il fixait la lumière des chandelles à travers le rouge sombre de son porto tout en tournant lentement le pied du verre entre ses doigts. Il pensait à Rose.

– Elles ne sont pas mal, admit Graham Lindsay. Minces et longilignes. Elles s'accrochent habituellement une fleur de frangipanier ou d'hibiscus derrière l'oreille, ce qui produit autant d'effet que si elles portaient un diadème de diamants. Mais elles ont une chevelure très laineuse et perdent leur beauté assez jeunes. On m'a parlé d'une vieille sorcière sur Maré, aux Loyauté, qui faisait autrefois office de prêtresse ; on lui donnait toujours à manger la main gauche des victimes de guerre, tandis que le chef se réservait la droite. Ils considéraient les mains comme une friandise de choix.

Effaré, James releva enfin les yeux.

– Quels cannibales !

– Effectivement. Il y a cinquante ans ils pratiquaient tous le cannibalisme. Quand la viande abondait, par exemple à l'issue d'une grande guerre, ils ne mangeaient que les bras et les jambes. En revanche, quand la paix régnait depuis trop longtemps, il leur prenait une telle envie d'anthropophagie que certains guettaient les promeneurs isolés pour les tuer et les dévorer sur place.

– Il paraît que des aborigènes font encore de même ici, en Australie, déclara Dougal. On les appelle les « hommes du *bush* ». Ils chassent la chair fraîche le dimanche.

Angus explosa :

– Ils ne sont pas civilisés. Dites-moi un peu ce qu'ils ont d'humain ? Vous n'avez pas entendu parler de ce contremaître, là-haut, que quatre d'entre eux ont attaqué avec leurs *pangas* ? Ils l'ont découpé en morceaux, même sa mère n'aurait pas pu le reconnaître. Vous exposiez votre vie, monsieur Lindsay, en vous hasardant ainsi.

– Je reconnais qu'on ne peut pas vraiment se fier à eux. Nous débarquions toujours en groupe, couverts par nos carabines, et la chaloupe restait prête à rejoindre le navire. Une fois j'ai vu... des choses dont j'ai préféré ne pas parler à table.

Graham Lindsay raconta son arrivée sur l'île de Mai, et l'incident qui lui avait ôté le goût de l'aventure et du danger. Son groupe avait débouché, à l'orée d'un village, sur un arbre où pendaient deux sulus maculés de sang. Au pied du tronc grimaçaient deux crânes juchés sur une pile d'ossements grossièrement décharnés, les effroyables restes des propriétaires des sulus.

– Les reliefs d'un repas de cannibales, en l'occurrence... Au dire d'un autochtone, des « g'ands gue'iers » venaient d'utiliser de nouveaux fusils rapportés du Queensland. Ils avaient mangé deux hommes d'un village voisin.

– Macabre ! lâcha Angus Johnstone.

– Oui. Et les deux victimes étaient revenues de Maryborough quelques mois plus tôt. Le gars avec qui j'ai parlé ne me l'a pas caché : ils possédaient tous des fusils Snider et de nombreuses cartouches, et ils avaient la détente facile.

James repoussa le fromage qu'il avait mis sur son assiette et avala son porto d'un trait.

– Quelle conversation déprimante ! dit-il. Qu'en pensez-vous, père ? Si nous rejoignions les dames ?

– Dans une minute. J'ai toujours soutenu que le recrutement profitait autant à ces sauvages des îles qu'aux planteurs. Ils découvrent certains aspects de notre monde, et bénéficient d'un voyage gratuit ainsi que d'un lot de marchandises au retour. Mais les armes ! Il faudrait les leur interdire.

– Comme il faudrait interdire, intervint James, le recrutement des jeunes en dessous de quinze ans. Beaucoup d'adolescents ne survivent pas.

– Nous avons traversé des hivers rigoureux ces dernières années, et ils ne sont pas habitués au froid. En plus le régisseur m'a dit que le week-end ils emportaient leurs couvertures à Maryborough et les vendaient pour de l'alcool.

– Vous tenez cela de McGriggen, père ? C'est un homme féroce.

– Mais efficace, rétorqua Dougal. Il ne se laisse pas avoir.

Woodyatt sortit enfin du silence :

– Une mission méthodiste s'est installée en face du lagon. Enfin... à moins qu'il ne s'agisse de presbytériens. Les luthériens viennent également d'implanter en ville une mission pour Canaques où ils chantent des cantiques, et le reste. Pensez à tous les bienfaits de la civilisation que ces gens répandront chez eux quand ils y retourneront !

– Hélas, les « bienfaits de la civilisation qu'ils répandent chez eux », rétorqua sèchement Lindsay, sont plutôt la syphilis attrapée dans les bordels japonais et l'habitude du jeu et de l'opium inculquée par les Chinois.

Le visage d'Angus s'assombrit à nouveau. Il préféra éluder la question.

– Oh ! c'est une opinion très controversée. Que diriez-vous, messieurs, d'ajourner le débat pour passer au salon ?

James fut le seul à se lever prestement. Les autres le suivirent sans entrain. Angus murmura à l'oreille du rédacteur en chef :

– De la graine de révolutionnaire, ce jeune Lindsay. Mais j'aime sa franchise, il ne mâche pas ses mots, je lui reconnais cette vertu.

Les hommes rejoignirent les dames dans le grand salon décoré de tableaux aux somptueux cadres dorés. Un piano à queue recouvert d'une fine soie des Indes y trônait. Helga reprit son flot de questions, auxquelles Graham Lindsay répondit le plus volontiers du monde. Elle but ses paroles.

– Le commandant était-il cruel envers les indigènes ?

– Je l'ai vu rosser six hommes pour des biscuits volés. Il n'y allait pas de main morte. Il prétendait qu'ils avaient la peau dure, mais l'un d'entre eux a mis une semaine à s'en remettre.

– Oh !

– Il s'amusait de temps en temps à jeter des pétards allumés parmi eux, dans la soute. Il trouvait cela terriblement drôle et disait autour de lui : « Regardez comme ils sautent ! »

– C'est abominable. Avez-vous essayé de l'arrêter ?

– Le représentant du gouvernement et moi l'avons réprimandé, mais c'était son navire. Dans un moment d'ivresse il pouvait nous abandonner sur une île déserte ou nous mettre aux fers dans la cale. J'avoue mon soulagement d'être revenu vivant. Nous avions déjà à lutter contre l'éthylisme du cuisinier : un jour il a sombré dans une crise de folie furieuse. Il se débattait en brandissant son couteau de boucherie. Entre ses hurlements et les mélopées des Canaques qui se languissaient de leurs îles, nous ne connaissions jamais le calme.

– Avez-vous rencontré d'autres commandants de Maryborough ?

– Oui, celui de l'*Oiseau des tempêtes*, et dans un port nous avons croisé le capitaine Woodcock, du *Pacifique*.

Helga ne se départit ni de son sérieux ni de son innocence pour livrer ce qu'elle savait de ce dernier :

– J'ai entendu parler de lui, père lui a acheté son dernier chargement de Canaques. Ses hommes l'appellent Bitembois, m'a-t-on dit, sans doute tenait-il autrefois une scierie où il débitait du bois.

Dougal, qui entendait malgré lui la conversation, renversa son café. Lindsay parvint à conserver un visage digne.

A l'écoute de ces récits, Helga regrettait plus que jamais que sa condition de femme l'empêchât de partir explorer l'océan, peut-être même d'accomplir le tour du monde. En Europe, elle aurait assisté aux plus grands concerts de l'époque...

Rose, la fiancée de James, vint s'asseoir à côté d'elle, ce qui rompit le tête-à-tête. Son silence durant le dîner avait été dû à la pression du genou de James contre le sien, et à la rencontre de leurs mains sous la nappe chaque fois qu'ils avaient pu se dispenser de manier les couverts.

Elle portait une robe de tulle rose, surmontée d'un fichu vaporeux. Sur son gracile cou opalin, son visage angélique semblait une fragile fleur d'hibiscus blanc. Julia Johnstone la jugeait parfaitement déplacée dans un dîner où les discussions allaient si bon train, mais elle appréciait sa fonction décorative. Après tout, qui demanderait à un bouquet de fleurs posé au centre de la table de participer à la conversation ?

3. Maryborough

Il n'était jamais venu à l'esprit d'Angus Johnstone que sa fortune reposait sur de la chair humaine, de la souffrance. Il déclarait en toute sérénité :

– Ils aiment travailler. Je les vois partir pour les champs en riant et en babillant. Quand un chargement de canne tombe du convoi, devoir le remettre en place ne les peine aucunement. Ce sont de vrais enfants, ils ne comprennent pas la valeur de l'argent. A quoi rimerait de leur en donner davantage ?

Ainsi se justifiaient les grands propriétaires de plantations. Ils accroissaient leur pouvoir et leur richesse jusqu'à diriger tout le Queensland à travers leurs représentants élus au Parlement.

Une aristocratie sucrière régnait sur les villes côtières, de Maryborough à Mackay. Depuis quelque temps, la cité construite sur les rives de la large et majestueuse Mary River était devenue le pôle le plus vivant.

Des palmiers verts le long des bâtiments blancs de la rue principale, une forêt de mâts se dressant au-dessus des quais du port, un alignement de cheminées fumantes, un fleuve aux méandres paresseux bordés de jardins publics, tel était, à trente kilomètres de la mer, le premier centre économique de la culture de la canne au Queensland.

Jusqu'ici aucun pont n'enjambait le fleuve. La traversée s'effectuait en bac.

Maryborough s'était développé grâce à un emplacement géographique propice à la navigation. Les grands navires pouvaient remonter aisément le fleuve, dont l'embouchure bénéficiait de la protection de l'île

Fraser, autrefois appelée Sandy. On avait commencé par exporter la laine de l'arrière-pays, puis des bois précieux comme le cèdre rouge, l'acajou des marécages, le cyprès et une variété d'eucalyptus aux fibres très dures. Aujourd'hui la production et l'expédition du sucre brut constituaient l'activité principale de la région.

Les riches alluvions déposées dans la plaine par la Mary River donnaient un sol propice à la croissance de la canne. Le climat, avec ses précipitations estivales et ses hivers ensoleillés et secs, était très favorable, malgré certaines années de sécheresse. Le gouvernement décida de mettre les terres de la Couronne à la disposition des nouveaux colons désireux de les défricher et de les planter.

D'imposantes bâtisses, toutes de style colonial, avec colonnes et balustrades, bordaient les larges artères animées : la maison des douanes, l'hôtel des postes, le service de l'immigration, l'union des planteurs. A voir ses trente hôtels et ses cinq églises, on imaginait difficilement que vingt-cinq ans plus tôt les premiers colons avaient fait surgir cette ville de la forêt vierge et de marais encombrés de niaoulis. Des domaines comme Chindera, Rosehill et Binburrum devaient leur existence à la main-d'œuvre de couleur.

Des dames en robes longues descendaient la rue principale sous leurs vastes ombrelles. Elles faisaient leurs courses accompagnées d'un serviteur en livrée, à cheveux crépus, qui portait des piles de colis. Des cochers à peau noire, des insulaires qui cumulaient souvent cette fonction avec celle de maître d'hôtel, conduisaient les meilleures familles, c'est-à-dire les plus riches.

De temps à autre, les échos d'une bagarre mortelle

entre factions indigènes ou une mélopée lancinante en provenance des huttes venaient rappeler au cœur de la nuit les mœurs sauvages qui régnaient jadis en ces lieux.

Au plus fort de la saison du sucre, lorsque la ville entière dégageait une nauséabonde odeur de sirop bouillant et que la mélasse coulait à flots dans les sucreries, les Canaques organisaient parfois une fête. Jusque tard dans la nuit, ils battaient la mesure de leurs pieds nus, sur le rythme des pistons qui actionnaient les cylindres broyeurs et concasseurs des moulins.

Des premiers habitants de l'Australie, les aborigènes, il demeurait peu de survivants. A la mauvaise saison ils s'entassaient dans la gare du chemin de fer et y demandaient l'aumône aux voyageurs. Quand le soleil tapait, ils restaient assis, apathiques, tandis que les mouches leur grouillaient sur les paupières et sur les lèvres. Le soir on les rabattait comme du bétail vers le marais d'Uloola ou vers leur camp de l'autre côté du fleuve. On leur interdisait l'accès des rues après dix-sept heures.

Ils avaient refusé dès le début de travailler dans les plantations de canne. Dépourvus de tradition agricole, ils ne voyaient pas l'utilité de suer sang et eau toute la journée pour quelque vague récompense future.

En revanche, cette besogne rappelait aux hommes du Pacifique, les Canaques, leurs propres cultures de taros. La chaleur poisseuse qui régnait entre les rangées de cannes de trois mètres de haut, asphyxiante pour les Blancs, ne semblait pas les déranger.

Les sols de Childers, Bundaberg et Maryborough allaient du brun chocolat au rouge vif de ceux de la

Jamaïque. Ils s'avéraient particulièrement riches et profonds. Une fois abattue l'épaisse forêt tropicale, la canne à sucre poussait en abondance, en un fol entrelacs de tiges géantes.

Malgré leur vigueur et leur acharnement apparents, les Canaques mouraient au cours de la première année dans une proportion déconcertante. L'hiver, ils souffraient tant des froids vents d'ouest qu'ils se précipitaient entre les murs protecteurs des hautes cannes pour travailler. A Chindera ils détruisirent leurs propres baraquements de briques afin d'allumer des feux avec le bois des charpentes. A la place, ils se construisirent des huttes en bambou.

Joseph Efate, appelé plus volontiers Tula, survécut à l'étape cruciale de la première année. Il était devenu robuste et puissamment musclé, sa peau luisait de santé. La protection d'un vieil homme l'avait aidé à traverser les mois les plus difficiles, mais il s'était tout d'abord imaginé qu'il ne résisterait pas. Après l'exténuante traversée, les journées de douze heures dans les champs l'épuisaient. Le matin, s'il partait en retard pour le travail, le régisseur lui envoyait un coup de pied dans les fesses qui l'humiliait autant qu'il le meurtrissait. Certains de ses compagnons dans la même situation répondaient par un sourire, préférant affecter l'indifférence qu'affronter le nerf de bœuf et les pistolets de McGriggen.

Le travail était maintenant moins rude qu'au début. Le binage à la houe entre les rangées de cannes, l'émondage, le brûlage puis la moisson s'avéraient moins pénibles que l'essartage de la jungle. Auparavant, enfoncé jusqu'aux genoux dans des marais infestés de sangsues et de moustiques, Tula avait abattu une forêt de niaoulis et débroussaillé d'épais buissons où on se faisait accrocher par les palmiers épineux ou piquer par les branches urticantes du gympie. Les vénéneuses mouches des broussailles lui avaient tellement sucé le sang qu'il jugeait miraculeux de vivre encore.

Il commençait même à apprécier sa ration quotidienne de riz et de pain, ainsi que son thé sucré à la mélasse. Les indigènes ne recevaient que rarement du blé et des légumes, et plus exceptionnellement encore un peu de viande. Sur un lopin de terre près de leurs huttes, ils faisaient pousser des taros, dont ils mangeaient les feuilles bouillies dans le lait des noix de coco tombées dans les jardins publics. L'austérité de ce régime ne semblait pas trop compromettre leur santé, car ni rhume ni grippe ne se déclaraient dans leur village.

En revanche la dysenterie les frappait souvent. Tula voyait certains de ses compagnons s'affaiblir très rapidement ; le sang leur ruisselait sur les jambes tandis qu'ils sortaient pour aller déféquer. Dans la journée bon nombre d'entre eux se ruaient sur les flaques d'eau stagnantes et polluées qui bordaient les champs de canne. L'évidence de leur soif ne suffisait pas à convaincre les contremaîtres d'apporter de l'eau potable. Ils prétextaient que boire occasionnerait une perte de temps.

Depuis six ans, les insulaires dormaient dans des huttes en tiges de bambou et en feuilles de canne, construites selon les principes de leur pays : plafonds hauts et frais, planchers sur pilotis pour mieux capter la moindre brise. Leurs maîtres blancs appliquèrent cette idée astucieuse à bon nombre de chantiers du Queensland. Ils juchèrent leurs maisons sur de solides troncs, ce qui permettait d'entreposer les marchandises dans le rez-de-chaussée aéré et ombragé.

En plus des huttes communes pour les hommes, tout un quartier de huttes familiales hébergeait les couples, soit recrutés ensemble, soit constitués par des mariages d'insulaires avec des femmes aborigènes. De temps à autre, des Mélanésiennes parvenaient aussi à rejoindre leurs maris.

Zachariah, un ami de Joseph, avait épousé Eliza, qui travaillait dans la grande maison, à la cuisine. Les propriétaires de Chindera employaient également en tant que cocher Tombua, l'homme qui avait aidé Joseph à endurer les terribles premiers mois où il tombait d'épuisement au retour des champs.

Malgré sa christianisation, Zachariah, originaire de l'île de Malaita, demeurait très imprégné des croyances traditionnelles. Les drageons de canne n'étant plus productifs après deux ans, il convenait de procéder chaque année à un bouturage. Or, pendant toute la semaine précédant la date prévue pour cette opération, Zachariah passait la nuit à l'écart de sa femme, affirmant que les rapports conjugaux nuisaient à la fertilité des pousses. Si un homme ne respectait pas cette règle d'abstinence dans son pays, les ignames ne se développaient pas normalement, prétendait-il.

Installée depuis plus longtemps que lui en Australie, Eliza affectait de mépriser toutes ces superstitions. Elle s'était fait enlever à son île par le célèbre Ross Lewin à l'âge de six ans. Une famille blanche l'avait recueillie et élevée jusqu'à ce que sa présence devînt embarrassante : une jeune fille de race noire ne pouvait rester en son sein si elle n'appartenait pas à la domesticité. On l'avait alors « prêtée » à la grande maison de Chindera, où elle devait rencontrer et épouser Zachariah.

Puisque son mari la dédaignait pendant la période précédant les plantations, Eliza s'accrochait alors dans les cheveux les fleurs les plus belles et faisait ostensiblement sa toilette devant lui. Assise dans une grande bassine en fer-blanc, elle levait son éponge avec une lenteur gracieuse et s'aspergeait en laissant ruisseler l'eau de façon provocante sur la courbe de ses reins.

– Viens, Zachari, viens me laver le dos.

Elle avait beau tout mettre en œuvre pour le séduire, il se ruait hors de la pièce et allait se réfugier dans la hutte des hommes.

A Chindera, Eliza servait comme bonne et fille de cuisine. Elle partageait ce travail avec une aborigène qu'elle traitait avec mépris, afin de rappeler qu'elle, Eliza, n'avait rien de commun avec ces « sales Noirs ». Elle prétendait être une princesse de son île, ou tout du moins une fille de chef.

Quelque part dans la subtile hiérarchie des couleurs qui allaient du blanc au noir en passant par une infinité de nuances, se situaient les Chinois. Dans un secteur d'Adelaide Street, des lettres chinoises peintes sur les portes ornaient habitations et commerces. Ce peuple vivait en général replié sur lui-même, bien qu'on vît parfois un insulaire épouser une Chinoise.

La mère Kelly, une vieille Irlandaise redoutable, tenait l'hôtel du *Figuier*. Tant que ses clients ne s'enivraient pas, elle leur permettait de boire à satiété. Mais s'ils dépassaient la mesure, elle distribuait des coups de gourdin sur la tête des ivrognes turbulents, quelles que fussent leur race, leur couleur ou leur religion. De nombreux prospecteurs chinois étaient récemment venus du sud de l'Australie. Attirés par l'or de Gympie, certains ouvrirent boutiques et tripots à Maryborough.

Les froides nuits d'hiver, les Canaques se réfugiaient sous les fourneaux de la fonderie Walker jusqu'à ce que les veilleurs de nuit les attrapent et les chassent. Parfois, ils se repliaient alors dans les maisons de jeu des Chinois, ou les bordels afghans ou japonais. Ou bien ils allumaient de grands feux sur les rives du fleuve. Au village, lors des célébrations d'anniversaires, ils rôtissaient un cochon entier et à l'issue du repas chantaient et dansaient sur les rythmes endiablés de leurs îles.

Le dimanche après-midi, Tula et ses amis aimaient se promener sur les pelouses pentues des jardins botaniques, en contemplant le fleuve calme et bleu qui s'étirait à leurs pieds. Tula lisait à haute voix les noms inscrits sur les arbres, ainsi que le panneau planté devant le pin bunya : « A certaines saisons, des fruits tombent de cet arbre. Il est dangereux de s'attarder dessous. »

Eliza travailla jusqu'au septième mois de sa grossesse. Quand le cuisinier blanc remarqua finalement son état, il en fit part à M. Johnstone, qui insista pour que la future mère restât se reposer chez elle. Mais elle s'y ennuyait toute la journée. Elle aurait préféré continuer le travail. Les dames de la maison se montrèrent très aimables : elles descendaient souvent au village avec de petits vêtements pour le bébé.

– Comment allez-vous l'appeler ? lui demanda Helga.

– Moi pense peut-être Lorna si c'est fille. Un jour j'ai lu livre, fille s'appelle Lorna.

Les trois visiteuses enchaînèrent presque en chœur :

– Comme *Lorna Doone*, je suppose. Et John si c'est un garçon ?

– Moi pense peut-être Albert.

Helga remarqua alors sur un mur de la cuisine un calendrier avec les portraits de la reine Victoria et du prince Albert.

« N'est-elle pas charmante ? » commentèrent les trois dames de Chindera sur le chemin du retour. Elles regagnèrent leur demeure à pied, tenant d'une main leur ombrelle à volant et de l'autre le bas de leur longue robe. Elles progressaient avec peine parmi les poisseux éclats de canne tombés des charrettes et les fruits secs des bardanes qui, tapis dans les herbes folles, s'accrochaient à leurs vêtements.

Zachariah pensait que Lorna convenait très bien à une fille. Mais il n'appréciait ni Albert, ni John :

– Trop durs, ces noms. Daniela beaucoup mieux, ou Davita, c'est plus comme noms de l'île.

– Nous Australiens maintenant, protesta Eliza. C'est quoi, pour toi, ton île ?

– Moi pas oublier. Et toi non plus. Dois pas avoir bébé sous toit maison. Quand douleurs arrivent, toi sortir sous ciel. Si bébé vient dans maison, tu sais ce qui se passe.

– Des bêtises, tout ça !

En réalité, malgré son air convaincu, Eliza doutait. Elle aussi venait de Malaita et les années n'avaient pas suffi à chasser sa terreur de l'œil du diable. Elle admettait d'autant mieux les croyances de son mari qu'elle n'aurait jamais « passé sur lui », c'est-à-dire laissé son ombre croiser la sienne, ni touché sa tête, ni penché son corps par-dessus le sien pour poser un objet sur la table.

Elle tenait néanmoins à ce que son enfant portât un nom de Blanc, comme elle-même. Persuadée de donner naissance à une fille, elle imaginait déjà sa petite Lorna.

4. Le village canaque

Sur la plantation de Chindera, c'était le jour de la distribution annuelle des chemises, pantalons et couvertures. Deux cents Canaques faisaient la queue le long de la clôture dressée entre le village et le parc de deux hectares de la grande maison. Ils riaient aux éclats et plaisantaient. Bousculades et chamailleries se multipliaient au fur et à mesure que se prolongeait l'attente. La plupart des ouvriers ne portaient que des pantalons de travail tachés et effilochés ; ils avaient perdu chemise et pantalon de rechange en jouant au *fan-tan* dans le tripot chinois.

Ils bénéficiaient pour l'occasion d'un jour de congé supplémentaire, événement nécessairement apprécié par des gens qui travaillaient six jours par semaine. En outre, à l'approche de l'hiver, ils commençaient à souffrir du froid, et attendaient cette date avec impatience. C'était James qui avait persuadé son père d'ajouter des couvertures neuves, d'une variété grise très bon marché, à la distribution habituelle des vêtements.

Samuel McGriggen, le régisseur, se pavanait de long en large. A sa ceinture pendaient d'un côté un pistolet et de l'autre un fouet à long manche. Son bulldog restait collé à ses pas. Contrairement aux hommes en face de lui, l'animal mangeait visiblement tous les jours.

– Bon, canailles de Noirs, vous venir. Moi vous donner couverture, chemise, pantalon.

Sa voix rude et autoritaire imitant le langage petit-nègre ne traduisait pas la colère. Il ne mettait aucune intention méchante dans le terme de « canailles » et qualifier ses hommes de « Noirs » n'avait rien d'offensant. N'étaient-ils pas effectivement noirs, ces pauvres bougres ?

Joseph Efate restait à l'écart. Le mépris désinvolte qui animait ce Blanc le dissuadait de se mêler à la bonne humeur générale. Une fois de plus il ressentait de la haine et non pas du respect pour ceux qu'il avait appris à considérer comme les « maîtres blancs ».

Si des cheveux plutôt fins recouvraient le front de McGriggen, sa barbe noire poussait en abondance. Le bleu insolite de ses yeux, aussi clair que s'il avait été délavé, rendait ses pupilles d'autant plus perçantes. Sa haute taille lui permettait de dominer la plupart des insulaires, à l'exception des natifs de Tanna. Il chaussait toujours de lourdes bottes de cuir qui lui servaient à harceler les traînards. Le plus souvent, on recevait l'insulte avec le sourire, dans l'espoir de déclencher en retour celui du maître.

Il avait aussi la manie de renverser les ouvriers par terre avec le manche de son fouet, « juste histoire de leur remettre les idées en place », ou bien parce qu'il estimait qu'on l'avait regardé avec insolence.

– Bon, les gars, vous-mêmes compter. Un, deux, trois. Vous savoir compter jusqu'à trois, hein ? Trois machins pour chaque gars : un, chemise, deux, pantalon, trois, couverture. Hé dis donc, toi, viens avec les autres !

Il attrapa Joseph par l'épaule, le dégagea brutalement de la barrière à laquelle il s'appuyait pour regarder la scène, et le tira en arrière pour lui faire rejoindre la queue.

– Vas-y le premier, toi chanter : un, deux, trois !

La colonne s'ébranla en traînant les pieds. Chacun compta maladroitement à voix haute les trois objets reçus. Joseph se frottait l'épaule. Il ruminait sa colère.

Le plus pénible n'était pas la douleur physique, mais la façon insultante dont le régisseur leur parlait petit-nègre. Il s'adressait à eux comme à des enfants. Appeler « gars » des pères de famille ! Joseph savait parler comme les Blancs et comprenait les nuances de leur langue. Mais il aurait été insolent de le montrer, il aurait reçu un coup de pied ou un coup de poing pour lui apprendre à « rester à sa place ». Il fallait renoncer à toute identité et admettre d'appartenir à un noir troupeau. Joseph mit toutefois un point d'honneur à articuler parfaitement « trois » quand il prit la couverture sur la pile.

Il avait décidé de rester encore trois ans. Son deuxième bail arrivant à échéance, cela lui ferait en tout neuf ans loin de son île. Les souvenirs qu'il en gardait diminuaient progressivement. Il ne jouait pas, allait rarement au bordel, ce qui lui permettait d'épargner sur ses dix shillings mensuels. Grâce à ses références et à la compétence acquise il pourrait demander et obtenir un meilleur salaire le jour où il signerait son troisième contrat. Peut-être ne retournerait-il jamais à Lifou.

Le travail terminé, les ouvriers quittaient parfois leurs vêtements pour se livrer à de longues danses autour du feu de camp. Ils entonnaient alors des chants traditionnels, au rythme langoureux des algues ondulant sur la crête des vagues. Mais Joseph préférait passer son jour de repos à l'école du dimanche, en ville, ou bien à l'église, où il psalmodiait des cantiques qui lui rappelaient les Duguid, ses seuls amis blancs. Il n'oublierait jamais les repas pris à leur table, avec Emily et Mme Duguid, ni la façon dont il avait appris à se servir d'un couteau, d'une fourchette, d'une cuillère, rien qu'en les regardant faire.

Un dimanche il s'arrêta devant l'église presbytérienne. Il y était écrit qu'un nouveau pasteur, revenu d'une mission dans les îles, allait s'adresser aux paroissiens. La curiosité le poussa à entrer.

Un grand homme à la barbe grise, le dos raide, les mains osseuses posées sur les genoux, était assis au premier rang de l'assistance. Ce ne fut que lorsqu'il se leva pour parler au lutrin que Joseph reconnut son visage émacié, son regard profond et fanatique. Son cœur se mit à trépider si fort qu'il en eut le souffle coupé. Il crut rêver en entendant l'annonce :

– Et maintenant j'ai le plaisir de vous présenter le révérend Andrew Duguid, ancien membre de la mission presbytérienne des Nouvelles-Hébrides, actuellement en fonctions à Bundaberg.

Duguid grimpa sur l'estrade, ouvrit les bras et posa les mains sur les bords du lutrin. Penché en avant, il observa un silence long et impressionnant. Puis les inflexions rauques de son accent écossais replongèrent Joseph dans l'époque où il ne s'appelait encore que Tula :

– Mesdames et messieurs, jeunes filles et jeunes gens de la paroisse...

Joseph vint s'asseoir au premier rang pour mieux voir. Sa voisine portait une voilette qui lui dissimulait en partie le visage. Elle semblait aussi décharnée que le pasteur. A côté d'elle une jeune fille laissait échapper de son chapeau de paille brodé de fleurs de raphia une splendide chevelure blonde. Des cheveux d'or que la lueur des cierges faisait étinceler sur le velours brun de sa robe ! Pouvait-il s'agir d'Emily, déjà adulte ? Et dans ce cas où serait son petit frère Jamie ? Joseph n'entendit rien du sermon de Duguid, à part le mot « Bundaberg... » et « ces antres chinois du vice et de l'injustice... » ainsi que quelques allusions à une mission auprès des Canaques.

Après le service, il s'avança vers l'estrade, le cœur battant la chamade. Dieu merci, il portait des chaussures, les mêmes que les Blancs, et la nouvelle chemise distribuée quelques jours plus tôt à Chindera ! Mais la situation l'intimidait horriblement. Il savait que les hommes de couleur devaient rester à leur place, bien que celle des Mélanésiens ne fût pas aussi méprisable que celle des autochtones d'Australie. Cela leur permettait d'affirmer fièrement leur identité, de rappeler leur supériorité par rapport à ces paresseux, ces propres à rien d'aborigènes qui refusaient de travailler la canne, malgré les salaires ou les avantages offerts.

– Excusez-moi, monsieur, excusez...

Joseph avait beau tirailler la manche du prédicateur, sa voix hésitante se perdait au milieu de celles qui se bousculaient pour inviter le visiteur à honorer leur table ce soir.

Stewart, le prêtre de l'église de Maryborough, vint à la rescousse du jeune homme :

– Monsieur Duguid, j'aimerais vous présenter un de nos paroissiens, qui suit assidûment les cours de notre école dominicale. Il vient des îles où vous aviez votre mission.

Andrew Duguid tourna ses pénétrants yeux bleus vers Joseph et lui tendit sa main osseuse. Un sourire éclaira son long visage austère.

– Très heureux de te rencontrer. Connaîtrais-tu l'île de Lifou ? Nous y avons séjourné longtemps, et trois de mes enfants y sont enterrés.

– Trois ? s'exclama Joseph. Le petit Jamie également ?

Le pasteur écarquilla les yeux. Sa main droite agrippa l'épaule de son interlocuteur.

– Joseph ! Joseph Tula Efate ? Tu as donc fini ici ? Quel grand gaillard tu es devenu ! Ils avaient emmené un jeune garçon...

– J'ai longtemps déploré, monsieur, de n'avoir pu vous informer que j'étais parti contre mon gré.

Pour une fois que l'occasion se présentait, Joseph tenait à mettre en pratique tout ce qu'il avait appris de grammaire à l'école.

– Oui, je sais, enlevé avec les autres ! J'ai écrit à l'Eglise, au gouvernement australien. Ils m'ont promis une enquête qui n'a jamais eu lieu. Quand nous demandions de tes nouvelles aux quelques villageois qui revenaient, ils disaient qu'on vous avait envoyés dans différentes plantations. Ton père est mort peu après.

Joseph baissa la tête.

– Et votre petit Jamie ?

– La dysenterie. Cela nous a décidés à quitter les îles pour de bon. Viens voir Mme Duguid et Emily, elles seront aussi heureuses que moi de te retrouver.

Duguid ne s'attendait sans doute pas à ce que cette apparition après de si nombreuses années produisît un tel effet sur elles. Mme Duguid éclata en sanglots tandis qu'elle serrait la main de Joseph entre les siennes. L'émotion acheva de rider son visage émacié, tanné par l'accumulation des étés tropicaux.

– Tu es l'un des seuls qui se souviennent de mon petit Johnnie et de James. Nous avons dû les abandonner.

Andrew lui reprocha ce commentaire :

– Voyons, mère, ils sont maintenant auprès de Jésus. Tu devrais te réjouir de leur entrée au paradis.

– Je sais, mais je suis si bouleversée...

Elle essuya nerveusement son nez avec un petit mouchoir et adressa à Joseph un sourire triste. Lui n'osait pas regarder Emily. Soudain il sentit sur sa joue un contact léger et doux comme celui d'une aile de papillon. Une mèche de cheveux dorés effleura ses lèvres. Emily, juchée sur la pointe des pieds, l'avait embrassé.

La joie le faisait délirer. Il avait espéré qu'elle lui sourirait, qu'elle lui serrerait peut-être publiquement la main. Non, elle l'avait embrassé.

– Cher Joseph...

A peine ces trois syllabes murmurées, elle baissa les yeux en direction du missel que tenaient ses mains gantées. Bien qu'elle portât encore une jupe qui lui recouvrait les chevilles, et que sa chevelure lui descendît jusqu'à la taille, elle avait déjà l'air d'une adulte. Un hâle délicat mordorait son visage et ses yeux brillaient d'un bleu aussi intense que les eaux profondes au-delà de la barrière de corail. La plus belle fille qu'il eût jamais vue ! Il se pencha pour regarder sous son chapeau, dans l'espoir qu'elle le gratifierait d'un nouveau regard.

Elle releva les yeux timidement.

– Tu te souviens comme tu me ramenais sur ton dos quand j'étais fatiguée ? Je te battais pour te faire avancer plus vite !

– Oui...

Mme Duguid retrouva son sang-froid à temps pour interrompre leur conversation :

– Que t'importe aujourd'hui, tu étais si petite ! Quand on va sur ses quatorze ans, on est presque une jeune dame.

Emily sembla décontenancée. Ses parents se relayèrent pour raconter à Joseph leur arrivée à Rockhampton puis à Bundaberg. Ils participaient là-bas à une mission interconfessionnelle destinée aux Canaques, à l'initiative d'un luthérien écœuré par la façon criminelle dont on dépouillait les Mélanésiens de leur argent et dont on les traitait.

– Les natifs de Lifou et de Maré sont différents, précisa Duguid. Je reconnais avec plaisir qu'ils se sont majoritairement convertis et savent, comme toi, parler autrement que petit-nègre. Ce sont les rustres, des îles du Nord et de l'Ouest, qui se laissent attirer et flouer dans les tripots et autres lieux de débauche. Ils reviennent chez eux avec une boîte de verroterie pour tout salaire après trois ans de dur labeur. C'est un scandale !

Il se lançait à nouveau dans le sujet du prêche

qu'il venait de terminer. Sa femme le poussa doucement du coude.

– Andrew, ces dames ont hâte de nous emmener souper chez elles, et elles ont parfaitement entendu ce que tu leur as dit tout à l'heure.

– Oui, une minute, ma chère. Joseph, j'aimerais beaucoup que tu viennes prendre la parole un dimanche après-midi à l'une des assemblées que nous réunissons à Bundaberg. Nous effectuons une tâche très importante. Ils t'accorderont bien quelques jours, je suppose ? Il séjournera chez nous, mère.

Le visage de Joseph s'illumina d'un grand sourire.

– Mon contrat arrive bientôt à échéance, monsieur, mon second contrat de trois ans. J'essaierai de ne pas signer le suivant tout de suite. A quelle distance se trouve Bundaberg ? J'ai économisé quinze livres.

– Vraiment ? Ce n'est qu'à cent kilomètres, ce n'est pas le bout du monde. Prends la diligence, je paierai ton transport à l'arrivée.

Ainsi se conclut leur entretien. Tout au long du chemin du retour, Joseph demeura abasourdi de bonheur. Emily l'avait embrassé et il irait la revoir à Bundaberg !

Après avoir couru plus que marché jusqu'au village de Chindera, il se précipita sur sa couchette.

– Eh, Zekiela, qu'est-ce que t'en dis ? Je vais évangéliser à Bundaberg.

– Hein ? Quoi ? grommela Ezekiel, à moitié endormi. Tu vas venger qui ?

– *Evangéliser*, idiot de nègre ! Je vais prêcher devant des Mélanésiens qui suivent l'école du dimanche.

Allongé sur son matelas de paille, les yeux mi-clos,

Joseph entonna à voix basse des bribes de cantiques qui lui revenaient du temps jadis.

– Tu peux pas l'assommer, Zekiela ? s'écria un homme qui tentait de s'assoupir à l'autre bout de la hutte obscure.

Joseph prit la couverture grise entassée à ses pieds et la déplia pour s'en couvrir jusqu'au menton. Il ne pouvait s'empêcher de rire tout bas.

A travers l'ouverture pratiquée en haut du mur, il voyait une grosse étoile briller vers le sud. Son vacillement lui envoyait une lumière aux reflets changeants, rouges, puis bleus, puis rouges à nouveau. « Brillante étoile d'Eve... », murmura-t-il pour lui-même en réveillant dans son esprit le souvenir d'une chanson que Mme Duguid aimait chanter devant son piano. Des bouffées de joie emplissaient ses poumons et lui donnaient envie de hurler. Les étoiles scintillantes lui parurent répondre à son rire du plus profond du ciel.

5. La chasse

Dougal répliqua au visiteur anglais avec une ironie mordante :

– Désolé, nous ne portons pas de veste rouge, mais la chasse au renard à laquelle nous allons nous adonner nous fera monter suffisamment le rouge aux joues.

Des cinq chasseurs, Claude Grant était celui qui possédait la taille la plus impressionnante. Une exubérante moustache lui masquait la moitié du visage.

Ancien membre de la cavalerie de la garde, le jeune homme au teint clair se tenait constamment droit comme un i. Dougal observa la grande maîtrise dont il témoignait en sellant son cheval, un rouan très nerveux emprunté aux écuries de Chindera.

Lui-même montait un nouveau cheval, gris et bien croupé. Son père le lui avait offert pour la chasse en reconnaissance du bon rendement obtenu à la sucrerie. Les estimations laissaient espérer une production supérieure de mille tonnes à celle de l'année précédente, à superficie égale. Une très prospère saison du sucre allait s'ouvrir. Le vacarme des broyeurs et les effluves du sirop en train de cuire se répandraient une fois encore sur la propriété. Julia Johnstone avait fini de lancer les invitations pour le fastueux bal d'ouverture. Il se déroulerait dans la grande salle de la sucrerie, avant que les cristaux luisants ne la remplissent jusqu'au toit.

En prévision de cette période de travail intense qui, comme d'habitude, exigerait sa présence pendant de très longues soirées, Dougal s'accordait un dernier congé. Helga, passionnée d'équitation, et Rose Lovelace, qui malgré les apparences était dotée d'un poignet ferme et d'une excellente assiette, montaient en amazones. Leurs longs vêtements ne dévoilaient que leurs pieds élégamment bottés.

Un chapeau surmonté d'une plume dansant au vent parachevait l'ensemble en velours vert sombre de Rose, lui donnant une allure qu'Helga réprouvait secrètement. Cette fille était certes ravissante mais, tout de même, il ne s'agissait que d'une randonnée à travers la campagne australienne ! Helga portait une confortable tenue de gabardine, très soignée. Un foulard de mousseline noué autour de la tête retenait ses mèches rebelles.

Soudain le cheval de Claude fit un écart imprévu. Le genou du cavalier frôla la jupe de Rose. Une coloration délicate apparut sur les pommettes de la jeune fille.

– Oh, pardon !

Bien que Claude eût présenté ses excuses dans les règles, James, quelques mètres derrière eux sur son cheval brun, le regarda avec suspicion.

Helga remarqua la teinte prise par les joues de Rose. Elle-même rougissait, surtout quand elle s'efforçait de contenir sa fureur, par exemple face à un homme parlant avec dédain des dispositions musicales des femmes. Mais dans ces cas-là, son visage s'embrasait jusqu'à la racine des cheveux d'un rouge grenat incongru. Elle soupçonnait la fiancée de son frère de savoir piquer des fards à volonté, en retenant sa respiration ou par quelque autre artifice.

– Allons-nous suivre les berges du fleuve ? demanda-t-elle à Dougal.

– Au retour. Commençons plutôt par lever un renard vers le grand maquis. Nous en profiterons, ajouta-t-il à l'adresse de Claude, pour essayer d'apercevoir un gympie.

– Qu'est-ce ? Un serpent ?

– Non, un arbre à feuilles urticantes. Chutez au milieu de ses branches et vous serez fixé. Imaginez que vous tombiez dans un buisson d'orties.

– Merci, cher ami. Je m'arrangerai pour rester en selle.

– Ne vous frottez même pas contre une branche. Ses grandes feuilles plates sont entièrement hérissées de poils. Ça vous gratterait pendant des semaines.

Claude Grant résiderait à Chindera jusqu'au bal. Helga et Dougal le trouvaient passablement ennuyeux, d'une arrogance insupportable. En tant que colons australiens, ils voyaient en lui un pur produit de la mère patrie, et s'irritaient de son langage formaliste. James éprouvait de la jalousie à son égard, bien qu'il n'eût manifesté qu'une civilité de convenance envers le charme un peu désuet de Rose et la robuste vigueur d'Helga.

L'invité se mit subitement à regarder sa veste et à en tâter les manches.

– En fait, ce n'est pas une veste « rouge ». Dans la métropole nous disons « écarlate » pour désigner la teinte de l'uniforme des chasseurs.

– Moi je la trouve fichtrement rouge, répliqua Dougal sans sourciller.

Ils trottèrent en bordure de la route puis, arrivés en rase campagne, prirent à travers un champ de canne en jachère avant d'attaquer l'ascension d'une petite colline bien dégagée. La « meute » constituée des deux chiens des Johnstone ouvrait la marche : Lollipop, un setter irlandais, excellent chien d'arrêt, et Pebble, un berger écossais. Leur passe-temps favori consistait à se baigner dans le fleuve, mais ils participaient avec enthousiasme aux parties de chasse. Lollipop émit tout à coup un aboiement étranglé qui traduisait son excitation. Les cinq chasseurs gravirent la colline en hâte.

Dougal se dressa sur ses étriers pour mieux localiser le renard en fuite.

– Voici notre petit couillon !

– On dit « Taïaut ! » et non pas « Voici notre petit... animal » ! corrigea instantanément Claude d'un ton chagrin.

Au regret de ne pas monter à califourchon comme les hommes, Helga donna dans le flanc de son cheval un coup de talon qui la propulsa instantanément en tête, à mi-chemin des chiens. James et Rose, plus soucieux de rester ensemble que de participer activement à la chasse, se laissèrent dépasser par les autres veneurs.

Contrariés qu'une fille ouvrît le chemin, Claude et Dougal se jetèrent dans une course effrénée. Ils s'aplatirent sur l'encolure de leurs chevaux et prirent au plus court. Dougal admit que l'Anglais ne manquait pas de cran. Il voulait forcer le renard à découvert, dans la direction du champ où il trouverait peu d'abris. Mais l'animal dévala l'autre versant de la colline et mit le cap sur un petit affluent de la Mary River, comme s'il savait d'instinct que les chiens perdraient trace de son odeur dans l'eau. Son stratagème immobilisa les chasseurs quelque temps, jusqu'à ce qu'Helga l'aperçût se faufilant entre les herbes de la rive opposée.

Elle s'élança imprudemment au galop pour franchir la rivière. Jugeant l'obstacle trop difficile, le cheval refusa au dernier moment. Sa cavalière lui passa par-dessus la tête. Un buisson de lantaniers amortit sa chute sur la berge et lui évita de plonger dans la rivière.

Helga était haletante, mais indemne. Ses poignets, portés instinctivement en avant pour écarter les tiges épineuses, souffraient de bon nombre d'égratignures. Dans la crainte d'une fracture de la cheville, elle tortillait en pestant le pied sur lequel elle était tombée.

Une fois la rivière franchie, les chiens parcoururent la berge en tous sens, ignorants de la direction à prendre. Dougal serra sa bride et les rappela. Claude, plus proche d'Helga, mit pied à terre et mena son rouan en main jusqu'à elle.

Toujours aussi rigide et guindé, il ne se pencha même pas sur la cheville de la victime pour en examiner l'état.

– Vous n'êtes pas blessée ?

Helga réprima un court éclat de rire. Sa commotion et sa colère avaient disparu dès qu'elle eut perçu la forte odeur de lantanier qui l'imprégnait. De plus la chute avait retroussé sa jupe, et la vision de ses dessous semblait plonger le pauvre Grant dans un grand embarras.

– Tout va bien, merci.

Elle venait de rajuster ses vêtements quand arriva Dougal, tenant par la bride le cheval d'Helga et le sien. Il lui tendit la main pour l'aider à se relever.

– Rien de cassé ?

Il avait égaré son chapeau et le soleil donnait à ses cheveux un reflet vieil or.

– Ce n'était pas très malin ! ajouta-t-il sans compassion. Tu as eu de la chance de ne pas atterrir dans un gympie.

– Je vais sentir le lantanier pendant une semaine.

– Pour ce qui est de puer, ma vieille, tu pues !

James et Rose mirent à leur tour pied à terre près d'Helga :

– Oh, ma pauvre ! Comment allez-vous ?

Rose paraissait sincèrement touchée. Elle sauta au cou de sa future belle-sœur mais l'odeur de celle-ci la fit reculer. Pour une fois Helga éprouva de la sympathie à son égard. Après tout elle était humaine, qualificatif beaucoup plus difficile à attribuer à ce collet monté d'Anglais. Dire qu'il avait effectué, comme Graham Lindsay, une traversée sur un navire de recrutement ! Il renâclait tant à parler de ses aventures qu'Helga ne parvenait pas à l'imaginer les mains sales et les cheveux ébouriffés.

On décida d'abandonner la partie de chasse pour aujourd'hui. Le renard pouvait rester tranquillement à l'abri dans son terrier. On effectuerait plutôt une promenade sur la piste cavalière qui traversait le grand maquis, dernier îlot subsistant de l'ancienne forêt vierge.

Dès qu'elle y pénétra, Rose s'extasia devant les immenses troncs moussus sur lesquels s'entortillaient des plantes grimpantes et des lianes aussi grosses que des serpents. Les rayons du soleil n'atteignaient que les feuilles les plus hautes.

– N'est-ce pas merveilleux ? Et ce calme ! On entend à peine les sabots des chevaux !

Comme pour la contredire, un psophode siffla au loin. Son cri, terminé par un son sec évoquant le claquement d'un fouet à bestiaux, justifiait à l'évidence son surnom d'oiseau-fouet. Puis ce fut un oiseau-chat qui poussa son insolite miaulement. Quelque part dans une éclaircie, un martin-pêcheur géant ponctua ce concert d'éclats de rire déments.

– Des oiseaux ! s'exclama Claude. Etonnant !

Ils atteignirent finalement une clairière où les rayons du soleil frappaient le sol herbeux. Une vieille maisonnette de bois, à moitié délabrée, d'un gris délavé par les intempéries, s'y dressait de guingois sur des troncs sectionnés. Helga se sentit soulagée. Elle commençait à trouver la forêt oppressante, trop verte, trop grouillante de vie. Elle ne supportait plus ce silence, cette terrible lutte des plantes pour accaparer un peu de lumière. L'étreinte mortelle du figuier étrangleur enroulé autour des grands arbres l'angoissait.

Assoiffés par leur expédition, les promeneurs décidèrent d'aller demander aux occupants éventuels de la ruine la permission de boire à la citerne rouillée qui collectait les pluies.

– Il doit y avoir un opossum noyé dedans, mais au moins c'est de l'eau, lança Dougal à l'intention de Claude.

Il grimpa l'escalier branlant qui conduisait à la galerie extérieure dévorée par les termites.

Sur la dernière marche, une carabine Snider était appuyée contre la rampe.

Une demi-douzaine de chiens se mirent à aboyer à l'intérieur de la cabane. Un homme d'âge respectable vint ouvrir. Il portait une chemise de flanelle grise et un vieux pantalon flottant. Sur les bords de la boîte de confiture rouillée dans laquelle il buvait son thé on pouvait encore voir les marques de l'ouvre-boîte. Sa moustache encombrée de tabac semblait lui servir de passoire pour les feuilles de thé.

– C'que v'voulez ?

– Oh, euh... nous...

Dougal désigna ses compagnons qui attendaient sur leurs chevaux au pied de l'escalier.

– Nous nous demandions, reprit-il, si vous voudriez bien nous permettre de boire à votre citerne.

– De l'eau de pluie ? Sûr que oui ! Voulez pas une tasse de thé ? J'ai la bouilloire su'l'feu.

Dougal parcourut du regard l'unique pièce de la baraque. Une odeur indescriptible le prit à la gorge. Seules des boîtes de conserve vides faisaient office de tasses.

– Non, non, l'eau nous suffira, merci.

Il amorça un demi-tour pour redescendre, évita un trou dans le plancher de la galerie et faillit se prendre les pieds dans la carabine.

– Pourquoi laissez-vous ça dans un endroit si dangereux ? demanda-t-il en se retournant. Et chargée, en plus !

– Les chèvres ont foutu le camp et j'ai pas un bout de viande à m'mettre sous la dent. J'me tirerais bien un corbeau pour mon dîner. Assis, bâtards ! ajouta-t-il à l'adresse de ses chiens.

Chacun but dans ses mains en veillant à ne pas gaspiller la réserve que le vieil homme gardait pour la saison sèche. Puis on remonta sur les chevaux, qu'on fit avancer en file indienne. Claude s'impatientait de la lenteur de leur progression à travers les sombres broussailles parsemées de rubus piquants et de jujubiers épineux.

Il devança le reste de la troupe en passant au petit galop dès que le sentier s'élargit. Arrivé à une fourche, il s'engagea dans la voie de droite, un chemin vaste et bien tracé. Quelques minutes plus tard, au moment où les autres atteignaient la bifurcation, un hurlement s'éleva suivi d'un long cri d'horreur puis d'un grand floc.

James réagit en premier :

– Mon Dieu ! Il est tombé dans le précipice !

Le précipice, que les habitants de la région nommaient le Gouffre, était une pente abrupte et instable qui débouchait droit sur le fleuve. Les bûcherons y déversaient leurs énormes troncs après les avoir enduits de boue pour les aider à glisser. Une fois dans le fleuve, ils flottaient jusqu'à Maryborough et la scierie de Wilson, Hart & Co.

Le chemin s'arrêtait brusquement au sommet de la

pente, d'autant plus périlleuse qu'elle était souvent utilisée ces temps-ci. Claude avait vu le danger trop tard.

Alignés sur la crête de la falaise, ses compagnons de randonnée s'efforcèrent de ne pas rire en découvrant le spectacle. Le contraste avec la silhouette digne et guindée qui chevauchait à leur côté quelques minutes plus tôt produisait un effet trop comique. Le cheval se débattait pour essayer de regrimper l'escarpement tandis qu'une eau boueuse dégoulinait sur le maigre visage aux cheveux pommadés de Claude, qui s'accrochait à un rocher émergeant des flots bouillonnants. Leurs regards se figèrent quand ils aperçurent le sang qui ruisselait de ses mains.

– Attendez ! Tenez bon, je descends vous aider !

Dougal s'apprêtait à dévaler héroïquement la pente. L'Anglais l'interrompit :

– C'est stupide, je sais nager. Je... je reprends mon souffle, un point c'est tout.

Il avait heureusement repéré à faible distance en aval un haut-fond couvert de roseaux que son cheval venait de rejoindre. Cela paraissait un lieu de prédilection pour les couleuvres mortelles appelées *taipans*, ou au moins pour les redoutables serpents noirs à tête rouge. Claude lâcha son rocher et nagea vers les roseaux. Restait ensuite à trouver le moyen de se hisser au niveau du chemin. La paroi verticale ne permettait aucune remontée.

– Restez là, cria James à l'Anglais, je vais voir s'il existe un accès en pente douce plus loin.

Il remonta sur son cheval et, accompagné de Dougal, gagna la route principale qui suivait la vallée. Une exploration systématique des sentiers susceptibles de déboucher sur le fleuve leur permit de trouver une percée qui menait apparemment à un gué emprunté par le bétail. James y resta pour s'apprêter à tirer le malheureux hors de l'eau, tandis que Dougal revenait sur ses pas avec l'intention de le guider.

– Pensez-vous que le cheval vous suivra ?

– Je fais ce que je veux d'un cheval.

Claude avait répondu avec flegme. Ses dents claquaient néanmoins sous les effets combinés du froid, de l'émotion et de sa lutte contre le courant. Il ôta sa veste « écarlate », rendue plutôt rouge brique par la boue, et la noua à la selle du cheval.

– Gardez vos bottes, l'avertit Dougal. Il y a des rochers à huîtres !

– C'était donc cela ?

Il promena son regard sur ses doigts sanglants et sur ses cuisses mises à nu par son pantalon lacéré, puis commenta :

– Je pensais qu'il s'agissait de dents de crocodiles.

– James vous attend en aval, sur la même rive. Là-bas il n'y a pas de rochers.

– C'est d'accord.

La bride de son cheval enroulée sur son avant-bras, il vint à bout des réticences de l'animal à progresser dans l'eau. Il nagea à sa hauteur pour s'assurer qu'il ne s'éloignait pas de la rive. Quand le fort courant les eut emportés hors de vue, Helga s'autorisa enfin à réagir :

– Eh bien ! le bonhomme ne manque pas de sang-froid, amoché comme il est. N'empêche que j'aurais donné cher pour assister à sa chute.

– Et il récupère même son cheval et sa veste ! ironisa Dougal.

– Le pauvre garçon !

Rose le plaignait à juste titre, car il ne ressortit

pas du fleuve dans un brillant état. Il assura toutefois qu'il était inutile de lui envoyer un attelage, car il repartirait à cheval. De ses deux mains et de l'une de ses jambes pendaient des lambeaux de chair tailladés par les huîtres. Leurs coquilles tranchantes comme des couteaux s'étaient agglomérées sur les rochers immergés. Il ne réussit à tenir ses rênes qu'en s'enveloppant les mains dans des mouchoirs, et sans doute au prix de douleurs atroces.

– Voici un punch pour combattre le refroidissement.

Julia Johnstone lui tendit un cocktail fumant à base de citron doux, de miel et de brandy. On le banda comme une momie avant qu'il se mît au lit. Le récit de cette aventure allait meubler les dîners de Dougal pendant des semaines.

III

QUI SÈME LE VENT RÉCOLTE LA TEMPÊTE

1. La revanche

– J'aimerais retourner dans les îles rien qu'une fois.

Le commandant John Coath ponctua sa phrase en crachant un noyau de nèfle par-dessus la balustrade de son balcon.

– Pourquoi ne le fais-tu pas ? s'enquit sa jeune femme. Tu as toujours le *Cerbère*.

Il regarda Tina avec tendresse, comme d'habitude. Il l'avait épousée sur le tard et, maintenant qu'il s'était retiré des affaires, il se comportait en mari et en père modèles.

– Parce que je n'aime pas te laisser.

Il caressa d'une poigne vigoureuse la longue chevelure noire de Tina. Un mélange de sang malais et chinois donnait un charme exotique à ses yeux légèrement bridés et à ses lèvres impeccablement dessinées.

– Ce n'est pas que je manque de confiance en toi, expliqua-t-il en riant, mais je me méfie de mes gars. Je sais comment ils sont quand une femme reste seule.

– Par expérience personnelle ! Combien de filles des îles as-tu eues avant moi ?

– Aucune !

– Ça m'étonnerait ! Sûrement plus d'une demi-douzaine.

Son sourire laissait imaginer ses souvenirs, mais il s'abstint prudemment de toute réponse. Quand il souriait, son visage buriné par les intempéries se creusait de rides si sombres qu'on l'eût cru sculpté dans un vieux bois. Il s'était coupé la barbe à la demande insistante de Tina, et s'en trouvait rajeuni.

– Tu sais, je pourrais équiper le pont de garde-corps spéciaux pour que les gosses ne risquent pas de tomber à l'eau, et on ferait tous ensemble une virée aux Nouvelles-Hébrides, ou peut-être aux Marquises.

Il rêva aux Marquises, ces fabuleux rochers roses et bleus qui surgissaient du Pacifique comme des dents géantes.

– Il n'y a pas de cyclone en cette saison, ajouta-t-il, le temps doit y être idéal...

– Mais l'école ? Et la petite Marcia risque d'être malade.

– Le mal de mer ? Mes enfants ne peuvent qu'avoir le pied marin. Peu importe s'ils manquent l'école quelques mois, la traversée leur apprendra des choses qu'on n'enseigne pas en classe : la vraie géographie, par exemple. Je parie que tu n'as jamais entendu parler des Marquises.

– N... on.

Tina souria involontairement. Elle n'avait jamais

rien refusé à son mari et elle se soumettrait à sa demande, malgré de vagues pressentiments funestes. Elle le savait bon navigateur et connaissait son expérience de la mer, mais le *Cerbère* mesurait moins de vingt mètres. Heureusement il était bien ponté et les vagues ne risquaient d'y pénétrer que si on oubliait de fermer une écoutille.

Il comportait un petit coqueron avant où logerait l'équipage indigène, et une cabine spacieuse susceptible d'accueillir confortablement le commandant, sa femme et leurs quatre enfants, dont Marcia qui n'avait que trois ans.

La petite goélette voguait sur les flots azurés du Pacifique, avec pour tout équipage trois matelots canaques. L'un d'eux assurait en outre les fonctions de cuisinier. On ne parcourait pas plus de cent milles par jour en moyenne, mais rien ne pressait. Malgré son mépris de principe pour les Mélanésiens, Coath les préférait à des marins blancs. Avec eux il ne courait aucun des risques que pouvait, en d'autres circonstances, engendrer la présence d'une jeune femme pendant une longue traversée.

Il pensait à ce qui était arrivé à Bully Hayes, parti avec l'épouse du propriétaire de son navire : assommé à coups de gourdin par un homme de l'équipage et jeté par-dessus bord ! Coath voulait jouir de sa retraite en toute sérénité. Il avait repris ses activités après le scandale du *Jason* et, contrairement à ses confrères qui buvaient tout ce qu'ils gagnaient, il avait investi dans plusieurs navires de commerce en plus du *Cerbère*.

Sa femme Tina se reposait sur le petit arrière-pont,

au bastingage soigneusement renforcé pour assurer la sécurité des enfants. Sous un ciel céruléen, la mer limpide comme un saphir présentait une légère nuance pourpre quand se reflétaient, dans les creux entre deux lames, les nuages d'altitude suspendus au-dessus du soleil levant. La brise soufflait juste assez pour gonfler la voile aurique.

Les matelots canaques, heureux de cingler vers leurs Nouvelles-Hébrides natales, reprenaient en chœur des chansons de leurs îles. John Coath scrutait l'horizon ; son visage buriné s'épanouissait malgré l'aveuglante lumière de la matinée naissante qui lui faisait plisser les paupières.

On maintenait un cap est-nord-est. Aucune ride blanche ne zébrait l'eau, excepté sur la crête des lames d'étrave, dans le sillon desquelles jouaient des poissons volants. Malgré la progression du navire rien ne venait briser l'impeccable cercle bleu qui l'environnait. En avant, toujours en avant ! Sous l'effet du tangage, le bastingage s'élevait lentement dans les airs puis replongeait en une gracieuse révérence à la houle océane. Tina somnolait en songeant aux innombrables voyages de John.

Elle savait qu'il avait connu des ennuis, à la suite d'opérations de traite des Noirs. Mais elle ignorait qu'il devait sa fortune à son comportement cruel. On n'avait jamais porté à sa connaissance qu'un jour il avait enlevé un petit enfant avec son père et ses oncles et que, le jugeant trop jeune pour constituer une valeur marchande à Maryborough, il l'avait rejeté à l'eau à deux milles des côtes avec deux noix de coco attachées à ses bras. Les vagues avaient vite emporté ces flotteurs rudimentaires. Bien que son père eût plongé à son secours, l'enfant s'était noyé sous les yeux de sa famille.

Coath ne lui avait pas parlé non plus de la fillette de douze ou treize ans enfermée dans sa cabine pour son usage personnel pendant un de ses retours vers le Queensland. A son arrivée, il l'avait vendue à un bordel japonais de Bundaberg.

Ils atteignirent l'île de Malekula, au centre de l'archipel des Nouvelles-Hébrides, après un mois de traversée, un des mois les plus heureux de la vie de Tina. Commander sa goélette au sein de cette nature paradisiaque semblait transformer John, le rajeunir.

Une fois l'ancre jetée à l'abri des vents, au large de Bushman Bay, il se rappela que cet endroit lui avait valu jadis sa plus fructueuse opération de négrier. Maintenant retiré des affaires, il se contenterait de rechercher des noix de coco et des ignames fraîches pour agrémenter leur habituelle viande salée. Leurs seules fantaisies culinaires avaient consisté en quelques poules soustraites aux cages emportées par Tina dans l'espoir de manger des œufs frais. Il fallait également s'avitailler en eau.

Le commandant n'entrevoyait aucun danger. Vivre parmi les Canaques « domestiqués » au Queensland avait endormi sa méfiance et son dernier voyage dans les îles remontait à des années. Tout lui laissait penser que les mœurs s'étaient aujourd'hui adoucies, grâce aux aller et retour de la main-d'œuvre insulaire. A tout hasard il se munit cependant de son Snider et glissa un pistolet chargé sous sa ceinture. Deux matelots canaques l'emmenèrent en chaloupe vers le rivage. Sur la plage aucun indigène ne s'apprêtait à lui souhaiter la bienvenue. Aucune pirogue chargée de fruits ne venait à sa rencontre.

Il laissa les hommes dans la barque et leur demanda de l'attendre. Ils devraient s'apprêter à le recueillir en hâte puis à ramer vers le *Cerbère* si jamais ils entendaient un coup de feu. Coath gravit le sentier sablonneux de corail blanc qui menait au village.

Parvenu à la lisière de la végétation, il entendit un cri de terreur en provenance de la plage. Quand il eut fait demi-tour, une insolite image de carte postale s'offrit à ses yeux : les cocotiers encadraient la plage étincelante sur laquelle la chaloupe avait été hissée ; en contrebas le bleu de la mer se maculait d'une tache de sang qui s'élargissait peu à peu. L'équipage avait disparu.

Coath se tourna à nouveau vers la jungle pour courir s'y cacher. Ses yeux rencontrèrent alors, dressée juste devant lui, une haute silhouette noire aux pieds nus et au visage entaillé d'un sourire cruel. L'inconnu tenait le manche d'une hache. Un second homme, debout derrière le premier, brandissait un gourdin.

Impossible de redescendre, deux autres sauvages barraient le chemin de la mer. L'un balançait un tomahawk à lame métallique importé d'Australie, tandis que son compagnon pointait un mousquet sur la tête de Coath.

S'il tentait de se servir de ses armes à feu, dans le meilleur des cas il tuerait un de ses adversaires avant que tous les autres ne lui tombent sur le dos. Il préféra essayer de parlementer.

– Vous vouloir autre fusil ? Tenez, être pour vous.

Il tendit son arme. D'un coup sec l'homme à la hache lui trancha l'avant-bras.

Coath poussa un cri étranglé en tournant des yeux

incrédules vers le moignon d'où jaillissait son sang. Il tira un mouchoir de sa poche et s'aida de ses dents pour le nouer en garrot au-dessus de son coude. Il ne ressentait pas de douleur, mais une sorte d'engourdissement général qui lui ôtait toute force. Les indigènes s'emparèrent du fusil tombé à ses pieds puis décrochèrent le pistolet de sa ceinture.

L'homme au gourdin poussa Coath pour le faire avancer. Il dut prendre en trébuchant le sentier qui menait au village. Il mesura alors son erreur de ne pas avoir laissé son sang s'écouler jusqu'à épuisement. Mais Tina ! Avec quatre enfants et un Canaque pour toute protection ! Ignorante des événements, elle allait attendre son retour, il fallait lui envoyer un message pour lui dire de partir tout de suite.

Au village, les pierres des fours rougeoyaient déjà sous les flammes. Un insulaire rejoignit les arrivants en traînant deux paniers qui contenaient les corps des marins tués sur la plage. Dépecés, ils étaient prêts pour la cuisson.

Les ravisseurs de Coath le narguaient tout en parlant dans leur idiome. Ils continuèrent en petit-nègre :

– Homme blanc très bon quand cuit.

A peine eut-il tenté de fuir qu'ils le rattrapèrent et le bridèrent comme une volaille. On mit son bras sectionné dans le four et on le recouvrit de terre pour le laisser braiser. L'opération achevée, on le tendit à celui qui semblait être le grand prêtre, à en juger par les ornements de feuilles sur ses bras et sa tête, et par le port incongru d'un panama.

A demi évanoui, Coath vit l'effrayant objet servi sur une feuille de bananier en guise de plat. La chair brunie par la cuisson sortait entre les craquelures de la peau. Les ongles recroquevillés donnaient à la main l'allure d'une horrible pieuvre à cinq tentacules.

L'homme commença à manger en ouvrant une bouche si grande qu'elle lui fendit le visage. Le prisonnier, ligoté juste en face de lui, ne parvenait pas à détourner le regard. Il ferma les yeux et serra les dents pour tenter de maîtriser son envie de vomir. Il eut beau se rappeler la façon dont son second, en une circonstance comparable, l'avait supplié en vain de lui accorder la mort, des pleurs étouffés se mêlèrent à ses cris.

– Pour l'amour du Ciel ! Pour l'amour du Ciel !

On ne tarda pas à exaucer ses vœux. Une hache s'abattit sur son cou. Sa tête encore grimaçante se sépara de son corps. On mit l'ensemble des morceaux au four et on les mangea mélangés à ceux des matelots qui n'avaient jamais eu le droit de s'attabler avec des Blancs. Le festin des cannibales rétablissait l'égalité entre les hommes.

La vengeance s'était abattue. Les insulaires n'en croyaient pas leurs yeux en contemplant les restes de leur vieil ennemi. S'était-il cru oublié d'eux, le négrier au navire diabolique ?

A bord du *Cerbère*, Tina ressentait un malaise confus. Paix et silence régnaient pourtant. Un aigle de mer au poitrail blanc et aux ailes rousses traça une longue courbe à la surface de l'eau avant de s'abattre sur une charogne flottante.

Les enfants s'agitaient d'un bord à l'autre. Les garçons demandaient à descendre à terre pour rechercher leur papa.

– Non, je veux que vous restiez avec moi, il va bientôt faire nuit. Et puis la chaloupe n'est pas revenue, vous n'allez pas nager jusque là-bas, il peut y avoir des requins. Si jamais il n'est pas revenu demain matin, ce que je ne crois pas, vous profiterez de la marée haute pour rejoindre la côte.

Tina remarqua que le regard du Canaque resté en sa compagnie commençait à trahir son inquiétude. Comme un promontoire de l'île cachait le lieu d'accostage de la barque, il ne soupçonnait pas le drame, mais il craignait d'avoir entendu des cris. Elle lui demanda ce qu'il pensait de la situation :

– Patron, revenir avant coucher du soleil ?

– Patron, revenir.

Il cherchait visiblement à se rassurer lui-même.

– Mais il reviendra quand ? gémit la petite Marcia. J'ai faim !

– Papa est allé nous chercher des ignames fraîches et des taros. Et Tommy va tuer la dernière poule, elle ne pond plus.

Le matelot pendit le volatile par les pattes à un hauban et lui trancha la tête d'un coup sec. Après un bref cri rauque, le sang jaillit à même le pont.

Le soleil abandonna la baie, dont le sable doré devint d'un blanc froid, presque gris. Les palmiers qu'on ne distinguait plus qu'en silhouette s'assombrirent. Toujours aucun signe de John, ni de la chaloupe disparue derrière le cap boisé... Si un malheur était survenu, on aurait entendu au moins un coup de feu, il ne se serait pas rendu sans se battre.

Pourtant ce que Tina déchiffrait dans les yeux du Mélanésien lui donnait le frisson. Elle pensa avant tout à tranquilliser ses enfants.

– Ils passeront sans doute la nuit au village, le chef a invité papa à dîner. Nous aussi on va manger et on se couchera après. Papa reviendra demain matin.

Assis à l'abri d'une bâche tendue sur le pont, on se partagea tristement la poule rôtie à la lueur d'une lampe tempête. La lune ne se leva pas, seul le reflet des étoiles dansait sur les vaguelettes de la lagune.

Tina conduisit la benjamine au lit. Une fois que les frères eurent admis, non sans rechigner, d'aller se coucher à leur tour, elle resta à parcourir le pont en tous sens. Blotti dans le coqueron avant, le matelot semblait dormir. Elle inspecta la masse sombre de l'île, et aperçut parmi les arbres un rougeoiement qu'elle attribua aux feux du village. Pourquoi John n'avait-il pas envoyé un des Canaques, sur la barque ou sur une pirogue ? Les indigènes devaient disposer de nombreuses embarcations... Et s'ils les avaient tués, lui et ses deux matelots ? S'ils se préparaient maintenant à partir à l'assaut du navire ? Et si... ?

Tout en descendant dans la cabine elle frémit d'horreur à ces pensées et verrouilla l'écoutille avec soin pour plus de sécurité. L'un de ses fils gémissait dans son sommeil. Elle s'assit et dressa l'oreille. Un bruit de pieds nus marchant sur le pont ?

– Tommy, c'est toi ?

Pas de réponse. Tina perçut peu après un grand cri, puis l'écho d'un corps heurtant la surface de la mer. Il lui sembla qu'on frappait des coups de marteau au-dessus de sa tête. Dans quel but ? Et qui pouvait faire cela ? Elle se redressa sur sa couchette, s'empara du second pistolet, caché sous son oreiller, et s'assura qu'il était chargé. Quand elle posa à nouveau les pieds sur le plancher, l'eau lui monta aux chevilles.

– Nick ! Marcia ! Réveillez-vous, mes chéris, le navire prend l'eau. Nous coulons !

Elle enveloppa les enfants dans de chaudes couvertures. Plût à Dieu que la marée fût suffisamment basse pour atteindre la rive sans perdre pied trop longtemps ! Tina gravit l'escalier, déverrouilla l'écoutille et poussa. Impossible de la soulever. Quelque chose la coinçait de l'extérieur.

Les coups de marteau ! On avait enfoncé dans les joints des tiges de bambou ou des lamelles de bois, peut-être même des clous reçus des commerçants du Queensland...

L'eau continuait de monter. Le hublot ! La taille de Tina lui interdisait de passer au travers, mais elle en décoinça les fermetures en s'écorchant les doigts. Ses enfants parviendraient à se glisser. Quant à elle, il lui restait à espérer que Tommy était encore en vie et qu'il viendrait à son secours.

L'ouverture du hublot rapprocha l'échéance fatale. Les insulaires avaient creusé un trou dans la coque juste en dessous de la ligne de flottaison et l'eau entrait maintenant par deux orifices à la fois.

La femme du commandant et ses enfants allèrent par le fond en même temps que le navire. Seule la petite Marcia connut un répit : après l'avoir attachée à un tiroir de la commode pour l'aider à flotter, sa mère était parvenue à l'éjecter par le hublot.

Le lendemain matin, les vagues rejetèrent sur la plage son corps inanimé et boursouflé. Repus par leur festin de la veille, les indigènes ne la mangèrent pas : ils préféraient le gibier qu'ils tuaient de leurs propres mains. Ils abandonnèrent la fillette aux crabes et aux aigles de mer.

2. La ville du sucre

– Un morceau, ou deux ?

Quand les dames de Maryborough, de Sydney ou de Londres agitaient leurs pinces à sucre au-dessus de leur thé de Chine ou de Ceylan tout fumant, quand les cuillères d'argent tintaient contre la porcelaine translucide et que de joyeux lurons en jaquette noire s'accoudaient nonchalamment au piano à queue en agitant leurs tasses, ces gens pensaient-ils un seul instant aux implications sociales de ces petits parallélépipèdes de cristaux blancs agglomérés ? Au drame humain de la traite des esclaves, à la ruine de l'Afrique occidentale, à la dépopulation des îles du Pacifique, aux empires économiques fondés par les planteurs d'Amérique, des Fidji et aujourd'hui du Queensland ?

Les roses sont rouges,
Les violettes sont bleues,
Le sucre est doux,
Comme vos yeux.

Telle était l'épigramme que les jeunes gens inscrivaient volontiers sur les feuillets parfumés, roses, blancs ou verts, des albums de dédicaces que leur tendaient les jeunes filles.

Ils consommaient confitures et lait concentré sucré, chutneys et autres condiments, sirops et cordiaux de toutes sortes à base de sucre, sans parler des différentes confiseries, des chocolats, gâteaux, biscuits, éclairs, massepains et tartes communément répandus sur l'ensemble du monde civilisé. Comment la plupart des peuples auraient-ils survécu sans lui ?

La demande de sucre semblait devoir croître indéfiniment, depuis le vieux trimardeur du bush le versant à pleines poignées dans sa bouilloire jusqu'à la reine Victoria soulevant à l'heure du thé le couvercle de son sucrier en vermeil dans les salons du château de Windsor. Inconnu en Europe avant que des navigateurs portugais ne l'introduisent au XVe siècle, ce produit était devenu vital.

D'immenses fortunes reposaient sur ce besoin croissant. Rien qu'au Queensland on en produisait dix mille tonnes chaque année. Et comme le cours mondial atteignait quarante livres la tonne, que des centaines de milliers de livres s'investissaient dans cette industrie, les voix qui réprouvaient la manière dont les récoltes s'effectuaient ne tardèrent pas à être étouffées.

Il n'y eut qu'à Londres qu'on osa s'insurger. La traite des esclaves d'Afrique, de l'île Maurice, des Indes occidentales et des Amériques pesait encore sur la conscience des Britanniques. Le *Times* s'éleva contre les planteurs du Queensland et des Fidji en s'exclamant : « Une nation d'esclavagistes ! Une souillure sur l'Empire ! » La publication de ces remarques désobligeantes blessa et déconcerta les colons. Ils clamèrent qu'ils payaient les indigènes et qu'un contrat bilatéral les liait à eux. Ils se récrièrent également contre l'inutile zèle des aviso-torpilleurs britanniques qui arrêtaient parfois les commandants des goélettes australiennes.

Les Fermiers de la Grande Baie et l'Association des planteurs, groupements des districts de Maryborough et de Bundaberg, dans les vallées de la Mary et de la Burnett, constituaient un puissant lobby au Parlement. Le Premier ministre, Thomas McIlwraith, un imposant Ecossais au caractère direct, possédait personnellement une flotte importante destinée au recrutement des insulaires. Il s'occupait aussi d'acheter en masse des parcs à bestiaux dans le Nord avec des capitaux britanniques, et investissait dans les champs de canne à sucre les bénéfices qu'il en tirait.

Pour lutter contre l'esclavage des Canaques, il ne subsistait guère que quelques humanistes et des missionnaires ayant séjourné dans les îles. Ils gardaient peu d'espoir d'arriver à se faire entendre.

Chindera était devenue une grande plantation. Sur les cinq cents hectares qu'elle regroupait, on en entretenait et en cultivait deux cent vingt-cinq. Il avait fallu déboiser, arracher toutes les lianes et les broussailles qui poussaient avec exubérance sur le sol très riche, et cela au milieu des sangsues et des serpents. Ensuite brûler sur place les branches et les troncs abattus, puis extraire les souches et retourner le sol. On avait finalement creusé mille trous par hectare et déposé deux plants de canne dans chacun d'eux. Après quoi il ne s'agissait pas de rentrer se reposer en attendant que pousse la canne. Des mauvaises herbes menaçaient régulièrement d'étouffer les jeunes plants, et les équipes d'entretien ne cessaient de sarcler la terre avec leurs binettes.

La masse salariale de Chindera approchait les dix mille livres par an, somme dont les Canaques recevaient moins d'un quart. La centaine de Blancs employés dans les bureaux et à la sucrerie, les contremaîtres et le régisseur se partageaient le reste, avec une demi-douzaine de Chinois.

L'ensemble de l'entreprise représentait un modèle

de gestion rigoureuse et efficace. Une parcimonie très écossaise évitait toute dépense excessive et maintenait les frais généraux à un si bas niveau que les bénéfices ne cessaient de croître. Il paraissait évident pour un administrateur économe que le chapitre sur lequel on pouvait le plus aisément épargner était celui de la nourriture des Canaques. En conséquence la viande offrait un plaisir rare, et les plats de riz et de maïs suffisaient à emplir les estomacs, même s'ils ne satisfaisaient guère les hommes qui travaillaient dans les champs de six heures du matin à six heures du soir, avec deux brèves pauses pour le petit déjeuner et le déjeuner. Ils buvaient un thé qu'on appelait dans le bush un « thé-trèfle », du fait que les grandes bouilloires ne contenaient que trois feuilles. Son goût ne différait guère de celui de l'eau pure.

Le sucre restait le seul aliment dont on ne manquât pas : cassonade poisseuse ou mélasse noire et sirupeuse, résidu de la première centrifugation. Disséminés dans les environs de Maryborough, quinze moulins à sucre produisaient un total d'environ huit mille hectolitres de mélasse. On l'incorporait à la ration fourragère des chevaux, et certains maçons l'utilisaient même dans leur mortier pour faire une sorte de ciment.

Une excitation générale se répandait dans l'air à l'approche de la récolte et de l'époque du broyage. Les Mélanésiens gardaient en mémoire les fêtes données chez eux après les moissons, quand les hangars regorgeaient d'ignames.

Bien qu'épuisés par le travail, ils restaient éveillés la moitié de la nuit, dansaient, chantaient, battaient des pieds sur le rythme insistant des machines qui cognaient au moulin. Pour accompagner leurs chants traditionnels, ils frappaient l'une contre l'autre des tiges creuses de bambous géants, comparables à ceux qui poussaient dans leurs îles. Ils se débarrassaient de leurs pantalons européens imprégnés de sève gluante et se nouaient un simple sulu autour des reins. Certains s'ornaient les cheveux avec des fleurs.

Cette année, M. Johnstone leur avait promis qu'on marquerait l'ouverture de la saison par une grande fête au cours de laquelle on rôtirait deux cochons entiers.

Depuis son balcon au premier étage de la grande maison, Helga contemplait le paysage. Il lui évoquait la couverture en patchwork qui garnissait encore le lit de sa vieille poupée.

Les champs de canne couvrant les vastes plaines ondulant jusqu'au-delà du fleuve étalaient à perte de vue un assemblage de couleurs disparates sous le soleil hivernal : des carrés vert profond ou jaune d'or alternaient avec les zones rouge brique des terres labourées. Certaines cannes étaient déjà noircies par le brûlage des feuilles sèches pratiqué avant la récolte. Celles dont les pâles épis fleurissaient s'auréolaient d'une brume mauve.

Helga se souvenait de la couverture qu'on lui avait donnée à confectionner comme devoir de couture pour l'été, alors qu'elle avait huit ou neuf ans. Elle se rappelait la chaleur pesante, suffocante, qui régnait dans sa chambre d'enfant, et ses petits doigts tout collants de transpiration qui peinaient à enfoncer l'aiguille dans le tissu raide. L'un des carrés était un brocart jaune clair, terriblement difficile à transpercer.

Elle se rebellait sans lever les yeux de sa tâche. A travers la fenêtre lui parvenaient les cris joyeux de ses frères qui nageaient et chahutaient dans le fleuve. Quelle injustice ! Dommage qu'elle ne fût pas un garçon !

Son regard errait aujourd'hui sur les champs écrasés par la luminosité d'un ciel au bleu limpide. Telles des fourmis perdues au sein d'une pelouse géante, les ouvriers noirs travaillaient entre les rangs de canne. Ils portaient des pantalons de coton bleu, de larges chapeaux de feutre et des lambeaux de foulards multicolores avec lesquels ils s'épongeaient. Au centre de toute cette verdure se blottissait la petite clairière du village canaque.

Dans sa maisonnette aux murs de branchages et au toit de chaume, Eliza devinait l'approche du grand moment. Les plaisirs de la fête des récoltes lui manquaient, mais Zachariah insistait pour qu'elle respectât les tabous entourant les femmes enceintes : n'aller nulle part seule, ne pas manger de la main gauche, ne pas regarder la nouvelle lune, etc. Il redoutait le mauvais œil.

Elle ne s'en vantait pas, mais en fait elle avait aperçu par inadvertance la nouvelle lune le mois précédent, à travers sa fenêtre. Elle avait aussitôt fermé les paupières et elle s'était abstenue toute la nuit de tourner à nouveau le regard dans cette direction. Pourtant elle se sentait maintenant « pareille les Blanches », et commençait à douter des pouvoirs attribués aux esprits diaboliques. Comment la retrouveraient-ils en plein Queensland, si loin de son île ?

Eliza avait reçu de Mme Johnstone d'adorables petits vêtements pour « Lorna », et de Mlle Helga un très beau châle dans lequel elle envelopperait le nourrisson. Mais l'attente la fatiguait, elle était lasse de se sentir lourde et disgracieuse. Dispensée de travailler à la cuisine jusqu'au jour de son accouchement, elle demeurait préoccupée par l'insistance de Zachariah à vouloir que le bébé naquît dans les champs, surtout pas sous un toit. Elle ne s'accoutumait pas à l'idée d'accoucher dehors, à même le sol, de mettre bas comme les animaux.

Helga arrivait à peine à distinguer les huttes depuis son balcon. Elle résolut d'aller offrir à Eliza quelques fruits frais du jardin. Elle prit son ombrelle, descendit l'escalier, puis pria autoritairement Claude Grant de lui porter son panier plutôt que de musarder toute la matinée dans le petit salon.

Sur le chemin du retour ils s'arrêteraient au moulin et jetteraient un coup d'œil sur les préparatifs du grand bal qui se déroulerait bientôt dans l'entrepôt.

Claude accepta avec enthousiasme. Il suivit Helga sur l'étroit sentier du village. Quel tableau merveilleux, pensa-t-il, que cette jeune fille en robe blanche à volants entre ces murailles vertes de canne à sucre ! Il fixait la naissance de son cou, sa peau opaline et soyeuse caressée par ses boucles brunes. Décidément, elle le troublait. Il ne comprenait certes pas grand-chose d'elle, ni son humeur fantasque, ni son goût pour la musique, et il n'envisageait pas de lui adresser la moindre proposition. Mais, mystérieusement, sa silhouette le fascinait, ainsi que son teint, et les riches et chaudes inflexions de sa voix. Il ne s'attardait à Maryborough que pour elle, alors qu'il aurait déjà dû visiter le reste du pays.

Helga s'était contentée de lui dire qu'elle apportait des fruits à une villageoise « pour des raisons de santé », sans entrer dans les détails. Mais quand ils arrivèrent, Eliza se tenait sur le seuil de sa maison, montrant à l'évidence qu'il ne s'agissait pas d'une maladie. Un peu embarrassée, Helga déposa les fruits en hâte avant de repartir vers les bâtiments de la sucrerie. La hauteur du plafond de l'entrepôt, dont les angles se perdaient dans l'obscurité, étonna Claude.

– Tout ce local va être empli de sucre brut ?

Des hommes finissaient de balayer les petits tas de cristaux qui traînaient depuis l'année précédente. Ils répandaient ensuite des résidus de bougies afin de cirer le sol.

– Oui, jusqu'au toit, du moins pendant quelques jours. Ensuite on le met en sacs et on l'envoie ailleurs pour le raffinage. Mon père pense que nous devrions effectuer l'ensemble des opérations ici, à Maryborough, et vendre directement du sucre blanc.

– A quelle étape de son traitement quitte-t-il actuellement la ville ?

– Sous forme de sucre roux, comme les grains que vous voyez par terre. Si nous rentrions à la maison pour prendre un thé ?

– Avec plaisir, merci. Mais je le boirai nature. Après avoir respiré du sucre et marché dans du sucre, je me sens incapable d'en absorber sous aucune forme !

Helga répondit à sa plaisanterie en souriant :

– Vous vous habituerez. Attendez de connaître l'odeur nauséabonde qui emplit l'air à l'époque du broyage !

Elle lui montra les wagonnets qui transporteraient alors sans discontinuer les chargements de canne jusqu'aux broyeurs. Joseph, le visage penché vers le sol, déblayait les débris de sucre. Pour Helga, il n'était qu'un des nombreux Mélanésiens employés par son père. Elle ne pouvait soupçonner les pensées qui lui traversaient l'esprit tandis qu'il l'observait en relevant discrètement les yeux : « Si vous saviez qu'une jeune fille comme vous m'a embrassé ! songeait-il. Ça vous surprendrait, n'est-ce pas ? »

Mais une voix qui ne lui était pas inconnue attira alors l'attention de Joseph :

– Que diront-ils, en Angleterre, quand je leur raconterai que j'ai piétiné des kilos de sucre avant de prendre mon thé ?

Joseph se retourna et dévisagea le jeune homme au visage rose et à la moustache blonde. Il le revoyait, une tasse de café à la main, lancer sur le même ton : « Que diront-ils, chez moi, quand ils sauront que j'ai descendu une douzaine de moricauds avant mon petit déjeuner ? » Il n'oublierait jamais cette phrase.

Il tremblait encore en reprenant sa tâche. Les deux Blancs traversèrent le bâtiment puis s'engagèrent sur le chemin de la grande maison. Ils disparurent peu après dans l'ombre des manguiers géants.

3. Le bal

A la sucrerie de Chindera, des braseros aux flammes hautes et de grands flambeaux fichés dans des supports métalliques illuminaient la façade de l'entrepôt. Dans la salle principale, la lueur des lampes à acétylène se reflétait dans les cristaux encore éparpillés çà et là sur le sol. Ils étincelaient comme autant de diamants roux. Une multitude de femmes habillées de soieries pastel et d'hommes en tenue de soirée fourmillait dans le bruissement diffus des conversations. Chacun s'extasiait sur la décoration florale des lieux.

La froide lumière blanche faisait scintiller les vrais diamants qui ornaient les coiffures et les corsages des opulentes matrones de l'« aristocratie sucrière » de Maryborough. Et là-haut, au-dessus de la propriété, le ciel constellé parait de ses plus beaux joyaux la nuit glaciale.

On avait invité tous les notables de la ville : les directeurs des journaux, les principaux armateurs (également détenteurs de la moitié de la presse), les planteurs, les exploitants forestiers, les deux médecins, le représentant de l'Eglise d'Angleterre et son épouse. Les méthodistes et les presbytériens semblaient trop occupés par leurs missions dans les îles pour répondre à l'invitation. En revanche le directeur des services d'immigration et l'inspecteur de la Polynésie ne manquaient pas à l'appel. Il valait mieux entretenir de bonnes relations avec tous ces dignitaires.

L'inspecteur de la Polynésie ne jouissait pourtant pas d'une grande popularité. Son travail consistait à superviser les navires de recrutement, à protéger les insulaires et à empêcher que la main-d'œuvre canaque ne se répandît au-delà des champs de canne au détriment des ouvriers australiens. Il visitait les plantations, apaisait les conflits et était censé imposer le respect des contrats une fois échues les périodes de trois ans.

Un orchestre composé d'un piano, de deux violons et d'un basson jouait sur une estrade dressée sur des barriques de mélasse à une extrémité de la vaste salle.

Claude Grant contemplait ce spectacle avec un certain amusement. Décidément ces colons le surprenaient beaucoup. Confinés sur la frange d'un gigantesque continent plein de redoutables déserts et d'indigènes insoumis, ils avaient évincé depuis un demi-siècle la population autochtone de cette partie de la côte, et y organisaient de grands bals comme ils l'eussent fait à Londres à la pleine saison.

Les dames aux coiffures emplumées se pavanaient en tapageuses tenues de soie et de satin brodées de pierres précieuses. Claude ajusta son monocle pour se confirmer que Mlle Johnstone dégageait, dans sa discrète robe de mousseline blanche rehaussée d'une ceinture rose, un charme d'autant plus grand qu'il était discret. Son châle orné d'une broche de diamants découvrait sa gorge ronde. Un simple ruban de satin blanc maintenait ses boucles brunes coiffées à la grecque.

Il lui demanderait bien de lui accorder sa première danse...

– Puis-je m'inscrire sur votre carnet de bal, mademoiselle ?

Tout à scruter la foule dans l'espoir d'y distinguer le jeune Lindsay, Helga n'avait pas entendu approcher Claude. Elle se retourna si brusquement qu'elle le heurta avec son carnet, auquel pendait le fil de soie lilas de son crayon.

– Oh, je vous en prie, Claude, dites Helga ! Que de formalisme ! Vous appelez toujours Dougal et James par leurs prénoms.

– Avec plaisir, répondit-il en s'inclinant. Mais il existe une petite différence, vous en conviendrez, et j'attendais votre permission. Vous portez un prénom peu usuel.

– Je le dois à l'un des voyages en Europe de mes parents. Les pays nordiques ont fasciné ma mère.

Helga se félicitait de l'insistance de sa mère en faveur de ce nom à l'allure exotique, en dépit du désir de Johnstone de l'appeler Janet. Mais elle souhaitait maintenant un nom d'épouse tel que Paderewski. Pourquoi ne pas séduire un jour une célébrité... quelque part en Europe ou en Amérique ? Elle savait avec une absolue certitude qu'elle ne passerait pas sa vie dans cette ville provinciale à l'autre bout de la planète. Elle partirait pour l'étranger.

– Mademoiselle Johnstone ! Je vous cherchais partout.

La jeune fille sentit résonner dans tout son corps cette voix grave et virile, si différente de la diction impeccable et bêlante de Claude. Le sourire extasié avec lequel elle se retourna faillit aveugler le jeune Lindsay comme s'il avait fixé le soleil levant. Il n'aurait su dire si les yeux sombres d'Helga étaient gris ou bruns, mais il savait qu'un tel éclat ne pouvait provenir que des siens.

– Je voulais vous demander de m'accorder votre première danse, reprit-il.

– Je regrette, elle est déjà retenue. Vous pouvez vous inscrire pour la dernière... Monsieur Claude Grant, laissez-moi vous présenter M. Graham Lindsay.

Avant même de serrer la main du nouvel arrivant, Claude nota son nom à la fois pour la danse du souper et pour celle qui clôturerait le bal.

– Désolé, mon vieux, Mlle Johnstone m'a laissé carte blanche : j'ai également réservé la dernière.

Il rendit le carnet à Helga dans un grand geste où transparaissait toute sa suffisance.

– Je n'ai jamais dit cela ! s'insurgea-t-elle.

Lindsay ne se formalisa pas :

– Tant pis, je prendrai toutes les autres, avec votre permission.

– Impossible, monsieur, vous avez droit à... laissez-moi voir... trois danses. C'est équitable, n'est-ce pas ? J'en garde toujours une pour mon frère James. La danse ne le passionne pas, mais il se sent obligé de paraître une fois sur la piste. Quant à M. Grant, il sera mon cavalier également à trois reprises.

– Je conteste la justesse de cette répartition. Il vous a tout au long du souper et en plus pendant trois danses !

– Alors mettons quatre, mais ce sera tout. Cela ne m'en laisse plus qu'une disponible, à moins d'un supplément au programme.

Helga trouva la soirée plus divertissante qu'elle ne s'y était attendue. D'ordinaire il lui fallait supporter de vieux hommes ventripotents, des amis de son père que les valses essoufflaient. Lors des danses à quatre, ses partenaires l'indifféraient, peu importait avec qui elle exécutait le quadrille des lanciers ou celui du prince Albert, le plaisir d'évoluer sur la piste lui suffisait.

Au cœur du village canaque, dans la clairière encerclée par les huttes communautaires et les cases des couples, on se livrait à un autre style de spectacle, sous la voûte céleste. Des hommes en sulu portaient des bracelets de feuilles vertes au-dessus des coudes et aux poignets, ainsi que des fleurs d'hibiscus dans les cheveux. Ils martelaient le sol de leurs pieds nus en dansant autour du feu où rôtissaient les cochons. Quelqu'un avait apporté un rhum grossier, distillé clandestinement à partir de la mélasse.

Les rythmes commençaient à devenir endiablés. Les tiges creuses des bambous frappées les unes contre les autres reprenaient avec ardeur le tempo sur lequel battaient des centaines de mains.

Eliza se retournait sans cesse en gémissant sur sa paillasse. A côté d'elle veillait une fillette, une vague parente métissée de sang aborigène, dont la tâche consistait à ne pas laisser seule la future mère. Elle regrettait de rester enfermée alors que la fête battait son plein à proximité. Eliza poussa soudain un cri aigu.

– Ça y est, vite ! Aller trouver Zachari. Lui danser avec autres garçons. Doit m'emmener dehors.

Eliza redoutait la colère de son mari au cas où, contrairement à ses ordres, elle accoucherait dans son lit. S'il ne se pressait pas suffisamment, elle devrait pourtant s'y résoudre, car les douleurs, de plus en plus intenses et rapprochées, lui montraient que l'événement ne tarderait plus.

Ravie de quitter enfin la hutte, la fillette courut à toutes jambes. Elle marqua une pause à mi-chemin des danseurs, devant des femmes qui extrayaient des fours en terre des taros et des bananes. Une odeur si délicieuse frôla ses narines qu'elle se mit à saliver. Une des cuisinières lui tendit une part toute fumante dans une feuille de bananier.

– Hé, Leila, vouloir *kaï-kaï* ? Sentir bon, hein ?

La femme se frottait le ventre en riant. Leila hésita, décontenancée. Elle attrapa à pleines poignées les légumes tentateurs et se les fourra dans la bouche. Le scrupule la poussa néanmoins à accomplir sa mission, tout en continuant de mâchonner :

– Eliza, être le moment. Toi vu Zachari ?

– Ah, Zachari ! Bu plein de rhum, plein de vin de palme. Sûrement allé dormir.

Leila parvint enfin à le trouver et à lui dire que sa femme était en couches. Il ingurgita un autre verre et se précipita chez lui. Du seuil de la hutte, il découvrit avec horreur que l'accouchement venait de se terminer. Tremblante de peur, Eliza tenait dans ses bras le bébé qu'elle n'avait pas encore lavé. Le placenta traînait sur la paillasse, à côté d'elle.

– Mordu cordon. Coupé très bien, murmura-t-elle.

Zachariah empoigna le bébé dans un hurlement sauvage et l'arracha à sa mère pour le présenter devant la lampe : le visage tout bleu, il ne respirait pas. Il le saisit par les pieds pour tenter de lui faire cracher ce qui lui obstruait la trachée-artère.

Il se mit à vociférer dans leur langue maternelle :

– Tu te rends compte, femme, de ce que tu as fait ? Tu as attiré la malédiction du mauvais œil sur notre enfant. Pourquoi tu n'as pas attendu ? Pourquoi tu ne m'as pas fait appeler plus tôt ? J'avais préparé l'endroit où mon fils devait naître, sous les étoiles. Maintenant il va mourir, à moins que le sang coule tout de suite.

Zachariah rejeta le bébé dans les bras d'Eliza, promena tout autour de lui un regard terrifiant et s'empara de son coupe-coupe accroché au mur.

– Zachari ! Qu'est-ce que tu fais ? Je ne...

Il était déjà sorti. La mère éplorée berça l'enfant apparemment sans vie.

Leila arriva alors avec une vieille indigène experte en accouchements, mais l'odeur du sang fit fuir la fillette aussitôt. La sage-femme pendit le petit garçon par les pieds et le gifla sans ménagement. Le nourrisson se mit à tousser puis à pleurer.

Lindsay et Helga exécutaient une scottish, une danse aux pas vifs et alertes, proche de la polka. Les mèches folles et les joues écarlates d'Helga enchantaient Lindsay. Haletants, ils s'arrêtèrent à la dernière mesure sous un palmier en pot. Helga s'éventa à l'aide de son fin mouchoir de soie.

Elle se confirma dans l'idée qu'elle appréciait les hommes de haute taille : à côté d'eux sa silhouette charpentée devenait plus petite et plus frêle. Graham lui tenait encore la main, comme s'il avait oublié de la lâcher.

– Puis-je vous apporter un rafraîchissement ? une boisson glacée ?

– Oh, une limonade, s'il vous plaît.

A l'instant même où Lindsay la quitta, Claude Grant surgit au côté d'Helga. Il paraissait plus grand que Lindsay, sans doute parce qu'il se tenait plus droit. Il donnait toujours l'impression d'avoir avalé un bambou. En outre il dansait à merveille, Helga l'avait apprécié comme cavalier.

– Parbleu, il fait bien chaud ici !

– J'avoue que la scottish m'a échauffée.

– Voudriez-vous... euh... respirer l'air frais dehors ? La nuit est très limpide.

– Oh, je regrette mais j'attends M. Lindsay. Il doit m'apporter une limonade.

– Il saura vous retrouver, n'en doutez pas.

Il glissa autoritairement la main sous le coude

d'Helga et commença à la pousser. Elle résista à la façon d'un cheval rétif.

– Je suis désolée, lança-t-elle d'une voix glaciale, j'attends le retour de M. Lindsay.

– Parfait !

Cette fois, c'était au tour de Grant de répliquer d'un ton sec. Après une révérence courtoise, il s'éloigna, très digne, vers les portes ouvertes sur la nuit. Lindsay arrivait en tenant deux verres de limonade. Il découvrit la scène avec amusement.

– Quelle mouche l'a donc piqué ?

– Oh, mon cher ! Il semble avoir l'habitude que tout se plie à sa volonté.

– Vous a-t-il ennuyée ?

– Non. Il voulait seulement que je vous laisse dans l'embarras.

– Et vous vous y êtes opposée ? Un beau geste de votre part !

– Je n'aime pas qu'on me force la main, même si on s'y prend avec galanterie.

– Il faudrait... Oh, ce bruit ! La fête des Canaques devient décidément très bruyante.

Maintenant que l'orchestre se taisait, on entendait, par-dessus le brouhaha de l'assistance, l'écho insolite des bambous frappés contre le sol, *whoumf ! whoumf !* ainsi que des mains tapant en rythme. Les hommes chantaient une mélodie des îles qui se termina par un hurlement sauvage.

– A force de vivre repliés au Queensland, reprit Graham, nous oublions que ces gens ont renoncé au cannibalisme il y a moins d'une génération. En fait ils n'en sont pas véritablement sortis. Bien sûr l'évangélisation a fait son œuvre sur certains, mais d'autres replongent dans leurs coutumes ancestrales dès qu'ils reviennent chez eux. Et une fois armés de fusils, ils constituent un grand danger.

– Ils ne retournent tout de même pas au cannibalisme ?

– Hélas si. Je l'ai constaté de mes propres yeux, et chez des garçons partis de Maryborough depuis peu.

– Incroyable ! Quand je pense au domestique que nous avions pendant mon adolescence, Tolu ! Il me fabriquait des toupies, des colliers. Quel homme adorable, ce cher Tolu, il...

– Mon Dieu ! Qu'y a-t-il ?

Ils s'étaient progressivement rapprochés de la porte tout en dégustant leurs limonades, afin de bénéficier de la fraîcheur de l'air extérieur. Un cri strident avait déchiré l'air. Un hurlement étouffé lui succédait.

– Attendez ici !

Pour une fois Helga ne se rebella pas contre l'ordre reçu. Elle se contenta de regarder Graham Lindsay se ruer dans la nuit en compagnie des jeunes hommes qui se trouvaient aussi à proximité de la porte.

Ils faillirent trébucher sur le corps de Claude Grant. La lumière des torches le découvrit dans une flaque de sang, à mi-chemin du village canaque. Peut-être avait-il envisagé d'aller jeter un coup d'œil sur la fête des Mélanésiens quand il avait rencontré Zachariah, courant tel un forcené pour saigner la première personne venue.

Abasourdi par le chagrin et rendu à moitié fou par l'alcool, il avait tailladé cruellement sa victime. Il ne s'était arrêté que pour s'assurer que le sang rituel coulait effectivement à flots puis était retourné en hâte dans sa cabane, où Eliza dormait. Constatant que le bébé, sauvé du mauvais œil, survivait miraculeusement, il s'était alors enfui, effrayé soudain par son acte.

On transporta Claude dans le vestibule de la sucrerie. On appela le médecin-chef de la ville, heureusement au nombre des invités. Le sang n'irriguait plus le visage du grand Anglais, livide comme un fantôme, dont les traits redevenaient étrangement jeunes et sereins. Le médecin tâta son pouls filant.

– Il a perdu beaucoup de sang. Il est très faible, le pauvre garçon.

L'assistance déchira ses mouchoirs pour préparer des garrots. L'oreille posée sur la poitrine du blessé, le médecin écouta avec attention le râle bulleux qui s'en échappait, et nota l'apparition d'une écume rose à la commissure de ses lèvres.

– Un gars... sauté dessus... sans raison..., balbutia-t-il entre deux gémissements.

– Oui, oui. N'essayez pas de parler.

Une civière improvisée permit d'emmener Claude à l'hôpital. Il y mourut dès son entrée.

La nouvelle de l'agression se répandit dans la grande salle. L'orchestre eut beau se remettre à jouer, personne ne dansa. Quand Angus Johnstone apprit le décès, il monta sur l'estrade pour annoncer la clôture du bal. Sous l'effet de l'émotion, sa voix tremblait et ses yeux bleus luisaient.

– J'ai le douloureux devoir de vous dire que notre invité, notre ami, a été assassiné de façon abominable. Oui, il a trouvé la mort sur les terres de Chindera, et apparemment de la main d'un des Canaques de la plantation. M. Grant ne connaissait aucun de nos ouvriers et ne s'est pas méfié de cet homme atteint d'une crise de démence. Il vaut mieux que nous rentrions tous chez nous et y demeurions cette nuit. L'assassin sera bientôt arrêté.

Un immense brouhaha submergea l'assemblée. Les visages des femmes affichaient inquiétude et accablement, tandis que les hommes laissaient exploser leur fureur.

– Il faut le lyncher ! commentait-on de toute part. Nous ne serons plus jamais en sécurité dans nos lits si ces monstres quittent leur village.

– Faisons un exemple, quel que soit cet individu !

– La pendaison serait trop douce. Nous devons l'écarteler, traîner son corps derrière une charrette. Si tous les Canaques assistent à son supplice, la crainte de Dieu les touchera enfin !

Consternée, Helga se sentait au bord de la défaillance. Elle posa une main tremblante sur le bras de Graham Lindsay.

– Mais pourquoi ce meurtre ? Vous connaissez un peu les comportements de ces gens dans leurs îles... Ici ils semblent toujours d'une nature rieuse, heureux de vivre.

– Comme je vous le disais, ils commencent à évoluer depuis moins d'une génération. Le vacarme qui montait de leur village toute la soirée témoignait de leur échauffement collectif, un appétit sanguinaire s'est soudain réveillé chez l'un d'eux.

– J'ai l'impression que c'est ma faute. Il m'en voulait en me quittant.

– Mais non, cela aurait pu arriver à n'importe qui.

– Ils célèbrent tous les ans l'ouverture et la fermeture de la saison du sucre, et rien ne se produit jamais.

– Vraiment ? Aucune bagarre ? Aucune effusion de sang ? Vous m'étonnez !

– Si, mais pas...

Constatant qu'Helga ne poursuivait pas sa phrase, Lindsay s'en chargea pour elle :

– ... pas le meurtre d'un Européen ? Différence fondamentale, n'est-ce pas ? Vous rendez-vous compte du tollé qui s'élèverait si des ouvriers blancs, en pleine force de l'âge, mouraient à Maryborough dans la proportion de dix pour cent par an ?

– A Chindera la mortalité des Canaques n'atteint pas un tel chiffre.

– Hélas, mademoiselle Johnstone ! J'en ai parlé avec un médecin qui a signé les certificats de décès pendant des années. Selon lui, on ouvrira une enquête, l'inspecteur de la Polynésie va la demander. Les choses ne peuvent continuer ainsi.

– C'est faux ! Je ne vous crois pas !

– Helga ! Te voici, ma chérie ! La voiture arrive, j'espère que tu n'envisageais pas de rentrer à pied.

Le visage blême, les yeux fiévreux, Mme Johnstone serra un long moment sa fille contre sa généreuse poitrine. Le tremblement de ses bras trahissait la violence de sa rage.

– Penser que mon bal a dû se terminer aussi tragiquement ! Et mon invité, le pauvre Claude... je n'oserai plus jamais relever la tête !

Elle continuait néanmoins de dresser tout autant que d'habitude son menton volontaire.

– Le pire, continua-t-elle, c'est qu'ils semblent croire que le criminel appartient au village de Chindera.

– Ne vous rendez pas malade, maman, l'affaire s'estompera avec le temps.

Mme Johnstone tint soudain sa fille à distance pour lui adresser un regard soupçonneux.

– Helga, on ne trouve pas trace de Zachariah, et sa femme est dans tous ses états.

– Eliza ! Le bébé est né ?

– Je ne sais pas... Viens, ma chérie. Peut-être M. Lindsay aura-t-il la bonté de nous aider à monter dans la voiture ?

Tombua faisait office de cocher. Il avait enfilé son uniforme à contrecœur, en plein milieu de la nuit. Mme Johnstone scruta le visage sombre et impassible de l'homme qui portait la veste à brandebourgs qu'elle avait dessinée elle-même.

– Je ne pourrai plus jamais éprouver les mêmes sentiments à leur égard, conclut-elle dans un frisson.

4. Zachariah

Le dimanche suivant, les prêches prononcés dans la plupart des églises de Maryborough eurent pour thème : le meurtre et le châtiment. Le drame du bal hantait toute la ville. A l'église presbytérienne on commenta le texte : *« Celui qui sème le vent récolte la tempête. »*

Selon le pasteur, de tels accidents, comme l'assassinat du contremaître découpé en morceaux par quatre Canaques peu de temps auparavant, demeureraient inévitables tant qu'on ne se soucierait pas davantage des hommes de couleur introduits dans ce pays. Il fallait leur donner les droits et l'éducation qui leur permettraient d'occuper au sein de la communauté blanche d'autres places que celles d'esclaves.

– Trop peu d'entre eux, déclara M. Stewart, fréquentent les églises et apprennent à délaisser leurs mœurs diaboliques pour entrer dans l'amour du Christ. Ils repartent trop souvent de ce grand pays chrétien, après trois ou six ans, sans en savoir plus que le jour de leur arrivée. Ils n'y acquièrent que l'habitude de jouer, de s'enivrer et de forniquer.

» Ce malheureux Zachariah, baptisé par des missionnaires, a sans doute été fou de chagrin une fois son crime commis. Apparemment il croyait son enfant mort. Il avait bu, nous le savons, et le contremaître l'avait aidé à s'enivrer, l'y avait encouragé.

» Personne ne surveillait l'orgie des Canaques pendant que leurs patrons s'adonnaient aux plaisirs contestables de la danse dans la grande salle du bal !

» Nombre de gens réclament son sang en guise de châtiment. Mais réfléchissez, mes frères et mes sœurs ! Ne sommes-nous pas tous à blâmer dans cette tragédie ? La subsistance matérielle de la très large majorité des habitants de Maryborough dépend du sucre, directement ou indirectement. Tout ce système qui s'appuie sur la réquisition de la main-d'œuvre de couleur relève d'une erreur, d'une injustice devant le Seigneur.

» Quoi qu'il en soit, prions pour Zachariah de Malaita comme pour l'âme de son infortunée victime. Prions pour qu'on le renvoie dans son île, avec son épouse et son bébé, et qu'ils emportent avec eux ce message du Christ : "Père, pardonnez-leur, parce qu'ils ne savent pas ce qu'ils font."

Les fidèles gardèrent le silence à l'issue de cette homélie, bien que la majorité d'entre eux restât favorable à une pendaison publique.

Beaucoup d'autres sermons, aussi sulfureux, commentèrent la phrase : *« C'est Moi qui ferai justice, Moi qui rétribuerai, a dit le Seigneur. »*

Les Blancs s'assemblaient sur les trottoirs pour bavarder à voix basse. Les indigènes désertaient les rues et se mettaient discrètement hors de vue. La plupart étaient aussi choqués, mais eux avaient l'habitude d'être a priori jugés coupables.

Le visage vers le mur, la pauvre Eliza n'accordait pas un seul regard à son bébé paré de la belle layette des dames de Chindera. Elle ne cessait d'appeler Zachariah. Elle se sentait responsable de la fureur qui s'était emparée de lui et voulait le supplier de lui pardonner.

Joseph lui rendit visite. Il lui expliqua que Zachariah ne pouvait pas venir parce que la police le retenait.

– Pourquoi ? Qu'est-ce que lui a fait ? J'ai dit à lui... faire pas de bêtises... bébé vivra... Tout ma faute, lui devenu fou nuit dernière !

– Ce n'est pas ta faute, Liza.

– Mais qu'est-ce que lui a fait ? Pourquoi pas venir ?

Joseph la regarda en silence puis baissa la tête.

– Lui tué quelqu'un ? Oui, c'est sûr ! Lui pris coupe-coupe avant partir, et pas rentré.

Dans l'obscurité de la hutte de feuillage, Joseph ne distinguait de la jeune mère que le blanc de ses yeux. Le bébé dormait dans un panier à côté de la paillasse.

– Ne t'inquiète pas, Eliza. Tout ira bien, tu verras.

Elle devinait cependant la vérité. Elle croyait maintenant en ce mauvais œil qui avait failli lui ôter son enfant. Elle voulait le dire à Zachariah, implorer son pardon.

– Tué qui ? Personne rien dit à moi. Tué camarade canaque ? Son clan se vengera sur moi.

– Non, Eliza. Et il n'avait pas l'intention de tuer. Il a blessé un homme qui se trouvait sur son chemin, un des patrons blancs.

Elle poussa un long cri plaintif, sur une note suraiguë.

– Aiiie ! Fini pour lui à présent. Zachariah homme mort !

Elle se retourna vers le mur. Son gémissement se fondit en une mélopée funèbre. Joseph s'éloigna à pas feutrés. Il aurait aimé dire à Eliza qu'il connaissait ce Blanc, qu'il l'avait vu tuer de sang-froid plusieurs insulaires à bord du *Jason*. Mais à quoi bon ? Personne d'autre que lui n'était au courant.

D'autre part, seule Eliza savait que le meurtre de Claude Grant relevait d'un acte rituel destiné à sauver leur enfant. On n'interrogea pas la jeune femme et Zachariah ne dit rien pour sa défense. Rumeurs et contre-rumeurs circulèrent dans la ville.

– Crime de jalousie, évidemment. L'Anglais était un peu porté sur les beautés noires et le gars l'aura surpris alors qu'il entrait dans la hutte pour rejoindre sa femme.

– On dit qu'elle a mis au monde un bâtard, à moitié asiatique. Son mari est devenu fou, il a tenté de tuer l'enfant et s'est précipité sur Claude Grant en le prenant pour le père.

– Il courait vers le quartier des contremaîtres avec son coupe-coupe. Il cherchait à égorger Sam McGriggen, paraît-il. Ce Grant aurait essayé de l'arrêter...

On passa deux jours à ériger un gibet sur la pelouse communale, dans un méandre du fleuve. On avait commandé le bois à la scierie de Hyne avant même l'ouverture du procès. L'assassinat d'un Blanc par un Noir ne laissait aucun doute sur le dénouement des débats.

De robustes troncs d'arbres du Queensland servirent à la construction. Ils furent assemblés par de solides clous des usines Walker Bros. La corde, en chanvre de Manille, offrait toutes les garanties. Elle ne céderait pas sous le poids du corps athlétique qui y resterait pendu jusqu'à ce que mort s'ensuivît.

Zachariah n'ayant pas essayé de nier sa responsabilité, le procès s'acheva bientôt sur sa condamnation à mort. On fixa l'exécution au mercredi suivant à huit heures du matin. On décida de fermer alors les écoles afin que les enfants puissent assister à l'événement. Leurs jeunes esprits seraient ainsi marqués à tout jamais : ils verraient ce qu'il advenait des hommes pervertis par le mal.

Ce jour-là, le soleil brilla dès l'aube d'un éclat exceptionnel. Un souffle printanier parachevait la limpidité de cette matinée de fin d'hiver. Quelques nuages légers traversaient rapidement le bleu profond du ciel. La surface du fleuve les reflétait avec une plus grande intensité que si l'atmosphère eût été parfaitement calme.

Les groupes sur la pelouse semblaient presque animés d'un air de fête. On se serait cru à un pique-nique. Les amis se congratulaient, on hissait les enfants à bout de bras pour qu'ils ne perdent rien du spectacle. Seule une partie de la foule gardait le silence : celle où se trouvaient assemblés quelques centaines de Canaques venus des différentes plantations. Conduits par leurs contremaîtres, ils devaient voir la rigueur avec laquelle s'abattait la justice des Blancs.

La plupart d'entre eux acceptaient l'idée de la mort de Zachariah. Que la loi châtie, ils le comprenaient. Mais ils considéraient avec crainte et horreur l'engin destiné à ôter la vie. Même dans les îles où l'on avait coutume d'exécuter les veuves des chefs par strangulation, la cérémonie se déroulait avec dignité. La condamnée se parait de sa plus belle tenue, et six dignitaires du village tiraient ensemble sur la corde jusqu'à ce qu'elle tombe inanimée.

Et quand des hommes dans la fleur de l'âge étaient offerts en sacrifice pour assurer la solidité des piliers de la maison du chef on ne se rebellait pas contre le sort. Tous les villageois descendaient dans le trou, serraient dans leurs bras la victime immolée en lui disant adieu, puis assistaient à son enfouissement et tassaient méticuleusement la terre de leurs pieds nus.

Les Mélanésiens étaient familiarisés avec la mort, mais celle-ci leur paraissait obscène. Elle ne reflétait que la froideur de la vengeance exacerbée par l'homme blanc sur celui qui enfreignait sa loi. Ils attendaient le début de la pendaison en silence, les yeux baissés.

Le coup de canon quotidiennement tiré dans les jardins publics à treize heures fut avancé à huit. Un frémissement parcourut la foule. Une charrette tirée par un cheval noir venait d'arriver au pied de la potence. Le condamné s'y tenait debout, en pantalon de coton et chemise de travail, pieds nus, sans chapeau, les mains liées derrière le dos. Le chef de la police, un prêtre et le bourreau l'accompagnaient.

On poussa Zachariah à l'aplomb de l'anneau de

chanvre. Tous les Canaques marquèrent un mouvement de recul quand on dégagea le col de sa chemise et qu'on lui passa la corde. Le prêtre murmura une prière et le policier demanda à Zachariah s'il désirait quelque chose. La douleur tordit le visage du condamné au point de l'empêcher de parler. Finalement un cri enroué lui déchira la gorge :

– Pardon, Liza !

On lui recouvrit la tête d'une cagoule. On manœuvra la trappe. Zachariah se balança dans l'air.

Une fillette assise sur les épaules de son père écarquillait les yeux. Ce spectacle la bouleversait et pourtant elle ne pouvait en détacher son regard. Oh ! Le pauvre homme mouillait son pantalon, tout le devant de ses vêtements était trempé. Et il continuait d'osciller, de droite et de gauche... Encore un mouvement convulsif et son corps se relâcha. La fillette se dégagea violemment de l'étreinte de son père et se précipita parmi la foule. Dans sa fuite éperdue elle se heurta aux jambes des pantalons et aux robes longues. Une fois elle avait vu une pendaison, dans un guignol, mais aujourd'hui, malgré son allure de marionnette, la chose inerte qui se balançait impudiquement au bout de la corde était un homme.

Quand toute vie eut quitté le malheureux, un gémissement de douleur s'éleva des poitrines indigènes, un déchirant *« aiiie ! »*, expression du chagrin collectif. Les différents contremaîtres reprirent le contrôle de leur troupeau et se hâtèrent de le disperser, les armes à la main, avant qu'un incident n'éclate.

La mort accidentelle, gratuite, de Claude Grant avait été vengée selon les formes. La population blanche se dirigea vers les bars afin de se réconforter et de commenter cet événement mémorable. On ordonna un jour de congé pour le célébrer.

Helga s'astreignit à rendre visite à Eliza et à son bébé au village. La jeune veuve, assise au soleil, le dos contre le chambranle de sa porte, épluchait des pommes de terre avec un vieux couteau pointu. Désireuse de trouver une activité qui la maintienne occupée, elle avait obtenu que la cuisinière lui confiât cette tâche.

Elle releva un instant son visage cadavérique, sans expression, puis baissa à nouveau les yeux vers la pomme de terre qui tournait entre ses mains.

– Eliza... je viens te dire combien je suis navrée pour... Zachariah et... pour tout.

Helga s'exprimait plus difficilement qu'elle ne l'avait cru. Son interlocutrice silencieuse se contenta d'arracher deux points noirs qui gâtaient sa pomme de terre.

– Y a-t-il quelque chose dont tu aies besoin, que je puisse faire pour le bébé ? Est-ce que ça va ?

Helga trouvait ses phrases horriblement stupides. Mais que dire à une femme dont on vient de pendre le mari ?

Eliza hocha la tête sans articuler un mot. Sa pomme de terre épluchée, elle la jeta dans une bassine d'eau propre et en prit une autre. Helga remarqua pour la première fois la clarté de ses paumes et des extrémités de ses doigts. En somme elle était comme une Blanche qui se serait exposée longtemps au soleil. Même ses lèvres montraient des reflets roses. Helga s'en voulut de sa surprise, elle savait fort bien que le sang des Noirs n'était pas plus sombre que le sien. Seule la peau de ces gens était colorée.

– Pas pouvoir donner lait.

Eliza n'abandonna pas son travail pour parler. Elle ne l'interrompit que le temps de s'entourer la poitrine de ses bras, sans poser ni le couteau ni la pomme de terre.

– Autre femme pris bébé et lui donné lait.

– Pauvre fille ! Au moins tu as toujours ton enfant, même si...

Helga s'interrompit net. Elle allait dire : « ... même si son père est mort. » Un sentiment de culpabilité la foudroya, bien qu'elle ne s'estimât pas responsable de la tragédie. Bien sûr, si son père n'était pas allé chercher des ouvriers de couleur dans les îles, Claude vivrait encore, et Zachariah également... mais il ne servait à rien d'échafauder une telle hypothèse.

– ... même si tu ne peux le nourrir pour l'instant. Plus tard je te ferai apporter du lait en conserve et tu lui donneras à boire dans un biberon.

Un sourire éclairait son visage. Pouvoir fournir une aide matérielle à Eliza la soulageait.

– Voici quelques fruits et un poulet froid, reprit-elle, cela te permettra de garder des forces.

Helga sortit un paquet de son panier, le déposa sur une étagère à côté de la porte et quitta aussitôt la case. Elle n'avait pas prononcé un mot sur la mort de Zachariah. Qu'aurait-elle pu dire ? Il était insupportable d'en parler aujourd'hui. Mais le temps n'arrangerait rien.

IV

AMOURS PARALLÈLES

1. Helga

Depuis le soir du bal, Helga éprouvait une vive sympathie envers Graham Lindsay. Les dramatiques instants partagés les unissaient. Elle sentait encore la fermeté de la main qu'il avait posée sur les siennes pour calmer son émotion. De même qu'elle gardait en mémoire le contact d'une autre main, refroidie par la mort si peu de temps après.

Elle apprit avec satisfaction que Lindsay n'avait pas assisté à l'exécution publique. James s'était également tenu à l'écart, au grand déplaisir de leur père.

La fois suivante où Lindsay vint dîner, Helga lui demanda de l'accompagner au piano. A sa grande surprise, il n'hésita pas longtemps avant d'accepter. Il ne se montrait certes pas un interprète hors pair, mais il possédait du doigté et savait bien lire une partition.

Tandis qu'elle chantait, la poitrine d'Helga se bombait gracieusement sous son bustier de mousseline froncée. Les notes jaillissaient avec la pureté de celles que lançait la pie-grièche dans les matinées emplies de rosée. Quand ces oiseaux noir et blanc gonflaient leurs plumes et rejetaient leur tête en arrière, ils avaient aussi fière allure que les plus nobles cantatrices.

Elle interpréta l'air d'Elena dans *Martha*, appelé souvent *« La dernière rose de l'été »* par ceux qui ne connaissaient pas l'opéra de Flotow. Sa voix trop puissante pour un salon, même pour le haut plafond de Chindera, faisait tinter les verres. Les vitres des fenêtres vibraient lorsqu'elle montait à l'octave supérieure.

Le visage anguleux de sa mère affichait un constant sourire approbateur. Elle jugeait en réalité le chant peu seyant pour une dame, bien que par bonheur Helga n'eût pas une de ces voix graves, quasi masculines, de contralto, mais fût une soprano colorature aisément capable d'atteindre le contre-*ut*.

Dès que le jeune Lindsay eut quitté le piano, Angus Johnstone l'attira dans un coin du salon pour lui parler canne à sucre. Il amorça un exposé sur les meilleurs tarifs à l'exportation, ainsi que sur les nouvelles terres défrichées à Childers, à Bundaberg et même à Mackay, où il possédait des intérêts. Mais il avait une proposition précise à faire. Peu versé dans la diplomatie, il changea vite de sujet pour aller droit au but :

– Helga est une très jolie fille.

– Oh... euh... oui !

Graham, accaparé par le spectacle des boucles brunes d'Helga, penchée sur une partition à l'autre bout de la pièce, sursauta en rougissant.

– Mais ce n'est plus une adolescente. Faudrait

bien qu'elle pense à s'établir, à fonder une famille. Malheureusement elle n'a en tête que de stupides projets de musique et elle veut faire des études à l'étranger. Tout ça est parfaitement idiot.

– A coup sûr elle possède du talent. Sa voix est pure et fraîche. Quelle perte pour nous si elle quitte l'Australie !

Angus le fusilla du regard sous ses sourcils en bataille. Il fit semblant de revenir à son premier sujet :

– Et vous, vous allez vous installer comme planteur ? Le Nord offre beaucoup de débouchés pour un homme d'initiative.

– Oh, pas pour l'instant. Je doute de pouvoir réunir les capitaux aujourd'hui nécessaires à ce genre d'entreprise.

– Ça peut s'arranger. Mais il vous faut d'abord acquérir de l'expérience. Je cherche un gérant pour une de nos nouvelles plantations dans la région de Mackay. L'idée vous séduirait ? On verrait plus tard si on a envie de s'associer.

Lindsay fut à la fois surpris et flatté que Johnstone lui accordât cette confiance.

– Si vous m'en pensez capable, monsieur...

– Pourquoi pas ? Vous avez appris à connaître les Canaques sur le navire de recrutement. Et puis vous prendriez un régisseur qui ait de la poigne. La culture de la canne, c'est qu'une question de bon sens, et la comptabilité aussi. D'ailleurs, James peut vous initier à toutes les paperasses concernant les gages, la marchandise et le reste. Evidemment...

Angus marqua une brève pause, ponctuée d'un nouveau regard pénétrant.

– ... vous vous sentiriez un peu isolé, tout seul là-bas. Il vous faudrait une femme, à mon avis.

Lindsay découvrit soudain une lueur de ruse dans les yeux bleus qu'Angus braquait sur lui. Grâce à son sens aigu de l'observation, le vieil homme avait sans doute remarqué son intérêt pour Helga. Il lui tapa paternellement sur l'épaule.

– En fait, mon garçon, je tenais juste à vous signaler où se trouvaient les terres en question. Quelle que soit l'entreprise que vous monterez, soyez assuré de ma bénédiction.

Il traversa le salon pour aller s'adresser à un autre invité. Lindsay resta cloué sur place, la tête bourdonnante de supputations mais le cœur plein d'allégresse.

Une lune presque pleine s'élevait lentement au-dessus des eaux de la Mary River dans un halo de lumière ambrée. Elle projetait sur toute la largeur du fleuve un sillon d'or délicatement moucheté par les vaguelettes. Helga et Graham Lindsay, sortis sur le balcon du premier étage après le dîner, contemplaient l'ascension de l'astre. Appuyés contre la balustrade, ils entretenaient une conversation amicale.

Une armée de roussettes passa silencieusement au-dessus de leurs têtes à la recherche de nourriture. Semblables à de grandes feuilles de papier noir emportées par le vent, elles semblaient suivre un chemin au tracé invisible. Chaque fois que l'une d'elles allait atteindre le grand jacaranda à l'angle de l'allée, elle obliquait de quelques degrés grâce à un léger claquement de ses ailes sèches comme un vieux parchemin.

– Il est difficile de confondre ces étranges créatures avec des oiseaux, commenta Helga. En avez-vous déjà vu de près ? Dougal m'en a montré une qu'il avait tuée. Leur tête ressemble à celle d'un renard roux, avec des oreilles pointues et velues, mais leurs ailes les apparentent aux chauves-souris. Moi, je préfère les considérer comme des renards volants, je déteste les chauves-souris, je redoute toujours qu'elles ne viennent s'agripper à mes cheveux.

– Beaucoup de dames ont horreur des souris, chauves ou non !

– Les vraies souris ne me dérangent pas, j'en avais des blanches quand j'étais petite.

Préoccupé de la manière dont il allait devoir introduire sa demande en mariage, Graham répondait distraitement. Il appréciait leur conversation badine sur le balcon, mais son ton demeurait nettement moins romantique que le cadre dans lequel elle se déroulait. S'il avait éprouvé un amour fou, les choses se seraient passées plus aisément.

Il jugeait Helga ravissante et, en tant que fille unique du vieux Johnstone, elle constituait un bon parti, même sans l'appât tendu par son père. Il attendait toutefois davantage de l'amour, une sorte de divine passion, enivrante jusqu'à la démence. Il admirait Helga, il la trouvait très attirante, mais elle l'intimidait un peu.

En désespoir de cause, il posa une main sur les siennes, croisées sur la balustrade. Helga s'arrêta au milieu d'une phrase et retint son souffle.

– Mademoiselle Johnstone !... Helga !

Graham recourut d'instinct à la meilleure méthode : s'adresser directement à ses sens. Sans un mot de plus il la serra dans ses bras et la gratifia d'un baiser autoritaire. Baiser qu'il prolongea, entraîné par son propre émoi, au-delà des limites de la bienséance.

– Oh !

Une fois dégagée de son étreinte, Helga s'adossa à la balustrade et se tourna vers Graham, stupéfaite. Ses noirs cheveux bouclés se profilaient sur le jardin éclairé par la lune. Sa poitrine haletante trahissait la profondeur de son trouble. Aucune bouche d'homme n'avait fait plus que lui frôler les lèvres ou le dos de la main. Le baiser de Graham éveillait en elle une sensualité qui sommeillait sans qu'elle en soupçonnât l'existence.

– Je... je suis désolé. Je n'aurais pas dû... faire cela. Mais vous étiez si envoûtante dans cette robe blanche ! Qu'est-ce que c'est ? On dirait des rayons de lune !

Il précisa sa question en caressant délicatement une des manches bouffantes. Helga éclata de rire.

– Cela n'a rien de céleste, je vous assure ! Tout simplement de la mousseline de soie blanche.

– Ma chère Helga... Je vous en prie, n'allez pas croire...

Il s'arrêta. Il avait l'impression de se lancer dans la rédaction d'une lettre. Eprouverait-il moins de difficultés s'il lui écrivait ? Il amorça une seconde tentative :

– ... N'allez pas croire que je ne vous respecte pas. Je me suis laissé emporter. Mais je veux que vous soyez ma femme. M'autorisez-vous à solliciter la permission de votre père ?

– Je n'ai pas l'intention de me marier. Comme vous le savez, je projette d'aller faire une carrière en Europe. Rien ne compte plus pour moi que le chant. En outre je ne me vois pas passer ma vie dans une province aussi perdue que le Queensland !

– Peut-être pourrions-nous nous établir à l'étranger ensuite. J'ai une vieille tante en Angleterre qui possède un manoir à la campagne et une maison dans Londres qu'elle occupe très rarement. Toutefois on m'offre la gérance d'une plantation à Mackay.

– Mackay ! Dieu nous en préserve ! C'est encore plus perdu que Maryborough.

– Mais vous trouveriez sans doute quelques amies convenables parmi les épouses des planteurs. Et ce ne serait pas pour toujours. Ne pourriez-vous pas... ne voudriez-vous pas essayer de vous en contenter quelque temps, disons jusqu'à ce que j'aie installé la sucrerie ? Nous ferions notre voyage de noces plus tard... nous arriverions en Angleterre pour le printemps, l'époque des jonquilles dans Hyde Park, des cerisiers en fleur... Je vous montrerais.

Tout en parlant il caressait l'avant-bras d'Helga du bout des doigts, juste à la naissance du poignet. Elle n'accordait à ses mots qu'une attention distraite. Le sang lui sifflait aux oreilles, les veines lui battaient aux tempes. Elle désirait qu'il l'embrassât à nouveau, pour ne plus penser à rien d'autre.

– Peut-être..., murmura-t-elle.

– Ma chère Helga, je promets de vous rendre heureuse.

A la voir à la fois si sereine et si émue, Graham sentit un nouvel élan l'envahir. Une fois dans ses bras, la jeune fille s'abandonna spontanément, pour la première fois de sa vie, à la domination d'un être plus fort qu'elle.

Le claquement de la porte de l'escalier les fit sursauter. Ils se séparèrent en hâte.

– Oh, j'ignorais que vous étiez là, s'exclama joyeusement Dougal. Je ne vous dérange pas, j'espère ?

Il venait en effet de remarquer une certaine raideur dans leur attitude.

– Pas du tout, rétorqua Helga. Nous allions rentrer.

Elle avait déjà retrouvé ses esprits quand Graham lui ouvrit le battant de la porte pour lui livrer passage. En croisant son frère, il lui adressa un regard qui se perdit dans l'obscurité. Une minute plus tard, il n'en doutait pas, Helga lui aurait donné une réponse positive.

2. Dougal

Toutes ces idylles qui se nouaient autour de lui agaçaient Dougal. Déjà James et Rose flânaient dans tous les coins, et maintenant quelque chose se tramait entre Helga et Lindsay, il en aurait mis la main au feu. Bonne chance, mon vieux ! songeait-il. Personnellement il se sentait incapable de s'entendre avec une fille aussi impétueuse que sa sœur, mais après tout il en fallait pour tous les goûts.

Bien que Dougal eût joué au tennis ou participé à des pique-niques nocturnes au bord du fleuve avec une succession de jeunes amies, il demeurait circonspect. Le fait qu'il ne voulût pas encore se marier attirait sur lui le regard de chaque mère de Maryborough ayant une fille en âge de poser sa candidature. Depuis les fiançailles de James, on visait en Dougal l'autre héritier de l'empire Johnstone. Il avait beau être le cadet, il n'en demeurait pas moins la force agissante de la sucrerie familiale, tandis que son père dirigeait la plantation.

Diable ! Une petite faim lui tiraillait l'estomac, lui soufflait de descendre à la cuisine se chercher de quoi grignoter avant de se mettre au lit. Il n'en dormirait que mieux. A cette heure avancée de la nuit, les domestiques seraient sans doute tous rentrés chez eux.

La cuisinière et son aide avaient effectivement terminé leur travail. Aucune vaisselle ne traînait. Seule Estelle s'affairait à repasser des chemises, et à remettre au fur et à mesure ses fers à chauffer sur le four à bois. Elle avait été souffrante toute la semaine dernière et beaucoup de linge s'était accumulé dans la buanderie.

– Salut, Estelle ! Il reste quelque chose à se mettre sous la dent ?

– Oh, pas savoir, Missié Dougal. Pit-être cake dans moule.

Dougal ouvrit le tiroir à couverts et en sortit un couteau, avec lequel il se coupa une tranche de gâteau. Un instant, la vue du couteau lui évoqua Zachariah et la mort de Claude. Il chassa au plus vite cette pensée et, tout en grignotant son cake, s'adossa à l'évier pour regarder Estelle manipuler son fer avec d'agiles coups de poignet.

– C'est une de mes chemises que tu repasses ?

– Pit-être. Pas savoir.

– Si, je reconnais la percale rayée. Apporte-la-moi que je voie.

Estelle termina la seconde manche et lui tendit la douce chemise encore tiède, qui sentait bon le coton séché au vent et au soleil et réchauffé par le fer. Il s'approcha et glissa ses bras sous les manches.

– Regarde ! Tu ne trouves pas qu'elle me va bien ?

Les dents blanches de Dougal brillaient à la lueur de la lampe à huile. Sous sa pâle moustache rousse, son sourire lui donnait l'allure rusée d'un renard. Estelle trembla discrètement, sous l'effet d'une appréhension qui ne lui déplaisait pas. Elle déposa la chemise sur la table et commença à la plier.

– J'ai encore faim, parbleu ! Il n'y a pas de nourriture plus consistante ici ?

– Rôti froid dans garde-manger, au fond cave. Moi l'apporter ?

– Excellente idée. Je vais me beurrer une tranche de pain pour manger avec.

Une bougie en main, Estelle se dirigea vers la petite porte de planches brutes qui s'ouvrait sur un escalier escarpé. Douglas jeta un regard connaisseur sur la taille fine autour de laquelle était noué le tablier rayé de la domestique. Elle tenait la bougie à hauteur de son visage, illuminant à la fois le contour de ses cheveux ras et frisés et le profil de sa joue brune.

Elle s'engouffra dans le boyau aux hautes marches de pierre. Soudain la lumière s'éteignit. Un cri déchira l'obscurité. Estelle avait glissé dans le tournant et tenté de s'agripper au mur. La cire brûlante lui coulant sur le poignet, elle avait lâché la bougie.

Dougal prit la lampe et traversa la cuisine.

– Qu'est-ce qui se passe ?

– Moi lâché bougie, brûlé mon bras.

Des sanglots entrecoupaient sa phrase.

– Attends, attends ! Où es-tu ?

Il accrocha la lampe au montant de la porte et s'engagea à son tour sur les marches. Ses bras tendus en avant dans l'escalier trop étroit pour deux personnes se heurtèrent à une tendre poitrine. Dougal entendit un hoquet étouffé.

– Où as-tu mal ?

– Pas beaucoup mal. Poignet.

Il caressa le bras de haut en bas et porta le poignet endolori à ses lèvres.

– Voilà ! Maintenant que je l'ai embrassé, ça ira mieux.

Il l'aida à descendre les dernières marches en la serrant vigoureusement contre lui. Les pieds d'Estelle ne touchaient plus le sol quand ils débouchèrent dans la cave aux odeurs de salpêtre.

– Moi trouvé rôti froid, Missié Dougal. Si voulez...

– Je me fiche pas mal de ce rôti. C'est toi que je veux, Estelle. Estelle ? Sois gentille avec moi, je sais que tu en as envie. Hein ? Et puis qui est le maître ici ? Allez, sois gentille et fais ce que je veux. Sinon... gare à toi !

Pour l'empêcher de protester, la langue ardente de Dougal se glissa entre les lèvres d'Estelle et s'empara de sa bouche. Il la plaqua contre le mur de pierre, fouillant maladroitement sous la longue jupe dont la résistance ne faisait qu'accroître sa fièvre. Elle cria et supplia. Brusquement, son corps raidi devint plus souple, plus accueillant. Ses lèvres s'offrirent, consentantes.

Dans un coin de la cave s'entassaient des sacs de sucre, à la forte odeur de toile brute. La lueur de la lampe accrochée en haut de l'escalier permit à Dougal de les localiser dans la pénombre pour y jeter Estelle. Tout fut fini en quelques minutes. Cet accouplement précipité lui procura un plaisir intense.

Plus tard il se rappellerait encore cette insistante odeur de tissu écru chaque fois qu'il en retrouverait dans des boutiques ou des hangars, et chaque fois lui reviendrait en mémoire ce haut fait de jeunesse. Seuls le mariage et la force de l'habitude estomperaient l'image de cette manifestation spontanée de son instinct de liberté.

Pour l'heure il ne se posa pas le moindre problème de conscience et eut à peine une pensée pour la fille.

3. Emily et Joseph

Les deux principales conséquences de la mort de Claude Grant s'estompèrent assez rapidement : d'une part le sentiment de culpabilité de la communauté canaque, et d'autre part la méfiance, voire le dégoût, avec lesquels les colons regardèrent soudain ceux qu'ils considéraient auparavant comme de grands enfants rieurs.

Fondamentalement les attitudes ne changeaient pas. Le Blanc s'estimait supérieur au « sauvage » ; le Noir en avait conscience mais, face aux considérables privilèges matériels de ses employeurs, il reconnaissait l'existence d'une différence, même s'il en était froissé.

Un autre meurtre particulièrement brutal alarma à nouveau quelque temps après la ville de Maryborough. Un homme, sa femme et leur enfant furent massacrés à coups de tomahawk dans la campagne environnante. Les habitants ne se sentirent plus en sécurité chez eux. Dans l'immédiat les antipathies entre les deux populations devinrent plus évidentes que jamais.

Le pauvre Joseph, récemment si réconforté par sa rencontre avec les Duguid et leur invitation au prêche de Bundaberg, était à nouveau démoralisé. Zachariah faisait partie de ses amis, et en outre l'ombre de l'assassinat planait sur chaque Mélanésien de Chindera. Il aurait voulu dire à Zachariah que lui, Joseph, s'était précisément juré de tuer ce Blanc, qui méritait la mort pour ses crimes commis de sang-froid sur le *Jason*. Il avait envisagé d'apporter son témoignage lors du procès, mais l'état d'esprit qui régnait alors à Maryborough aurait empêché quiconque de le croire.

M. Duguid lui écrivit pour tenter de lui redonner courage :

« Nous sommes tous affligés par ce malheureux événement qui n'est pas survenu fortuitement, même si nous en ignorons les raisons. Les voies de Dieu sont impénétrables. Ne repousse pas ta venue chez nous. Profitons des circonstances actuelles pour montrer qu'un Mélanésien né et élevé dans son île, et qui a bénéficié d'une éducation chrétienne, peut s'opposer aux préjugés et à la méfiance qui pervertissent les Blancs...

« Dis-moi quand tu viendras, afin que j'arrête une date pour ton intervention auprès de notre congrégation. »

Joseph décida de demander un délai d'un mois avant que sa signature pour un troisième contrat de trois ans ne devînt effective. Il avait déjà obtenu, pour sa seconde période, un meilleur salaire, « les anciens » étant considérés comme plus efficaces que les nouvelles recrues.

Quelques jours avant l'échéance, il alla soumettre sa requête au régisseur. Sachant que celui-ci détestait que ces « filous de nègres » essaient de « causer comme des Blancs », il s'adressa à lui selon les convenances, c'est-à-dire en petit-nègre.

Samuel McGriggen plissa les paupières et le considéra d'un air chagrin. De nombreux Canaques, troublés par l'exécution exemplaire de Zachariah, s'empressaient de repartir chez eux. Sans vouloir l'admettre, il espérait conserver sur la plantation ce robuste Joseph.

– Mais toi revenir, c'est sûr ? Hein, pas de blague ! Si moi te laisser partir et que toi dénicher boulot à Bundaberg, toi resteras là-bas ?

– Non-non ! Moi revenir, vérité. Missié Stewart le dire à vous...

– Pas besoin qu'un prêtre me le dise ! Si toi pas revenir, moi filer à Bundaberg et transformer toi en bouillie. Te tuer de mes propres mains, saisi ?

– Oui, Missié. Moi revenir.

McGriggen était de mauvaise humeur. Il venait de surprendre des ouvriers blancs de la sucrerie en train de glousser devant une inscription griffonnée sur un mur de la salle des chaudières. Ils s'étaient enfuis dès son arrivée.

Le régisseur
Est un foutu baiseur.
C'est la terreur
De tous les planteurs.

Incapable de masquer sa fureur, il avait aussitôt fait recouvrir le couplet d'une couche de peinture, sans toutefois parvenir à effacer les sourires narquois de ses ouvriers. Impossible de pincer l'auteur de ces deux phrases effrontées. Il ne s'agissait pas d'un Canaque, il en avait la conviction, mais plutôt d'un de ces maudits Chinois, ils étaient bien assez malins...

– D'accord, bougonna-t-il à l'adresse de Joseph. Un mois. Quatre semaines, pas une de plus. Saisi ?

– Oui, Missié.

Quand Joseph prit place dans la diligence de Bundaberg, l'excitation le fit presque défaillir. A part quelques sorties sur la côte pour pêcher avec ses camarades de travail, il ne s'était jamais déplacé en terre australienne depuis son arrivée six ans auparavant.

Aujourd'hui il se retrouvait seul. Sur sa banquette, un garçon blanc d'une douzaine d'années voyageait en compagnie de ses parents, assis de l'autre côté de l'allée centrale. Bien qu'il eût payé son billet au même tarif que les autres passagers, Joseph savait qu'il devait respecter certaines conventions. Il lui fallait par exemple se faire aussi petit que possible sur son siège afin de ne jamais risquer d'effleurer le corps du gamin ni de lui causer un quelconque désagrément.

Incapable de contenir sa joie, il ne cessait de sourire. Les chevaux galopaient si gaillardement que la voiture bondissait par-dessus les ornières de la route de terre ocre.

Quand on arriva à mi-chemin, les parents tendirent à leur fils la nourriture empaquetée pour le déjeuner. Joseph n'avait emporté qu'une pomme, déjà mangée depuis une heure. Son estomac émit des gargouillements à la vue du garçonnet engloutissant un énorme sandwich à la viande.

Il sentit alors un contact sur son genou. Penchée en avant, la femme lui offrait en souriant un sandwich semblable à celui de son fils. La timidité le poussa à refuser. Il hocha poliment la tête :

– Non, merci, madame.

– Si, intervint le gamin, prends-le, c'est très bon !

Joseph ne sentit même pas son bras se tendre spontanément en direction des épaisses tranches de pain. Il dégusta le meilleur repas de sa vie. Il ne laissa pas échapper la moindre miette et, son festin terminé, il sortit de sa poche un mouchoir propre pour s'essuyer les doigts.

Etrange, cette façon dont le garçonnet le considérait. Joseph se rappela qu'on n'aurait pas admis à l'intérieur de la voiture un aborigène, un *homme du bush*, comme disaient avec mépris les Mélanésiens. Il aurait été encore plus inconcevable qu'une Blanche lui offrît de partager son repas.

Un petit frisson d'orgueil le parcourut à la pensée de cette supériorité.

Il n'était pas un « nègre », mais un insulaire du Pacifique, fier de ses origines. Il appuya son visage contre la fenêtre pour scruter le paysage envahi d'arbustes et de plantes grimpantes que le district de Childers n'avait pas encore fait élaguer. Des palmiers du Pacifique alternaient avec des eucalyptus et des pins bunya, des cèdres rouges succédaient à des acajous des marais. Les végétaux rampants et les lianes qui s'y entremêlaient évoquaient à Joseph son pays natal.

L'excitation et le réconfort l'emportant sur la fatigue du voyage, il ne perdait aucune des images qui défilaient devant ses yeux. Dès qu'il aperçut les premières plantations de Bundaberg, on longea le cours supérieur de la Burrum, puis ceux de l'Isis et de la Gregory avant de déboucher sur la luxuriante vallée de la Burnett. Bundaberg se trouvait non loin de son embouchure. Pendant des kilomètres les grandes cannes à sucre vertes s'alignaient sur la riche terre rouge.

M. Duguid attendait au terminus de la diligence. Joseph se rendit compte que l'accueil d'un Blanc, en plus homme d'Eglise, faisait grimper sa cote. La passagère lui adressa un chaleureux sourire quand il lui présenta ses adieux en la remerciant. Il se sentit considéré comme un grand voyageur, bien informé et pourvu de relations. Il avait certes accompli un long chemin depuis l'époque où le jeune Tula veillait sur la petite Emily.

– Encore un peu de soupe, Joseph ?

– Non, merci, madame.

Il reposa sa cuillère avec soulagement. Peu profonde, elle avait des bords si fins que son contenu semblait s'obstiner à retomber dans l'assiette avant que Joseph parvînt à le porter à sa bouche. Il n'avait pas oublié le maniement du couteau et de la fourchette, mais ce premier repas avec les Duguid prenait l'allure d'une épreuve.

Pendant qu'il se débattait avec son couvert pour découper le plus soigneusement possible sa tranche de viande, son coude effleura celui d'Emily, assise à sa gauche. Un frisson le parcourut de la tête aux pieds, comme lorsqu'il touchait accidentellement en nageant les piquants dressés sur l'arête centrale d'une pastenague. Il garda son bras collé contre lui durant toute la suite du repas.

Le dessert était un gâteau maison truffé de noix, de cerises et de raisins secs. Joseph le trouva délicieux. Après avoir observé que Mme Duguid et Emily se contentaient de couper la tranche en deux dans leur assiette, il comprit qu'il pouvait manger avec les doigts. Il ne refusa pas une deuxième part.

– Joseph apprécie tes talents, Emily, lui fit remarquer sa mère.

– C'est vous qui l'avez fait ? Il est très bon.

– Oh, j'ai seulement battu les œufs, maman s'est chargée du reste.

– Quelle modestie ! Emily est une excellente pâtissière.

– Oui, le gâteau est ex-cel-lent, articula Joseph avec soin pour mieux mémoriser le qualificatif.

Maintenant qu'il voyait Emily sans chapeau, elle lui semblait encore plus belle que dans l'église de Maryborough. Sa chevelure d'or, à peine ondulée, lui ruisselait sur les épaules. De fins sourcils châtains surmontaient ses yeux bleus. Mais Joseph s'extasiait encore plus devant l'infinie délicatesse de ses mains opalines, où transparaissait l'ombre bleue de ses veines.

Après le dîner, le révérend l'emmena dans son « cabinet », à l'arrière de la maison, une toute petite pièce aux murs garnis d'ouvrages religieux, avec une table de sapin en guise de bureau. Il ôta quelques papiers qui traînaient sur la chaise pour que Joseph pût s'y asseoir.

– As-tu réfléchi à ton intervention de demain ?

– Oui, j'ai pensé prononcer un sermon sur le thème : *« Eclaire nos ténèbres, Seigneur, nous T'en implorons* », et appeler les missions à retourner dans les îles. Certaines populations restent plongées dans le paganisme malgré toutes les années...

– Ah, très bien, très bien ! Pourtant, tu l'ignores sans doute mais ces derniers temps des Mélanésiens eux-mêmes ont accompli un travail important. Une fois revenus au pays, ils y ont créé des missions très fructueuses. Hélas, la lumière semble se répandre par vagues, qui se retirent de temps à autre. Dans les débuts, des missionnaires de Polynésie, comme Ta'unga de Samoa, s'étaient établis à Lifou. Puis ce fut la Société des missionnaires de Londres, que tu as connue. Mais entre deux interventions la population retombe dans ses anciens errements. Oui, c'est vrai. Il faut profiter de la présence des insulaires en Australie pour les habituer à fréquenter l'église, afin qu'ils emportent chez eux les principes du christianisme. Nous avons ici un homme qui vient des rives de la Murray River, au Victoria ; il forme les aborigènes désireux de diriger des missions auprès de leurs semblables.

Mais le lendemain, Joseph déplora la faible proportion de têtes crépues parmi les gens venus assister à son prêche. Une pointe d'orgueil l'avait poussé à espérer que de nombreux immigrés de son peuple le verraient s'adresser aux fidèles. Il éprouva en revanche une certaine fierté à parler devant tant de Blancs.

M. Duguid, en bon Ecossais économe de ses mots, le présenta de façon concise. Joseph tira alors d'un geste nerveux le bas de la veste noire prêtée par le pasteur, un peu trop étroite pour son torse musclé. Il ne la boutonna pas, et laissa apparaître sa belle chemise blanche.

Une fois debout, il emplit d'air ses poumons, ouvrit la bouche et scruta l'assistance. Cent cinquante paires d'yeux étaient braquées sur lui, cent cinquante paires d'oreilles guettaient son premier mot. Aucun son ne sortit. Joseph sentit son cœur tambouriner, sa tête enfler sous l'effet du sang qui affluait. Qu'était devenue sa voix ? Que se passait-il ? L'angoisse rendait ses mains moites.

Promenant un regard hébété sur l'auditoire qui le paralysait, il découvrit au premier rang un chapeau à brides en raphia brodé d'où s'échappait une cascade de cheveux blonds. Des yeux bleus et souriants l'encourageaient.

Il respira à nouveau profondément et se mit à parler. Son homélie s'adressait directement à Emily Duguid, elle s'appuyait sur le moindre de ses hochements de tête approbateurs. Joseph puisait son ardeur dans les pupilles qu'elle braquait constamment sur lui.

Même lorsqu'un fidèle, sans doute victime d'un repas trop copieux, se mit soudain à ronfler et déclencha de petits gloussements alentour, il ne se troubla pas. Il se rassit au milieu d'une salve d'applaudissements à laquelle Mme Duguid et Emily se joignirent avec enthousiasme. Jamais de sa vie il n'avait été aussi fier.

Des précipitations inhabituelles marquèrent l'année 1875. Les eaux de la Mary River se gonflèrent au point de submerger une partie des quais. Les inondations provoquèrent la mort de l'inspecteur de la Polynésie, un des plus chauds partisans d'une enquête gouvernementale sur la condition des Canaques à Maryborough, où les nouvelles recrues continuaient de périr dans l'indifférence.

Par une sombre nuit d'orage, le fonctionnaire inspectait un chaland de sucre amarré à un ponton. Le bateau se détacha pour une raison inconnue et le courant tumultueux l'emporta. Il dérivait désespérément et gagnait de la vitesse quand le premier témoin l'aperçut, sans imaginer qu'un homme était à bord.

Près de l'embouchure, quelqu'un distingua à travers la pluie drue une silhouette qui gesticulait sur le pont en signe de détresse. Mais le temps qu'on lançât une embarcation à sa recherche suffit au chaland pour disparaître. Peut-être fut-il emporté en pleine mer, peut-être chavira-t-il au niveau de la barre de sable. On ne retrouva pas trace de l'inspecteur. Une fois de plus de sinistres rumeurs se répandirent au sein de la faction hostile aux planteurs. On soupçonna un meurtre et on réclama plus que jamais une instruction sur les pratiques en vigueur au sein de toute l'industrie sucrière du district.

Pour couronner le tout, une maladie voisine de la rouille se développa sur les cannes. Seuls ceux qui cultivaient la variété dite « bambou-rose », résistante aux agents pathogènes, évitèrent de connaître des pertes sévères. Angus Johnstone se félicita d'avoir eu la prévoyance de recourir à ce type de plants depuis quelques années.

La pénurie de nouvelles recrues le tracassait davantage. Le fort pourcentage de morts ne lui posait pas de problème à l'époque où on se procurait un nouvel ouvrier pour six livres. On estimait alors que les îles constituaient une inépuisable réserve de main-d'œuvre. Mais maintenant, non seulement le prix avait doublé mais encore les recruteurs constataient que les Mélanésiens, moins enclins à « partir Quinsland » spontanément, devenaient trop méfiants pour être kidnappés sans risque.

Les relations entre les commandants et les insulaires se dégradaient. A la suite de la faillite d'une plantation du Nord, tout un groupe rentra un jour au pays sans le moindre salaire, sans armes et sans « boîtes à cadeaux ». La déception les exaspéra au point qu'ils massacrèrent l'équipage du navire suivant qui se présenta.

Ces incidents conférèrent d'autant plus de valeur à des « professionnels » comme Joseph et ses amis. Ayant accepté de renouveler deux fois leurs contrats de trois ans, ils parvinrent à obtenir des salaires annuels de dix-huit livres.

Joseph songeait souvent à fonder un foyer au Queensland. Son regard se posait sur les filles aborigènes, les seules qu'il jugeât accessibles. Pourtant il ne se voyait pas épouser l'une d'entre elles. La plupart travaillaient dans des bordels japonais en ville. Leur rendre visite dans ces lieux heurtait ses principes chrétiens, mais il n'en demeurait pas moins homme. Chaque fois il se jurait de ne plus y remettre les pieds. Très peu de femmes des îles étaient disponibles, même la veuve de Zachariah avait déjà un nouvel époux.

L'image d'Emily Duguid lui revenait fréquemment à l'esprit. Elle avait pris sa main à l'issue de son prêche dominical à Bundaberg, et l'avait embrassé avant qu'il montât dans la diligence pour Maryborough. Il espérait la revoir un jour, mais ne permettait pas à ses pensées de trop s'égarer sur ce sujet.

Un dimanche matin, Joseph fut tenté d'aller nager dans le fleuve au lieu d'assister à la messe. Il résista toutefois aux moqueries de ses camarades et rejoignit l'église à l'heure habituelle. *Elle* était là, en compagnie de Mme Stewart, en visite à Maryborough pour quelques jours. Sa transformation en moins d'un an étonna Joseph. Ce ne fut pas une adolescente qui vint à sa rencontre après le service, mais une jeune femme à l'allure guindée. Loin de lui sauter au cou, elle lui tendit une main gantée.

Les Stewart l'invitèrent à déjeuner. Il se retrouva assis à table à côté d'Emily, et veilla à nouveau à ne pas lui effleurer le coude. L'épanouissement de sa jeune poitrine et l'affinement de sa taille la rendaient encore plus splendide que lors de leur rencontre précédente. Joseph s'amusa de constater que si les mœurs permettaient aux femmes de mettre en valeur toute la partie supérieure de leur silhouette, elles interdisaient en revanche qu'on distinguât quoi que ce fût en dessous de leurs hanches. Sous les multiples épaisseurs de tissu de leurs jupes, des jambes de bois seraient passées inaperçues. Il savait assez quels blancs mystères dissimulaient ces longs vêtements pour brider son imagination.

Le repas terminé, M. Stewart gagna son bureau où l'attendait la rédaction de son prochain sermon, tandis que son épouse se retirait dans sa chambre pour une petite sieste. Leurs deux garçons étant pensionnaires à l'école de Brisbane, Emily demeura seule avec Joseph et lui fit les honneurs du salon.

Après un moment passé à jouer au morpion, ils évoquèrent le bon vieux temps. L'entrée de Mme Stewart leur fit soudain prendre conscience que l'heure du thé était déjà arrivée.

– Quel plaisir de vous avoir parmi nous, cher Joseph ! L'absence des enfants rend la maison si calme ! Bien entendu Emily sera la bienvenue aussi longtemps qu'elle pourra prolonger son séjour.

– Maman est un peu souffrante ces temps-ci. Je ne resterai qu'une semaine, je crains qu'elle n'ait besoin de moi.

– S'il s'agit de l'état de santé de votre mère, je respecte votre décision. Mais j'aimerais vous accompagner, vous savoir seule pendant un si long voyage me donnerait du souci.

– Je ne vais pas au bout du monde. A l'aller, une dame s'est aimablement occupée de moi tout au long du trajet. Elle se rendait plus loin, à Gympie.

– Une voie ferrée doit nous relier prochainement à Gympie. Elle desservira peut-être même Bundaberg. Ce sera amusant, n'est-ce pas ?

– Oh oui ! Je ne suis jamais montée dans un train à vapeur. Et toi, Joseph ?

– Moi non plus. Mais j'irai vous rendre visite à Bundaberg quand cette ligne fonctionnera.

– Vraiment ? L'inauguration n'aura lieu que dans deux ans !

– Nous nous reverrons d'ici là... risqua Joseph.

– Je l'espère.

Leurs regards se croisèrent avec une telle intensité qu'ils se comprirent sans avoir besoin d'échanger le moindre commentaire.

Le dimanche suivant, Joseph retourna en ville pour accompagner Emily au départ de la diligence. Voyant que le siège à côté du sien était vide, Mme Stewart conseilla à son invitée d'y déposer son sac à main, afin qu'un homme ne vînt pas s'y asseoir.

On entendit alors un étrange claquement dans l'air : « Clac, clac ! » La voiture fit un bond en avant. Le cocher, encore à terre pour aider à hisser les colis, s'élança à la tête des chevaux en jurant. Il se tourna vers un oiseau noir et blanc qui sautillait à ses pieds :

– Va au diable, Charlie ! Laisse-moi travailler, oiseau de malheur !

Ayant grandi, et donc appris à jacasser, à proximité des écuries Cobb & Cie, la pie prenait un plaisir fou à faire partir les chevaux en imitant le claquement du fouet.

– Fiche le camp, sale bestiole ! reprit-il en hurlant.

Le cocher lui jeta une pierre, mais, incapable de voler à cause de l'aile qu'on lui avait attachée, la pie se déroba habilement en sautillant.

Mme Stewart eut beau sembler scandalisée, Emily regarda Joseph et partit d'un grand éclat de rire. La voiture s'apprêtait à démarrer pour de bon. Une idée folle s'empara soudain de Joseph.

– Excusez-moi un instant...

Il bondit dans le bureau des diligences. Il vérifia que sa poche contenait le salaire reçu la veille et demanda un billet aller et retour pour Bundaberg.

– Je vais avec Emily, annonça-t-il en revenant.

Malgré sa sérénité apparente, son cœur battait la chamade. Il savait qu'il arriverait en retard pour la reprise du travail lundi, et que cela lui vaudrait les foudres du régisseur, mais il s'en fichait. Les yeux d'Emily étincelèrent en entendant la nouvelle.

– Oh, Joseph ! Mais as-tu les moyens ?

– Bien sûr !

L'assurance avec laquelle il répondit ne laissa pas supposer qu'il venait de dépenser l'intégralité de ses quinze jours de travail précédents.

Le cocher grimpa sur son siège et fit claquer son fouet. La pie lança son propre « clac ! clac ! » à l'adresse des chevaux. L'attelage s'élança d'un bond.

Emily agita son mouchoir par la fenêtre en direction de Mme Stewart. Assis à côté d'elle, Joseph souriait aux anges. Cette situation le grandissait, il recevait à nouveau la mission de protéger la petite Em'ly.

Il n'y avait que trois autres passagers, trois hommes. Deux d'entre eux, qui voyageaient ensemble, regardèrent longtemps du coin de l'œil ce Noir escortant une jeune Blanche, mais ils n'émirent aucune réflexion. Le troisième personnage dormit la plupart du temps, la bouche ouverte. Il venait de se mettre à ronfler quand un cahot le réveilla. Il releva la tête et ferma la bouche. Son menton recommença bientôt à piquer, sa bouche à s'ouvrir. Il ne tarda pas à ronfler de plus belle. Emily et Joseph s'amusaient follement à le regarder, et gloussaient à chaque ronflement incongru.

On changea les chevaux une seule fois, mais un arrêt imprévu perturba l'après-midi. Le cocher mit pied à terre et examina avec soin une des roues arrière. L'essieu chauffait anormalement. Il glissa la tête à l'intérieur de la voiture pour annoncer :

– Faut que je le laisse refroidir un peu. Feriez mieux de vous dégourdir les jambes, y en a pour une demi-heure.

Les deux passagers éveillés suivirent ce conseil, allumèrent leurs pipes et déambulèrent côte à côte en silence. Joseph aida Emily à descendre. En dépit de l'insolite spectacle qu'offraient les petits doigts fragiles blottis au creux du massif poing noir, ils restèrent main dans la main tout le temps qu'ils marchèrent.

Au cours de leur promenade le long de la piste sinueuse que bordaient deux murailles de végétation, ils se laissèrent bercer par la chaleur calme et écrasante du bush. Le silence souligné par la stridulation des cigales devint absolu quand les insectes se turent.

Une fois dépassée une grande courbe, ils se seraient crus seuls dans l'éden. Parmi les branches hautes des arbres qui se refermaient en voûte au-dessus de leurs têtes poussaient trois orchidées, brun et jaune. De gigantesques racines formaient des arcs-boutants appuyés aux troncs moussus, à moitié engloutis sous les fougères.

– On dirait la jungle de Lifou ! s'exclama Emily. Tu sais, je me souviens parfaitement des eaux limpides de la lagune, du sable blanc sous mes ongles, du sentier qui traversait la forêt pour monter à la maison, de l'odeur poussiéreuse de la moustiquaire au-dessus de mon lit, de Jamie...

Le chagrin obscurcit son regard jusqu'à ce qu'elle reprît :

– Je n'ai plus de frères. Il faudra que tu sois mon frère, Joseph.

Elle se tourna et reposa avec le plus grand naturel son front sur l'épaule de Joseph. Il sentit son cœur palpiter plus fort que jamais et pensa qu'elle allait s'étonner d'entendre de tels battements. Il appuya sa joue contre la douce chevelure étincelante, libérée par le chapeau pendant sur ses épaules.

– Le seul ennui, c'est que...

L'émotion lui voilait la voix. Etonnée, Emily releva le visage vers lui.

– Le seul ennui, petite Em'ly, c'est que vous êtes grande aujourd'hui. Je ne suis pas votre frère, vous le savez bien. Et je suis un homme, un homme doué des mêmes sentiments que tout autre homme... Oh, par Josaphat ! comme vous êtes cruelle avec moi !

Il retira sa main et fit quelques pas sur le sentier,

en direction de la diligence. Emily regarda s'éloigner l'athlétique silhouette. Le sang lui monta aux joues.

– Joseph !

Il continua sa route sans répondre, sans même se retourner.

– Joseph ! Attends-moi une seconde !

Il avait toujours été son esclave. Il s'arrêta pile. Emily courut le rejoindre. Elle glissa à nouveau sa main dans la sienne. Le poing de Joseph se referma sur ses doigts.

– Excuse-moi. Excuse-moi, je n'ai pas pensé...

– Ce n'est rien, ce n'est pas votre faute. Vous voyez toujours en moi votre fidèle serviteur, et vous vous prenez toujours pour la fillette qui s'amusait à me donner des ordres. Mais nous avons changé l'un et l'autre, vous êtes devenue une belle jeune femme. Je n'aurais pas dû venir.

– Je suis heureuse que tu l'aies fait.

La gêne la contraignit à lui lâcher la main. Elle prit le prétexte de cueillir une orchidée qui poussait dans un tronc en décomposition sur le bas-côté. Tous deux revinrent à la diligence sans un mot. Joseph regarda la délicate fleur blanche fichée dans le corsage d'Emily et lâcha un profond soupir.

En haut d'un col escarpé du nom de Douce Annie, le frein grippa encore un peu sur une roue, qui grinça en signe de protestation. Ce nouvel arrêt nécessaire accrut encore le retard. La voiture n'atteindrait Bundaberg que bien après la tombée de la nuit. Les paupières alourdies par la fatigue, Emily s'endormit, la tête sur l'épaule de Joseph. Il passait constamment de la torture au bonheur infini. Il souhaitait que le voyage continuât à jamais, et qu'il n'y eût aucun autre passager, pour pouvoir déposer un baiser discret sur les douces lèvres détendues par le sommeil.

Quand la voiture s'engagea dans les rues empierrées de la ville, Emily rouvrit les yeux et les garda tournés vers le visage tendrement penché au-dessus d'elle.

– Oh, Joseph ! Je rêvais de toi... de nous. Nous étions à nouveau sur Lifou, adultes. Et...

Elle s'interrompit en se mordant la lèvre, puis sourit. Elle se redressa pour réajuster son chapeau.

– Tu sais, je ne crois pas que je te considère comme un frère, après tout.

– Emily !

Dès qu'ils parvinrent en vue du terminus, ils aperçurent M. Duguid qui s'inquiétait de l'arrivée tardive de sa fille.

Emily serra hâtivement la main de Joseph.

– Je t'écrirai, cher Joseph.

Les Duguid l'invitèrent à passer la nuit chez eux. Il se lèverait assez tôt le lendemain pour attraper la diligence du matin. Néanmoins il savait qu'elle ne lui permettrait pas de rejoindre son travail avant mardi, et qu'il aurait à souffrir cruellement des conséquences. Tant pis !

Plus rien ne le préoccupait que le contact de la main d'Emily, et la promesse qu'il lisait dans le bleu de ses yeux.

M. Duguid, le plus candide des hommes, ne vit aucune malice dans le fait que Joseph eût raccompagné sa fille. Au dîner il ne parla que de l'école évangélique pour Canaques que Mlle Young ouvrait sur la plantation Fairymead. Les cours se tenaient le soir dans la hutte communautaire des hommes, et le niveau d'instruction qu'elle y dispensait se révélait très prometteur. Elle faisait également apprendre des hymnes telles que *« Il existe une verte colline, très loin d'ici »*, et dirigeait une manécanterie polynésienne.

Malgré son habitude de se présenter au travail à six heures du matin, Joseph dormit si profondément qu'il fallut le réveiller. Andrew Duguid l'amena à la diligence dans sa propre voiture, alors qu'Emily était encore assoupie. Il se consola de ne pas la revoir en se rappelant sa dernière phrase :

– Je t'écrirai, cher Joseph.

Le sommeil auquel elle s'était abandonnée sur son épaule au cours de leur voyage nocturne avait dissipé leur timidité et aboli la distance qui les séparait. Joseph sentait qu'un parfait accord les unissait.

4. James

– Quand allons-nous nous marier, James ?

Il redoutait que sa charmante Rose ne lui posât la question directement, il ne lui aurait plus été possible de se replier derrière une réponse évasive. Il voulait l'épouser, cela ne faisait aucun doute, mais il tirait un grand plaisir de leur actuelle situation de simples fiancés. On leur accordait une certaine liberté, celle d'aller faire du bateau seuls sur le fleuve et de rentrer en retard à la maison sous prétexte qu'ils avaient attendu le lever de la lune. Lors des pique-niques en groupe, ils pouvaient également se tenir à l'écart des autres convives sans déclencher pour autant les ragots.

Par romantisme, James craignait peut-être que la

sagesse de la vie conjugale ne dissipât la magie qui les entourait pour l'instant. Il ne voyait aucun lyrisme dans l'admirable accord sur lequel reposait le couple que formaient ses parents. Actuellement il vivait un bonheur parfait. Ne risquait-il pas de quitter ces sommets enivrants en rejoignant Rose tous les soirs, en l'ayant dans son lit chaque fois qu'il le désirerait ?

A plusieurs occasions ils avaient été sur le point de concrétiser leur union en partageant la béatitude suprême. Rose imaginait toujours de bons prétextes pour qu'ils se retrouvent seuls, et elle ne se serait pas opposée à ses ardeurs. Sous sa délicieuse allure de fleur fragile, elle cachait un tempérament passionné. C'était lui qui avait toujours gardé ses distances. Il la voulait, mais il la voulait vierge le jour de leur mariage, il tenait à la symbolique robe blanche.

– Le premier anniversaire de nos fiançailles approche, lui fit-elle remarquer un beau jour. Maman me harcèle pour connaître la date de notre mariage, elle lui est nécessaire pour commander les invitations à l'imprimeur. Que puis-je lui dire ?

Elle tordait nerveusement ses boucles soyeuses autour de ses doigts fins. James, allongé sur le dos, appuyait sa nuque sur les genoux de Rose. Il ne répondit rien.

– James ! Que puis-je lui dire ?

– Dis-lui... dis-lui que je ne me marierai jamais pendant un mois avec un « r »... Aïe ! cela exclut septembre, octobre, novembre, décembre... Attends voir... janvier, février, mars, avril... Mon Dieu, nous ne pourrons pas nous marier avant mai de l'année prochaine !

– Sois sérieux. Et puis « août » ne comporte pas de « r », que je sache !

– Quoi ! Le mois prochain ? Tu ne serais pas prête à temps, ma chérie.

– Mais si ! Je crois parfois que tu ne m'aimes pas autant que je t'aime.

Il leva un regard tendre vers son visage au teint de porcelaine translucide, vers ses grands yeux verts, ses cheveux bouclés, aussi dorés que des étamines au cœur d'une rose. Il lui prit la main et la porta à ses lèvres.

– Je t'aime plus que tout au monde, mais... mais comment t'expliquer... j'aime aussi rêver au jour où tu seras mienne. Cela ne nous empêche pas de fixer une date. Septembre conviendrait bien, il me semble. La récolte sera terminée et il ne fera pas encore trop chaud pour voyager. Tu aimerais visiter la Tasmanie ?

– Merveilleux ! Voir Hobart, le mont Wellington, les pommiers en fleur... Et la traversée en bateau ! Je ne suis jamais allée sur une île.

– L'Australie n'est qu'une grande île.

– Mon James chéri ! Je rentre tout de suite chez moi et je commande ma robe à Brisbane. Tu n'auras pas le droit de la voir avant le mariage, cela porte malheur.

– Ai-je le droit de connaître le tissu ? Je sais que tu seras adorable, même habillée d'un vieux sac à sucre.

– J'achèterai des mètres et des mètres de dentelle d'Alençon, que je mettrai sur un crêpe de Chine, et puis une longue traîne. Pendant tout le voyage de noces je porterai un chapeau de velours bronze à passepoil noir.

– Pitié ! Tu as déjà tout prévu, à ce que je vois.

– Mon chéri, je t'aime tant !

Penchée sur lui, Rose déposa un baiser sur ses lèvres. Le cœur de James battit si fort qu'il enfouit son visage dans la robe de sa fiancée, glissa la main sous son épais jupon et la laissa s'aventurer sur ses cuisses. Rose poussa un tendre gémissement et se redressa.

– Je ne pourrai pas attendre septembre ! hurla-t-elle.

– Alors disons : la première semaine du mois. Nous annoncerons notre décision demain. Je te veux, Rose. Je suis comme un petit garçon qui garde une friandise dans une boîte : il la regarde, il y goûte, mais il se refuse à la dévorer trop vite. Tu es si belle, si douce, si désirable, si adorable... je te promets de t'aimer toujours. Ainsi soit-il !

– Jusqu'à ce que la mort nous sépare ?

– Jusqu'à ce que la mort nous sépare.

Rose frissonna, puis partit d'un grand éclat de rire :

– Tu te prépares déjà à fleurir ma tombe ?

– Pas de conversation sinistre alors que nous sommes sur le point de connaître le grand bonheur ! Je te promets de ne pas me lasser de toi pendant vingt ans.

– Vingt ans ! Bonté divine, je serai une bien vieille chose à quarante ans !

– Trente ans.

Ils s'esclaffèrent en chœur. Une si longue durée leur sembla ridicule, alors qu'une vie paradisiaque et sans limites s'ouvrait devant eux.

On envoya les invitations à la mi-août. Le couturier préféré de Rose terminait déjà sa robe de dentelle blanche.

Un après-midi, James quitta son bureau de bonne heure pour passer chez Rose. D'ordinaire il venait seulement prendre un verre avant le dîner, ou bien emmenait sa fiancée manger en ville. C'était le jour de congé de la gouvernante et la cuisinière s'affairait d'autant plus à ses fourneaux. Personne ne répondit aux coups qu'il frappa contre la lourde porte d'entrée en cèdre.

La familiarité que lui conférait sa fréquentation des lieux et l'idée d'appartenir bientôt à cette famille l'incitèrent à franchir le seuil de la maison sans plus de cérémonie. La porte étant ouverte, il n'eut qu'à pousser le rideau destiné à arrêter les mouches.

– Rose !

Son appel lancé depuis l'antichambre, il attendit au pied de l'escalier, les yeux levés vers le palier. Une porte s'ouvrit. C'était Rose. Elle essayait pour la première fois sa robe de mariée.

– Tu es splendide, ma chérie !

Rose se figea. Ses grands yeux apeurés se rivèrent sur son fiancé.

– James ! Que fais-tu ici à cette heure ? Qui t'a laissé entrer ?

– Pourquoi ? Tu n'es pas contente de me voir ?

– Si, bien sûr. Enfin... il ne fallait pas que tu voies ma robe, surtout sur moi. Oh !

Et elle disparut dans sa chambre en pleurant. La porte claqua bruyamment, au point de réveiller la mère de Rose en pleine sieste. La brave femme, une blonde grassouillette qui, à vingt ans, devait avoir eu le joli teint de sa fille, descendit réconforter James.

– Allez dans le salon, elle vous rejoindra dans quelques minutes. Ne vous inquiétez pas, elle est un peu nerveuse ces temps-ci.

– Elle m'en veut à cause de cette superstition idiote qui m'interdit de voir la robe avant le mariage ?

– Un caprice de jeune fille. Elle s'en remettra.

Rose n'ayant pas de sœur, Helga accepta à contrecœur le rôle de demoiselle d'honneur. Elle jugeait stupide de se marier en grande pompe, mais son goût pour la toilette prit le dessus. Elle ne tarda pas à se préoccuper en détail de ce qu'elle-même porterait ce jour-là.

Elle se soucia également d'améliorer ses relations avec sa future belle-sœur. Un centre d'intérêt commun alimentait enfin leurs conversations : la taciturne Rose devenait de plus en plus volubile au fur et à mesure qu'approchait le grand jour. Elle se rendit plusieurs fois à Chindera sur sa jument Vilette, au beau poil bai.

Bien que peu téméraire et en général peu portée sur les activités de plein air, Rose s'adonnait volontiers aux promenades à cheval. Elle savait que sa tenue verte et son chapeau à plume s'accordaient élégamment avec la robe de sa jument.

Elle se hissait avec aisance sur sa selle, où elle aimait retrouver la délicieuse sensation que le trot de sa monture faisait irradier dans tout son corps. Pauvre Rose, les caresses de James l'excitaient sans jamais la satisfaire ! Ce mal lancinant qui cessait lors de certains rêves, elle en ignorait la nature, mais elle remarquait que les mouvements rythmiques de la vigoureuse jument sur laquelle elle chevauchait l'en soulageaient aussi. Elle montait bien sûr en amazone, un genou contre le pommeau, le pied gauche dans l'étrier. Cette posture se révélait bien incommode, mais les dames n'étant pas censées posséder des jambes, il eût été inconcevable de les voir à califourchon.

Un après-midi où elle quittait Chindera, elle sentit cet émoi l'envahir et se détourna spontanément du chemin habituel. Elle s'écarta de la rive du fleuve et s'engouffra dans le grand maquis où elle avait chassé le renard en compagnie de Claude. Elle avait toujours voulu retourner seule dans cette forêt silencieuse, sur le sentier moussu et ombragé qui ondoyait parmi les fougères et les troncs enchevêtrés.

Elle ferma les paupières pour mieux s'abandonner à la douce sensation qui la submergeait peu à peu. Sur le point de défaillir de bonheur, elle ne prêtait plus attention au chemin. Vilette secoua la tête et hennit. Parvenue à un embranchement, elle attendait les instructions de sa maîtresse. Elle dressa les oreilles, hennit à nouveau, puis opta pour le passage qui descendait sur la droite.

Rose rouvrit les yeux en entendant se rapprocher un bruit de sabots, puis des voix. Elle reprit fermement ses rênes, prête à laisser passer les randonneurs qui se présenteraient. Leur apparition au bout du tournant lui coupa le souffle.

Trois hommes en uniforme d'un vert criard s'avançaient vers elle. Des Noirs. Elle avait appris à ne pas redouter les Canaques, mais ceux-ci étaient bien différents. Des aborigènes. Elle en rencontrait souvent en ville, timides et placides, traînant les pieds, les yeux baissés, tentant toujours de faire croire qu'ils n'étaient pas là. En revanche ces trois cavaliers galopaient avec désinvolture et fixaient sur Rose un regard insolent.

Elle se rendit compte que sa jument s'était engagée

par mégarde dans une mauvaise direction. Elle se redressa le plus dignement possible pour tenter de masquer la peur que pouvaient trahir ses yeux. Quand les inconnus furent à sa hauteur, elle s'adressa à eux d'un air altier :

– Pourriez-vous m'indiquer le chemin qui mène au fleuve, pour rejoindre la plantation de Chindera ?

Elle comprenait maintenant de qui il s'agissait. Ils appartenaient à la fameuse Police noire du Queensland. Entraînés au Victoria, ils avaient pour mission de traquer leurs congénères de la colonie du Nord. Ils portaient tous trois une carabine en bandoulière.

Ils prirent amplement le temps de dévisager Rose puis de se regarder mutuellement. L'un d'eux répondit enfin :

– Ouais, Mam'selle. Meilleur chemin passer ici. Après remonter, vous tourner à droite. Rester sur droite et arriver sur route rivière.

– Merci ! Au revoir.

Tout en gardant son port altier, elle démarra au galop. Un échange de remarques à voix basse accompagna son départ, puis un éclat de rire sonore. Les joues de Rose s'empourprèrent. Comment avait-elle pu commettre la folie de s'aventurer seule dans le maquis sans prévenir personne ?

Une bifurcation se présentant peu après, Rose orienta sa jument sur la droite. Le sentier rocailleux semblait mener sur l'autre versant de la colline. En fait il débouchait au-dessus d'un ravin où coulait une rivière encombrée de fougères et de lantaniers, mais il ne conduisait pas jusqu'à son lit. On aurait dit que des fermiers voisins l'avaient tracé uniquement pour puiser de l'eau depuis la crête de la falaise. Peut-être le vieil homme rencontré dans la clairière venait-il s'approvisionner ici quand la saison sèche vidait sa réserve d'eau croupie.

Rose examina le mur de verdure qui se dressait sur l'autre rive et analysa la situation. Si elle rebroussait chemin pour prendre l'autre direction ? Les policiers devaient l'avoir mise sur la mauvaise voie. Elle décida de faire demi-tour et de laisser Vilette trouver le meilleur moyen de sortir du maquis. Rien ne valait l'instinct des chevaux.

A l'instant où elle tirait sur les rênes pour dissuader la jument de continuer à brouter les fougères, Rose entendit l'écho d'une pierre délogée par un sabot. Un pincement lui étreignit le cœur et son sang se glaça dans ses veines. Dès qu'elle se fut retournée, elle découvrit les trois aborigènes qui s'avançaient en file indienne sur le sentier. Aucune issue ne lui permettait de se dégager.

– Veuillez avoir l'obligeance de me laisser passer.

Elle retint Vilette et redressa fièrement la tête. La plume de son chapeau vert flottait au vent. Les trois hommes restèrent nonchalamment assis sur leurs selles. Un sauvage instinct inassouvi refaisait-il surface ? Ou bien un sourd besoin de venger les affronts de toute une vie, les regards dédaigneux des Blanches qu'ils avaient croisées ?

Le plus proche des trois se pencha vers Rose et fit choir son chapeau d'un coup sec. Elle poussa un cri.

Vilette se cabra. Sa cavalière fut projetée au milieu des herbes folles. Quand elle voulut se relever un pied botté de noir se posa en travers de sa gorge. Il appuya si fort qu'il lui coupa la respiration. Une douleur insupportable. Rose lutta pour se dégager, mais de plus en plus faiblement. Elle ne tarda pas à glisser dans une inconscience bénie qui mit fin au bourdonnement du sang dans ses oreilles et à l'éblouissement qui lui voilait la vue.

5. Amelia et Andrew

– Tu sais, ma chérie, ton père et moi ne rajeunissons pas.

Amelia Duguid, assise près de sa fenêtre pour bénéficier de la clarté du jour, reprisait une chaussette de laine. Le contour de ses yeux affaiblis était sillonné d'une multitude de rides, creusées à force de plisser les paupières pour déchiffrer les petits caractères de la Bible qu'elle lisait tous les jours.

– Moi non plus, maman. Aucun de nous ne rajeunit.

– Ce n'est pas ce que je veux dire, tu t'en doutes bien. Seulement... ton père et moi aimerions bien te voir trouver une occupation, ainsi qu'un mari. Tu n'as aucun jeune homme en vue ? Quand nous retournerons au pays, nous ne voudrions pas te laisser seule.

– Nous avons le temps, maman !

– Je n'en suis pas si certaine. La santé d'Andrew me préoccupe ces derniers temps. Tu as remarqué combien il mange peu. Lui qui n'a jamais été très gros, il maigrit régulièrement.

– Oui, il perd des forces, je m'en rends compte.

– Il n'est plus le même depuis que nous avons quitté les îles. Il prêche toujours avec ardeur, note bien, et il travaille dur pour l'église et la mission, mais... Ah ! l'Ecosse lui manque. Peut-être Lifou aussi... Moi je ne veux plus jamais revoir cette île... le tombeau de mes adorables petits enfants...

Emily remarqua combien l'émotion, qu'elle n'avait pas coutume de dévoiler, donnait aux phrases de sa mère un rythme langoureux et monotone.

– Peut-être ira-t-il mieux cet été, maman. Tu sais comme il déteste le froid.

– Oui. Il s'en est encore plaint la nuit dernière. Et ici le printemps est tardif, il ne précède pas l'été de beaucoup.

En fait, Andrew avait geint comme un enfant, ce qui lui ressemblait pourtant peu. Il avait demandé à rejoindre le lit de son épouse pour se réchauffer. Ce n'était pas la première fois qu'il en exprimait le désir depuis qu'Amelia s'était aménagé sa propre chambre, avec un lit à une place. Elle ne démordait pas de sa résolution. Elle allait bientôt passer l'âge de concevoir des enfants, telle était la volonté du Seigneur, et elle ne voulait plus en mettre au monde.

Renoncer aux plaisirs conjugaux signifiait une pénitence encore plus sévère pour elle que pour lui. Persuadée, après la mort de Jaimie, que le Seigneur ne souhaitait plus qu'elle donnât la vie, elle se croyait punie pour ses péchés charnels. Elle se disait qu'il rappellerait à Lui les nouveaux enfants qu'elle mettrait désormais au monde.

Son profond tourment l'avait poussée à chercher la lumière dans la Bible. Par hasard ses yeux étaient tombés sur un verset de Paul, dans l'épître aux Galates :

« Je dis alors : laissez-vous mener par l'Esprit, et vous ne risquerez pas de satisfaire la convoitise charnelle. »

En haut de la page suivante elle avait lu :

« Mais le fruit de l'Esprit est charité, joie, paix, longanimité, serviabilité, bonté, confiance dans les autres,

« Douceur, maîtrise de soi : contre de telles choses il n'y a pas de loi.

« Or ceux qui appartiennent au Christ ont crucifié la chair avec ses passions et ses convoitises. »

Le message lui était apparu évident. Andrew ayant lu le passage sur son conseil, il avait semblé partager son avis. Mais sa rechute dans le péché ne devait pas tarder. Un soir il était venu se glisser dans son lit.

– Andrew !

– Ma bien-aimée, je me sens seul sans toi, et il fait froid dans ma chambre. Laisse-moi... rien que pour cette nuit !

– Si nous nous abandonnons une seule fois à la lubricité, l'Esprit sera vaincu. Andrew, mets ton manteau et sors contempler les étoiles. Nous devons crucifier la chair.

– Voyons, Amelia !

– Je t'en prie. J'en souffre également, cher époux, pour moi aussi c'est un sacrifice. Mais je ne pourrais pas regarder le Seigneur si nous concevions un autre enfant. Va enfiler un vêtement chaud sur ta chemise de nuit. Les étoiles brillent ce soir, leur vue assagira tes pensées. Souviens-toi de ce que disait saint Paul.

Muni d'un épais lainage et de pantoufles fourrées, il avait arpenté le jardin en murmurant une prière pour implorer le secours divin. Amelia s'était souvenue d'un autre verset de la même épître :

« Qu'ils aillent jusqu'à la mutilation, ceux qui bouleversent vos âmes. »

Sans aucun doute les hommes supportaient-ils l'abstinence plus péniblement. La manifestation de leur désir s'exprimait de manière trop évidente pour qu'ils puissent en faire fi. Amelia avait soupiré. Comme elle aurait aimé succomber ! Mais repenser aux deux petites tombes perdues sur la lointaine île de Lifou l'avait aidée à résister.

– Maman ! As-tu entendu un seul mot de ce que je t'ai dit ?

Emily braquait sur sa mère des yeux impatients.

– Excuse-moi, ma chérie, j'étais plongée dans le passé.

– Moi, je parlais de mon avenir, tu aurais pu t'en douter. J'ai l'intention d'épouser Joseph.

– Epouser Joseph ?

Amelia demeura hébétée un long moment. Puis elle porta la main à sa gorge. Elle revoyait Lifou, et Joseph, le compagnon de ses tendres petits, leur fidèle ange gardien... Joseph Tula, un enfant à peine plus âgé qu'eux.

– Oui, Joseph. C'est un chrétien et je l'aime !

– Mais enfin ! Un... un Canaque ? Un ouvrier de couleur ? Tu ne parles pas sérieusement ?

– Si, maman. Il ne m'a pas encore fait sa demande, il est trop timide, mais je sais qu'il en meurt d'envie. Ne m'as-tu pas appris qu'il n'existait pas de ségrégation raciale aux yeux du Seigneur ? *« Vous êtes tous les fils de Dieu par la foi dans le Christ Jésus... Il n'y a pas de Juif ni de Grec ; il n'y a pas d'esclave ni d'homme libre. »*

– Oui, mais ton père...

– J'ai tout prévu. Avec l'aide de l'Eglise, nous créerons une mission pour les Canaques sur la plantation de Chindera, comme celle dont s'occupe Mlle Young. J'apprendrai à enseigner et je tiendrai une classe moi-même. Nous lancerons une souscription auprès de la population.

– Une vie dans la misère ! J'avais rêvé mieux pour toi.

– As-tu vécu dans la richesse, maman ? Et ne vaut-il pas mieux avoir « des trésors célestes, que ni les mites ni la rouille ne peuvent attaquer, et dont aucun voleur ne peut s'emparer » ?

Emily était prête à réfuter toute objection en se référant aux principes prônés par ses parents.

– Et le plus important, reprit-elle, est que nous nous aimions mutuellement. « Mieux vaut une maison modeste où règne l'amour que... »

– Oui, oui ! Je me souviens ! Mais as-tu songé aux enfants que vous pourriez avoir ? Ils ne seraient ni noirs ni blancs. Ne souffriraient-ils pas de ce métissage ?

Pour une fois la question sembla ébranler Emily.

– Ils vivront entourés d'amour, dans un foyer honnête, ce qui n'est pas le cas de tous les enfants blancs.

– Je ne peux plus discuter, j'ai la migraine.

Et Amelia alla se reposer dans sa chambre. Emily se prépara à essuyer les foudres de son père.

Andrew Duguid tirait nerveusement sur sa barbe, autrefois blonde comme le sable mais aujourd'hui tout argentée.

– Tu n'es pas sérieuse, ma fille ! Joseph a appris à craindre Dieu, c'est un jeune homme chrétien, je te l'accorde, mais le mélange des races est un défi à la Providence.

– Dans quel passage de la Bible as-tu trouvé cette idée ?

– Je ne peux pas te répondre avec précision, mais les Noirs et les Blancs ne sont pas faits pour se marier, cela j'en suis certain. Tes enfants auraient les cheveux crépus, le teint sombre... ! Mes petits-enfants, des descendants de cannibales !

– Ah ! c'est à tes petits-enfants que tu penses, et non pas à mon bonheur.

– Tu ne serais pas heureuse, ma petite. Cette union se terminerait par un désastre, je te le dis.

– Je veux prendre le risque, papa.

Emily tenait de sa mère un caractère obstiné. L'opposition de son père ne faisait que renforcer sa détermination. Ses yeux bleus se mirent à luire comme des saphirs.

– De toute façon, il est inutile d'en parler davantage, ma décision est prise.

– Penser qu'en élevant ce Joseph j'ai nourri une vipère en mon sein ! Il veut m'arracher mon unique enfant !

– Papa, nous nous aimons.

Il se dirigea vers sa chambre en grommelant dans sa barbe. Parvenu sur le seuil, il se retourna et pointa un doigt tremblant en direction d'Emily.

– Je te l'interdis ! Je te l'interdis formellement ! Compris ?

Au moins sa colère n'avait pas explosé. Cette relative pondération n'était pas conforme à ses habitudes. Emily partagea l'inquiétude de sa mère pour sa santé.

Revenu à Chindera avec un jour de retard, Joseph dut affronter le mardi matin les brutalités du régisseur.

– Alors, on se prend des vacances sans mon autorisation, maintenant ?

McGriggen attaquait avec un calme trompeur. Ses rugissements éclatèrent dès sa seconde phrase.

– Et où tu étais ? T'étais pas dans ta hutte, hier, je t'ai cherché. Où t'étais ?

Puis il se souvint subitement qu'il parlait à un Canaque et continua en petit-nègre :

– Toi avoir été où ? Pourquoi pas travail ? Toi répondre vite, ou moi t'envoyer coup de bâton derrière les oreilles !

Joseph faillit répliquer : « Moi avoir été Bundaberg, patron. » Mais il se sentit soudain le courage de ne plus travestir son langage. Peut-être le souvenir de la tête d'Emily contre son épaule lui donnait-il de l'assurance. Il fixa le visage rougeaud et les yeux bleus injectés de sang de McGriggen.

– J'ai passé le dimanche à Bundaberg et j'ai raté la diligence du retour.

– Quoi ? « J'ai passé le dimanche à Bundaberg » ? Salopard de nègre ! Essaie pas de parler comme un Blanc devant moi, hein ! Pourquoi toi avoir été Bundaberg ?

– Pour apporter ma contribution à la paroisse, sur l'invitation de M. Duguid, révérend de Saint-Andrew.

Un coup cuisant en plein visage le fit reculer en chancelant. Il porta la main à son nez sanguinolent.

– Eh bien, maintenant apporte ta contribution à la plantation. Si toi vouloir garder boulot ici, toi rejoindre les autres en vitesse. Exécution ! Où être pioche à toi ? Nous aller désherber nouveaux plants de canne.

Sans perdre leur entrain coutumier, tous les hommes lâchèrent un grand éclat de rire et dévalèrent les uns derrière les autres le sentier qui menait au champ. Seuls deux d'entre eux s'attardèrent près de

Joseph. Son sort ne choquait pas l'immense majorité, habituée à de tels traitements, de même qu'aux coups de fouet et aux coups de pied dans les fesses. Ils avaient appris à réagir par le rire aux signes d'impatience de l'homme blanc. « Patron colère », commentaient-ils avec un large sourire.

Ezéchiel tendit son grossier mouchoir de coton à Joseph. Celui-ci le garda collé à son nez jusqu'à la fin de l'hémorragie. La rage bouillonnait en son cœur. Il se dit qu'en bon chrétien il devrait tendre l'autre joue. Il s'accorda pourtant un plaisir d'un autre genre : il s'imagina en train de défoncer à coups de pierre la tête bouffie de McGriggen.

Si seulement il n'avait pas déjà signé son nouveau contrat, il partirait chercher du travail ailleurs.

V

DÉVELOPPEMENTS

1. Rose

Robert Lovelace s'inquiétait de ne pas voir rentrer sa sœur Rose en fin d'après-midi. Venu à Chindera dans l'intention de la ramener à la maison, il trouva Helga sur la terrasse. Elle contemplait le reflet du soleil couchant sur les eaux de la Mary River.

– Savez-vous où est Rose ? Elle devait s'occuper des fleurs pour le dîner que maman donne ce soir. Aurait-elle oublié ?

– Rose ? répéta Helga étonnée. Elle est partie il y a plusieurs heures, sur Vilette. Je pensais qu'elle rentrerait directement chez vous. Elle nous a quittés vers trois heures et demie.

– Elle s'est fait accompagner par un garçon d'écurie ? Un de ces fichus Canaques ?

– Robert ! Nous avons un « fichu Canaque » qui nous sert de cocher, un excellent garçon digne de confiance. C'est le mari d'Estelle, notre blanchisseuse.

L'évocation de ses deux domestiques la rendit songeuse. Elle s'étonnait de l'humeur maussade et chagrine de Tombua ces derniers temps. En revanche, Estelle multipliait les sourires complices, elle était plus enjouée que jamais. Elle s'habillait tous les jours avec élégance et parait sa coiffure de fleurs fraîchement cueillies.

– Non, reprit Helga, Rose est partie seule.

– A-t-elle pu aller voir quelqu'un d'autre ?

– Peut-être la couturière, pour sa robe de mariée. Mais je ne crois pas qu'elle soit allée en ville à cheval, elle aurait plutôt pris la diligence.

– Je n'aime pas cela. Où est James ?

– Il rentrera tard, il prépare l'état des recettes.

– Bon sang ! Il devrait la surveiller mieux que ça !

L'inquiétude le rendait déraisonnable : enfermé dans son bureau depuis le matin, James n'était même pas au courant de la visite de Rose à Chindera.

Robert enfourcha son cheval et gagna la sucrerie. Bien que les meules du moulin eussent cessé de tourner, une vague odeur de sucre chaud persistait dans l'air. James releva le nez de ses colonnes de chiffres.

– Où est Rose ? Savez-vous où elle est ?

– Je ne l'ai pas cachée dans mes tiroirs, je vous le jure. Pourquoi ? Où devrait-elle être ?

– Je ne plaisante pas. Elle a quitté la maison de Chindera avant quatre heures, elle montait Vilette. Il va être sept heures et on ne l'a pas vue chez nous.

James se redressa d'un bond. Ses papiers et ses crayons se renversèrent.

– Il faut partir tout de suite à sa recherche. Elle a peut-être fait une chute et perdu conscience. Mais où ?

Il enfila distraitement sa veste sur la chemise de

percale blanche qu'il portait quand la saison devenait trop chaude.

– Votre cheval est devant la porte ? Emmenez-moi à l'écurie pour que je selle le mien.

On réunit au crépuscule un petit groupe d'hommes susceptibles de battre les sentiers. Dès que la pleine lune fut levée, son éclat dans la nuit limpide permit de discerner le moindre caillou. Mais il faudrait attendre le lendemain si on voulait bénéficier des dons étonnants des aborigènes pour le dépistage.

James se réjouit de la présence en ville d'un contingent de la Police noire du Queensland, dépêché pour traquer l'assassin d'un colon isolé. On avait récemment retrouvé son corps mutilé à coups de tomahawk, crime que l'opinion publique attribuait à des Canaques.

« Ça ressemble bien à un coup des nègres », murmurait-on dans les bars. Depuis le meurtre de Claude Grant, encore frais dans les esprits, la population de la ville gardait une hostilité de principe envers les ouvriers de couleur.

Au-delà de minuit, alors qu'on revenait vers Chindera, le disque blafard de la lune atteignit son point culminant. James crut entendre des bruits de sabots sur un chemin terreux. Son cheval dressa les oreilles et poussa un hennissement.

Vilette surgit, rênes pendantes. La lune luisait dans ses yeux éperdus. James saisit la jument et la mena à l'écurie. Plus de doute maintenant, Rose avait été victime d'une chute, elle était sans doute blessée, peut-être mortellement ! Comment s'endormir avec une pensée pareille ? Dougal arriva à son tour, mit pied à terre et dessella sa monture.

– J'ai sa jument, lui annonça James, le visage

défait. Elle venait du fleuve. Crois-tu que Rose soit tombée de la falaise ? Tu sais, celle qu'a dégringolée Claude... Mon Dieu ! Elle peut se trouver n'importe où ! Il faudra draguer le fleuve demain. En attendant, continuons à fouiller.

– Ecoute, mon vieux, il n'y a rien à faire avant le lever du jour. A l'aube nous foncerons vers la berge et nous la retrouverons sûrement saine et sauve. En une nuit, on ne meurt ni de faim ni de froid.

– Tu veux que je dorme en la sachant seule en pleine forêt, terrorisée, blessée, qui sait ?

Il redoutait pis encore, mais il se refusait à en formuler l'idée. Si seulement ce satané cheval pouvait parler !

– Viens, je vais te servir un bon whisky. Il faut que tu t'allonges quelques heures, sinon tu ne seras pas en état de reprendre les recherches. Laisse ton cheval, il a aussi besoin de repos.

Epuisé et transi, James suivit son frère sans résister, comme un enfant. Dougal fit preuve d'une tendresse inhabituelle. Il lui prépara un grog à base de whisky, lui ôta ses bottes et sa veste, et l'aida à se mettre au lit tout habillé.

– Essaie de dormir, vieux.

A sa grande surprise, James y parvint et ne s'éveilla qu'aux premières lueurs du jour. Le souvenir du drame lui revint brusquement ; il crut recevoir un coup de poing en pleine figure. Rose ! Il bondit hors de son lit en jurant.

Il fonça avec Dougal sur la place centrale de la ville, où ils retrouvèrent Robert et son père, également planteur, en compagnie de plusieurs amis et de trois membres de la Police noire du Queensland. Ces derniers portaient un élégant uniforme d'un vert criard et des bottes à talons hauts. Des yeux perçants et un sourire ouvert sur des dents parfaitement blanches éclairaient leur visage.

Une fois que James eut expliqué où il avait trouvé Vilette par rapport à Chindera, le groupe se mit en marche le long du fleuve. La police montée prit les devants, progressant de temps en temps à pied pour mieux examiner le sol. Un des aborigènes remarqua une trace de sabot, puis une autre. Il commenta la situation avec ses camarades, dans leur dialecte. Les Blancs restaient à faible distance et contenaient mal leur impatience.

A l'entrée du grand maquis les policiers scrutèrent méthodiquement les alentours, hochèrent la tête, haussèrent les épaules et revinrent dire quelques phrases au père de Rose.

– Qu'est-ce qu'il y a ? cria James. Qu'est-ce qu'ils disent ?

– D'après eux aucune empreinte ne se dirige vers le fleuve, mais trop de traces se superposent, rien ne leur permet d'affirmer qu'elle soit entrée dans le maquis.

– Eh bien, pénétrons-y quand même, au cas où ils repéreraient des indices... Après tout j'en suis aussi capable qu'eux ! Regardez, c'est net, il y a eu des sabots ici... Les empreintes vont dans les deux sens, mais Vilette est peut-être repassée sans sa cavalière. Vous faire vite, vous chercher partout, moi donner argent si vous trouver Mam'selle, ajouta-t-il à l'intention des aborigènes.

Ou bien ils étaient d'une nature têtue, ou bien quelque chose les embarrassait, remarqua James. Ils rechignaient à explorer le sentier qui serpentait entre les grands arbres. Ils avançaient avec nonchalance mais jetaient sans cesse des coups d'œil à gauche et à droite, attentifs au moindre détail.

Finalement ils s'arrêtèrent.

– Y a plus. Plus trace cheval Mam'selle. Pit-être continué à pied, pit-être perdu chemin.

– Elle ne serait pas entrée dans le grand maquis à cheval ? Quelle distance peut-elle avoir parcourue à pied en une nuit ?

– Pit-être beaucoup distance.

James prit Dougal à l'écart pour lui confier son point de vue :

– Ils sont désespérants ! Continuons avec Robert, explorons toutes les pistes latérales au cas où elle s'y serait engagée. Que les autres repartent, l'exiguïté des sentiers oblige à avancer en file indienne.

– Au moins nous savons qu'elle n'est pas dans le fleuve.

– Crois-tu ? Je me méfie de ces corniauds. On les dit fins limiers, d'accord, mais pour l'instant ils ne se montrent pas à la hauteur de leur réputation.

Robert, Dougal et James la trouvèrent quatre jours plus tard. Leurs barbes hirsutes assombrissaient leurs joues, le manque de sommeil rougissait leurs yeux et ils avaient les reins fourbus.

James aperçut le premier les marques de sabots imprimées dans l'étroite voie sans issue qui débouchait au-dessus du fossé. Ils étaient déjà passés plusieurs fois devant l'embranchement sans y prendre garde. Les policiers noirs sillonnaient maintenant d'autres secteurs, mais leur incompétence évidente n'incitait pas à les regretter. Les trois hommes mirent pied à terre et menèrent leurs chevaux en main pour suivre les traces indistinctes laissées sur le sol pierreux. Ils parvinrent à la petite rivière et au mur de verdure qui avait arrêté Rose. Leurs montures attachées, ils se séparèrent pour passer les environs au peigne fin.

Une fois encore, l'œil de James fut le plus vif. Il localisa sous un buisson le chapeau de sa fiancée. Sa plume était brisée. Il poussa un hurlement et le serra contre son cœur. Sa mort ne faisait plus aucun doute dans son esprit.

Ils trouvèrent ses autres vêtements sous une souche. La plupart étaient déchirés, maculés de boue et parfois de sang. L'horrible soupçon qui grandissait depuis quelque temps se confirmait brutalement. Aucun d'eux ne trouvait la force d'émettre le moindre commentaire...

Dougal descendit sur la berge de la rivière. Creusée à la limite de l'eau, une excavation peu profonde contenait les restes de Rose Lovelace. Sans doute les assassins avaient-ils pensé que la prochaine crue disperserait ses os et ferait disparaître les preuves de leur crime.

Le jeune homme s'éloigna et soulagea sa nausée parmi les fougères avant d'appeler ses compagnons.

– Ne regarde pas ! ordonna-t-il à James. Ce n'est pas la peine de regarder, Jamie. Je l'ai trouvée. Elle est...

Il hocha la tête et plissa fermement les paupières, comme s'il essayait d'effacer une horrible image.

– Rose ! Rose !

James s'élançait en avant. Dougal le saisit d'une main ferme pour le plaquer contre lui. Le pauvre garçon se débattit désespérément.

– Ne sois pas stupide. Garde le souvenir de la dernière fois où tu l'as vue. Il ne sert à rien que tu ailles là-bas. En plus nous ne devons pas toucher à quoi que ce soit avant l'arrivée de la police. C'est très important, n'est-ce pas, Robert ?

– Oui, il a raison, acquiesça-t-il, livide.

Robert percevait dans l'air une odeur comparable à celle qui se dégageait de ses collets quand il y laissait les lapins trop longtemps. Cela le dissuada de regarder.

Pour protéger les restes de Rose du soleil et des rapaces, Dougal les recouvrit délicatement de la veste verte dont la jeune fille était si fière.

Puis avec Robert il hissa James sur son cheval. Constatant son irrésistible envie de revenir sur ses pas, ils le firent avancer devant eux sur le sentier escarpé. Il serrait dans ses bras un morceau de sous-vêtement blanc et plissé, déchiré et sanglant, ainsi que le chapeau où pendait la plume brisée.

2. Joseph

Le *Maryborough Chronicle* tonna dans un éditorial : « Nos femmes et nos enfants ne sont pas en sécurité dans les rues... Ce crime ignoble doit être puni aussi sévèrement que le permet la loi ! »

Les rapports entre les communautés raciales se tendirent plus que jamais. La pendaison de Zachariah avait effrayé et indigné Mélanésiens et aborigènes. Cette façon d'exécuter un homme les avait scandalisés. Les Blancs, sous le choc de l'assassinat de Claude Grant et du massacre, encore impuni, commis dans une ferme isolée, imputèrent spontanément aux Canaques le meurtre et le viol de Rose Lovelace ainsi que la mutilation de son cadavre. On supposait qu'il s'était agi d'un acte collectif.

Pourtant, la plupart des insulaires du district travaillaient dans les plantations le jour du crime. Qui parmi eux aurait pu se promener en forêt ces temps-ci ? Samuel McGriggen, qui ne se remettait pas de la hardiesse avec laquelle Joseph lui avait tenu tête, se souvint de son absence pendant toute une journée. Quand cela ? Le lundi précédent, le jour où Rose était partie pour l'expédition dont elle ne devait pas revenir !

Le régisseur alla livrer son témoignage à la police.

Le soir même, alors que Joseph se reposait sur sa paillasse en regardant les rais de lumière que le clair de lune projetait à travers les murs de feuillage, un tohu-bohu se répandit soudain dans le village. Les voix rauques d'un groupe d'hommes demandant leur chemin d'une case à l'autre provoquèrent les aboiements des chiens et les gémissements des femmes.

Une porte de bois sans verrou fermait sommairement l'unique accès à la hutte de Joseph pour la protéger des roussettes et des esprits nocturnes. Quelqu'un la tira sans crier gare. Deux silhouettes sombres se dressèrent soudain au-dessus du jeune homme somnolent.

– Joseph Tula Efate ?

– Oui. Qu'est-ce que c'est ?

– Je vous arrête au nom de la reine.

– Mais pourquoi ? Qu'est-ce que j'ai fait ?

– Vous êtes soupçonné d'homicide volontaire.

Joseph bondit dans ses vêtements en un clin d'œil. Ce devait être un cauchemar ! Les policiers le propulsèrent sans ménagement hors de sa case. Ezéchiel lui prit la main. Il lui dit de ne pas s'inquiéter, il en parlerait au jeune M. Johnstone et on ne tarderait pas à le relaxer. Ce ne pouvait être qu'une erreur.

– Va voir M. Stewart, lui demanda Joseph. Tu le trouveras à la maison du pasteur. Prie-le de venir.

Au siège de la police on se serait cru au milieu de la journée. Une agitation générale régnait dans les locaux. Un officier surgit avec une liasse de papiers, qu'il déposa sur un grand bureau. On emmena Joseph dans une petite pièce. Trois énormes policiers l'y encadrèrent.

– Tu croyais t'en tirer comme ça, hein ?

L'un des hommes lui envoya en pleine poitrine un coup de poing qui le fit reculer jusqu'au mur. Un autre l'agrippa alors par la chemise pour le tirer à lui.

– Qu'est-ce qu'il y a sur ta chemise ? Du sang ! C'est toi qui l'as tuée. Allez, reconnais-le, tu es coincé. Y avait qui avec toi, hein ? Tu as fait le coup tout seul ?

– J'ai... j'ai saigné du nez. Au travail, l'autre matin.

– Où tu as appris à parler comme un Blanc, le nègre ?

– Dans une mission, à Lifou. Si vous demandiez à M. le révérend Stewart, il...

– Ah ! Formé par une mission ! C'est les pires, ceux-là. Ils prennent confiance en eux, ils se croient à la hauteur des Blancs.

Le plus grand des policiers approcha son visage tout près du sien.

– Tu t'es dit que ça te plairait, une madame blanche, histoire de changer ? Tu l'as suivie dans le grand maquis ?

– Je ne comprends pas...

– Il joue l'idiot. Mlle Lovelace, tu l'as suivie depuis Chindera ? Et puis tu l'as violée et tu l'as étranglée ? Ou tu l'as étranglée d'abord ?

– Toi être où ça, lundi ? Pourquoi toi pas travaillé ?

– Moi allé Bundaberg, pris diligence...

Joseph pesta de s'entendre répondre en petit-nègre. La peur lui donnait des sueurs froides, il perdait la tête. Il revoyait Zachariah se balancer au bout de la corde, les yeux exorbités, le visage difforme. Ils lui infligeraient le même sort. Quel dommage qu'il n'ait pas lavé sa chemise après son saignement de nez ! Mais on manquait de temps le matin avant le travail, et on tombait de fatigue le soir en rentrant. Tout le village allait faire sa lessive dans un petit cours d'eau, soit le samedi si on disposait de quelques heures, soit le dimanche matin. Ensuite on étendait le linge sur l'herbe pour le laisser sécher au soleil.

– Si été Bundaberg lundi, pas possible revenir pour travail mardi. Toi raconter bobards.

– Non, vérité. Pris diligence dimanche, revenu lundi soir. Demandez Missié Stewart, il dira.

– C'est lui l'assassin, décréta le plus grand des policiers. Enlève tes frusques, le nègre !

– Quoi ?

L'homme empoigna sa chemise et tira jusqu'à ce qu'elle se déchire.

– Déshabille-toi.

Joseph s'exécuta en tremblant. Un sentiment de culpabilité commençait à l'envahir. Il savait par ouï-dire que Mlle Lovelace de Rosehill avait disparu, qu'on avait organisé une battue pour la retrouver. Mais comment pouvait-on le croire lié en quoi que ce soit à cette affaire ? Il reconnaissait que la situation se présentait très mal : parti pour Bundaberg sur un coup de tête, il n'avait prévenu personne. Il restait heureusement Emily, les parents Duguid, les Stewart... Ils témoigneraient.

Dans l'immédiat, nu devant les trois paires d'yeux braquées sur lui, il se sentait démuni, piégé.

– Hum... pas de traces d'égratignures. Mais il a le matériel nécessaire pour faire la chose.

Trois rires gras résonnèrent dans la pièce. Les commentaires se succédèrent sur la taille de son appareil génital.

– Alors, tu vas avouer, salopard de nègre ? Ou tu veux qu'on te passe d'abord à tabac ?

Ils le ramenèrent dans la salle où se trouvait le bureau. L'officier prit une plume. Une fois son texte écrit, il le lut à voix haute :

« Moi, Joseph Tula Efate, ouvrier mélanésien sur la plantation de Chindera, à Maryborough, reconnais par la présente que le lundi 14 août après-midi... »

– Non, ce n'était pas moi !

– Tu ferais mieux d'avouer, Efate. Ou je te jure que tu le regretteras.

Nu, le dos au mur, Joseph implora ses bourreaux du regard.

– Je vous en prie, c'est une erreur. Demandez à M. Stewart, il vous dira...

– Menteur ! Tu sais bien que non !

Un coup de botte dans l'aine. Une douleur atroce transperça Joseph. Il se plia en deux en gémissant.

– Tiens-toi droit quand on te parle, nom de nom !

Le policier l'attrapa par les cheveux et lui heurta l'arrière de la tête contre le mur.

– Maintenant t'as plus qu'à reconnaître l'accusation et t'iras te reposer. Tu dis juste « Oui, moi coupable », ou « Oui, moi l'avoir fait », et on te laisse tranquille, tout de suite. J'écoute !

L'homme ponctuait ses phrases en cognant sur le mur la tête de Joseph.

– Je n'y suis pour rien, je...

– Laissons mijoter cet abruti jusqu'à demain. Il sera plus raisonnable après une nuit de réflexion.

– Il faut lui flanquer une raclée.

– Laisse tomber.

Quatre agents l'embarquèrent dans une cellule en le tenant par les bras et les jambes. Ils le jetèrent au sol comme un vulgaire paquet, lui envoyèrent ses vêtements puis refermèrent la porte. Avant que la lumière de leur lampe ne disparût totalement, il distingua dans un coin une couverture grise posée sur un banc, pareil à la planche sur laquelle il dormait à bord du *Jason*.

Ah, pourquoi avait-il dû quitter son île ? La haine et le mépris des Blancs semblaient vouloir s'infiltrer au plus profond de ses entrailles, comme pour lui arracher toute trace d'amour-propre. Joseph s'affala sur le banc. La souffrance et l'angoisse le firent sombrer dans la stupeur.

Ce nouveau coup porté à son prestige accabla Julia Johnstone. Les retombées de l'assassinat de sa future belle-fille la tracassaient déjà suffisamment. Le principal suspect ferait partie des ouvriers de Chindera ? Encore un ! En outre on allait ouvrir une enquête sur le taux élevé de mortalité qui frappait ses Canaques, on invoquerait la malnutrition et l'avarice des patrons. Elle avait vraiment besoin de prendre de longues vacances à Brisbane. Mais comment s'occuper alors de marier Helga ?

L'état de santé de James la tracassait aussi. Son visage blafard, son sinistre mutisme, ses yeux rouges, secs et fiévreux lui donnaient une allure de malade mental. Il ne trouverait plus le repos tant qu'on ne châtierait pas le meurtrier. Sa mère reprit espoir en apprenant qu'on avait arrêté quelqu'un.

Rien ne ressortit de l'enquête, sinon que Rose était morte le lundi après-midi, tuée par un ou plusieurs inconnus. L'agression sexuelle, vraisemblablement collective, ne faisait aucun doute. La relation détaillée de ce crime odieux permit à la presse d'accroître ses tirages.

On annonça peu après la relaxe de Joseph. On admettait que le sang trouvé sur sa chemise provenait de son hémorragie nasale. Sa présence dans la diligence pour Bundaberg avait été attestée par le révérend Allan Stewart, et le cocher se souvenait de l'avoir ramené lundi soir. Plus aucune charge ne pesant contre lui, on l'avait libéré.

Les recherches continuèrent. Les autorités retinrent l'hypothèse de l'implication de plusieurs cavaliers, mais comme les trois personnes qui avaient découvert le corps se déplaçaient elles-mêmes à cheval, on ne pouvait démêler aisément les empreintes. En outre une grosse averse avait fini de jeter la confusion et les policiers noirs présents lors de la battue travaillaient maintenant sur un autre district.

L'œuvre du médecin légiste accomplie, on inhuma les restes de Rose et on autorisa James à garder quelques mèches de la chevelure dorée qu'il réclamait à grands cris. Il en enterra une partie dans le jardin, sous sa fenêtre, et planta à cet emplacement un massif de rosiers grimpants. Les tiges guidées par ses soins sur une tonnelle ne tardèrent pas à donner d'abondantes fleurs roses et jaunes.

James s'était enorgueilli de sa tolérance et de son absence de préjugés envers les gens de couleur. Il n'en fréquentait en réalité pas d'autres que ses domestiques, puisqu'il eût été impensable d'employer des Mélanésiens ou des aborigènes à l'administration de la sucrerie.

Même après le meurtre de Claude Grant il avait ressenti plus de pitié que de haine pour le misérable Zachariah. Mais aujourd'hui... ! Aujourd'hui il ne supportait plus la vue d'Harriet servant le dîner. Quand il prenait le cabriolet pour aller à l'église avec sa famille, il détournait les yeux des cheveux crépus de Tombua et de ses mains qui tenaient les rênes. Des mains de cette même couleur avaient violé sa malheureuse, son angélique Rose ! Il grinçait des dents et gémissait à voix haute chaque fois que cette image lui revenait en tête. Une question sans réponse le hantait plus que toutes les autres : était-elle morte tout de suite ou... après ? Combien de temps avait-elle enduré l'épouvante, la douleur, le dégoût, avant que la mort lui accordât grâce ? Et dire que lui, James, s'était abstenu de toucher à ce que ces barbares lui avaient ravi si sauvagement ! Oh, s'il pouvait en étrangler un seul !

Son esprit ne s'apaisait que lorsqu'il prenait soin de ses rosiers, guidait les bonnes tiges le long du treillis, taillait les autres. Il surprit un jour un enfant mélanésien en train de lui voler le premier bouton qui allait éclore. Il appartenait probablement au village de la plantation, peut-être s'agissait-il d'un des fils d'Estelle. James devint écarlate. Il chassa le gamin à coups de mottes de terre, en poussant des cris de rage.

Il recommença à parcourir les environs à la recherche de nouveaux indices, parfois en compagnie de Robert Lovelace. Les policiers ne refermaient pas le dossier, mais ils perdaient tout espoir de résoudre l'énigme. En revanche, ils élucidèrent l'autre meurtre. Ils appréhendèrent un Blanc qui vendait des marchandises volées dans la ferme de la victime. L'homme reconnut être l'assassin, et avoir utilisé un tomahawk pour détourner les soupçons sur les Mélanésiens. On le pendit discrètement à une porte de la ville.

Après sa sortie de prison, Joseph connut un sort pire qu'avant son arrestation. McGriggen s'acharna sur lui pour tenter de lui faire perdre son sang-froid et le pousser à une repartie qui justifiât une bonne correction.

En désespoir de cause, il rendit visite à M. Stewart, qui l'accueillit chaleureusement :

– La Providence t'envoie à moi ! J'allais lancer une annonce pour trouver un bedeau. Le vieux Simon part en retraite, et la congrégation prend une telle ampleur que j'ai besoin d'une personne dans la force de l'âge. D'ailleurs, le pauvre homme n'était pas assez robuste pour creuser une tombe. Verrais-tu un inconvénient à ce travail, Joseph ?

Un relent de superstition l'assaillit. Dans son île natale on n'aimait pas les cimetières. Heureusement les esprits des chrétiens montaient droit au ciel et seule leur enveloppe charnelle demeurait dans leur sépulture, il n'y avait donc rien à craindre. Loin de voir un inconvénient à la perspective de devenir bedeau, il accepterait tout ce que le pasteur lui demanderait.

Le cimetière se situait un peu à l'écart de la ville, près d'un marécage. La tâche de Joseph consisterait à veiller sur la section presbytérienne, faucher l'herbe sur les tombes et en creuser de nouvelles au fur et à mesure des besoins. A l'église il devrait sonner la cloche pour le service, faire le ménage de la sacristie et disposer les livres de messe sur les bancs. Un emploi infiniment moins pénible que son labeur à la plantation, mais bien solitaire. Lui qui avait toujours travaillé parmi ses camarades, des gens de sa communauté, il allait se sentir fort isolé. Le pasteur mettait une maisonnette à sa disposition, un logement de fonction. Il ne lui manquerait plus qu'une épouse.

M. Stewart rendit visite à Dougal Johnstone pour lui demander de délier Joseph de son nouveau contrat. Il accepta, mais non sans ronchonner.

Maintenant qu'il disposait d'une maison à lui, rien n'empêchait Joseph de se marier. Il décida d'écrire à Emily, dont la dernière lettre lui laissait entrevoir les plus grands espoirs. Il ne doutait pas de sa réponse, mais craignait d'affronter le révérend Andrew Duguid pour lui demander la main de sa fille. Il espéra que Mme Duguid se rangerait de son côté.

3. La Police noire

Soucieux de respecter les convenances, Graham Lindsay demanda la main d'Helga à son père. Angus Johnstone donna son accord pour les fiançailles. Graham glissa habilement dans la conversation un renseignement auquel il accordait si peu d'importance qu'il n'avait pas encore songé à le mentionner : sa tante résidant en Angleterre avait un titre de noblesse. En réalité elle avait épousé un baronnet, mais cela suffisait pour qu'elle s'appelât lady Lindsay.

Dans la jeune démocratie australienne, des journaux comme le *Bulletin* de Sydney affectaient de mépriser les titres et n'appelaient jamais un noble *sir*. Mais il n'en demeurait pas moins qu'un chevalier ou un *lord* impressionnaient à coup sûr les colons fraîchement enrichis, implantés dans des cités vieilles d'un siècle tout au plus. La visite des princes Albert et George en 1881 enfiévra tout Sydney.

Entendre parler du sang bleu de Graham convainquit Julia Johnstone qu'il constituait un parti idéal pour sa fille. Pouvoir faire allusion à la tante de « ce cher Graham » sous le nom de lady Lindsay de Surrey l'aiderait à redorer sa réputation entachée par les meurtres de Claude et de Rose.

Elle était trop subtile pour chercher à exercer une pression directe sur sa fille, dont elle connaissait bien l'entêtement, et elle avait conseillé à Angus de rester discret sur ce sujet. Mais elle s'était arrangée, par toutes sortes d'astuces, pour provoquer de fréquentes rencontres entre les deux jeunes gens et les laisser ensemble à la moindre occasion.

La perspective d'un voyage de noces « au pays », amorce d'un circuit en Europe, acheva de convaincre Helga des avantages de ce mariage.

Elle trouvait Graham très attirant. Viril, bien fait de sa personne, il savait ce qu'il voulait. Bien que ne répondant pas aux canons académiques de la beauté, il possédait un grand charme. Sa haute taille et sa large carrure permettaient à sa fiancée de se sentir enfin fragile et délicate.

Car, au grand désespoir d'Helga, sa propre silhouette devenait de plus en plus imposante. Sans doute les cours de chant qu'elle prenait auprès d'un ténor italien en retraite à Maryborough y étaient-ils pour quelque chose. Elle travaillait tous les jours et commençait ses exercices dès qu'elle entendait les pies-grièches sonner matines derrière sa fenêtre.

– *Ah-ah-ah-ah-ah-ah-ah-ah-ah ! Ah-ah-ah-ah-ah-ah-ah-ah-ah !*

Sa voix s'élevait avec souplesse tout au long de la gamme, puis redescendait de plus belle. Deux pies avaient coutume de se joindre à son chant, en ponctuant leurs interventions d'amples mouvements de tête en arrière.

– *Ah-ah-ah !* lançait l'une, le bec grand ouvert.

– *Ie-ie-ay !* répondait l'autre.

Elles mettaient toute leur énergie à battre des ailes et à gonfler leurs poitrines. Helga, qui leur ressemblait déjà par la limpidité de sa voix, prenait les mêmes poses qu'elles.

Consciente depuis toujours de son talent, elle ne doutait pas d'accéder tôt ou tard à la célébrité. Elle avait envisagé de devenir pianiste. Mais le signor Moli l'avait poussée à développer plutôt ses aptitudes de chanteuse.

– Si vous travaillez dur, et si vous veillez bien à ne pas abîmer cet organe superbe, *magnifico*, que *il Dio buono* vous a offert, vous chanterez à la Scala et à Covent Garden. Vous verrez !

Elle se donnait effectivement de la peine. Elle contrôlait déjà mieux son souffle, sa voix devenait un instrument dont elle jouait avec maîtrise. Il lui semblait parfois qu'une sorte de magie intervenait : elle prenait sa respiration, ouvrait les lèvres, et les notes s'échappaient comme autant de perles. Claires et rondes, elles ne trahissaient jamais le moindre effort. Et pourtant, elle le sentait, il manquait encore quelque chose à sa voix... une maturité et une plénitude indispensables pour s'attaquer aux grands rôles du répertoire, ceux où brillaient Maria Malibran, Adelina Patti et les autres divas. Helga savait que son ambition ne serait satisfaite que si elle parvenait à leur niveau.

Elle savait qu'elle possédait la force physique et la résistance nécessaires à une carrière de cantatrice. Elle se sentait plus vive et plus vigoureuse que jamais. Mais il lui restait à acquérir une chose indéfinissable à laquelle le signor Moli faisait parfois allusion : la profondeur ? l'émotion ? Seule l'expérience de la vie pourrait la lui donner. Devenir une femme accomplie, une femme mariée, compléterait la richesse de sa voix.

Helga aimait la vie, appréciait la bonne chère, les conversations, les promenades dans la nature, le soleil, et, par-dessus tout, la musique. Plus Graham se montrait fougueux avec elle et plus ses baisers lui plaisaient. L'aimait-elle ? Peut-être était-elle seulement amoureuse de l'amour. Pourtant, rien ne l'ennuyait plus que les romans sentimentaux où les héroïnes tombaient en pâmoison devant des ruines au soleil couchant.

Etre libre, avoir une maison à soi ! Sa mère l'agaçait, à se préoccuper constamment de ses mondanités. Et Dougal la rendait folle, avec son comportement bourru et sa voix railleuse. Quant à James, lorsqu'il se joignait à la famille, son esprit demeurait ailleurs, plongé dans ses rêveries : aucun sourire ne déridait son visage exsangue. Il négligeait même son travail à la sucrerie.

Ces derniers temps, Helga éprouvait plus de complicité avec son père. Ils se ressemblaient trop, sur certains points, mais ils se respectaient mutuellement. La perspective de son mariage le réjouissait. Il lui promit même une dot.

James était rarement à la maison. Il sillonnait la campagne à cheval, parfois seul et parfois avec Robert Lovelace. Un jour qu'il parcourait le grand maquis, il déboucha sur la clairière et s'arrêta auprès du vieil homme de la cabane. L'ermite avait entendu parler du meurtre, il se souvenait bien de cette époque. Ils s'assirent tous deux sur les marches pour discuter.

– Y avait un détachement de la Police noire dans le coin. Ils sont venus faire boire leurs bourrins et ils m'ont demandé par où qu'on sortait du maquis.

– C'était le lendemain du crime, quand ils nous ont aidés à chercher les traces ?

– Non. Non, ça devait être la veille, le dimanche. Ils allaient camper en forêt et ils m'ont réclamé du thé et du sucre. Même qu'ils me l'ont jamais payé !

James sursauta et glissa un billet dans la main du vieillard.

– Tenez, rachetez-vous du thé avec. Vous m'avez donné une idée.

Il enfourcha son cheval et s'éloigna, tout au projet qui venait de germer dans son esprit.

Robert et James s'enfoncèrent vers l'ouest, loin de la côte, sur la piste suivie par les policiers noirs chargés de débusquer leur homme. Après avoir dépassé Gayndah, ils rencontrèrent un camp d'aborigènes, une sorte de bidonville fait de caisses et de tôles de récupération.

Ils posèrent des questions de routine, déclarant qu'ils menaient une enquête sur le meurtre d'une « dame blanche » dans les environs de Maryborough. Les aborigènes ne les regardaient jamais en face. Leurs yeux plongeaient vers le sol ou bien se tournaient vers l'horizon. De petites mouches des marais leur couraient sur le visage sans qu'ils y accordent attention.

– Non, chef, rien savoir.

La même réponse revenait systématiquement. James ne se méfia pas de prime abord. Néanmoins, il eut peu à peu l'impression qu'on leur cachait quelque chose.

Ils n'aperçurent que deux femmes dans tout le camp. Robert tenta d'apprendre où étaient parties les autres.

– A plus, chef. Toutes mortes.

L'absence de jeunes femmes signifiait la condamnation de la tribu. Sans espoir de procréer, les survivants savaient qu'ils en étaient les derniers représentants.

– Robert, restons une journée de plus.

Ils campèrent à proximité. Une fois les chevaux entravés, ils allumèrent un feu et déposèrent sur les braises leur galette de pain et leur bouilloire à thé.

Les aborigènes, abattus et pour la plupart très âgés, ne constituaient visiblement aucun danger. Les deux Blancs préférèrent pourtant garder leurs pistolets à la main durant leur sommeil. En outre ils placèrent entre eux une carabine chargée.

James s'endormait toujours aussi difficilement. A peine y fut-il parvenu qu'il rêva de Rose : horriblement mutilée, elle hurlait pour demander de l'aide. Il se redressa d'un bond. Quand il ouvrit les yeux il aperçut une silhouette noire accroupie à côté de lui.

Il chercha instinctivement son pistolet, mais une main décharnée se posa sur la sienne. C'était l'une des deux vieilles femmes. Elle lui secoua l'épaule.

– Chef ! Je dirai vérité. La dame blanche...

– Oui ! Qui est-ce ?

James était bien réveillé, cette fois. La vieille regardait craintivement derrière elle.

– Police noire Quinland. Venir ici une nuit. Avoir bu alcool, parler tout le temps. Dire avoir attrapé dame blanche. Eux pleins alcool. Elle être sur cheval. Eux faire tomber elle, tuer elle, et... Eux vantards, tout raconter. Et dire : « Ils auront pas nous. »

– Tu connais leurs noms ?

– Peter. Deux autres police et lui. C'est eux.

– Merci, la vieille. Très bien. Récompense pour toi.

Il glissa un paquet de tabac dans ses mains osseuses. L'aborigène s'éloigna en hâte.

La nouvelle rendit James trop fébrile pour attendre le lendemain matin. Il raviva le feu, y posa la bouilloire et réveilla Robert. Ils partirent avant l'aube et, en plusieurs étapes, gagnèrent le quartier général de la Police noire à Rockhampton, trois cents kilomètres plus au nord.

Ils y exposèrent l'affaire à l'officier de service. Les hommes envoyés à l'époque sur le secteur de Maryborough patrouillaient maintenant dans l'intérieur du pays. James raconta leur réticence à pénétrer dans le maquis, la façon dont ils s'étaient déclarés « incapables » de trouver la moindre trace, et le témoignage du vieil homme qui les avait vus à proximité la veille du crime. Tout convergeait.

Dès que leur culpabilité parut évidente, le châtiment s'abattit sans délai. La police blanche appréhenda les trois hommes. L'un d'eux, Peter, se débattit comme un diable dans l'espoir d'échapper à son sort. Il reçut une balle en plein ventre et mourut dans d'affreuses douleurs. Les deux autres furent « abattus lors d'une tentative de fuite » au cours de leur transfert au palais de justice de Maryborough. Cela évita un long procès, et la désagréable publicité qui en aurait résulté.

La mort des assassins semblait apporter à James sérénité et résignation. Il continuait à rêver de Rose, mais il ne la voyait plus blessée et apeurée, elle lui apparaissait sous les traits juvéniles et rayonnants qu'il lui avait connus durant leurs fiançailles. Il demeurait toutefois aussi reclus qu'auparavant, et passait de longues heures sous la tonnelle couverte de rosiers. Il se mit à « entendre des choses », par exemple des bruits de sabots traversant la plantation de Chindera les nuits de pleine lune.

D'autres personnes affirmèrent aussi les avoir entendus. Ainsi Bella, une aide-cuisinière aborigène, jura qu'une jeune dame en tenue de cheval lui était apparue sur une jument blanche, et qu'elle portait un chapeau surmonté d'une plume brisée. Elle refusa désormais de sortir les nuits de pleine lune. Lorsqu'il lui arrivait de finir tardivement son travail, elle restait dormir dans une petite pièce attenante à la cuisine plutôt que de rentrer chez elle.

Parfois, Estelle passait également la nuit à Chindera, quand elle avait beaucoup de linge à repasser. Elle prétendait que rentrer chez elle lui « faisait trop frayeur ». Ces soirs-là une fringale tardive s'emparait souvent de Dougal, et il descendait à la cuisine à la recherche de quelque nourriture. Son appétit ne se calmait que dans le lit étroit où s'allongeait Estelle.

Marqué par leur rencontre sensuelle dans la cave, il l'avait attirée un jour dans la buanderie pour lui demander de la revoir. Ils s'étaient retrouvés parmi les cannes à sucre, à faible distance de la maison. Ce jour-là les grandes tiges vertes qui se rejoignaient au-dessus des têtes avaient ondulé furieusement.

La découverte des agresseurs de Rose incita à enquêter sur les mœurs des membres de la Police noire du Queensland. Leur réputation de cruauté se confirma quand on comptabilisa les encoches qu'ils faisaient eux-mêmes sur leurs fusils Snider chaque fois qu'ils abattaient un de leurs semblables.

Maintenant que les autochtones étaient décimés, déportés loin des centres d'activité, démoralisés à force d'être traités comme du bétail, un élan de sympathie à leur égard naquit dans les agglomérations. Le *Queenslander* consacra même un éditorial à leur sort :

« Quand les Noirs, poussés aux représailles par les

outrages commis envers leurs tribus, ont répandu du sang blanc, on a chargé la police indigène de les disperser.

« On sait bien ce que "disperser" veut dire. Le mot est un élégant euphémisme pour désigner les massacres à grande échelle... On expulse les aborigènes des lieux où ils avaient coutume de trouver leur nourriture puis on les conduit dans de grandes zones stériles où on leur tire dessus à vue comme sur des loups. Les affronts débouchent sur la violence, les meurtres répondent aux meurtres... jusqu'à ce que finalement ces gens affamés, parqués, le cœur brisé par le chagrin, voient leur nombre se réduire et se soumettent à leur destin. Les maladies et l'alcool parachèvent le travail pour lequel nous payons la Police noire... »

A la lecture de cet article, James en reconnut le bien-fondé. Il se rappela la paisible communauté séquestrée en pleine nature, et la vieille femme qui lui avait livré le renseignement qu'il recherchait.

Aux alentours de Maryborough, la guerre inégale entre les javelots et les carabines était terminée depuis longtemps. Le gouvernement du Queensland avait pris ces indésirables policiers dans les colonies du Sud pour chasser leurs frères du Nord. Comment s'étonner que cette fonction eût fait d'eux des brutes endurcies ?

James se prenait parfois à imaginer que Rose avait pardonné à ses meurtriers. La tonnelle couverte de fleurs devint un lieu de paix, comme si son malheureux fantôme jouissait enfin du repos. Pourtant, certains continuaient de témoigner qu'ils entendaient courir de mystérieux sabots les nuits de pleine lune.

4. Un goût de caramel brûlé

Sous un palmier tout sec un vieux planteur s'assit.
Il tortilla les bords de son chapeau de paille.
Rêvant au bon vieux temps de sa chère colonie,
Il chanta dans l'espoir de s'remonter l'moral :

Donnez-moi un bourrin, donnez-moi un tonneau,
Donnez-moi un grand fouet, donnez-moi un bateau,
Un pistolet, des balles, deux ou trois matelots,
Et je vous rapport'rai un chargement d'négros...

Ces vers satiriques, publiés par l'*Argus* de Melbourne, ne constituaient qu'un des nombreux témoignages de l'ardeur des journaux du Sud à fustiger les planteurs du Nord et à réclamer l'abolition de la « traite des esclaves ».

Mais l'Association des planteurs, solidement enracinée dans les villes sucrières, élevait aussi la voix, grâce au soutien de la presse locale. M. Woodyatt, dont le *Maryborough Chronicle* venait de devenir un quotidien au lieu de ne paraître que trois fois par semaine, ripostait systématiquement. Il affirma que l'interdiction de la main-d'œuvre de couleur engendrerait « une perte considérable » et que « cette jeune colonie vigoureuse, produisant vingt mille tonnes de sucre par an, se retrouverait sur les genoux ».

Il ne précisa pas la raison majeure pour laquelle la main-d'œuvre blanche ruinerait l'économie : elle ne s'accommoderait pas des conditions de travail dans lesquelles les Canaques étaient censés survivre. Mais la vérité explosa soudain comme une bombe en plein Maryborough.

A la suite du rapport de l'inspecteur de la Polynésie sur le taux de mortalité alarmant dans les grandes plantations, le gouvernement lança une enquête en 1878. Au cours de l'année 1879, les deux médecins chargés de l'étude établirent que les décès parmi les nouveaux arrivants atteignaient le nombre de 180 pour 1 000 sur l'ensemble du Queensland. La moyenne du district de Maryborough avoisinait 74 pour 1 000, mais dans les plantations de Yengarrie, Yarra Yarra et Chindera elle s'élevait à 107 pour 1 000.

A Yengarrie et à Chindera, on distribuait de l'eau provenant de mares où grouillaient les bactéries. L'alimentation trop pauvre, le surcroît de travail et le manque de soins appropriés constituaient les causes principales des décès, déclenchés la plupart du temps par des crises de dysenterie.

Pour les fiers propriétaires terriens, le plus dur à avaler fut la révélation que toute cette misère découlait de leur avarice. Il ressortait avec évidence qu'il leur revenait moins cher d'importer de nouveaux ouvriers que de veiller à la santé de ceux qui travaillaient déjà chez eux.

Cette dénonciation souleva un vrai scandale en ville. Le *Chronicle* publia de nombreux examens de conscience de planteurs décontenancés de s'entendre dire que la richesse et le progrès dont ils s'enorgueillissaient reposaient sur l'exploitation et la mort. Ceux-là mêmes qui avaient fermé les yeux sur les crimes des négriers dans les îles ou en mer ne pouvaient en faire autant sur ce qui se passait à leur porte ; leur amour-propre souffrait gravement.

Le rapport et les remous qui l'entourèrent mortifièrent profondément Angus Johnstone. Certains gros planteurs prétendaient ignorer les pratiques de leurs directeurs, mais Chindera était une affaire de famille, où les deux fils du propriétaire tenaient respectivement la direction et l'administration.

Devoir accroître les rations alimentaires ne le préoccupa pas outre mesure. Il devenait surtout de plus en plus difficile de se procurer de nouveaux ouvriers : les navires de recrutement arrivaient souvent vides, ou bien débarquaient justement ces mêmes hommes qu'ils avaient eu pour mission de ramener chez eux.

« La plupart des morts découlent de la détermination des directeurs à économiser de l'argent », déclarait le rapport. Un Mélanésien atteint de dysenterie recevait pour tout remède « une dose d'huile de castor et un coup de pied dans le derrière », avait attesté un régisseur.

Julia Johnstone fut horrifiée par la « disgrâce » qui la frappait. Le terme d'avarice lui rappelait trop le traditionnel reproche adressé aux Ecossais.

– Moi qui ai toujours tellement pris soin des malades ! Cette pauvre fille, comment s'appelait-elle, déjà... ? Eliza ! Nous allions la voir toutes les semaines avant la naissance de son bébé. Et Estelle, elle fait pratiquement partie de la famille !

Dougal s'étrangla avec la bouchée de viande qu'il était en train d'avaler et se mit à tousser.

– A la sucrerie, Dougal, je suis sûre que tu ne te comportes pas en tyran. Admettons qu'il y ait un petit doute en ce qui concerne McGriggen, il ne me semble pas très tendre envers les ouvriers.

– Il les traite avec sévérité, mais il obtient des résultats. Les Canaques hésitent à se faire porter malades, ils se rendent compte qu'une supercherie ne passerait pas et que McGriggen les guérirait d'un coup de pied quelque part.

Helga fit la grimace.

– Mais comment peut-il savoir s'ils sont réellement souffrants ? rétorqua-t-elle. Est-il vrai qu'il leur donne de l'huile de castor ? Tu te souviens de l'époque où maman nous en faisait avaler dans ce qu'elle appelait ses « sandwiches » au jus d'orange ? Cela ne soigne rien du tout, ça ne sert qu'à laisser un goût répugnant dans la bouche !

– Exact, il ne connaît pas d'autre médicament que l'huile de castor et le soufre mélangé à la mélasse.

James écarta son assiette en silence. Un sentiment de culpabilité de plus en plus vif le tenaillait quand il songeait aux portions de riz et de maïs dont les Canaques devaient se contenter pour vivre, ou du moins pour survivre, alors que lui s'attablait trois fois par jour devant de plantureux repas. Il connaissait évidemment le montant dérisoire du budget affecté à la nourriture des deux cents hommes qui effectuaient un travail pénible dans les champs soixante-six heures par semaine.

Angus Johnstone acheva son assiettée de rosbif en croûte garni d'un assortiment de légumes avant de se lancer dans une violente diatribe :

– Ce sera notre ruine ! S'ils votent cette loi sur les ouvriers des îles, nous devrons les envoyer à l'hôpital de Maryborough dès qu'ils seront malades ! Et les rations alimentaires : une livre de bœuf ou de mouton, ou *deux* livres de poisson ! Cent cinquante grammes de sucre, d'accord, on ne va pas lésiner ; mais une livre de pain ou de farine, et cent vingt grammes de riz en plus ! Et, bien entendu, du thé, du tabac, du sel, de la soupe et tout le reste ! J'ai calculé que cette loi allait nous coûter près de deux shillings par jour pour chaque Canaque, salaire inclus.

James se sentit contraint d'intervenir :

– Le gouvernement n'aurait pas déposé la loi si nous avions traité les ouvriers correctement depuis le début.

– Peut-être, mais ces propositions sont ridicules. Nous n'avons pas les moyens d'appliquer de telles mesures.

Angus Johnstone garda les yeux baissés, son regard ne rencontra pas celui de son fils.

Si le cours mondial du sucre descendait trop, les planteurs du Queensland perdraient l'espoir de rester compétitifs face à Java et à la Mauritanie, où les coolies ne gagnaient que six pence à un shilling par jour, sans être nourris. Et en plus de cela, chaque livre de sucre expédiée vers le grand marché de Melbourne subissait des taxes à la frontière, et le gouvernement du Queensland percevait un impôt de trente shillings sur l'importation de chaque insulaire. Angus répandait auprès de ses confrères l'opinion que les politiciens ne s'y prendraient pas autrement s'ils voulaient anéantir l'industrie sucrière.

Pourtant, le Sud estimait que la culture de la canne constituait une occupation très séduisante. On disait que le travail du planteur consistait à se balancer dans son rocking de bambou, à l'ombre de sa terrasse, un whisky-soda à la main, et à contempler l'étendue de sa plantation. Le poète George Essex Evans brocarda le Queensland dans une ode qui commençait par :

Au pied des hauteurs de ta côte accidentée
S'étalent les vastes champs de cannes argentés...

On vota la loi sur les ouvriers des îles en 1880. Les douceurs de la vie dont jouissaient les planteurs devinrent soudain amères. Le sucre prit un goût de caramel brûlé.

5. Jeunes mariés à Mackay

Le massacre de tout l'équipage du navire de recrutement *Esperanza* puis celui de cinq matelots du *Borealis* provoquèrent un nouveau tollé contre l'importation de main-d'œuvre mélanésienne. Le récit de la sinistre fin du capitaine Coath et de toute sa famille était parvenu à Maryborough, grâce à de nouvelles recrues qui le tenaient de la bouche des assassins eux-mêmes. Le commandant d'une patrouille navale et trois de ses hommes connurent un sort comparable alors qu'ils se baignaient en face de Mandoliana, dans l'archipel des Florides. Une vague de colère ébranla l'Australie.

Helga releva les yeux du *Chronicle*, dont elle était en train de lire les funestes présages, pour solliciter l'avis de son père :

– Croyez-vous que le gouvernement renverra effectivement les Canaques du Queensland ?

– Non, non. Ils expulseront les coolies qui viennent de l'Inde, d'accord, et les Chinois qui prennent le travail des honnêtes Australiens. Mais pourquoi les Canaques ? Ce sont de bons ouvriers. Et qui accepterait d'effectuer le « travail des nègres » :

débroussailler, planter, émonder, couper les cannes ? Non, ils ne le feront pas.

– Je ne m'avancerai pas aussi formellement, intervint Dougal. On dit qu'à Mackay de petits planteurs défrichent des terres et exécutent toutes les tâches eux-mêmes. Et ils sont passablement plus proches de l'équateur que nous.

– C'est pourquoi il est important d'exploiter nos nouvelles plantations, elles alimenteront le moulin que nous avons là-bas. Ces petits cultivateurs ne mettront pas beaucoup de temps à tomber en faillite.

Angus poussait Graham Lindsay à aller dans le Nord dès que possible après son mariage, pour y prendre son nouveau poste de directeur. La lune de miel à l'étranger attendrait un an ou deux, le temps que la plantation pût tourner sans lui.

Helga fut très déçue de devoir ajourner ainsi son voyage en Europe. L'idée de rencontrer les parents nobles de Graham et de visiter Covent Garden l'enthousiasmait. En revanche habiter une petite ville perdue au-delà du Tropique prenait l'allure d'un véritable bannissement. Elle s'imaginait dans une maison en bois, sur pilotis, tel un navire immobilisé au milieu d'une mer de cannes vertes dont les vagues se dresseraient jusque devant la porte.

Son mariage fut l'événement mondain de la saison. Mme Johnstone s'occupa des invitations avec une minutie magistrale, et Angus ne regarda pas aux dépenses. On tendit des dais au-dessus des « spacieuses terrasses » de la maison de Chindera, comme ne manqua pas de le décrire le *Chronicle.* On y servit le petit déjeuner du jour fatidique, tandis que la réception elle-même se tint à l'intérieur. Les invités passèrent par le vestibule dallé de marbre noir et blanc. Après le vaste escalier tournant, ils traversèrent le salon en direction des portes-fenêtres débouchant sur le balcon. Les premières douceurs de l'été assurèrent un temps idéal.

L'unique regret de Julia Johnstone fut que toute la famille de Graham ne pût assister à ce splendide déploiement de faste. Le personnel indigène et les traiteurs de la ville effectuèrent un nombre incalculable d'heures supplémentaires. Seule Estelle ne participa pas à la fête, car Tombua, qui faisait office de maître d'hôtel, tint à la laisser à l'écart. Elle attendait à nouveau un « heureux événement », et pour très bientôt.

James refusa tout d'abord de paraître. Finalement, il accepta de se rendre à l'église, à condition de ne pas être présent à la réception. Helga s'habilla de lourd satin crème, afin de ne pas rappeler à son frère la vaporeuse robe choisie par Rose et enterrée avec ses restes dans le caveau de famille.

De blanches fleurs de frangipanier, très odorantes, composaient le bouquet d'Helga. Elles ressemblaient à des fleurs d'oranger, mais en plus grand, plus flamboyant et plus exotique. La jeune mariée jeta son bouquet à la foule du haut de l'escalier, et l'heureux couple alla passer quelques jours à Brisbane.

Graham s'extasiait devant les magnifiques seins d'Helga. Ils lui paraissaient dignes de la divine Erda, la déesse Terre d'une légende nordique. Jusqu'ici elle s'était montrée complaisante, elle avait répondu par de gracieux et langoureux sourires aux caresses qu'il lui avait dispensées des pieds au menton.

Mais elle découvrait peu à peu que son mari était

un voyeur polisson. Il lui fallait cajoler des yeux autant que des mains. Son regard passait sans cesse de la rosette pourpre de ses seins au velours laiteux de ses hanches et à la noire toison bouclée de son sexe. Admirer sa bien-aimée faisait naître en lui une volupté si forte qu'il se demandait combien de temps encore il pourrait attendre avant d'assouvir son ardeur. Mais il tenait à ce que leur union ne s'accomplît que lorsque Helga parviendrait à un désir aussi irrépressible que le sien.

Il aurait souhaité pouvoir la contempler à travers un jeu de miroirs la livrant à sa vue sous tous les angles à la fois. Malgré la demande pressante de son épouse, il refusait d'éteindre la lumière qui baignait la chambre. Il dévora une fois encore son buste de baisers et se jeta en arrière, prêt à lancer l'assaut final.

– Mais... bonté divine ! Qu'est-ce que c'est que ça ?

L'apparition de l'arme menaçante horrifia Helga. Il lui sembla que cette excroissance qui se dressait, toute congestionnée, mesurait au moins un pied de long. La jeune femme se redressa brusquement dans son lit et poussa un hurlement de panique que Graham jugea tout d'abord très flatteur.

Mais son visage marquait à la fois la surprise, le dégoût et la déception. Elle tira sur sa chemise de nuit remontée jusqu'au cou.

– Ça ? Voyons, ma chérie, c'est l'attribut de tout homme normal. C'est fait pour aller ici.

Il illustra son explication en glissant tendrement un doigt dans l'endroit évoqué. Helga ferma les yeux. Oui, oui, oui, oui ! Sa résistance fondit rapidement. Elle se laissa convaincre, puis se mit soudain à souhaiter que l'attouchement ne cessât plus jamais.

Mais Graham dégagea son doigt.

– Tu vois, ma chérie, ce n'est pas si épouvantable. Ouvre les yeux. Regarde comme tu m'as excité. Tu vois ? Donne-moi ta main.

Quel étrange objet, tout cartilagineux ! Helga ne put s'empêcher d'y poser le regard. Sur aucune peinture classique, sur aucune statue antique elle n'avait jamais rien aperçu de pareil ! Les artistes représentaient toujours de modestes appendices charnus de quelques centimètres, qui ne défiaient pas la pesanteur et reposaient sur une sorte de petit coussin.

Chaque homme portait-il sur lui un monstre si fantasque, sans cesse prêt à prendre cette posture agressive ? La panique envahit Helga. Elle se sentit si vulnérable qu'elle n'osa pas amorcer le moindre geste.

– Qu'as-tu, ma chérie ? Pourquoi restes-tu si distante ?

– J'ai peur, Graham. Tu vas me faire mal, je sais que tu vas me faire mal.

– Non, je t'assure qu'il n'y a rien de plus naturel. Ta mère ne t'en a pas parlé ?

– Elle m'a seulement dit de me résigner à tout ce que mon mari me demanderait. Je ne m'attendais pas à une chose pareille.

– Tout ira bien, je te le promets.

Il se remit à lui caresser le ventre.

– Si au moins tu voulais bien éteindre...

– D'accord.

Il commençait à trouver le temps long. Il se fraya un chemin hors du lit en soulevant les voiles de la moustiquaire et ferma le robinet de la lampe à gaz. Helga sentit le matelas se creuser au moment où il revint s'y allonger.

– J'ai froid, Graham.

– Je vais te réchauffer.

Il roula dans sa direction, puis l'écrasa de tout son poids. Plus rien ne l'arrêtait. Helga se mordit la lèvre afin de s'empêcher de pleurer, elle était trop fière pour laisser couler ses larmes. Quand leurs corps se furent séparés, elle se tourna vers le mur et ne répondit pas aux excuses que balbutia Graham. Lui qui avait espéré des heures de bonheur infini ! Plus il la suppliait de lui pardonner et plus elle demeurait silencieuse.

Si leur nuit de noces fut un désastre, la suite ne valut pas mieux.

Dès le premier matin, Helga ne se laissa même pas approcher.

– Tu m'as blessée, je m'en doutais. Je saigne.

– Bien sûr, c'est normal. Ô mon Dieu, je pensais que ta mère t'aurait un peu préparée !

– Elle est trop pudibonde. Nous ne parlons jamais de ce genre de sujet.

– Mais les filles en discutent bien entre elles, non ? Les garçons le font, nous savons à peu près à quoi nous attendre.

– Je n'ai pas de sœur. Et à la maison on bannit même le mot « accouchement ».

– Quand nous aurons eu un bébé, tout ira mieux.

– Les douleurs de l'enfantement ne peuvent pas être pires que ce que je viens de connaître.

– La cérémonie du mariage t'a épuisée, je regrette de ne pas en avoir tenu compte. Tu te sentiras mieux quand nous serons chez nous.

Mais dès leur première nuit à Mackay, Graham insista à nouveau pour garder la lumière allumée. Malgré les migraines qui l'accablaient, Helga s'obligea à accéder à ses demandes. Sa mère ne l'avait-elle pas avertie que ses devoirs ne seraient pas toujours plaisants ? Une colère folle s'emparait de Graham face à ce qu'il qualifiait de « bêtise ». Il s'impatientait de ne pas voir son épouse répondre à ses avances. Au bout de quelques mois, ils conçurent cependant un bébé.

Helga ne jugeait pas plus commode de vivre dans un espace restreint. Les tâches ménagères n'étaient en rien diminuées. L'équivalent d'un léger désordre dans sa spacieuse chambre de Chindera devenait aussitôt un vrai capharnaüm à Mackay.

En outre, elle avait l'habitude que quelqu'un ramasse ce qu'elle laissait traîner. Ici, quelques partitions éparpillées dans le petit salon suffisaient à créer la pagaille, et son piano, expédié par bateau, tenait beaucoup trop de place.

Elle appréciait toutefois de s'asseoir derrière les vitres de la terrasse, lors des journées d'hiver ensoleillées. Son regard errait alors sur les crêtes des cannes qui ondulaient au vent. La surélévation de la maison la rendait moins désagréable. Helga évitait seulement le rez-de-chaussée, où elle se sentait noyée dans cet univers de verdure comme un scarabée submergé par les brins d'herbe.

Graham ne cessait de travailler. Durant la saison de la récolte et du broyage, il s'absentait de l'aube au crépuscule. Helga se consolait en s'essayant à l'art culinaire, ce qui lui valut plus d'une fois de se brûler la main contre la fonte du fourneau. Elle passait le reste de son temps à son piano ou à ses vocalises.

Vint l'époque où il fallut se préoccuper des vêtements du bébé. Helga avait beau détester la couture, elle se rendait compte qu'elle devrait faire un effort pour son enfant. Ses seuls contacts avec un monde tant soit peu musical étaient à l'église et au sein de la chorale animée par le pasteur. La rumeur commença à se répandre que Mme Lindsay « avait une voix », mais quand elle reçut les premières invitations à chanter, son tour de taille lui interdit de se montrer en public.

Puis ce fut la saison des pluies. La vie à Maryborough ne l'avait pas préparée à subir les déplaisirs de l'été tropical. Crapauds, grenouilles et araignées envahissaient la maison. Des tiques s'infiltraient sous la peau dès qu'on se promenait dans le jardin luxuriant. La moisissure piqua le piano, qui se désaccorda.

– C'est pire que tout ! pire que tout !

Helga se surprit à se lamenter à voix haute un dimanche matin où elle avait sorti ses plus belles chaussures de cuir noir pour se rendre à l'église. Toutes moisies ! Aucune pièce de sa garde-robe n'avait échappé au fléau. Elle repensa avec nostalgie aux majestueux salons de Chindera, au personnel domestique, au cabriolet dans lequel elle fuyait la chaleur excessive en sillonnant les champs aux herbes géantes. N'importe quoi, même un désert, serait préférable à cette surabondance de verdure et d'humidité.

Le poids de son enfant rendait la chaleur encore plus difficile à supporter. Elle se persuada que la moiteur de l'air finirait par lui abîmer les cordes vocales.

Elle ne connaissait aucune femme assez intimement pour lui confier ses angoisses sur l'accouchement en perspective. Elle redoutait d'être blessée par la sortie du bébé comme elle l'avait été lors de ses premiers rapports avec Graham...

Semaine après semaine, la pluie tombait sans interruption. Elle frappait le toit de tôle ondulée en émettant un lugubre rugissement ininterrompu. Helga écrivit à sa mère :

« Je suis très malheureuse dans une contrée où il n'y a ni musique ni loisir d'aucune sorte. Mon piano est détrempé par l'humidité. Les moustiques me harcèlent. Les sangsues et les tiques me sucent le sang. Les serpents me menacent. L'air est si lourd et si moite que je peux à peine respirer et que j'ai dû arrêter de chanter.

« Comment ai-je accepté de venir ici ? Je m'ennuie de Chindera... Nos plafonds sont trop bas pour qu'on puisse y accrocher des ventilateurs, à supposer que nous ayons les moyens d'en acheter... »

Un épais rideau de pluie continuait de l'isoler du monde. De jour en jour elle exécrait davantage les étendues vertes qui cernaient la maison à perte de vue. Sans cesser d'arpenter le salon aux vitres constamment battues par le déluge, elle tenta d'écrire une chanson qui traduirait le désespoir de son incarcération.

Elle aboutit au texte suivant :

Sous le ciel azuré de l'Italie lointaine
S'étalent les jardins d'une villa princière.
Au milieu des rocailles et des urnes de pierre
Scintillent ses fontaines.

Ici aucun jet d'eau ne s'élève dans l'air.
La pluie ne cesse de tomber à profusion
Et ferme les fenêtres de ma pauvre prison
De ses barreaux de fer.

Helga tira une certaine fierté de l'effet produit par sa musique sur ces modestes vers, mais elle ne les chanta pas devant Graham. Les barreaux de fer que les nuages faisaient tomber devant ses yeux semblaient de plus en plus serrés. Après la naissance du bébé, elle serait définitivement rivée à ces murs, à cette ville provinciale peuplée de cultivateurs médiocres. Elle devrait se contenter des « concerts sacrés » donnés dans le petit conservatoire en planches, à l'acoustique déplorable.

Elle s'assit un matin au pied du lit pour raccommoder patiemment sa dernière paire de bas, puisque Graham disait que leur situation financière ne permettait pas d'en acheter d'autres.

Elle rêva à l'Italie. Puis à Londres, où la neige accumulée sur les chaussées ouatait les cliquètements des élégants cabriolets venant déposer à l'entrée de Covent Garden une foule resplendissante. Oui, en ce moment même, c'était là-bas une soirée d'hiver.

Le public attendait avec impatience l'entrée en scène de sa *prima donna* préférée... Sous une tiare de diamants et de soyeuses fourrures, la diva Helga Lindsay, *la Lindsay*, surgissait de... Aïe ! Flûte ! L'aiguille s'enfonça profondément dans le pouce d'Helga. Elle serra les dents pour l'extraire. Une goutte vermillon perla au bout de son doigt.

La vue du sang déclencha ses pleurs. Elle voulut s'abandonner au chagrin, mais la pesanteur de son corps l'étouffait. Les larmes lui inondèrent les yeux. Ses sanglots se firent de plus en plus sonores.

Graham entra dans la chambre, le visage défait.

– Ma chérie ! Qu'y a-t-il ? Garde ton calme, je t'en prie, tu pourrais te faire mal. Pense à l'enfant.

– Ah, l'enfant ! l'enfant !

– Helga, que s'est-il passé ? Explique-moi.

– Je ne peux pas... je me suis piqué le pouce.

– Tu t'es piqué le pouce !

Graham éclata de rire. Il lui prit la main et suça la blessure.

– Voilà ! tu n'auras bientôt plus mal. Mon Dieu, il ne sert à rien de pleurer !

– Je... je sais.

Elle ne pouvait s'en empêcher. Graham expliqua cette « crise de nerfs » par l'état où se trouvait sa femme.

6. Andrew Duguid

Quand Helga passa de la demeure de Chindera à sa maison de bois à Mackay, qu'elle qualifia de « baraque », le changement fut rude. Emily Duguid ne connut pas la même déception en partant de chez ses parents pour habiter la maisonnette de bedeau attachée à l'église presbytérienne de Saint-Stephen.

Incapable d'apaiser la colère du révérend, elle s'était douloureusement résignée à quitter le domicile familial sans sa bénédiction. Un ami de sa mère l'avait conduite à l'autel, lors du mariage célébré par M. Stewart. En revanche, Amelia Duguid était présente à la cérémonie. Depuis toujours elle trouvait Joseph très sympathique, et elle désirait des petits-enfants. Le projet de sa fille ne la contrariait pas outre mesure.

Après son enfance insolite dans le Pacifique, Emily avait mené à Bundaberg une vie très austère. Peu lui importait dès lors l'étroitesse de sa nouvelle maison et la modicité du salaire de Joseph. De retour au Queensland, son père avait gardé un esprit de missionnaire et il ne savait souvent pas où trouver de quoi acheter la nourriture du prochain repas.

Dès qu'arrivait quelque argent, comme le petit héritage d'une propriété familiale d'Amelia en Ecosse, on le mettait dans la caisse de la mission. Il aidait à payer les « cafés du soir » ou les « thés du dimanche » destinés à détourner les Canaques des hôtels borgnes, des maisons de jeu ou des fumeries d'opium du quartier chinois.

Dieu sait si Emily souffrait jadis de l'apparente froideur de son père quand elle tentait de lui témoigner son affection. Aujourd'hui, ni lui ni même sa mère ne lui manquait beaucoup. Elle découvrait avec son mari un bonheur inespéré, qui la comblait comme jamais rien ne l'avait comblée auparavant. Joseph lui inspirait une passion folle. Elle n'arrêtait pas de caresser sa chevelure noire et crépue, ses épaules et ses bras satinés et musclés, ses mains fines et souples. Initié par une fille de Lifou aux mystères de la chair à l'âge de quatorze ans, puis n'ayant vécu que quelques aventures fugaces, il s'épanouissait maintenant en livrant à Emily toute sa tendresse. Lorsqu'ils demeuraient à la maison, il aimait nouer négligemment autour de ses hanches sveltes une simple pièce de tissu, qui se transformait aussitôt en un gracieux sulu.

Une fois, Emily accrocha dans ses cheveux une

fleur de frangipanier. Joseph eut un petit rire gêné et la lui ôta. Il était désormais australien, marié à une Blanche, il devait laisser ces jeux aux insulaires. Il enfilait toujours une chemise pour sortir. Le dimanche, où il ne travaillait pas au cimetière, il nouait une cravate autour de son col.

Andrew Duguid trouvait que les habitants de Bundaberg sous-estimaient l'ardeur des Canaques aux études. Il ne suffisait pas, affirmait-il, d'enseigner la Bible et de faire chanter des hymnes. Sur la plantation de Fairymead, il aida Mlle Young à donner des cours dans les huttes des hommes. Sa réputation se répandit jusque dans les îles, où les ouvriers qui revenaient conseillaient à leurs camarades d'« aller Bundaberg et apprendre parler blanc ».

Avant son mariage, Emily avait commencé à assister son père. Elle lui manquait aujourd'hui. Non seulement il avait apprécié sa collaboration au sein de la mission, mais il portait à sa fille unique un amour bien plus profond que ne le laissaient supposer ses attitudes austères et peu démonstratives. Il ne lui pardonnait pas sa « désertion ». Lui qui avait voué sa vie aux Mélanésiens, il n'acceptait pas l'idée que l'un d'entre eux devînt son gendre. Il se prenait pour le père de Desdémone.

En réalité il préférait les aborigènes, généralement plus doux, moins fiers et moins ombrageux. Seule une faible partie de la population originelle subsistait à Bundaberg. On les disait plus nombreux sur l'île Sandy, appelée Fraser depuis le funeste naufrage qui y avait eu lieu.

A l'intérieur du continent, on les abattait systématiquement à la carabine, ou bien on les empoisonnait, ou encore on les livrait à la fameuse Police noire qui les traquait comme de la vermine. Dans les villes ils mouraient le plus souvent de maladie, de malnutrition et d'éthylisme. Le pire sort leur était réservé par les Chinois, qui leur donnaient les résidus charbonneux des pipes d'opium utilisées dans leurs fumeries. Cette drogue sous une forme dégradée et concentrée finissait peu à peu de les détruire à la fois mentalement et physiquement.

Même les rudes Canaques, à peine débarqués de leurs îles aux mœurs cannibales, les méprisaient. Certains dimanches après-midi ils organisaient des chasses aux « hommes-bush », durant lesquelles ils massacraient à coups de couteau ou de tomahawk les aborigènes solitaires qu'ils rencontraient.

– Pourtant, les aborigènes n'ont rien des créatures viles et inhumaines qu'on dépeint parfois, fit remarquer Andrew dans un de ses sermons. Quand je pense à ce qu'ils étaient, et à ce qu'ils auraient pu devenir avec une bonne éducation chrétienne, j'ai envie de pleurer. L'homme est un loup pour l'homme ! Aujourd'hui nous ne pouvons rien pour les plus âgés. Leurs habitudes sont prises, de déplorables habitudes contractées depuis l'arrivée des Blancs. Ils ont sombré dans l'alcool et le désespoir, on a pris leurs terres, on a volé la plupart de leurs femmes pour les débaucher. Ils perdent au jeu leurs vêtements et leurs couvertures. Le seul espoir qui reste est d'*éduquer* les plus jeunes. Hélas, on constate très peu de naissances. Les aborigènes du Queensland sont condamnés à l'extinction.

Le révérend savait qu'en réalité il naissait surtout des bâtards, issus de Mélanésiens installés en Australie et de femmes aborigènes épousées faute de mieux.

Le problème ne cessait de s'aggraver, et maintenant sa propre fille concourait au croisement des races ! Quelle place trouveraient ses enfants dans cette société de patrons blancs et de travailleurs noirs réprimés, si jamais les métis devaient subir dans l'avenir une répression encore plus sévère que les autochtones ?

Andrew cumulait lassitude morale et épuisement physique. La canicule estivale l'avait laissé sans force. A soixante ans il se traînait comme un vieillard. Une intuition soudaine lui dit qu'il ne vivrait pas assez longtemps pour voir ses petits-enfants. Il ne le regrettait pas.

Amelia s'inquiétait pour son mari. A la suite de la déception d'Andrew de ne plus accéder au lit conjugal, leurs rapports s'étaient stabilisés dans une agréable neutralité, sans amour mais sans haine. Les premiers temps, les sujets les plus dérisoires provoquaient des chamailleries, il suffisait qu'Amelia oublie de recouvrir la théière ou range ses papiers avant qu'il ait fini d'écrire son prochain sermon. Les querelles servaient d'exutoire à sa frustration.

Lui qui avait toujours été animé d'une énergie surhumaine, fanatique, pour aider à l'accomplissement de l'œuvre du Seigneur ! Lui qui rêvait d'arriver à travailler vingt-quatre heures sur vingt-quatre ! A le voir maigrir et perdre ses facultés de concentration de semaine en semaine, Amelia prenait conscience de son âge. Il se comportait différemment depuis le mariage d'Emily.

Il traînait au lit le matin, au lieu de se lever dès l'aube, lui qui, ces dernières années, se contentait de cinq heures de sommeil au maximum. Il laissait Amelia lui apporter une tasse de thé dans sa chambre. Il refusait toutefois d'y prendre son petit déjeuner, il voyait ce luxe comme un péché.

Puis vint le matin où il ne se leva pas du tout. Il resta prostré dans son lit. Etalée sur l'édredon, sa longue barbe bouclée, maintenant totalement blanche, frémissait à peine. Ses yeux devenus gris avaient perdu leur éclat frénétique. Ils étaient ternes, enfoncés dans leurs orbites.

Appelé par Amelia, le médecin l'ausculta scrupuleusement. Il examina ses ongles et ses yeux, puis lui préleva quelques gouttes de sang au bout d'un doigt.

L'analyse l'amena à diagnostiquer une anémie. Il prescrivit du bifteck cru haché, du vin rouge et des pilules à base de fer.

Le pasteur retrouva un instant son ardeur d'antan pour s'insurger :

– Jamais ! Le breuvage du diable ne franchira pas mes lèvres. Et sa viande crue, qu'il se la mange lui-même ! Il me prend pour une bête sauvage ?

Son état s'aggrava. Ses joues continuèrent de se creuser, ses gencives se couvrirent d'ulcères qui le firent horriblement souffrir. Il se contenta d'un peu de lait et de gruau. Tout en se refusant à admettre l'imminence de sa mort, Amelia sentit qu'elle devait prévenir sa fille.

– Je vais écrire à Emily pour lui demander de venir, dit-elle enfin à Andrew.

Il sommeillait à moitié, inerte, les avant-bras hors de la couverture. Ses mains, striées depuis fort longtemps de grosses veines proéminentes, avaient la pâleur de celles d'une jeune fille. Ses paupières frémirent quand il entendit son épouse.

– Non ! Je ne veux pas la voir.

– Mais elle, elle voudra te voir.

– Oh, je sais que je vais mourir. Le docteur...

– Il m'a dit qu'il ne pourrait rien pour toi si tu n'acceptais pas son traitement.

Elle éclata en sanglots.

– Je n'avalerai pas ta viande et ton vin, si c'est ça que tu appelles un traitement. De toute façon il est trop tard, je le sens. Je quitterai bientôt ce monde.

Amelia lui prit une main et la colla contre sa joue. Ses larmes l'inondèrent.

– Ne pleure pas, ma petite. Je rentre à la Maison.

– Veux-tu que je te lise la Bible ?

– Oui.

Malgré la douceur du climat et le feu allumé dans sa chambre, il se plaignait constamment du froid. Un jour, certains de ses « élèves », qui travaillaient dans une plantation voisine, vinrent chanter au pied de son lit *« Je serai à l'abri sur ce rivage merveilleux »* et *« Reste auprès de moi »*. Un peu de rose apparut sur les joues livides du pasteur, et il tenta de battre la mesure.

Mais l'émotion l'épuisa. Le lendemain, il retomba si bas qu'Amelia envoya à Emily une lettre rédigée d'un trait. Le soir suivant, n'ayant pas quitté la chambre de la journée, elle s'accorda d'aller respirer l'air sur le seuil de la maison. L'étoile du Berger brillait à l'ouest, à la lisière de la bande de lumière orangée qui surmontait l'horizon. Aucune autre étoile ne perçait le bleu profond au-dessus de sa tête.

Au moment où elle rentra, les frêles échos d'un chant résonnèrent dans le couloir. Andrew avait regagné la chambre conjugale interdite depuis si longtemps. Assis dans leur ancien lit, il psalmodiait :

Sur des prés d'herbe fraîche Il me fait reposer,
Vers les eaux du repos Il me mène...

Le vingt-troisième psaume, son préféré. Quand il l'eut terminé, il s'affala sur l'oreiller et ne bougea plus. Toute couleur, toute trace de vie s'effacèrent de son visage, aussi paisiblement que le soleil venait d'abandonner la voûte céleste.

Emily n'arriva que pour l'enterrement de son père, bourrelée de remords de n'avoir pu venir plus tôt. Elle baisa ses mains et ses joues glacées. Elle crut poser les lèvres sur du métal ou de la pierre. Le corps qui gisait sur le lit n'avait rien du père qu'elle gardait en mémoire. Il ne pouvait s'agir que d'une maladroite statue de cire jaunâtre, affublée d'une fausse barbe.

Elle resta quelques jours après la cérémonie et s'infligea la pénible tâche de ranger tous les papiers du pasteur et de trier ses vêtements pour les pauvres. Amelia se prépara à entrer dans une maison réservée aux veuves d'ecclésiastiques, à Brisbane. Emily fut soulagée. Elle aurait bien sûr aimé l'accueillir chez elle, mais la modestie du logis aurait interdit toute intimité, surtout une fois que des enfants seraient là. Elle en attendait déjà un.

– Il n'aura pas vu ses petits-enfants, soupira Amelia. Sans doute est-ce une bénédiction.

– T'a-t-il demandé de me faire venir, maman ?

Amelia Duguid hésita. La condamnation de tout mensonge, même destiné à ménager autrui, avait guidé sa vie.

– Ta présence l'aurait réconforté.

– Je me sens coupable d'avoir été si heureuse. Pourtant je n'ai pas commis de faute, maman, n'est-ce pas ?

– Je prie pour que ton choix soit le bon. Mais il lui causait du souci.

Elle enveloppa la montre de gousset en argent que portait Andrew. Elle l'offrirait à son premier petit-fils le jour de sa naissance.

7. Retour à Chindera

Le cyclone s'abattit sur Mackay une semaine avant l'accouchement d'Helga. On ne remarqua presque aucun signe avant-coureur. Aux alentours de minuit, le vent atteignit des pointes de plus de deux cents kilomètres à l'heure. Le gardien du phare consigna sur son journal que l'aiguille de son baromètre s'était coincée en position minimale. On ne sut jamais à quel niveau tomba la pression atmosphérique.

Le vent commença à souffler du sud-sud-est à cent dix kilomètres à l'heure. Il forcit soudain à cent quarante. Les enfants du gardien, sortis se promener sur la falaise autour du phare, s'accrochèrent in extremis à l'échelle scellée à la tour. Leur père dut descendre pour les récupérer un à un. Il faillit perdre sa plus jeune fille, que les bourrasques menaçaient d'emporter.

Allongée dans son lit, Helga était paralysée par la peur. Graham la tenait dans ses bras et tentait de la convaincre que le vent ne risquait pas de souffler la maison. Elle ne se sentait pas protégée, elle trouvait les murs trop légers pour résister aux éléments déchaînés. La construction tremblait comme si des démons nocturnes l'assaillaient en hurlant.

En d'autres circonstances, la fureur de la tempête aurait sans doute exalté Helga. Mais elle craignait pour la jeune vie qui s'épanouissait en elle. Graham redoutait surtout que son anxiété ne provoquât la naissance prématurée du bébé. En l'absence de tout médecin, il lui faudrait alors s'occuper lui-même de l'accouchement.

Une tôle du toit battait. Les coups résonnaient si fort qu'Helga n'entendit même pas s'envoler les murs de planches des latrines installées derrière la maison.

Elle s'assoupit quelques minutes. A son réveil elle ne trouva personne à son côté dans le lit. Le ciel semblait étrangement apaisé.

L'horloge indiquait six heures. L'aube ne tarderait pas. Pourtant aucun chant d'oiseau ne rompait le silence surnaturel. Toujours aussi chaud, l'air paraissait s'être raréfié, ne plus contenir assez d'oxygène pour assurer une respiration normale. Helga se leva, se rendit sur le balcon et examina l'état du ciel. Des tourbillons de nuages jonchaient l'horizon. On eût dit qu'un géant agitait l'atmosphère avec un bâton.

Où était Graham ? Une rafale soudaine plaqua la porte-fenêtre de la chambre contre le mur. Helga éprouva le plus grand mal à la tirer pour la refermer. Des bruits de marteau sur le toit attirèrent alors son attention.

– Pour l'amour du Ciel !

Elle hurla en dévalant l'escalier jusqu'au jardin. Graham était assis à califourchon sur le faîtage.

– Rentre te mettre à l'abri, ça se remet à souffler !

Il gardait tout son calme.

– Je fixe la tôle qui menaçait de s'envoler. Nous devons être dans l'œil du cyclone, le vent viendra dans l'autre sens.

Ses cheveux blonds ébouriffés lui donnaient une allure étrangement juvénile, presque enfantine. Enfin redescendu, il accompagna sa femme à l'intérieur de la maison.

– Alors, tu vas mieux ?

– Oui, oui... Je ne supporte pas le vent.

Les tornades reprirent de plus belle. Au moment où elles atteignirent leur intensité maximale, elles soufflaient du nord-ouest. La tempête se prolongea tard dans l'après-midi, mais il n'y eut à déplorer qu'une vitre brisée par une branche. Le lendemain, une fois la pluie arrêtée, Graham et Helga prirent leur cabriolet pour passer la plantation en revue. Toutes les cannes étaient couchées au sol. Le fleuve sorti de son lit avait inondé le moulin et dissous sept cents tonnes de sucre brut, maintenant éparpillées dans la mer.

– Ton père va être furieux. Au lieu d'incriminer la Volonté divine, il me reprochera la faible recette de l'année.

Ils aperçurent avec épouvante les carcasses des navires projetées par les vagues sur les hauteurs des rives. Accrochées piteusement, elles ressemblaient à des jouets abandonnés. Pour descendre en ville il fallut emprunter des routes encombrées de branches cassées. Un arbre abattu en travers de la voie dut être scié sur place.

Graham attacha le cheval à la porte du *Grand Hôtel* et serra le frein de la voiture. Il y laissa Helga le temps d'aller se renseigner au bar sur les dégâts provoqués dans les environs.

On lui raconta l'épisode de « Jenny la timbrée », qui vivait sur la berge du fleuve au milieu de ses volailles et de ses chèvres. Elle avait refusé de les abandonner. Une équipe de secours venue en canot l'avait trouvée sur le toit de sa masure, hurlant au milieu de ses animaux.

– Sauvez mes chèvres ! Sauvez mes poules !

Il avait fallu l'évacuer de force. Quelques minutes plus tard, une muraille d'eau de huit mètres de haut se serait abattue sur elle.

Le niveau du fleuve avait monté au point d'emporter les deux arches centrales du pont. Un steamer amarré à quai avait sombré sur place en entraînant avec lui son chef mécanicien.

Graham appréciait l'ambiance chaleureuse et turbulente qui régnait au bar. Il but deux whiskies et oublia de surveiller l'heure. Helga, qui était la ponctualité même, ne supportait jamais d'attendre. Au bout d'une demi-heure passée dans le cabriolet, l'inaction la tortura. Si encore elle avait emporté un livre ou de la broderie ! Elle jeta des regards impatients vers l'hôtel ; le brouhaha et les rires qui en sortaient l'excluaient totalement.

Elle laissa passer une seconde demi-heure puis descendit se dégourdir les jambes sur la chaussée. Vu son état, quelques pas suffirent à la fatiguer. Elle se mit à souhaiter que les douleurs commencent, cela lui donnerait une excuse pour arracher Graham au bar.

Une idée lui traversa soudain l'esprit. Elle défit les liens qui retenaient le cheval au mur de l'hôtel, remonta dans le cabriolet, s'empara des rênes et desserra le frein.

Graham sortit un long moment plus tard. Rendu loquace par le whisky, il s'apprêtait à transmettre toutes les nouvelles à Helga. Il trouva le trottoir vide. La panique s'empara de lui. Le cheval se serait-il emballé ? Aurait-il entraîné son épouse ? Impossible, un frein ne se défaisait pas tout seul. Elle était obligatoirement partie de son propre chef.

Il se résigna à attendre son retour, mais elle ne reparut pas. En fin de compte, il lui fallut rejoindre le bar et y demander que quelqu'un le ramenât chez lui. Il retrouva son cheval devant la maison, encore harnaché, en train de paître la « pelouse », ou plutôt de chercher désespérément des traces d'herbe dans le bourbier environnant.

Graham bouillait de rage. Il avait eu l'air malin, abandonné en pleine ville ! Et maintenant il découvrait le cheval encore dans ses brancards, au risque d'endommager la voiture fraîchement repeinte à laquelle il tenait comme à la prunelle de ses yeux. Il l'avait payée en rognant sur le budget qu'Helga voulait consacrer aux vêtements du bébé.

– Le cheval aurait pu s'emballer et t'envoyer par-dessus bord. Je me suis fait un sang d'encre !

– Si tu t'inquiétais tellement pour ta femme, tu ne la laisserais pas des heures à la porte d'un bar.

– Tu n'as pas attendu plusieurs heures... mettons une, tout au plus.

– Et que devais-je faire pendant ce temps ? Pendant que tu picolais et que tu jacassais avec tes copains ? Rester assise en me tournant les pouces ?

– Oh ! cesse de parler comme une serveuse !

– Tu le connais mieux que moi, le langage des serveuses !

La discussion tournait à la scène de ménage. Helga s'empara d'une chope d'étain posée sur une étagère et la jeta au visage de Graham, mais la colère l'empêcha de viser avec précision. Elle se rua sur le lit et refusa toute nourriture pour son dîner. Elle s'endormit sur l'extrême bord du matelas, quitte à risquer de basculer sur le tapis. L'espace creusé entre les époux se révéla symbolique : rien ne put combler ce fossé, pas même la naissance, la semaine suivante, d'une adorable petite fille aux cheveux bruns.

Helga voulut l'appeler Brunehilde. Graham bondit d'effroi.

– Quelle idée d'affubler une fille d'un nom étranger ! Helga est déjà suffisamment bizarre...

– Tu disais que tu aimais mon nom.

– Je disais qu'il t'*allait bien*, et je le pense toujours. J'aime les bons vieux noms anglais comme Elizabeth, Anne ou Sarah.

– Pourquoi pas Mary, ou Jane ? C'est d'une banalité ! Que penserais-tu de Pamela ?

– Pamela ? Soit. On pourra toujours dire Pam.

– Compte sur moi pour l'éviter.

Au moins se mirent-ils d'accord.

Ce fut pratiquement le dernier point sur lequel leurs avis convergèrent. Deux mois plus tard, alors que la saison des pluies se prolongeait, Helga perdit patience. Elle ne parvenait pas à faire sécher les couches et les draps de Pamela. La pauvre petite pleurait sans cesse et la moiteur de l'air lui provoquait des éruptions de boutons. Helga écrivit à son père, qui lui semblait plus apte que sa mère à compatir :

« Papa, il faut que je revienne quelque temps à la maison, et que je prenne bébé avec moi. Ne me dites pas d'attendre que l'hiver tempère le climat, je crois sincèrement que je serai morte d'ici là ! Bébé ne grossit pas et nous n'arrivons pas à dormir. Graham et moi som-

mes sur les nerfs, et cette petite pause nous profitera à tous deux. Il ne peut quitter Mackay actuellement, à cause de tous les travaux nécessités par le passage du cyclone... »

Elle attendit fébrilement la réponse. Son père lui écrivit qu'elle serait la bienvenue dans son ancienne demeure, mais qu'il voulait l'approbation de son mari :

« Tu as fondé un foyer, ma fille, tu ne dois pas l'abandonner. La place d'une femme est au côté de son mari. J'admets que le passage du cyclone une semaine avant tes couches t'ait perturbée. Maman pense que le bébé a pu y être sensible, ce qui expliquerait la fréquence de ses pleurs... Si Graham y consent, prends le premier steamer pour le sud... »

Helga eut l'impression qu'on lui accordait une liberté conditionnelle. Graham accepta son départ dans l'intérêt de sa fille, dont il reconnaissait la santé précaire. Mais cela le contrariait. Il déclara qu'il irait les chercher afin qu'ils rentrent tous les trois dès que le climat s'améliorerait.

Mais quand Graham arriva à Maryborough, Helga n'avait plus la moindre intention de retourner dans le Nord.

LIVRE DEUX

Sucre brut et sucre roux

I

RÉPERCUSSIONS

1. Chindera

James voyait depuis sa fenêtre les buissons rose et or dont le délicat parfum s'élevait jusqu'à son balcon. Il avait guidé les rameaux de telle sorte qu'ils atteignaient maintenant le sommet de la tonnelle, sous laquelle était installé un banc circulaire. Il venait souvent s'y asseoir, environné par les délicieux effluves et le bourdonnement des abeilles. Parfois un pétale lui caressait le visage en tombant. Ce nid constituait un aimable pendant au temple romain qui dominait la propriété, aire depuis laquelle Angus promenait son regard d'aigle sur l'ensemble de ses terres. Le seul paysage que James désirait scruter était celui de son propre passé.

Il croyait percevoir parfois la présence de Rose. Elle venait en silence lui effleurer les cheveux. Une grande délicatesse animait le fantôme paisible qui hantait ces lieux. Quand James s'endormait sur le banc, Rose lui apparaissait en rêve. Il s'éveillait avec la conviction que ses lèvres brûlaient encore du baiser de sa fiancée. Il lui était trop pénible de penser qu'il s'agissait d'une illusion.

L'autre apparition, celle qui errait les soirs de pleine lune et dont les sabots hallucinants résonnaient dans l'enclos en friche, provoquait en lui un désagréable frisson. Bien que l'ayant entendue à plusieurs reprises, il n'avait jamais vu ce qui avait tant terrifié Bella, la cuisinière aborigène : la silhouette en tenue de cheval et chapeau à plume galopant sur une monture blanche.

La nuit anniversaire de la mort de Rose, il inspecta en vain la campagne. Le lendemain, alors qu'il se tournait et se retournait dans son lit sans pouvoir dormir, un bruit étrange parvint à ses oreilles : tchat-tchat-*tchat* ! tchat-tchat-*tchat* !

Des sabots frappaient le sol sur un rythme de petit galop. La terre poussiéreuse assourdissait leur impact. Un voyageur attardé rejoignait-il la route par un raccourci ? James se précipita sur son balcon.

Rien ! La route déserte s'étirait en un ruban argenté sous l'œil froid et brillant de la lune. Aucun cavalier en vue. Les sabots semblèrent pourtant passer très près de la maison avant de s'éloigner en direction du grand maquis.

James rejoignit son lit en tremblant. Il ne put s'endormir. Il ralluma le gaz et lut jusqu'au matin.

Tombua vint trouver Mme Johnstone pour lui dire qu'il aimerait quitter son emploi. Cocher depuis six ans, et occasionnellement maître d'hôtel, c'était un homme de fière allure, plus de la première jeunesse mais tout à fait digne de confiance. Julia ne voulait pas le perdre.

– Et Estelle ? demanda-t-elle. Elle veut aussi s'en aller ?

– Oui, M'am. Elle avoir bébé métis. Nous trop honte, aller vivre ailleurs. Pit-être Yeppoon. Famille Estelle là-bas, à Keppel Sand. Nous partir.

– Oh, Tombua ! Je suis navrée... L'autre jour j'ai apporté des petits vêtements pour le bébé... A l'entrée de la hutte, Estelle m'a dit qu'il était souffrant et qu'il dormait... Je n'ai pas pu le voir.

– Oui, M'am. Elle trop honte. Nous devoir partir. Retourner dans les îles, pit-être. Mais Estelle pas vouloir quitter Australie.

– Je la comprends. Une fille si mignonne, si intelligente... Elle me manquera. Et je me demande comment trouver un aussi bon cocher que toi. Je vous rédigerai une lettre de recommandation. Reviens un peu plus tard, M. Johnstone te donnera quelque chose, il contribuera aux frais de votre voyage dans le Nord.

– Nous pas vouloir, M'am. Avoir assez.

Julia Johnstone s'étonna de son refus presque offusqué. Elle se dit que ces gens faisaient de bons domestiques mais qu'ils manifestaient décidément une fierté bien singulière.

– Très bien. Tant pis. Mais laisse-moi au moins te remettre un bon certificat de travail. Tu le prendras avec tes gages à la fin du mois.

Elle inclina la tête en signe de congé. Tombua s'éclipsa.

Une idée tracassait Julia. Le père était un Blanc... Qui donc ? Le régisseur ? Pourquoi pas le jeune Graham Lindsay ? Cette hypothèse l'incita à poser quelques questions tendancieuses à Helga, qui refusait toujours d'expliquer pourquoi elle ne rejoignait pas son mari à Mackay.

– Il doit bien y avoir une raison, ma fille.

– Bien entendu, maman. Nos goûts sont trop dissemblables. Et je deviendrais folle si je devais passer une autre saison des pluies à Mackay. Et puis la musique me manque. Papa comprend ce que je ressens.

– Papa estime comme moi que ta place est auprès de ton mari...

– Si j'entends encore une seule fois « Tu as fondé un foyer, tu ne dois pas l'abandonner », je hurle !

– ... Et la petite Pamela ? Elle est trop jeune pour s'en rendre compte, mais elle a besoin d'un père.

– Alors laissez-le quitter le Nord et prendre un travail à Brisbane ou ailleurs. Je ne retournerai pas là-bas. Un nid d'amour dans une cabane au milieu des cannes à sucre ! Une vision stupidement romantique... En plus, maman, Graham n'a pas *besoin* de moi. Il a ses amis, avec lesquels il boit, se promène à cheval et chasse. Il ne vient à la maison que pour dormir.

– Cela n'empêche, maintenant que tu as fondé un foyer...

Une profonde respiration souleva aussitôt la poitrine d'Helga. Ses narines se dilatèrent. Sa bouche s'ouvrit. Sa mère redouta qu'il n'en jaillît un contre-*ut* à percer les tympans.

– D'accord, d'accord ! Je ne le dirai pas. Mais les gens se mettront à jaser si tu restes ici. Et puis les hommes ont des faiblesses compréhensibles : tu dois envisager le cas où il chercherait une consolation auprès de quelqu'un d'autre. Surtout s'il y a des filles de couleur sur la plantation.

Julia guettait la réaction qui allait suivre.

– Hors de question ! Il a pu s'accorder des fantaisies autrefois, sur les îles ou dans l'arrière-pays, mais il ne me tromperait pas. Je le regrette presque, cela me fournirait une bonne excuse pour quitter la maison, vous ne me reprocheriez rien. Dans la situation actuelle...

– Dans la situation actuelle, ton comportement est répréhensible. Tu sais parfaitement que Graham ne peut quitter Mackay, le passage du cyclone l'oblige à surveiller la replantation des terres et les réparations du moulin. Ton père a plus que jamais besoin de lui sur place. Et autre chose... comme je te l'ai dit, Dougal se marie bientôt. Ils vivront à Chindera. J'ai pensé leur donner ton ancienne chambre, qui est plus vaste que la sienne. J'en referai la décoration et j'y installerai un lit à deux places.

Helga explosa de rage.

– Ah, c'est ça ! On préfère ma chambre à ma compagnie ! Je croyais le domaine de Chindera assez grand pour m'accueillir avec mon enfant, mais vous voulez nous mettre à la porte !

– Bien sûr que non, ma chérie. Et je suis ravie de la présence de bébé. Mais il serait *plus commode* que vous vous installiez toutes deux à l'étage supérieur. Les pleurs de Pamela ne dérangeraient pas ton père. Par la même occasion cela libérerait ta chambre pour Dougal et Helen.

– Ils y sont les bienvenus !

Helga s'élança hors de la pièce en fulminant. Elle n'avait jamais aimé Dougal. Ses frères lui avaient toujours inspiré de la jalousie, ne serait-ce qu'à cause de la préférence que Julia leur portait. Toute la maison dépendait systématiquement des hommes. Helga ne supportait pas d'être évincée de sa chambre au profit de Dougal et de cette Helen, qui évoquait plus la ville de Troie par son profil chevalin que par sa ressemblance avec la mythique beauté grecque.

Pourtant, retrouver la vie de Chindera l'enchantait. Tous les domestiques la servaient comme autrefois et lui évitaient les atroces corvées de la cuisine et du ménage. Après les baraquements des colons à Mackay, Maryborough prenait l'allure d'une grande cité.

La demeure des Johnstone avait été une des premières reliées au réseau de gaz récemment installé. Des réverbères dispensaient maintenant un radieux éclairage dans les rues. Une haute tour, carrée et blanche, surmontée d'une cloche, prolongeait depuis peu l'édifice de la poste. Les presbytériens se flattaient de leur nouvelle église, tout en brique. A la sortie de la ville, on s'affairait à la construction du chemin de fer pour Gympie.

Les activités portuaires battaient leur plein sur les quais de la Mary River et autour du bassin. Une forêt de mâts s'y dressait : navires de recrutement et de commerce, paquebots, cargos pour le bois en provenance de l'île Fraser.

Sur la rive s'alignaient les scieries qui tiraient leur énergie du fleuve. La fonderie Walker développait ses constructions dans l'industrie lourde et préparait le matériel nécessaire au futur chantier naval. Toute l'embouchure du fleuve bouillonnait et sifflait comme une gigantesque marmite.

Les aborigènes ne prenaient aucunement part à cette effervescence. A l'écart des activités, ignorés de tous, ils erraient de rue en rue et effectuaient de menus travaux pour gagner quelque argent aussitôt dépensé dans l'achat de vin bon marché. Après quoi ils traînaient dans les fumeries d'opium à l'affût de fonds de pipe laissés par les clients, puis mendiaient devant les hôtels. L'hiver ils se serraient les uns contre les autres autour des fours de Walker & Cie. Tous les soirs, à cinq heures en hiver et six en été, on les rabattait comme des moutons égarés et on les conduisait dans leur camp de Granville, au-delà du fleuve.

En 1878, quand la Compagnie du gaz de Maryborough avait constitué son capital de dix mille livres en actions de dix livres, Angus Johnstone en avait acheté le plus grand nombre possible. Il en avait mis deux cents au nom de sa fille lors de son mariage, en l'adjurant de les garder « pour des jours difficiles ». En attendant, les dividendes subviendraient à ses besoins en argent de poche.

Helga décida de réaliser ces actifs. Grâce à cette somme elle irait à Sydney, chez une amie mariée qui y vivait depuis peu et l'avait invitée. Elle comptait travailler son chant avec ardeur et essayer de participer à des concerts qui lui fourniraient la somme nécessaire pour se rendre en Europe.

Les actions lui appartenant en propre, Helga n'avait pas à rendre compte de sa décision à Graham. Contrairement à un sujet britannique, un Australien ne disposait pas légalement des biens de son épouse. Elle se doutait que son père entrerait dans une colère folle en apprenant cette vente, mais il lui fallait de l'argent et elle ne voulait pas lui en réclamer.

La réticence affichée par le directeur de la banque n'empêcha pas Helga de retirer ses titres. Elle alla ensuite trouver un jeune notaire dont elle avait fait connaissance lors de pique-niques et de promenades en barque au bon vieux temps des jours insouciants.

– Je veux que vous me vendiez ces parts de la Compagnie du gaz de Maryborough par l'intermédiaire d'un courtier de Brisbane.

– Votre père est-il au courant ?

Les yeux d'Helga lancèrent des éclairs.

– George, voulez-vous vous occuper de mon affaire ou non ? Mon père m'a offert ces actions, je suis libre d'en disposer.

Il cligna les paupières, toussa et repoussa les papiers éparpillés sur son bureau.

– Euh... oui... bien ! J'envisageais seulement le cas où M. Johnstone souhaiterait les acquérir pour lui-même.

– Je comprends, mais il voudrait les reprendre au prix où il les a achetées la première fois.

– Sans doute...

– La ville a connu une expansion considérable depuis lors. Trouvez-moi leur cote d'aujourd'hui, et je les lui proposerai à cette valeur.

– Parfait. J'ai un ami courtier, je lui dirai qu'elles vont venir sur le marché mais qu'elles ne sont pas encore en vente. Vous réaliserez à coup sûr une bonne opération.

Quand Angus entendit l'offre de sa fille, il faillit s'étrangler.

– Qu'y a-t-il de plus venimeux que les crocs d'un serpent ? hurla-t-il en pointant un doigt vers le ciel. La langue d'un enfant ingrat !

Abandonnant sa pose shakespearienne, il tenta le coup de l'autorité parentale.

– Te rends-tu compte de ce que tu fais là ? Tu ne recevras plus jamais un penny de ma main, et tu ne toucheras plus tes dividendes ! Jeter par la fenêtre un placement aussi sûr !

– Je ne jette pas mes actions par la fenêtre, papa. Je les vends, et à un bon prix. Je ne reviendrai plus vous demander quoi que ce soit. J'investis dans mon propre avenir, et un jour je vaudrai beaucoup d'argent, plus que vous. Vous verrez !

Malgré lui, Angus éprouva un sentiment d'admiration tandis qu'il fixait les yeux de sa fille. Aussi sombres et ardents que les siens étaient bleus et féroces... Et pourtant quelle ressemblance entre leurs regards ! Ce qu'Helga tenait de sa mère, c'était avant tout un nez dominateur et un menton obstiné. Un jour, elle aurait aussi les mêmes rides profondes de chaque côté de la bouche. Julia les appelait les rides Davenport.

– Eh bien, ma petite, je te souhaite de faire fortune. Mais tu découvriras sans doute que le monde est plus dur à croquer que tu ne le crois.

Il prit une plume, la trempa dans l'encrier de bronze orné d'une tête d'aigle qui trônait sur son bureau, et signa un chèque de trente mille livres.

Elle le glissa triomphalement dans la poche de sa robe.

– Et maintenant, papa, je m'en vais à la conquête de Sydney et à l'assaut de ma brillante carrière !

Le départ de Tombua et d'Estelle soulagea Dougal. La fille n'aurait rien dit, il n'en doutait pas, mais la présence de l'enfant sur la propriété aurait pu alimenter des rumeurs susceptibles de parvenir aux oreilles d'Helen.

Il rencontra Estelle une dernière fois dans l'escalier de service. Ses bras bruns dépassaient d'une pile de draps qu'elle allait ranger dans l'armoire du palier. Il lui barra le passage.

– Estelle ! Ecoute, je suis désolé pour... ce que tu sais. Tombua est en colère contre toi, je suppose ?

Elle opina sans rien dire, les yeux baissés.

– Il t'a battue ?

Autre acquiescement.

– A-t-il des soupçons ?

– Lui savoir. Nous partir Yeppoon.

Mon Dieu, mieux vaut que je ne monte plus en voiture avec lui, se dit Dougal, il serait capable de cacher un couteau ou un tomahawk sous son siège. On ne peut faire confiance à ces diables de Noirs !

– Tiens, voici quelque chose pour le bébé.

Il glissa un billet de dix livres dans la ceinture de son tablier blanc.

– Non, Missié Dougal. Lui tuer moi si trouver argent de vous.

– Ce n'est pas pour toi, c'est pour le bébé. Il n'a pas besoin de savoir d'où tu tiens ce billet. Dis-lui qu'il vient d'Helga.

– D'accord. Lui si gentil bébé !

Un sourire éclaira enfin son visage. Elle releva les yeux avant de continuer :

– Avoir appelé lui George, un nom blanc.

– Tu sais, je vais me marier.

– Oui. Mieux moi partir, hein ?

– Oui. Il faut que je te laisse.

Dougal la prit une dernière fois pour justifier le cadeau qu'il venait de lui faire. Il se refusait à admettre combien elle l'attirait toujours, surtout maintenant qu'elle avait retrouvé sa sveltesse. Le charme des peaux noires ! On racontait que certains colons qui s'y étaient adonnés dans les îles ou dans l'arrière-pays ne pouvaient plus s'en passer. Lorsqu'ils épousaient une Blanche, ils la maquillaient avec du bouchon brûlé le soir de leurs noces pour qu'elle leur parût plus désirable.

Oui, c'était aussi bien qu'elle parte avec son petit métis. Dougal ressentit le besoin de s'endurcir le cœur. Il redoutait d'éprouver de la tendresse pour la mère de son premier enfant. Une petite tape sur les fesses en guise d'adieu, et il les poussa, elle et sa pile de draps repassés, puis descendit l'escalier en sifflotant.

Estelle laissa tomber une grosse larme sur le linge immaculé. Elle déposa alors sa pile sur une marche et sortit le billet de sa ceinture. Elle l'enfouit soigneusement au fond de sa poche.

2. Cassonade

Avec la fin de l'hiver, on entrait dans la période où le broyage des cannes allait battre son plein. Malgré son dégoût pour Mackay et pour les étouffantes plantations à perte de vue, Helga demeurait la fille de son père. La pensée du formidable chantier auquel elle assisterait une nouvelle fois à Chindera faisait monter en elle une excitation admirative.

Ancien mécanicien de la marine, Angus Johnstone avait toujours manifesté un esprit très inventif pour tout ce qui concernait la conception et l'agencement des machines. Dans son moulin et sa sucrerie, le traitement de la canne reposait sur des opérations rationalisées, méthodiques, d'une efficacité rigoureuse. Le jus destiné à la cristallisation bouillait dans des cuves chemisées de cuivre. Elles éliminaient les risques de cuisson excessive encourus avec les anciens bacs en fer-blanc, où la redoutable odeur amère du sucre brûlé annonçait souvent la perte de toute la cuvée.

Angus remplaça les égouttoirs à fond troué par des centrifugeuses capables d'extraire la mélasse liquide en quelques heures au lieu de plusieurs semaines. Il fut en outre le premier à se rendre compte que la bagasse, la fibre de la canne, constituait un excellent carburant pour les chaudières. Le sucre était si inflammable que même ses résidus pouvaient produire un feu très vif une fois séchés.

Pendant la sieste de la petite Pamela, Helga s'avança sur son balcon pour regarder deux groupes de Canaques qui travaillaient sans relâche. Ils abattaient le dernier carré de cannes.

Le brûlage des jours précédents les avait débarrassées de leurs grandes feuilles sèches. Les robustes tiges s'élançaient bien au-dessus des têtes des ouvriers, dont les coupe-coupe s'agitaient sur un rythme incessant. Après quelques coups bien ajustés à la base de chaque canne, toute une gerbe s'affaissait. On la recevait alors dans le bras gauche à moitié replié, on en taillait la pointe feuillue, et on la déposait par terre. Un wagonnet viendrait la ramasser. Coupe, taille, coupe, taille... Les bras s'incurvaient autour des gerbes géantes comme s'ils enlaçaient une femme pour l'allonger délicatement au sol. On aurait cru une danse aux figures rigoureuses, inlassablement répétées.

De temps à autre un coupe-coupe dérapait et incisait un mollet. En cas de blessure profonde, on improvisait un pansement en déchirant une chemise, on garrottait le Canaque au genou et on le remmenait chez lui. Il était alors dispensé de travail pendant une semaine ou deux. Mais le plus souvent les entailles restaient superficielles et guérissaient vite, sans nécessiter de points de suture.

Quand elle était fillette, Helga aimait assister au brûlage qui précédait la coupe des cannes. On l'effectuait ordinairement à la tombée de la nuit, quand la rosée limitait la propagation de l'incendie. Des hommes munis de torches se dispersaient à la lisière du champ. Progressant rapidement sous l'effet du vent, le feu émettait dans le ciel sombre une lueur rouge et or semblable à celle d'une forge. Un épais nuage de fumée et de cendres noires planait au-dessus de toute la plantation.

Un rugissement sauvage et sourd accompagnait le crépitement des flammes. Serpents, rats, campagnols et faisans déguerpissaient à l'approche de la fournaise. L'embrasement balayait si vite le champ qu'il s'attaquait juste aux grandes feuilles sèches et aux mauvaises herbes enchevêtrées entre les rangs. Il épargnait les tiges gonflées de sève, qu'il se contentait de noircir.

Pendant la « saison », des flocons de suie voletaient constamment au-dessus de la ville. Ils provenaient soit des brûlages soit des cheminées des sucreries. Les domestiques fermaient les fenêtres des maisons pour empêcher la neige noire de s'abattre sur les oreillers et les couvertures, ou même de s'infiltrer dans les armoires à linge.

Seul le champ que regardait Helga n'était pas encore entièrement rasé. Les Canaques se bousculaient pour abattre le dernier carré. Quand il ne resta plus qu'une ultime touffe, tous se précipitèrent en faisant de dangereux moulinets avec leurs coupe-coupe. Après quoi ils se laissèrent tomber à la renverse et éclatèrent de rire en se roulant au sol. Dès qu'ils eurent retrouvé leur souffle, ils coururent les uns après les autres sur les monceaux de cannes, en mimant une bataille ponctuée de cris sauvages. La phase la plus pénible du travail était achevée. Ils se remettraient maintenant à désherber, à planter et à entretenir le sol. Ils ne retrouveraient que dans un an l'excitation de la récolte.

Une activité fiévreuse animait cependant la cour du moulin. Les wagonnets s'y succédaient, pleins à ras bord de cannes entassées pêle-mêle. Ils avançaient en cahotant jusqu'au pied de la rampe de chargement. Là, des ouvriers en déversaient régulièrement le contenu sur le tapis roulant qui débouchait au-dessus des concasseurs.

Les tiges subissaient une phase de trempage, puis les rouleaux les écrasaient et les mâchaient pour en extraire le précieux jus. Celui-ci s'écoulait en cascade vers l'étage inférieur, dans les cuves destinées à la réduction. L'air résonnait du battement des machines à vapeur, des courroies et des cylindres. Les pompes projetaient des ruisseaux écumants de jus, qu'elles répartissaient entre différents tuyaux.

Helga descendit au moulin avec Dougal. La puissance surhumaine des broyeurs et le lancinant martèlement de la lourde machinerie la fascinaient autant qu'autrefois. D'énormes monceaux de cristaux dorés, encore chauds, sortaient déjà des centrifugeuses de la salle de dessiccation et emplissaient les sacs qui s'entasseraient dans l'entrepôt.

La puissante usine qui tournait sur les terres de

son père était un resplendissant symbole de la révolution industrielle, jailli en plein cœur de la nature vierge. La cheminée de la sucrerie surplombait l'ensemble en vomissant fumée, cendres et vapeur. Elle se dressait comme un monument érigé à la gloire de la réussite économique.

Au milieu du vacarme, Helga hurla une question à Dougal. D'un hochement de tête, il lui fit signe de grimper avec lui les quelques marches qui conduisaient au perron. Là, appuyés sur une solide balustrade, ils pouvaient avoir une vision de l'ensemble des opérations. Helga s'emplit les poumons de l'odeur sirupeuse du sucre en train de bouillir. Une odeur écœurante, mais si familière pour elle qu'elle ne s'en rendait même pas compte. Elle voulait l'imprimer dans sa mémoire pour le jour où elle serait à l'autre bout de la planète.

Il y avait quinze autres moulins disséminés autour de Maryborough, mais ils ne possédaient pas leur propre sucrerie. La plupart des planteurs confiaient à Chindera le jus de leurs cannes.

Ils l'envoyaient dans les gigantesques réservoirs des Johnstone à travers un réseau de canalisations ou bien sur des péniches spécialement aménagées. On ajoutait dans les cuves une solution spéciale à base de lime qui prévenait la fermentation jusqu'au moment du traitement.

En tant que responsable du moulin et de la sucrerie, Dougal était dans son élément à la saison du sucre. Il aimait marcher à grands pas en se donnant des airs importants, lancer des ordres çà et là, s'inquiéter des moments d'embouteillage et exhorter les ouvriers.

Il laissa Helga pour aller inspecter les comptes

avec James. Il remarqua soudain qu'un des planteurs, qui n'était pas connu pour posséder un bon terrain, avait livré une quantité de sirop brut beaucoup plus élevée que l'année précédente.

Cette constatation lui donna envie de jeter un coup d'œil sur sa propriété l'après-midi suivant. Les maigres tiges qui traînaient sur le champ lui confirmèrent la qualité médiocre de sa canne. En outre son moulin ne tournait pas.

Dougal revint vérifier les chiffres des entrées. Effectivement, la plantation de Petty était créditée de vingt-cinq hectolitres pour la veille. Ses soupçons s'accrurent.

Le soir même, à onze heures, une fois le travail arrêté à la sucrerie, il suivit la canalisation de Petty et y colla son oreille. Un flot impétueux y grondait par saccades. Continuerait-il de déverser sa production à une heure si tardive ? Dougal descendit jusqu'au réservoir. Le jus ne s'écoulait pas du tuyau, il y remontait. Après avoir inversé le sens de sa pompe, Petty emplissait tranquillement sa propre cuve en puisant dans celle de Chindera. Au matin, il renvoyait le jus vers la sucrerie et déclarait une nouvelle quantité qu'on lui paierait à la fin de la saison.

Angus Johnstone entra dans une colère folle quand il apprit la nouvelle.

– Le maudit filou !

Il s'ingénia aussitôt à inventer une valve antiretour et à en équiper chacune des canalisations, pour le cas où la même idée brillante viendrait à l'esprit de quelqu'un d'autre.

– Ah, je lui ferai son affaire ! Quel culot de nous vendre notre propre sirop !

Mais Angus connut encore d'autres préoccupations que celles causées par cet escroc et par sa fille récalcitrante. On obtenait de plus en plus difficilement de nouveaux ouvriers, car les navires de recrutement revenaient des îles les cales vides, ou ne revenaient pas du tout.

L'année 1882 vit une succession de forfaits. Le pire fut l'incendie criminel du *Janet Stewart*, de Maryborough, et le meurtre de la moitié de son équipage. La multiplication des Mélanésiens revenus furieux de leur séjour en Australie rendit les îles particulièrement dangereuses. Les armes leur permettaient de se venger dans le sang. Ils n'épargnaient même pas les vaisseaux de la Royal Navy.

Les planteurs du Queensland imputèrent la situation aux armateurs de Sydney et aux recruteurs fidjiens : six mille hectolitres de rhum, sous-produit de l'industrie sucrière, arrivèrent dans les îles pendant la seule année 1880. Comment s'étonner d'un accroissement de l'agressivité ?

On parlait maintenant d'introduire des coolies indiens comme cela s'était pratiqué aux Fidji. Mais cette idée n'enthousiasmait personne. Woodyatt avait autrefois écrit sur un ton indigné dans le *Maryborough Chronicle* que *« le Queensland faisait de son mieux pour sauvegarder les droits des candides enfants de la nature qui abordaient ses côtes »*. Aujourd'hui il révélait ses vraies positions sur lesdits enfants candides. Il affirma à propos des coolies :

« La plupart des planteurs tiennent les insulaires du Pacifique pour moins antipathiques que les coolies indo-britanniques. Mais ils seront obligés de faire appel à ces derniers si l'importation des Canaques ne retrouve pas un meilleur niveau. »

Les négriers se tournèrent alors vers la Nouvelle-

Guinée, où ils parvinrent à « recruter » des centaines de Mélanésiens terrifiés. Ils les destinèrent aux récentes plantations de Mackay qui manquaient encore plus de main-d'œuvre que celles du Sud. Graham Lindsay reçut des insulaires qui avaient passé toute leur traversée confinés dans la soute. Farouches, chétifs, souffreteux, ils s'attendaient à être mangés. La première nuit ils disparurent tous dans la jungle, où les conditions d'existence leur rappelaient celles de leur île.

Le capitaine Williamson, du quartier général maritime, les retrouva tapis parmi les palétuviers des marais. Ils espéraient voler un bateau pour retourner chez eux. Lindsay vint les chercher avec son régisseur, mais ils plongèrent dans les eaux du port et s'enfuirent avec autant d'agilité qu'un banc de poissons. Une frégate du gouvernement parvint finalement à les repêcher. On les transféra sur un autre navire qui les ramena dans leur île. Graham fut convaincu que les recrues de Nouvelle-Guinée ne méritaient pas tous les ennuis qu'elles causaient.

Le prix moyen d'un ouvrier livré au Queensland s'élevait maintenant à vingt-trois livres au lieu de six à neuf dans les premiers temps. M. Burns, de Burns & Philip, considérait « l'importation des nègres » comme une activité juteuse mais, en homme d'affaires perspicace, il sentit le vent tourner. Thomas McIlwraith, un rapace Ecossais natif de Glasgow, qui investissait à la fois dans le sucre et dans les bateaux, quitta le poste de Premier ministre. Dès qu'il le remplaça, l'avocat Griffith jura d'abolir l'immigration noire.

Survint alors le scandale du *Hopeful*. Le procès établit que l'équipage avait tiré sur les indigènes qui s'étaient enfuis à la nage et tué trente-huit d'entre eux. Le commandant McNeil et son second Williams furent condamnés à mort.

Mais le nord du Queensland soutint avec véhémence les accusés européens. Il fallut commuer leur peine en emprisonnement de longue durée. La rumeur publique affirmait qu'on renverrait sous peu les ouvriers de couleur chez eux. Mackay menaça de faire sécession du reste de la colonie et on brûla dans les rues des portraits de Griffith.

Un soir, au bar de l'hôtel, Graham aborda ce sujet avec le président de l'Association des planteurs.

– Ce Griffith ! Il veut chasser tous les Canaques du pays. Nous ne pouvons pas le tolérer, ce serait un désastre pour nous !

– Je n'en suis pas sûr, répondit Graham, encore sous le choc de son expérience avec les malheureux déportés de Nouvelle-Guinée. Des petits cultivateurs m'ont dit qu'ils se débrouillaient très bien avec des ouvriers blancs.

– Pour la récolte, d'accord. Mais quand il s'agit de cultiver des terres vierges, de défricher la jungle ? Vous imaginez une équipe de Blancs faire de l'essartage avec cette chaleur ? Et planter vingt mille boutures à la main ? Non, c'est un travail de nègres. Il faut se débarrasser de Griffith et de ses slogans sur « l'Australie blanche ».

En réalité, l'intolérance des planteurs fit le jeu du nouveau gouvernement.

En 1883, le lendemain de Noël, alors que la canicule enflammait les esprits autant qu'elle desséchait les gorges, une émeute éclata au champ de courses de Mackay. Un vieil insulaire originaire de Tanna, au sud des Nouvelles-Hébrides, assimilé depuis si longtemps qu'il se considérait comme australien, voulut acheter à boire dans un des stands. Il n'était pas ivre, il avait seulement soif.

– Bouteille bière, siouplaît !

Il fit tournoyer une pièce de monnaie sur le comptoir. Le tenancier, nouvellement arrivé dans le Nord, repoussa la pièce.

– Je sers pas les nègres.

La loi autorisait les Mélanésiens qui restaient après expiration de leur contrat à se procurer des boissons partout. L'interdiction ne frappait que ceux qui travaillaient dans les plantations ; ceux-ci se repliaient alors sur les lieux où on vendait de l'alcool distillé en fraude.

L'humiliation rendit le vieux Noir fou furieux.

– D'où vous débarquer, imbécile ?

Il quitta le comptoir d'un air dédaigneux en lui déversant des insultes par-dessus l'épaule :

– Pas bon, mon argent ? Pourquoi pas vendre bière à moi ? Saloperie de Blanc !

Il continua tant et si bien de tempêter qu'un attroupement se créa. Quarante à cinquante Canaques des îles Loyauté et de Tanna se rassemblèrent autour de lui. Ils jetèrent des bouteilles vides vers le stand.

– Reprendre bouteilles, nous plus en vouloir !

Quelqu'un appela les forces de l'ordre. Mais un groupe de Blancs ne les attendit pas pour expulser les insulaires du champ de courses et les pousser sur la route. Des planteurs arrivèrent à cheval, en tête du détachement de la police montée. Ils faisaient tournoyer leurs étriers au bout de grandes lanières de cuir, arme qu'ils utilisaient parfois pour défoncer le crâne d'un kangourou ou d'un wallaby sans mettre pied à terre.

Les Canaques hurlèrent de rage autant que de peur. Leurs corps sanguinolents jonchèrent bientôt la route boueuse. Les cavaliers s'acharnèrent à leur passer dessus et à piétiner les blessés terrorisés.

Les ambulances, qui stationnaient à proximité, en cas d'accident au cours de la réunion hippique, emmenèrent les rescapés à l'hôpital. L'un d'eux mourut le soir même. Au fur et à mesure qu'on les estima hors de danger, on les fit passer devant un tribunal qui les accusa d'ivresse et d'atteinte à l'ordre public. La peur se répandit au sein de la population blanche. On déserta longtemps les rues de Mackay la nuit, et les femmes cessèrent de se promener seules, même dans la journée.

Tel était le fin fond du Nord australien, violent et intolérant sous des airs d'insouciance. S'y sentait-on menacé par la chaleur moite et langoureuse du climat tropical ? Par l'air embaumé de frangipaniers ? Ou bien par les ténèbres veloutées d'une nuit où les étoiles, quand elles apparaissaient, n'émettaient qu'une lueur vieil or ? Souffrait-on de ne pas connaître l'éclat blanc bleuté des astres qui étincelaient dans le ciel limpide des latitudes tempérées ?

Les villes du Nord n'accordaient aucune place aux métis, appelés péjorativement « cassonade », qu'ils proviennent d'un croisement entre Blanc et Mélanésien ou entre Blanc et aborigène. La plupart d'entre eux, du moins à la première génération, se révélaient pourtant très vigoureux et doués d'une intelligence brillante. Mais s'ils ne cumulaient pas, comme ce serait le cas de George Tombua, une grande force de caractère et une grande chance, ils devenaient de simples marginaux sans statut ni perspective. Seuls ceux qui parvenaient à acquérir une terre pouvaient espérer gagner de l'argent et se faire respecter.

Les autres, on les assimilait à la mélasse, on ne les jugeait pas dignes d'une table d'Européens, d'où on excluait même cassonade et sucre roux, tout juste bons pour la cuisine. On n'y consommait que le sucre blanchi dans les raffineries des métropoles méridionales.

3. La famille Efate

En 1883, la famille de Joseph comptait déjà trois enfants. Un nouveau bébé arrivait chaque année depuis la naissance de Tula en 1880. Ils avaient tous les cheveux crépus et les yeux noirs. Mais l'aîné ressemblait particulièrement à son père. Son teint était la réplique du sien. Ses robustes épaules promettaient de devenir aussi larges que celles de Joseph.

De l'avis d'Emily, David, le second, tenait du révérend Duguid son visage allongé et sa silhouette fine. Bien que petit pour son âge, loin de la corpulence précoce de Tula, il ferait un adolescent de haute taille, sa mère en était persuadée. Mais ses plus grandes joies lui venaient de son adorable Fiona, un bébé d'une rare beauté. Elle s'extasiait devant sa peau cuivrée et veloutée, ses sourcils fins et duveteux, ses yeux limpides et vifs, ses cils longs et soyeux qui battaient contre sa joue chaque fois qu'elle la berçait.

Même Mme Duguid avait dû reconnaître la grâce de la fillette quand elle s'était rendue à Maryborough pour la voir. Elle exprimait néanmoins toujours autant de réserves sur un mariage qui, selon elle, avait précipité la mort d'Andrew.

Emily s'assit à côté du fourneau de la grande cuisine qui tenait lieu de salle commune. Elle retira les chaussettes humides de David et lui réchauffa les pieds dans ses mains. Il ne cessait de gigoter sur ses genoux. Plein d'énergie à revendre, il ne restait jamais tranquille.

Vu le climat du Queensland, beaucoup d'enfants blancs allaient à l'école pieds nus, mais Emily tenait à ce que les siens s'habituent à porter chaussettes et chaussures, c'était une question de principe. Elle voulait qu'ils fussent « correctement habillés ». Joseph lui-même enfilait toujours des bottes pour se rendre à son travail.

Elle entendit son époux franchir la porte donnant sur le petit jardin.

– C'est toi, Joseph ? Il est tard, la nuit va tomber.

– En effet, et tu devrais verrouiller la porte quand je ne suis pas là.

Joseph accrocha ses vêtements de travail près de l'entrée et se présenta en maillot de corps et caleçon blancs. Le contraste avec ses bras et ses jambes était saisissant.

– Avec tous ces sauvages de Noirs qui traînent en ville !

Ils éclatèrent tous deux de rire. Le front d'Emily se rida néanmoins imperceptiblement. Après tout, les assassins de la pauvre Rose Lovelace étaient bien des « sauvages de Noirs ». On disait que son fiancé ne se remettait toujours pas de ce drame.

A peine posé au sol, David courut vers son père en lançant ses petits bras le plus haut possible pour l'étreindre. Ils se refermèrent à hauteur de ses genoux. Le bambin pencha la tête en arrière dans l'espoir d'apercevoir son visage. Joseph le hissa sur ses épaules et vint embrasser Emily.

– Où est Tula ?

– J'ai dû le mettre au lit avant l'heure, il a été vilain.

– Oh ! Il a encore couru après les poules ?

– Oui. Il en a poursuivi une jusqu'à ce qu'elle tombe raide morte. De frayeur, je pense ! Tu devrais monter lui parler s'il ne dort pas encore.

– Je vais d'abord faire ma toilette.

Joseph remit David sur ses pieds et gagna l'appentis qui servait de salle de bains à l'arrière de la maison. Un baquet émaillé l'y attendait, ainsi qu'un seau. Emily lui apporta la bouilloire pleine d'eau qui frémissait sur la cuisinière.

– J'ai creusé une tombe. Ça n'a pas été long, c'était pour un gosse de sept ans.

– Oh ! Tu n'aurais pas dû me le dire. Certains jours j'ai si peur pour Tula... Quel casse-cou ! Hier j'ai rêvé qu'il se noyait...

– L'étrangeté des rêves ne les rend pas pour autant prophétiques.

Emily se souvenait de la perte de son frère James et en gardait une peur panique de la mort en bas âge.

Sa toilette finie, Joseph enfila une chemise et un pantalon propres et gagna la chambre des enfants. Emily l'entendit parler à Tula, et perçut en réponse les échos d'une voix frêle et tremblante. C'était nécessaire, mais elle détestait le punir. Joseph se refusait de même à battre ses fils, quelle que fût la bêtise commise.

Emily continua à préparer le dîner favori de son

époux : un assortiment de tubercules bouillis et des épinards cuits dans du lait de noix de coco salé. Elle ajouta un petit poisson fumé pour en relever la saveur. Par chance, elle s'accommodait aussi bien que lui de repas frugaux, vu que ses parents l'avaient toujours nourrie de taros, de patates douces et de poissons.

Ils se contentaient de peu d'argent pour vivre heureux. Leur famille étroitement unie se suffisait à elle-même. Ils demeuraient bien sûr dans le giron de l'Eglise presbytérienne, et Joseph fréquentait encore la chorale de la mission canaque. Mais il voyait de moins en moins ses anciens amis. Le dimanche après-midi, ils partaient parfois tous les cinq rendre visite au village de Chindera, pour bavarder avec Davita et Eliza. Emily avait beau se sentir chez elle parmi les insulaires, elle devinait que sa présence les embarrassait un peu. Elle n'était pas des leurs, trop de détails le lui rappelaient.

Elle préférait les dimanches où ils pique-niquaient avec les enfants sur les rives du fleuve, puis flânaient dans les jardins de la reine Victoria. Ils regardaient alors les bambins courir gaiement sur les talus engazonnés du parc paysager, jonché d'arbres plantés avec art par le botaniste John Bidwill.

Emily leur recommandait chaque fois de se tenir à l'écart du pin bunya, dont les énormes fruits risquaient de tomber. Elle ne se souvenait cependant pas qu'on eût jamais parlé à Lifou d'un enfant assommé par la chute d'une noix de coco. Cet étrange conifère portait le nom scientifique d'*Araucaria Bidwilli*, en l'honneur du savant qui en avait envoyé les premiers spécimens en Angleterre. Créée en 1874, la Société d'acclimatation botanique de Maryborough avait encouragé la plantation de nouveaux arbres dans le parc. Ainsi pouvait-on voir aujourd'hui l'impressionnant réseau de racines aériennes déployé par le figuier banian.

David et Tula dévalaient les pelouses et jouaient à cache-cache entre les buissons fleuris tandis que Fiona restait assise au soleil sur un châle. Elle gazouillait au milieu de la mer de pétales bleus que les jacarandas dispersaient autour d'elle. Les arbres qui la surplombaient semblaient autant de nuages colorés, presque mauves par rapport au bleu du ciel. Emily s'installa près d'elle et rêva que l'enfant irait un jour au collège de filles ouvert depuis peu à Maryborough. Elle-même n'était jamais allée à l'école, elle n'avait connu que les leçons organisées spécialement par son père, les cours qu'il lui avait dispensés en austère précepteur. Elle ne s'était jamais amusée dans une cour de récréation avec des petites filles de son âge.

Seule une bonne éducation permettrait à Fiona de surmonter son handicap racial. Emily ne cherchait pas à nier l'existence du problème ; des coups d'œil en coin, à la fois surpris et réprobateurs, le lui rappelaient chaque fois qu'elle faisait des courses en ville. Ses enfants séduisaient les passants, mais n'en demeuraient pas moins des petits Canaques. Les femmes ne la regardaient pas normalement.

Elle se répétait avec acharnement qu'elle s'en fichait. Elle préférait sa belle progéniture aux yeux noirs et aux cheveux frisés à leurs gros bébés de porcelaine. Si leur jeune âge les empêchait encore de ressentir leur « différence », Emily savait que des temps difficiles attendaient ses enfants. Surtout Fiona. C'était plus dur pour les filles. Elle priait tous les soirs pour qu'elle trouvât un jour un bon mari qui la respecterait. Elevée dans la foi en l'efficacité de la prière, elle jugeait plus prudent de rappeler dès maintenant au Seigneur que la condition de Fiona nécessitait une aide particulière du Ciel.

Elle se pencha vers elle pour retirer un pétale bleu tombé sur sa bouche. Le bébé se mit à rire et agrippa une longue mèche blonde échappée du chignon de sa mère. Retenir ainsi ses cheveux dégageait le visage d'Emily mais lui donnait un air sévère. L'allure tranquille, sereine, mûre, qu'elle avait depuis son mariage la vieillissait de dix ans.

Joseph la trouvait plus belle que jamais et en tirait une grande fierté. Il ne parvenait pas à croire qu'il avait été un jour ce jeune homme de dix-huit ans, intimidé par la cité de l'homme blanc, qui chahutait avec ses copains dans ces mêmes jardins. Pourtant Maryborough impressionnait à l'époque bien moins qu'aujourd'hui.

Plus loin encore dans sa mémoire se cachaient les images du garçon de Lifou qui hantait la maison des missionnaires, assoiffé de connaissances et fasciné par la fillette blonde aux yeux bleus comme l'océan. Qui aurait pensé qu'une fois adulte elle deviendrait sa femme ?

Sans ce navire de bandits, de négriers, qui l'avait dérobé à son île natale, sans doute n'aurait-il jamais vu l'Australie et les merveilles de la civilisation blanche. Et le départ d'Emily l'aurait séparé d'elle pour toujours.

Oui, ici il connaissait le bonheur. Pas question de s'en retourner un jour à Lifou. Ses fils et les fils de ses fils seraient toujours chez eux dans ce pays.

4. Graham

Graham Lindsay décida de revenir de Mackay dès qu'il pourrait quitter la plantation, c'est-à-dire après la fin de la saison du sucre. Sa fille avait grandi sans presque le connaître. En outre Helga lui manquait.

Il admettait qu'un enfant de cet âge ne pût pas quitter sa mère, même si Helga ne manifestait pas une fibre maternelle exceptionnelle. Mais il se disait aussi qu'une femme devait vivre avec son mari. Il était déterminé à les ramener toutes deux avec lui.

Il fit surélever le plafond de la maison et installer des ventilateurs. Puis il acheta un nouveau mobilier en rotin. Helga avait apprécié la région les premiers temps, avant l'arrivée de la saison des pluies. Une fois revenue, elle s'y plairait à nouveau.

Un soir il discuta de la situation avec un de ses amis du club des planteurs. Quelques whiskies lui permirent de sortir de la réserve dont il s'entourait toujours au sujet d'Helga. Il présentait officiellement son départ comme « un voyage dans le Sud pour la santé du bébé ». Son ami le conseilla sur l'attitude à prendre face aux femmes récalcitrantes :

– Il faut les mettre enceintes tous les ans. Si on leur donne toujours de l'occupation, elles n'ont pas le temps de se laisser assaillir par des idées noires.

Mais Graham devinait que cette méthode échouerait avec Helga. Un seul enfant semblait satisfaire ses instincts maternels, et il doutait qu'elle voulût essayer de lui donner un garçon. La pousser à avoir une grande famille n'aboutirait qu'à renforcer son acrimonie et son agressivité, bref son envie de quitter le foyer.

Et puis cette vieille canaille d'Angus Johnstone soutenait et encourageait sa fille. Il lui permettait de rester sur ses terres alors qu'elle aurait dû repartir pour Mackay depuis des mois. Elle faisait de lui ce qu'elle voulait, c'était bien connu.

Graham avait pris soin de ne pas mentionner par quel train il arriverait. Avant de se présenter à Chindera, il acheta dans une boutique de Maryborough une nouvelle jaquette et un élégant pantalon de tweed à carreaux. Avec sa cravate de satin et ses favoris bouclés et pommadés, il ressemblait plus à un jeune soupirant qu'à un digne mari rejoignant sa femme.

Helga ne put refréner une vive émotion en le voyant. Il déboucha face à elle en haut de l'escalier menant à la terrasse. Il tenait son chapeau à la main, ce qui dégageait sa blonde chevelure soigneusement coiffée. Ses yeux bleus et perçants brillaient dans son visage hâlé, austère et digne, dénué du moindre sourire. La pureté du contour de ses lèvres semblait témoigner de sa noble lignée.

La famille se garda d'apparaître quand Helga invita son mari à entrer au salon. Il l'embrassa aussitôt avec fièvre, avant même de traverser l'entrée. Helga sentit renaître à son égard ses sentiments d'autrefois. Ses genoux se mirent à trembler.

– Tu m'as terriblement manqué, ma chérie. Comment va Pamela ? Où est-elle ? Les photographies que tu m'as envoyées n'étaient pas très nettes, mais j'ai vu qu'elle avait grandi.

– Evidemment ! Les bébés changent beaucoup en six mois. Elle saura bientôt se tenir debout.

– Fantastique ! Où est-elle ?

– Elle dort. Elle se réveillera vers midi. Viens dans

le petit salon en attendant, je vais te commander un thé.

Elle se détourna sans attendre sa réaction.

– Un thé ? Mon Dieu, je ne suis pas venu boire un thé ! Si je suis là, c'est pour t'avoir à moi.

Helga traversa résolument la pièce en direction du cordon de la sonnette, puis tira. Sûre de son sang-froid retrouvé, elle tourna vers Graham un visage impassible.

– Graham, je veux que tu comprennes une chose. Ce que je te disais dans mes lettres reflétait fidèlement mes pensées : je ne reviendrai pas à Mackay.

– Mais, bon sang, tu es ma femme ! Et mon travail m'appelle à Mackay.

– Mon travail à moi, c'est la musique. Il exige que je vive dans une grande ville et que je suive les cours d'un bon professeur. Je pars pour Sydney, où je commencerai ma carrière, après quoi...

– Ta carrière ! Au nom des quelques soirées où tu as chanté à Maryborough ! Les gens ont applaudi ta voix parce que tu étais la fille d'Angus Johnstone de Chindera. Tu t'imagines que le monde entier attend de t'entendre ? Ta carrière est celle d'une épouse et d'une mère. Pourquoi t'es-tu mariée si tu ne pensais qu'à chanter ?

Helga baissa les yeux. Pour la première fois, elle admettait sa culpabilité.

– J'ai fait une erreur.

– Tu as fait une erreur ! Et Pamela ?

– Je ne la regrette pas. La maternité a enrichi ma voix d'une profondeur nouvelle, en dépit de tous ses désagréments l'expérience est positive. Mais, soyons clairs, je n'ai pas l'intention de mettre au monde un second enfant.

– Ne crains rien, tu n'en attendras pas d'autre de moi !

Ils se regardaient fixement quand Harriet surgit pour s'informer de ce qu'on attendait d'elle.

– Deux thés, Harriet, s'il te plaît, lança Helga sans détourner le visage. Et veux-tu dire à Mme Johnstone que M. Lindsay est ici ? Tu te souviens de M. Lindsay ?

– Oui, Mam'selle Helga... euh... M'am Lindsay.

– Bonjour, Harriet.

Graham attendit le départ de la servante pour reprendre la parole :

– Vous avez toujours Estelle, et cette cuisinière aborigène... comment s'appelle-t-elle... Bella ?

– Estelle et Tombua sont partis. Elle a eu un bébé avec un Blanc.

– Sait-on qui est le père ?

– Je me suis souvent posé la question. Je me suis demandé si le bébé avait des cheveux blonds.

La remarque le laissa ébahi. Mais avant qu'il pût formuler une question, l'arrivée spectaculaire de Mme Johnstone détourna son attention. Elle portait une monumentale cape noire garnie de perles. Un petit bonnet de dentelle surmontait ses mèches grises, à la façon d'une calotte de neige sur le sommet d'une montagne. Elle avait pris du poids mais, à part les deux sillons creusés de part et d'autre de sa bouche, son visage rose nacré demeurait presque aussi dépourvu de rides que celui d'une jeune fille.

– Mon cher Graham ! Quel plaisir de vous retrouver ! Cela faisait si longtemps qu'Helga n'avait plus de mari ! Vous manquiez aussi à la petite Pamela. Vous ne l'avez pas encore vue ? Une ravissante poupée ! Je l'adore, mais elle m'épuise, elle ne se calme pas une seconde. Helga chérie, tu verses le thé ou dois-je m'en occuper ?

– Je le fais, maman.

– Nous avons eu un printemps magnifique. Avez-vous remarqué la glycine sur le balcon ? Une merveille, elle n'a jamais été aussi belle. Et les rosiers du pauvre James sont couverts de fleurs, ils dégagent un parfum divin... Vous savez, il n'a pas porté une seule fois les yeux sur une autre fille, hélas, il ne vit plus que dans le souvenir de l'horrible drame.

– La chance semble fuir vos enfants au moment précis où ils vont fonder un foyer, mère. Espérons que le mariage de Dougal ne connaîtra pas la même destinée.

Julia Johnstone plissa le front en signe de réprobation.

– Ne me dis pas que tu parles sérieusement, Helga ! Passe-moi le sucrier, s'il te plaît.

Graham prit les devants pour le lui tendre. Il apprécia la blancheur des cristaux étincelants, la régularité de leur texture. Julia remua assez bruyamment sa cuillère dans sa tasse, puis la laissa retomber sur sa soucoupe avec une brusquerie qui trahit la mauvaise humeur dissimulée jusqu'ici.

– Et quel temps fait-il à Mackay ? La saison actuelle est agréable, je crois ?

– Oui, les vents soufflent du sud-est, l'air de la mer rafraîchit bien. En revanche le climat politique tourne à l'orage. On brûle des portraits de Griffith dans les rues et on parle de sécession.

– C'est ridicule.

– Bien sûr, mais les esprits s'excitent. Certains exploitants ont fait venir des coolies et on a frisé l'émeute. Il a fallu les renvoyer en Inde. La chute des cours du sucre ajoutée à la pénurie de la main-d'œuvre met tout le monde sur les nerfs. Si Griffith expulsait les Canaques, beaucoup d'entre nous tomberaient en faillite.

Helga se mit à tapoter du pied sous sa chaise. Graham reconnut sa coutumière façon d'exprimer son impatience. L'incessant bouillonnement de son énergie l'avait frappé la première fois qu'il l'avait rencontrée. Mon Dieu, quelle femme splendide ! En dépit de la plénitude et de la robustesse que lui donnait la maternité, son visage gardait une fraîcheur enfantine.

– Chante-moi quelque chose, demanda subitement Graham.

Helga parut à la fois surprise et flattée.

– Que veux-tu que je chante ?

– Par exemple « *Home, sweet home* », suggéra malicieusement sa mère.

– Non !

Son visage se renfrogna tout à coup. Elle se dirigea vers le salon et y feuilleta ses partitions.

– Je chanterai... je chanterai l'aria de la folie de *Lucie de Lammermoor*.

Graham se rappela qu'ils avaient lu ensemble le roman de Walter Scott, assis côte à côte dans leur lit. Helga s'en souvenait-elle ?

Tandis qu'il tournait les pages, debout près du piano, il s'émerveillait de la richesse et de la profondeur acquises en effet par sa voix, pourtant toujours aussi pure que celle d'un enfant de chœur. Les notes flottaient dans l'air au fil des mesures, s'élevaient jusqu'au plafond, s'échappaient par la fenêtre pour aller survoler les champs alentour comme des oiseaux de cristal. On eût dit une flûte répondant à l'accompagnement du piano.

Assise sur la banquette dans l'embrasure de la fenêtre, Julia se sentait intimidée par un phénomène qui lui échappait. Jusqu'ici persuadée d'avoir couvé un œuf de coucou, elle découvrait soudain qu'il s'agissait plutôt d'un œuf de rossignol.

Angus Johnstone descendit se servir un whisky écossais avant de dîner. Graham nota avec surprise combien l'âge l'avait marqué en quelques mois. Il demeurait aussi vigoureux, ses paroles étaient aussi vives, ses mouvements aussi décidés et alertes. Mais quelque chose en lui semblait tourner au ralenti, sans pour autant le rendre d'un abord plus doux.

Quand tout le monde fut attablé, les pénétrants yeux bleus de l'ancêtre envoyèrent des éclairs en direction d'Helga. Il pointa vers elle le couteau avec lequel il s'apprêtait à découper la viande et se tourna vers Graham.

– Elle vous a dit ce qu'était devenu le placement que j'avais constitué pour elle ? Oui, les deux cents actions de la Compagnie du gaz. Elle les a toutes vendues !

– C'est vrai, Helga ? Tu ne m'as jamais consulté. Je croyais que M. Johnstone voulait que tu les gardes pour te constituer une rente au cas où il m'arriverait quelque chose...

– Exact, et elle ne m'a pas consulté non plus, reprit Angus. Quand elle a une idée, Helga est une vraie tête de cochon. C'est comme son histoire de voyage en Europe, alors qu'elle a une fille et tout, sans parler d'un mari !

– En Europe ? Tu voudrais aller jusqu'en Europe ?

– J'ai commencé à t'en parler, Graham. Dans le salon. Mais tu m'as interrompue.

– En Europe ! Tu sais bien que je ne peux pas me permettre de venir avec toi en ce moment.

– Tu nous rejoindras dans un an. D'ici là j'aurai mis à l'épreuve le talent que je crois avoir, et que le signor Moli a aussi vu en moi. Si nos estimations se confirment, je gagnerai de quoi nous faire vivre tous les trois.

Angus fulmina au-dessus de son assiette :

– Cette fille est folle ! Elle n'a jamais vraiment eu la tête sur les épaules, n'est-ce pas, maman ? Mais maintenant elle la perd complètement.

A sa grande surprise, Julia se contenta de répondre par un soupir. Elle l'avertissait en fait de l'entrée d'Harriet apportant le plat de légumes. Elle attendit sa sortie pour déclarer d'un ton sentencieux :

– Helga n'a aucun sens de ses devoirs d'épouse et de mère. Je vous assure, mon cher garçon, que je n'ai pourtant pas manqué de lui enseigner les principes qui régissent la vie d'une femme. Je suis navrée qu'elle se comporte de cette façon à votre égard.

Graham scruta le visage insoumis d'Helga. Il y lut ce qu'elle avait sans doute été depuis son plus jeune âge : une fillette qui détestait les poupées et les broderies, se rebellait contre le rôle de femme que lui inculquaient sa mère et sa nourrice, et effectuait à contrecœur ses ouvrages de couture tandis que les garçons s'amusaient dehors.

Sans trop comprendre pourquoi, il éprouva l'envie de la défendre face aux attaques de ses parents.

– Helga maîtrise parfaitement les questions d'argent. Et elle *a été* une bonne épouse, même si elle a manqué de patience. Après Chindera il y a de quoi se sentir à l'étroit dans notre maison de Mackay, et y endurer la chaleur est difficile. Si elle passe les six prochains mois à Sydney pour ses cours, elle pourra me rejoindre une fois la canicule terminée.

Helga s'enferma dans un mutisme obstiné, les yeux rivés sur son assiette. Les aimables efforts de conciliation de Graham rendaient la réalité encore plus dure à affronter. Elle ne voulait ni mentir sur ses ambitions, ni lui faire l'affront de ne pas répondre à sa proposition. Après tout il pouvait se passer tant de choses en six mois !

– Alors, Helga ? Graham se montre très compréhensif, il me semble, dit Julia Johnstone d'un ton ferme.

– Inutile de me brusquer, maman !

Helga quitta le regard de défi qu'elle braquait vers sa mère pour se tourner plus aimablement vers Graham.

– D'accord... peut-être à l'automne...

Graham avait obtenu gain de cause. Mais six mois, mon Dieu ! Comment allait-il les supporter ? Au moins son travail l'occuperait. Et ensuite plus jamais elle ne le quitterait.

Mariés depuis quelques semaines, Dougal et Helen Welltree passaient leur lune de miel dans le Sud. Graham et Helga occupèrent donc leur ancienne chambre, dont on avait déjà changé l'ameublement.

Retrouver ce lieu serra le cœur de la jeune mère. Quand elle coucha son bébé, elle fut saisie de vertige en pensant à la mystérieuse généalogie qui, par sa mère, sa grand-mère, la mère de sa grand-mère et toutes ses aïeules inconnues, la rattachait à Eve. Elle-même les relierait désormais à sa future descendance grâce à ce petit bout de vie qui dormait sous ses yeux, cette chair de sa chair, bourgeon sur l'arbre sans fin de l'humanité.

Elle passa un long moment à rêver au-dessus du lit de Pamela. Elle contemplait les longs cils qui lui caressaient la joue chaque fois qu'elle se penchait, le petit pouce qui se perdait entre les fines lèvres roses, le poing potelé qui se recroquevillait. Seule l'impatience de Graham l'arracha à ses méditations.

– Pour l'amour du Ciel, rabats la moustiquaire sur elle et viens te coucher ! Je reconnais qu'elle est magnifique, je l'ai admirée en temps voulu, mais maintenant laisse-la dormir. Ce n'est pas parce que tu m'as fait attendre six mois que je ne suis plus à dix minutes près !

Helga tira avec soin le voile qui encadrait le lit et se dirigea vers sa coiffeuse. Elle commença à brosser délicatement ses longues boucles sombres, un rituel qu'elle affectionnait. Des doigts d'acier agrippèrent soudain son poignet avec une telle violence que la brosse lui tomba de la main. Graham l'entraîna et la jeta sans cérémonie sur le lit.

– Ta place est ici ! cria-t-il avec arrogance.

D'un geste brusque, il lui ôta son peignoir et sa chemise de nuit. Il contempla alors en silence, le souffle coupé, les seins dénudés qui s'offraient à ses yeux. Helga s'esquiva pour éteindre la lampe à gaz au chevet du lit. Elle ne revint à sa place que lorsque le manchon n'émit plus dans la chambre qu'une lueur surnaturelle.

Après la longue abstinence qui avait accru son appétit, il ne se soucia pas de partager son plaisir avec Helga. Le mariage, pensa-t-elle, n'avait décidément été inventé que pour assouvir les instincts de jouissance de l'homme. Elle refusait de devenir une esclave de la nature, mais dans l'immédiat il ne lui restait plus qu'à faire contre mauvaise fortune bon cœur.

– Graham... Tu sais que si je tombais à nouveau enceinte je ne te le pardonnerais jamais ?

– Tu me crois complètement idiot ? J'ai pris mes précautions.

Dans un soupir de soulagement, elle se pelotonna contre son épaule musclée. Comme la vie était compliquée ! Quel dommage qu'elle ne pût se contenter des joies simples d'une épouse et d'une mère, et du plaisir de fonder un foyer ! Les tâches domestiques l'ennuyaient trop. Elle frémit d'horreur à la pensée des piles de linge humide qui moisissaient à Mackay. Les interminables lessives, la cuisine, le ménage ! Non ! Elle n'était pas faite pour une pareille existence. Son véritable avenir, sa carrière de cantatrice en Europe, attendait au tréfonds de sa gorge l'heure de s'épanouir enfin au grand jour.

Le souvenir de Rose continuait de tourmenter James. Il demeurait persuadé que son fantôme lui rendait régulièrement visite. Il sortait souvent en compagnie de différentes jeunes filles, mais il se refusait à concevoir l'idée d'un mariage. On eût dit que la mort de sa fiancée avait atrophié en lui toute possibilité de nouveau sentiment. Les femmes s'en rendaient compte et se jugeaient offensées.

Il se lia d'amitié avec les Grant, un couple qui vivait dans une grande maison basse au cœur de la ville, sur les berges. Leurs deux fils allaient au lycée.

Bien que n'ayant pas connu Rose, ils avaient entendu parler de sa fin tragique. James passa de nombreuses heures au calme de leur véranda ombragée, le regard perdu vers les flots de plus en plus boueux de la Mary River. John Grant s'était installé pour prendre la direction d'une des branches de Walter & Fils, la société des grandes fonderies. En dépit de ses cheveux prématurément gris, sa femme Jean possédait un teint frais et jeune, et les plus beaux yeux bleus que James eût jamais vus. Habile aquarelliste, elle peignait la flore sauvage du Queensland. Elle accueillit James avec une cordialité et une spontanéité qui lui réchauffèrent le cœur.

Elle dessina son portrait au fusain et le lui offrit pour Noël. A la saison du sucre, il fit visiter aux enfants le moulin de Chindera. Il tenait le jugement de Jean dans une telle estime que chaque fois qu'il fréquentait une nouvelle jeune fille, il l'emmenait chez les Grant pour guetter sa réaction. Mais à force de scruter le visage serein et radieux de la quadragénaire grisonnante, il comprit qu'aucune de ses relations ne souffrirait jamais la comparaison. Merveilleuse Jean ! Si seulement elle était libre... Mais il garda cette pensée pour lui.

II

LA DEUXIÈME GÉNÉRATION

1. David

David aimait beaucoup l'école. En revanche, son frère aîné, Tula, la détestait. Sa ruse favorite consistait à attraper une abeille, à refermer les mains sur elle et à les secouer jusqu'à ce qu'elle s'énerve. Une fois ses doigts boursouflés par les piqûres au point de ne plus pouvoir tenir un crayon, il obtenait l'autorisation de rester à la maison.

Un jour David eut la scarlatine. Tula fut écœuré de rester en pleine forme et de n'avoir apparemment aucune chance de contracter la maladie puisqu'on isolait David des autres enfants. Lui-même dut dormir dans la chambre de ses parents, dont on avait doublé la porte avec un drap trempé dans un produit désinfectant.

Un jour, au retour de l'école, Tula se glissa derrière les branches de l'hibiscus aux fleurs écarlates planté sous la fenêtre du malade.

– Hé, Davey !

– Quoi... ?

Assoupi par la fièvre, David ne localisait pas l'origine de l'appel.

– Viens à la fenêtre. Ne fais pas de bruit.

– Pourquoi ça ?

– T'occupe, imbécile ! Fais ce que je te dis.

David se leva. Il remonta son pyjama qui glissait sur ses hanches maigrichonnes.

– J'ai chaud ! Il fait chaud dehors, ou c'est moi ?

– C'est toi, tu as la fièvre.

Un rideau de petites perles métalliques pendait devant l'ouverture de la fenêtre pour la protéger des mouches. Tula l'effleura de son visage.

– Maintenant, passe ta langue sur le rideau, reprit-il.

– Pourquoi ?

– J'y passerai la mienne après, comme ça j'attraperai tes microbes.

– T'es fou !

– Peut-être, mais je préfère avoir la scarlatine qu'aller à l'école. Ce vieux toqué de Johns m'a encore flanqué une raclée parce que j'avais raté mes exercices.

– Hein ? Tu les as tous ratés ?

– Oui. C'étaient des fractions. J'aime pas le calcul. Allez, sors ta langue.

Le rideau sentait la poussière et le métal. Chacun de son côté, les enfants y frottèrent leur langue pendant près d'une demi-minute. David se lassa en premier.

– Ça va, les microbes auront eu le temps de passer. Beurk ! elle a mauvais goût, ta langue !

– C'est la ferraille. Bon, j'espère que je serai assez malade pour rester à la maison.

– Si tu crois que c'est agréable !
– Je m'en fiche. Tu dis rien à maman, surtout !
– D'accord. Je vais me recoucher.

David revint en titubant vers la banquette aménagée en lit provisoire. Malgré le rembourrage, son étroitesse la rendait très inconfortable. Il souhaitait guérir vite pour retrouver son lit habituel et retourner à l'école. Il était le troisième de sa classe et le premier en calcul mental.

Johns, le directeur, n'appréciait pas que les enfants de couleur obtinssent de bons résultats, cela dérangeait ses théories sur la supériorité de la race blanche. Il leur donnait donc des exercices plus difficiles. Mais l'intelligence de David lui permettait néanmoins de se maintenir en tête de la classe.

Très fière de lui, Emily raconta ses exploits à sa mère dans une lettre enthousiaste :

« David, le seul à qui nous ayons donné un nom anglais, est celui qui ressemble le plus à papa. Il a hérité de ses dons pour les mathématiques. Tula se comporte davantage en insulaire. D'humeur facile, il prend les choses commes elles viennent. Physiquement c'est lui qui tient le plus de Joseph. Hélas, il rencontre des difficultés à l'école...

« Joseph continue de jouir d'une bonne santé et il aime son travail. On vient d'augmenter son salaire car la congrégation prend de l'ampleur depuis l'ouverture de la nouvelle église. Cela nous aide, mais il faut toujours faire de grands efforts pour les fournitures scolaires et les vêtements des enfants. L'argent file si vite, même quand on n'achète que l'indispensable ! Le plus cher, c'est leurs chaussures ; je ne veux pas qu'ils marchent nu-pieds comme tant d'autres.

« May, qui va avoir un an, est un amour, elle ne pleure presque jamais. Cela ne l'empêche pas de me donner beaucoup de travail... Joseph ne change pas, il n'a toujours pas un seul cheveu blanc. Malgré nos six ans de différence, si cela continue je paraîtrai bientôt plus âgée que lui. Il est le plus doux et le plus attentionné des maris. Je regrette que papa ne soit plus là pour voir notre bonheur... »

La félicité de leur couple atteignit son apogée l'année où Fiona entra à l'école. Le long délai écoulé entre sa naissance et celle de May avait fait croire à Joseph et à Emily qu'ils n'auraient plus d'autre enfant.

C'était avant que Fiona n'atteigne l'âge des déceptions sentimentales, avant que Tula ne parte pour les îles rechercher les origines de son père, avant la mort de David. Tous les ans, à l'anniversaire de cette funeste date, Emily s'enfermerait dans sa chambre, volets clos, et y resterait toute une journée sans parler ni manger, pour ressasser les événements dont elle s'attribuerait la responsabilité.

Chaque fois elle reverrait le drame. Il eut lieu vers la fin de la quarantaine imposée par la scarlatine. Bien qu'en bonne forme et à nouveau plein d'ardeur, David ne devait toujours pas retourner à l'école. Malgré tous ses efforts Tula n'était pas parvenu à attraper la maladie, ce qui le faisait douter de la théorie du médecin sur la contagion.

Accroupi sur le plancher du modeste vestibule, David, qui savait très bien s'amuser tout seul, découpait des images. Emily s'affairait à mettre la maison en ordre avant la visite du pasteur, attendue dans l'après-midi.

– Oh, va jouer dehors, David !

La vision des morceaux de papier éparpillés sur le sol l'agaçait. Elle regrettait de ne pas avoir les moyens d'acheter du linoléum, ce nouveau revêtement si facile à entretenir. Epuisée par les semaines passées à soigner son fils, elle ne demandait maintenant qu'à le voir retourner à l'école au lieu de traîner dans ses jambes.

– David, qu'est-ce que je t'ai dit ?

Elle tenait à finir le ménage pendant que May dormait encore.

– Oh, maman, j'en ai plus pour longtemps...

– Obéis-moi, et tout de suite !

Avec une moue boudeuse David ramassa ses découpes et ses ciseaux, son pot de colle et son livre d'images. Il posa le tout sur son lit et sortit en traînant les pieds. La porte claqua derrière lui.

Il erra le long de la clôture. La maison donnait sur un jardin maraîcher où les enfants chapardaient parfois quelques légumes. Les planches disjointes lui permirent de s'y faufiler à la recherche de fanes de carottes. Il arracha quelques jeunes racines qu'il se hâta de croquer.

Sa dînette lui donna soif. Il regretta de ne pas avoir emporté quelque chose à boire en quittant la maison. Maman le gronderait s'il revenait dans la cuisine avec ses chaussures pleines de boue. Il avisa alors un gobelet un peu rouillé, posé dans un sillon, à moitié plein d'une eau de pluie qui lui sembla limpide. Son père lui avait raconté comment les ouvriers des champs de canne étanchaient autrefois leur soif dans les flaques trouvées sur place.

David prit le gobelet et en avala le contenu.

Ah ! Cela faisait du bien... Dommage que l'eau eût

un goût si amer ! Il recracha sa dernière gorgée et s'essuya les lèvres du revers de la main. Quelques minutes plus tard une crampe violente lui noua l'estomac. Sapristi ! Il n'avait pas assez mastiqué les carottes, pensa-t-il. Marcher un peu l'aiderait à digérer. Mais il fut alors pris d'une forte douleur dans le ventre, une brûlure aussi foudroyante qu'une piqûre de serpent.

Il se sentit soudain très mal. Ses mains transpiraient, sa vue se troublait, il ne parvenait plus à marcher droit. Un autre élancement lui déchira le ventre. Il atteignit la palissade en titubant.

– Maman ! Maman !

Le sang d'Emily se glaça, tant l'appel était pressant. Accourue à la porte du jardin, elle y découvrit un petit visage terreux, aux traits tirés, dont les yeux roulaient en tous sens. David trébucha et se rattrapa aux genoux de sa mère.

– Maman, j'ai mal !

– Qu'est-ce qui te fait mal, mon chéri ? Dis à maman où tu as mal.

– Au ventre.

– Qu'est-ce que tu as mangé ? Vite, dis-le-moi !

– Euh... rien. J'ai... j'ai volé quelques carottes. Tu crois que le Bon Dieu me punit ? Elles étaient toutes petites... Aïe !

Il s'affaissa en hurlant. Une fois au sol il se plia en deux.

– Aidez-moi, Seigneur !

Emily le transporta à l'intérieur de la maison et l'allongea sur la banquette de la cuisine. Elle ne s'occupa pas du bébé qui, éveillé par les cris, s'était mis à pleurer à son tour.

– J'ai soif ! gémit David.

Elle lui donna un verre d'eau. Il se plaignit que cela le brûlait encore plus. Emily se demanda si les carottes n'avaient pas été empoisonnées...

– J'ai bu... après les carottes...

– Qu'est-ce que tu as bu ? Où ça ?

Il semblait tomber de sommeil. Elle le secoua doucement.

– Qu'as-tu bu, Davey ?

– Un peu d'eau, dans un vieux gobelet. C'était amer.

– Ecoute, Davey, je vais te donner quelque chose qui va te faire vomir. Il faut que tu vomisses, ne te retiens pas.

David avala courageusement une horrible mixture d'eau chaude salée. Le liquide lui remonta instantanément. De l'écume apparut sur ses lèvres.

Emily s'assit à la table de la cuisine pour griffonner d'une main tremblante un mot à l'attention du médecin. Elle alla lever le bébé, et tapota la joue de David en lui demandant d'être courageux. Elle ne tarderait pas à revenir. Au coin de la rue elle héla un garçon de course qui passait devant elle à vélo. Elle lui donna la lettre et un shilling.

– Dis-lui que c'est urgent. Je crois que mon fils s'est empoisonné.

– D'accord, M'am.

Le commissionnaire s'éloigna en pédalant de toutes ses forces.

Au retour, Emily emprunta le chemin qui longeait le jardin maraîcher, jusqu'à un endroit où il n'était clos que par des barbelés. Elle aperçut parmi les rangées de carottes un gobelet rouillé renversé sur le bord de l'allée. Gênée par le bébé qu'elle tenait d'un bras, elle eut peine à se glisser entre les fils de fer qui s'accrochèrent à sa robe. Elle dut déchirer le tissu d'un coup sec pour pénétrer dans le jardin et aller ramasser le récipient suspect. Aucune odeur précise ne s'en dégageait, si ce n'était celle du métal rouillé. Elle l'emporta néanmoins pour le montrer au médecin.

Le Dr Burns sembla mettre des heures pour arriver. Quand Emily entendit son cabriolet, elle s'élança à sa rencontre sur le trottoir. Le grand Ecossais efflanqué, aux favoris gris et à l'allure austère, remonta rapidement le sentier en s'adressant par-dessus l'épaule à la mère de son jeune patient.

– Vous m'avez écrit que vous croyiez à un empoisonnement. Lui avez-vous donné un émétique ?

– Oui. De l'eau salée.

– Hum. S'il a absorbé une substance caustique, vous ne pouviez pas faire pire !

Emily lui tendit le gobelet en silence. Il y plongea le nez.

– Où l'a-t-il trouvé ? Il contenait de l'arsenic !

– Dans le potager voisin.

– Bon, je vais essayer le sulfate de cuivre. Cela le purgera rapidement. Il est trop tard pour un autre émétique, mais vous avez bien fait de le faire vomir.

Ils introduisirent de force le breuvage infect entre les lèvres de l'enfant qui se débattait en hurlant, vision insupportable pour Emily. Elle aurait donné n'importe quoi pour que le poison s'attaquât à elle plutôt qu'à son fils. Mon Dieu, mon Dieu, veuillez le soulager, priait-elle en silence, laissez-moi souffrir à sa place. Mais David continuait de se tordre de douleur sur le lit, les yeux exorbités, les lèvres déformées par un horrible rictus, le front trempé de sueur.

– Je vais lui donner quelque chose pour le calmer, mais nous devons le transporter à l'hôpital.

Le Dr Burns sortit une seringue de sa trousse.

– Il faut que j'informe mon mari !

– Oui, il vaudrait mieux. Je m'occupe d'appeler l'ambulance.

Il attendit quelques minutes que David cessât de s'agiter. Ses yeux noirs ressortaient cruellement sur la pâleur de son visage, maintenant gris comme du mastic.

Emily le reprit dans ses bras au moment où un spasme plus fort que les précédents provoquait un nouveau vomissement. L'haleine de l'enfant répandait une étrange odeur chimique. En entendant des pas sur le perron, Emily se souvint soudain de la visite que devait lui rendre le pasteur.

– Veuillez m'excuser... j'arrive peut-être trop tôt ?

La voix chaleureuse de M. Stewart parvenait aux oreilles d'Emily comme à travers un nuage. Trop tôt ? Veut-il dire trop tôt pour les funérailles ? pensa-t-elle malgré elle.

– Oui.

Elle se leva pour l'accueillir et lui fit traverser le petit salon.

– Monsieur Stewart, sauriez-vous m'expliquer... sauriez-vous m'expliquer pourquoi un petit être aussi innocent que mon fils doit souffrir à ce point ? Si vous l'aviez entendu ! Si vous... Dieu est pourtant miséricordieux !

– Ma chère Emily, répondit le pasteur qui avait compris en un clin d'œil la situation, vos parents ont perdu trois jeunes enfants dans des circonstances tragiques. Nous ne pouvons ni connaître ni comprendre les voies de la Divine Providence. Peut-être est-ce pour vous mettre à l'épreuve, Joseph et vous.

– Mais David ! Il n'a que huit ans. Huit ans ! Pourquoi faudrait-il... ? Il a ramassé un vieux gobelet et il a bu l'eau qu'il contenait. Et maintenant le voici empoisonné à l'arsenic, il risque de ne pas s'en remettre. C'est trop cruel.

– Souhaitez-vous que je prie pour lui ?

– Oui ! Prions pour qu'il ne souffre pas davantage. Je ne supporte pas de le voir endurer ce supplice.

Quand ils furent tous deux agenouillés, le pasteur commença.

– Ô Seigneur, Tu as dit : *« Ma parole tombera comme la pluie, Mes mots se déposeront comme la rosée, comme des gouttelettes sur l'herbe tendre et comme les averses sur les jeunes pousses... »* Seigneur Dieu, aie pitié de cette plante frêle, laisse Ta miséricorde se répandre à la façon de l'ondée sur la terre aride...

Au moment où elle se releva, réconfortée par la prière, Emily entendit une petite voix brisée qui venait de la cuisine.

– Maman ?

Elle courut auprès de son fils. Il souleva à demi ses paupières alourdies par l'épuisement et se tourna vers elle.

– Maman, je vais mourir ? Je ne veux pas mourir.

– Non, mon chéri, maman ne te laissera pas mourir. Nous allons t'emmener à l'hôpital pour qu'on te guérisse.

– J'ai peur.

– Tu vas aller mieux, je te le promets.

M. Stewart entra sur la pointe des pieds.

– Je fais prévenir Joseph tout de suite.

– Si vous voulez bien. Dites-lui que... non, rien.

Il pressa la main d'Emily et partit.

Ils restèrent dans la salle d'attente de l'hôpital jusqu'à une heure avancée de la nuit. Emily gardait à côté d'elle son bébé, qu'elle nourrissait encore au sein. Elle avait couché Tula et Fiona et demandé à un voisin de veiller sur eux. David était dans le coma. On devait les prévenir en cas d'évolution de son état.

Emily ne parvenait pas à s'ôter de l'esprit le souvenir de son arrivée à l'hôpital, peu avant celle de Joseph, lorsqu'elle s'était adressée à l'infirmière de la réception.

– Où est David Efate ? avait-elle demandé sans prendre le temps de se présenter. Je désirerais le voir.

– Le petit Mélanésien ? Je regrette, son état est critique, seuls les parents sont admis dans la salle.

– Mais je suis sa mère. Je suis Mme Efate.

– Oh !

La stupéfaction qui s'était peinte sur le visage d'abord charmant et guilleret de l'infirmière n'avait qu'à moitié surpris Emily. L'accueil réservé à Joseph avait en revanche plus choqué celui-ci. Il s'était senti catalogué d'office parmi ces insulaires irréfléchis qui laissaient leurs gamins traîner et porter n'importe quoi à leur bouche...

Le personnel de l'hôpital mettrait tout en œuvre pour sauver l'enfant, cela ne faisait aucun doute. Mais on voyait bien que chacun se demandait comment une Blanche à l'allure si convenable en était venue à épouser un Noir.

Dans ce bâtiment luisant de propreté, aux murs peints dans des tons lumineux, infirmières, sœurs et médecins arboraient des blouses amidonnées toutes plus blanches les unes que les autres. Joseph se rendait compte que la couleur de sa peau prenait une importance inhabituelle. Et son petit David, dont les cheveux noirs tranchaient sur l'oreiller immaculé ! Cette image lui rappela une carte postale prétendument humoristique portant la légende *« Loin de la foule et du bruit »*. On y voyait la tête d'un bambin nègre aux yeux écarquillés qui émergeait des draps blancs d'un lit à deux places.

On les appela peu avant minuit. Saisie par une horrible prémonition, Emily tendit à Joseph le bébé endormi. Ils suivirent l'infirmière dans les longs couloirs vides et franchirent plusieurs portes à deux battants. Malgré l'éclairage tamisé de la salle, ils aperçurent dès l'abord que des rideaux blancs encerclaient le lit de David. La sœur de garde sortit de son alcôve. Elle posa la main sur le bras d'Emily.

– Je suis navrée, madame. Nous avons fait l'impossible...

Emily avança droit devant elle avec une démarche de somnambule. Une fois les rideaux franchis, elle se jeta à genoux devant le corps de David et prit ses petites mains fines dans les siennes. Le froid les gagnait déjà. Elle lui caressa le front, la tête. Ses cheveux finement bouclés semblaient renaître à la vie sous ses doigts. Pouvait-il vraiment être mort ? La main de Joseph se posa en silence sur son épaule. Elle enfouit son visage, ses yeux secs et brûlants, au milieu des draps.

Quelqu'un lui apporta une tasse de thé. Elle tourna vers l'infirmière un regard absent, comme si elle ne comprenait pas ce qu'on lui voulait. Joseph déposa alors le bébé dans ses bras. Au contact de cette vie dont la chaleur irradiait contre sa peau, elle éclata enfin en sanglots.

Joseph creusa la petite tombe dans le cimetière presbytérien. Le jour de l'enterrement, la pluie tomba sans discontinuer. Elle ne s'interrompit pas de toute la semaine qui suivit. L'eau ravinait les allées du cimetière. Emily détournait les yeux chaque fois qu'elle apercevait les bottes de Joseph rangées dans l'entrée. Elle ne savait que trop d'où provenait la boue qui les maculait.

Elle se mit à ressentir une sorte d'aversion pour son rôle de fossoyeur. Malgré sa foi en la présence de David auprès de Jésus, elle ne tolérait plus l'idée de son petit corps gisant dans la glaise humide. Un très long temps s'écoula avant qu'elle pût supporter à nouveau le contact physique de Joseph. Elle éprouvait la singulière impression de lui être devenue étrangère, comme si l'enfant disparu, la chair de sa chair, n'avait eu aucun rapport avec lui.

Joseph conservait envers la mort l'état d'esprit des gens des îles, son évangélisation avait seulement recouvert, sans nullement les étouffer, ses profondes croyances ancestrales. Pour les Mélanésiens, les défunts ne se différenciaient des vivants que par leur invisibilité. Toujours présents en ce bas monde, ils n'appartenaient pas à un quelconque au-delà. Parfois, lors de certaines danses rituelles, par exemple, les vivants entraient en communion avec leurs ancêtres immortels.

En tant que fille de missionnaires élevée avec l'image du Ciel, Emily jugeait la disparition de David cruelle et inexplicable. Rien ne la consolerait de l'arrêt brutal de cette jeune vie.

David, si brillant, si intelligent ! Qui savait ce qu'il serait devenu ? Pareil à l'altière tige de canne, un beau jour coupée, broyée, asséchée, entièrement engloutie dans les cuves et les fours de la sucrerie, il avait cessé d'être avant que pût s'accomplir l'avenir qu'on voyait en lui. *« Les jours de l'homme sont comme l'herbe ; comme la fleur des champs il fleurit ; sur lui, qu'un souffle passe, et il n'est plus... »*

2. Pamela

– Je ne veux pas ! s'écria Pamela. Je ne veux pas ! Je ne veux pas !

L'imperturbable gouvernante anglaise garda son sang-froid.

– Il le faut, mademoiselle Pamela, et tout de suite. Il ne vous sert à rien de crier. Votre maman a dit que vous deviez vous coucher sans l'attendre. Elle va rentrer souper avec un gentleman, et à cette heure-ci les petites filles...

– Je ne suis pas une petite fille ! J'aurai bientôt onze ans et je ne me laisserai pas mettre au lit comme un bébé.

– Vous pouvez garder votre lumière allumée et lire aussi longtemps que vous le souhaiterez. Je vais vous préparer un chocolat chaud pendant que vous vous déshabillerez. Voulez-vous quelques petits sablés pour l'accompagner ?

Nanny Turner s'éloigna, fière du savant mélange

de diplomatie et de corruption auquel elle recourait. Lire au lit était un grand plaisir qu'on accordait rarement à Pamela, car Helga avait lu quelque part que cela pouvait provoquer un strabisme.

La ruse de la gouvernante se révéla efficace : sous l'effet de la boisson chaude et sucrée, combiné à celui des petits gâteaux, Pamela s'effondra vite sur son livre. Il ne resta plus qu'à le lui ôter des mains et à éteindre sa lampe de chevet.

Madame reviendrait de l'Opéra dans moins d'une heure. Aussi désinvolte et impétueuse que d'habitude, elle jacasserait comme une pie, réclamerait du champagne dans un seau à glace et jetterait sur le premier siège venu ses fourrures de renard blanc. Ensuite elle renverrait les domestiques et souperait en tête à tête avec son dernier admirateur, rien de moins qu'un duc anglais.

Nanny Turner n'avait pas à s'interroger sur les mœurs et les comportements des gens riches, célèbres et nobles. Et Mme Helga était riche et célèbre, même si elle ne descendait que d'une famille de colons.

Elle avait accompagné Pamela voir sa mère à la première de *La Traviata*, bien qu'à son avis tous ces personnages vivant ensemble sans l'assentiment du clergé ne constituent pas un spectacle très convenable pour une fillette. Mais les chants étaient un délice. Pamela avait pleuré à l'agonie de Violetta-Helga, dont la voix résonnait avec une puissance sublime, insolite chez une poitrinaire.

Tout le public de Covent Garden s'était alors déchaîné. Des premiers rangs de l'orchestre jusqu'aux couloirs du dernier balcon perdu sous la coupole, chacun avait trépigné pour accompagner l'ovation.

Tout au long des rappels innombrables, les murs avaient vibré sous les rafales d'applaudissements.

Radieuse, Mme Helga avait salué et adressé mille baisers au public. On lui avait couvert les bras de fleurs, et elle s'était retrouvée presque engloutie sous les gerbes accumulées au bord de la scène par ses admirateurs.

Après son ultime disparition derrière le rideau, Pamela s'était rassise, transportée de joie, les joues encore zébrées de larmes.

– C'était merveilleux, n'est-ce pas ? avait-elle lâché entre deux hoquets.

Ce soir, elle aurait voulu rester debout rien que pour voir les fleurs rapportées par sa mère. Helga ne conservait pourtant qu'une infime partie de celles qu'elle recevait à l'Opéra et envoyait les autres aux hôpitaux. Mais les instructions adressées à la nurse étaient sans ambiguïté : Mademoiselle Pamela devait être couchée à son retour, pas question de la trouver dans le salon.

Elle chantait sous le pseudonyme d'Helga Davenport, et refusait de se voir affubler de noms aussi triviaux que Johnstone ou Lindsay. Aujourd'hui elle possédait au centuple tout ce dont elle rêvait jadis dans cette cabane étriquée et moisie au milieu des cannes à sucre : des fourrures et des diadèmes de diamants, de splendides robes serties de perles, mais surtout la compagnie de personnalités passionnantes. Elle s'était entretenue en français avec Gounod, et Puccini avait été charmé par l'aisance de son italien. Elle connaissait Paderewski et avait chanté avec Jean de Reszke et Enrico Caruso.

Les critiques lui adressaient des louanges délirantes : *« Une voix de pur cristal... Mme Helga fait bien plus que chanter ; quand elle ouvre les lèvres, les notes s'égrènent avec magie en une cascade de perles admirables.* »

Une création à Covent Garden représentait un événement mondain de premier ordre. Helga se trouvait dans un palais dont elle était la reine. La première fois qu'elle vit les lumières se rallumer à l'entracte, elle s'émerveilla du jeu éblouissant des ampoules électriques sur les lustres de cristal et sur les coiffes garnies de diamants. Face à tous ces rangs de femmes en tenue de gala et d'hommes en habit, sous les ors et le velours rouge de l'immense dôme où venait de résonner sa voix, elle se sentit soudain flotter, légère comme une bulle de champagne.

Parfois un véritable étourdissement la prenait quand les applaudissements éclataient autour d'elle et qu'elle tendait les bras vers cette vaste salle emplie de gens riches et cultivés venus pour l'écouter. Il lui fallait se pincer vigoureusement pour s'assurer qu'elle ne rêvait pas, et que la diva qui trônait sur cette scène était bien la fille du planteur de canne à sucre d'une petite ville du Queensland.

Rien d'étonnant à ce que la tête lui tournât un peu, et à ce qu'elle se montrât tyrannique et souvent arrogante. Seul son couturier ne s'en plaignait pas. Elle n'autorisait personne d'autre que lui à pénétrer dans sa loge, même quand ses contrats l'appelaient dans le reste de l'Europe ou à New York.

Aujourd'hui elle commençait déjà à oublier les difficultés rencontrées dans les débuts de sa vie londonienne, à l'époque où sa voix semblait laisser le public indifférent. Pourtant, la présence de Pamela l'obligeait alors à entretenir une maison, à payer une nourrice et une gouvernante. Helga allait entamer sérieusement son capital quand arriva son premier succès retentissant, dans Marguerite de *Faust*. Elle devint soudain la coqueluche des amateurs d'opéra et dut certains soirs chanter trois fois « *Je ris de me voir si belle...* » pour calmer le public. Mais son triomphe dans les rôles de Violetta et de Mimi surpassa toutes ses espérances.

Elle n'avait pas revu Mackay depuis son premier contrat, une tournée à Sydney et à Melbourne pour interpréter des extraits d'opéras. A cette occasion, Graham était venu faire un esclandre dans son appartement dominant le port de Sydney.

Il avait pris l'habitude de trop boire dans les bars. Ses traits aristocratiques s'étaient épaissis, son visage était devenu boursouflé et cramoisi, et son caractère naturellement irascible le portait à des accès de violence de plus en plus fréquents.

Ce fameux après-midi, Helga recevait son accompagnateur, un homme plaisant et plein d'entrain. Ils entretenaient tous deux d'innocents rapports d'amitié professionnelle. En les découvrant ensemble, Graham se déchaîna. Il se précipita dans la chambre de sa femme, et y mit en miettes la pendule de cristal offerte par son père lors de ses vingt et un ans, ainsi qu'un miroir à main reçu pour ses noces.

Elle lui fit remarquer avec mépris qu'il ne servait à rien de se comporter comme « une bête sauvage ». Pamela éclata en sanglots quand il voulut l'approcher, ce qui n'aboutit qu'à accroître sa fureur. Il hurla qu'à cause de leur séparation la fillette voyait en lui un étranger, et qu'il l'emmènerait de force si nécessaire...

– J'obtiendrai un arrêt du tribunal en ma faveur ! rétorqua sa femme. Aucun juge n'admettrait qu'on arrache un enfant de cet âge à sa mère. Mais tu peux venir la voir autant que tu veux, je ne t'en empêche pas.

– Bah ! bredouilla Graham, ne trouvant rien de mieux à répondre.

Et il se dirigea vers la porte. Quitter l'appartement dans ces conditions, c'était quitter la vie d'Helga. Julia Johnstone assaillit sa fille de lettres lui reprochant son attitude. Celle-ci répondit avec la plus grande patience possible.

Toutes ces mésaventures semblaient maintenant appartenir à un passé lointain. Helga se retrouvait dans une confortable bulle qui la protégeait des tracas quotidiens. Ce soir encore, le flot des applaudissements venait de l'emporter vers des rivages merveilleux.

Et en plus des louanges de la critique et des acclamations du public, elle avait enfin un vrai duc à ses pieds.

Ce cher imbécile était effectivement prosterné devant elle. A genoux, il embrassait l'ourlet de la robe brodée de perles que portait son idole. Helga posa une main langoureuse sur sa chevelure blonde, dont la souplesse naturelle disparaissait sous la gomina. Une moustache pommadée lui chatouilla l'autre main quand l'admirateur la prit pour y déposer un baiser.

L'envoûtement empêchait le pauvre homme de distinguer la femme de chair et d'os qui le recevait chez elle de la créature de fiction qui avait chanté sur scène, la romantique Violetta de *La Dame aux camélias*. A ses yeux Helga était à la fois Violetta, Lakmé, Aïda, Marguerite et la divine Mimi.

L'amour qu'elle lui portait tenait de l'affection maternelle et de la gratitude. Elle atteignait grâce à lui un plaisir physique intense dont elle ne soupçonnait pas l'existence auprès de Graham. Elle comprenait enfin pourquoi certaines femmes appréciaient le mariage au point de mettre au monde une ribambelle d'enfants.

Son art s'en était trouvé magnifié. Sa voix manifestait depuis quelques mois une richesse harmonique et une sensibilité toutes nouvelles.

Il n'y avait eu personne d'autre dans sa vie depuis qu'elle ne partageait plus le lit de Graham. L'apprentissage des langues étrangères et ses exercices de chant avaient constitué sa seule préoccupation durant neuf ans. Beaucoup de femmes lui enviaient son prestigieux rôle de *prima donna*, mais elles ignoraient la somme des sacrifices nécessaires pour y accéder. Auraient-elles enduré comme elle les interminables heures d'entraînement, les privations de sorties et de distractions, l'absence de foyer et de vie de famille, la recherche obsessionnelle de la perfection ? Helga avait repoussé tout plaisir susceptible d'altérer son travail. Le chant était sa vie. Sa profession et sa fille, rien d'autre n'occupait jusqu'ici de place dans son univers. Elle savait que Pamela atteignait l'âge d'entrer au pensionnat, mais elle repoussait l'échéance.

– Teddy, auriez-vous l'amabilité de vous redresser et de me verser une coupe de champagne ? Chanter m'assèche la gorge. J'ai envoyé les domestiques se coucher, nous devons nous servir nous-mêmes.

– Oui, je sais. Mon Dieu, pourquoi m'avez-vous tenu à distance ces derniers temps ? J'ai cru devenir fou. Mes nerfs ont failli lâcher comme la corde d'un arc trop tendu !

Le bouchon du champagne sauta à point nommé pour illustrer ses propos.

– Je n'arrive toujours pas à croire, reprit-il, que je vous ai enfin à moi, ma douce Violetta !

Après avoir empli les coupes, il conduisit sa diva sur le canapé en lui enlaçant la taille. Sa finesse était accrue par le miracle du corset, mais cet artifice n'empêchait pas le duc de s'extasier sur son admirable silhouette. Et quels ardents yeux noirs, si vibrants de sensibilité ! Il y plongeait si volontiers le regard qu'il en oubliait les lignes moins gracieuses du nez et du menton d'Helga. Comment arrivait-elle à cumuler ainsi beauté, talent et force de caractère ? Quel dommage que je sois déjà marié ! songea le duc.

Pamela s'éveilla en sursaut. L'obscurité régnait dans sa chambre. Une ruse de Nanny ! Elle voulait continuer de lire jusqu'à l'arrivée de sa mère, et la gouvernante l'avait laissée s'assoupir. Elle s'était même glissée jusqu'à sa lampe de chevet pour l'éteindre ! Pamela bondit hors du lit et rejoignit à pas feutrés sa porte entrebâillée.

Elle glissa un regard vers le couloir. Nanny dormait dans la pièce voisine. Du rez-de-chaussée provenaient des notes que la petite fille connaissait bien : les graves et caressantes inflexions de contralto qui caractérisaient le rire de sa mère. On avait pourtant peine à y reconnaître la tessiture de soprano qu'elle avait en chantant, une voix légère, claire et pure comme celle d'un enfant de chœur de l'abbaye de Westminster.

Pamela passa avec précaution devant la chambre de Nanny et aborda l'escalier. Elle savait qu'elle enfreignait les instructions, que sa mère ne voulait pas la voir quand elle recevait des amis. Un rayon de lumière passait sous la porte du salon. Elle descendit les marches en silence, pieds nus, vêtue seulement de sa petite chemise de nuit en flanelle de coton. Elle ne jetterait qu'un rapide coup d'œil.

Une petite pression sur la poignée... un craquement.. Pamela resta pétrifiée. Le sang lui battit aux tempes. Elle referma la porte, remonta l'escalier en courant, fonça dans sa chambre, se glissa sous sa couverture et la tira sur son visage écarlate. Elle avait beau fermer les yeux, une image qu'elle n'oublierait jamais continuait à l'assaillir : à moitié allongée sur le sofa, sa mère tenait une coupe de champagne dangereusement penchée, le bras lancé en arrière avec nonchalance ; son épaisse jupe de brocart était retroussée autour de sa taille ; un homme à larges favoris enfouissait son visage quelque part entre ses genoux dénudés, et tentait de remonter la jupe encore plus haut. Loin de s'offusquer de cet outrage, sa mère roucoulait tout en laissant sa main libre errer sur la nuque de l'homme.

Pamela mit son oreiller sur sa tête pour ne pas risquer d'entendre ce qui se passait en bas.

A la suite de cet incident, qu'elle ne mentionna à personne, Pamela devint si insupportable que Nanny Turner donna son préavis. Helga se décida à la mettre en pension. Son habitude des voyages et des séjours à l'hôtel dès les premières années de sa jeune existence lui permit de ne pas redouter ce changement de vie. Elle fut inscrite dans une des meilleures écoles de filles du pays.

Graham débarqua alors à Londres, à l'improviste comme toujours. Les ragots l'avaient informé de la liaison d'Helga avec le duc, qui n'était guère discrète. Il entama une procédure de divorce. Pour éviter le scandale, il se contenta d'invoquer la désertion du foyer. Mais il demanda la garde de Pamela.

– Si tu ne me la donnes pas, j'accuse ton amant de complicité d'adultère et je vous traîne tous les deux devant les tribunaux. Aucun juge ne te considérera comme une mère idéale. La loi me confiera Pamela, ce n'est qu'une question de temps.

Helga pleura et fulmina, mais il demeura inflexible. Il annonça qu'il s'installerait quelque temps avec sa fille au sein de sa famille dans le Surrey, puis qu'il la remmènerait en Australie. Il l'avait déjà inscrite au lycée de l'Eglise d'Angleterre à Sydney.

– Elle pourra passer ses vacances avec moi. Je travaille maintenant à Bundaberg, le climat y est plus tempéré qu'à Mackay. Tes parents aimeraient également la recevoir. Elle devient toute pâle, toute maigre, à force de vivre à Londres et de traîner sur tes talons dans les hôtels d'Europe...

– J'allais l'envoyer dans un pensionnat...

– En Australie elle verra le soleil, elle fera de la natation et du cheval. Elle sera beaucoup mieux avec moi.

Helga dut se soumettre. Elle s'efforça de ne pas le montrer, mais la solitude lui pesa soudain. Elle avait toujours eu du mal à se faire des amies, car elle se méfiait des gens de son sexe. Autrefois les remarques pernicieuses sur sa liaison ne la dérangeaient pas, les joies de l'amour l'aidaient à les traiter par le mépris. Mais aujourd'hui que le duc se réfugiait chez sa femme, que Pamela l'avait quittée, que Graham ne lui était plus rien, il lui fallait se replier sur ses rares amitiés professionnelles.

Il ne restait personne pour partager l'existence luxueuse et solitaire de Mme Helga Davenport. Pour la première fois depuis le jour où elle s'était piqué le pouce à Mackay, elle s'apitoya sur son sort. Ses nerfs lâchèrent et elle éclata en sanglots.

Pamela souffrit quelque temps de l'absence de sa mère, mais elle savait bien qu'Helga n'avait jamais vu en elle le centre du monde. Son père la gâtait, et la perspective de son voyage en Australie l'enchanta. Dans l'immédiat elle apprécia beaucoup de visiter l'Angleterre.

Le jeune Robert Lindsay, de cinq ans son aîné, vint dans la maison familiale pour les vacances. Il était l'héritier de la dignité de baronnet. En âge de s'intéresser aux filles de son entourage, il ne se montra pas indifférent à sa petite-cousine. Il partit plusieurs fois en promenade avec elle dans les environs et la fit monter sur son poney. Mais l'époque de la séparation arriva vite.

– Mon oncle, dit-il à Graham, j'aimerais aller en Australie après mes études. Pourriez-vous m'héberger ? Je suppose qu'il me faudra revenir ici quand j'hériterai, mais en attendant je serais heureux de prendre du bon temps à chasser les kangourous et les émeus.

– Disons plutôt les sangliers et les renards, deux calamités introduites par les Européens ! Oui, nous serons ravis de te recevoir, Robert.

– Parbleu ! Des sangliers ? D'accord. Alors n'oubliez pas, petite Pamela : rendez-vous au Queensland !

3. Le jeune Tula

La mort de son frère émut profondément Tula, qui allait sur sa douzième année. Bien sûr, il savait que Davey était parti au ciel pour rejoindre Jésus, maman le lui avait expliqué. Mais quelle disparition étrange ! La veille ils avaient mangé et joué ensemble à la maison, ils s'étaient chamaillés, et le lendemain il ne restait plus aucune trace de lui.

Le phénomène lui paraissait d'autant plus inexplicable qu'il ne l'avait pas vu dans son linceul. M. Stewart et sa femme s'étaient chargés de garder Tula et Fiona chez eux jusqu'à la fin des funérailles.

Un jour où le jeune garçon se promenait dans le jardin, l'air songeur, il contempla la balançoire sans éprouver la moindre envie de s'y installer. Il tourna le regard vers le tunnel que David et lui avaient commencé à creuser dans un coin de la cour. Il caressa le chat. La chaleur de son corps, ronronnant et plein de vie, lui fit prendre soudain conscience que David était bel et bien mort.

Non qu'il fût à proprement parler accablé par sa perte. Les deux frères se comportaient en simples camarades. Dans des classes différentes à l'école, ils avaient chacun leurs amis, des enfants blancs pas encore atteints par les idées ségrégationnistes de leurs parents. Le sentiment qui le perturbait ne relevait pas non plus de la perplexité, mais plutôt de la frayeur. C'était comme si une crevasse béante et noire s'était ouverte devant ses pieds.

Le gouffre attendait ses prochaines victimes, lui-même risquait d'y culbuter à tout moment. Lui, ou bien May, ou bien... quelle horreur ! Oui, maman aussi pouvait très bien mourir et les abandonner. Et papa ! Orphelins ! Si quelqu'un d'autre devait disparaître dans la famille, autant que ce soit May. Tula formula même cette requête dans ses prières nocturnes. Fiona était la préférée, pas question qu'elle parte, expliqua-t-il à Dieu.

Quelques semaines après l'enterrement, toute la famille se rendit sur la tombe de David. Emily apporta des fleurs. Joseph alla chercher de l'eau pour emplir les deux pots en verre posés de guingois sur le monticule de terre, unique ornement possible tant que la sépulture ne serait pas aménagée. Emily désirait un simple encadrement de bois évoquant les barreaux d'un lit d'enfant, avec une pierre taillée en forme d'oreiller. Mais Joseph jugeait cette fantaisie un peu morbide.

Emily pleurait en silence. La petite May, qui malgré ses quinze mois rechignait toujours à marcher, restait assise sur les hanches de son père et contemplait les fleurs en souriant.

Fiona courait parmi les tombes, sans bien comprendre la raison de cette visite. Avant qu'elle n'allât à l'école, Joseph l'emmenait parfois au cimetière quand il y avait du travail et elle s'était habituée à jouer au milieu des anges de marbre, des dalles de pierre et des garnitures métalliques.

Debout, silencieux, les yeux fixés sur la glaise qui recouvrait le corps de son frère, Tula tentait de s'extraire quelques larmes. Et s'il n'y arrivait pas ? Qu'est-ce qu'on penserait de lui ? La peur ne faisait qu'accroître le malaise qui le gagnait. Jaillie d'on ne savait où, une épouvantable odeur douceâtre se répandait dans l'air. Bien qu'il n'eût jamais rien senti de tel, il sut tout de suite ce dont il s'agissait. Il se mit soudain à pleurer, non pas de chagrin mais d'horreur. Il détestait cet endroit ! Ces longs alignements où l'herbe verte poussait à profusion après les averses... ces chrysanthèmes fanés, couleur de rouille, dans des boîtes de conserve vides ou des pots en verre crasseux... ces vieilles sépultures en bout de terrain, à moitié défoncées par leurs pierres noircies et inclinées.

Jamais, jamais il ne voudrait qu'on le mette en terre. Il deviendrait plutôt marin pour que sa dépouille se perde dans les flots limpides de l'océan.

Tula se sentit soulagé de voir sa mère se relever enfin, et reprendre le bébé à son père. Ils s'engagèrent tous dans le chemin envahi par l'herbe.

– Il faut que je ressorte la faux, commenta Joseph. Ce que la végétation pousse vite à cette saison ! Il n'y a pas longtemps que je suis passé ici.

– Oui...

Emily répondit d'un air absent. La remarque de Joseph n'avait pas suffi à interrompre ses pensées. Son visage tendu paraissait plus maigre que jamais.

Une fois parvenus sur la route, ils tournèrent en direction de la maison. Tula prit la main de Fiona pour traverser la chaussée. Comme tous les dimanches après-midi, la circulation était pourtant très réduite ; seuls un ou deux élégants cabriolets en promenade passaient au loin.

Derrière l'angle de la rue ils aperçurent un jeune chien en train de poursuivre un chat. Il jappait de toutes ses forces mais gardait ses distances. Soudain le chat s'arrêta, fit demi-tour et se recroquevilla, les oreilles rabattues en arrière, les poils hérissés, prêt à bondir. Le chiot bloqua si brusquement sa course que ses pattes dérapèrent. Il repartit dans le sens opposé en aboyant faiblement.

Tula éclata de rire. Il se mordit aussitôt les lèvres et tourna vers ses parents des yeux penauds. Joseph souriait de la fanfaronnade du chien. Observant le visage marmoréen de sa mère, Tula glissa avec contrition sa main dans la sienne. Elle lui répondit par une distraite pression des doigts. Je pourrais très bien ne pas être là, pensa-t-il amèrement. Je pourrais être mort comme Davey. Au moins elle penserait à moi.

Le jour du premier anniversaire de la mort de David, une pluie torrentielle s'abattit sur la ville. Quand Tula suggéra de rester à la maison, sa mère le foudroya du regard mais n'insista pas.

– Ecoute, Tula, il vaut peut-être mieux que May ne sorte pas, elle risque de prendre froid. Tu veux bien la garder pendant que nous serons partis ?

Le moindre symptôme de maladie chez ses enfants terrorisait Emily. Elle comprenait enfin la tristesse de sa mère le jour où elle avait dû abandonner les petites tombes en terre païenne.

– Tu sais que tu as deux oncles inhumés à Lifou, l'île lointaine d'où vient papa ? C'est dans l'archipel des îles Loyauté, tu regarderas dans l'atlas.

– Quel âge ils avaient ?

– Oh, ils étaient jeunes. L'un d'eux avait deux ans de plus que May et l'autre était encore un bébé.

Tula se demanda comment on pouvait aller jusqu'au ciel quand on ne savait pas encore marcher. Serait-il plus facile de voler ? Des anges, il en avait vu sur l'image de l'Assomption de maman : tous des bambins joufflus, bien en chair et pourvus d'ailes. Si Dieu décidait de prendre May, elle deviendrait un chérubin comme ceux qui tenaient le nuage sous les pieds de la Vierge Marie.

Mais Tula s'inquiétait de ce que la plupart de ces créatures semblent privées de la moitié inférieure de leur corps ; on ne leur voyait que la tête, les épaules et les ailes. Sa curiosité naturelle, stimulée par ses conversations avec des camarades d'école, l'incitait à s'interroger sur la différence morphologique entre les anges garçons et les anges filles. Quand on changeait les couches de May, il était fasciné par son mystérieux pli charnu au bas du ventre et son absence de petit épi.

Une fois le reste de la famille sorti, Fiona sur les épaules de papa et maman tenant son traditionnel bouquet de fleurs du jardin, Tula et May s'allongèrent par terre devant la carte du Pacifique que contenait l'atlas de grand-père Andrew.

– Voici les îles Loyauté.

Tula prenait son air le plus docte. Il poussa la tête de sa petite sœur qui masquait le centre de la page.

– Papa est né ici. J'irai quand je serai grand.

Cette résolution lui vint sans préméditation. Il scruta les minuscules points perdus au milieu du bleu.

– Tu iras où ?

– Je monterai sur un navire pour traverser l'océan. Je m'y ferai embaucher comme matelot. Quelle distance ça peut faire ?

Il mesura avec ses doigts.

– Onze kilomètres.

C'était le seul chiffre que May connaissait au-delà de dix.

Tula grimpa sur une chaise pour attraper les deux lourds volumes de l'édition de 1874 du *Dictionnaire géographique de l'Empire*, également un héritage du révérend. Il aimait l'odeur du papier fin et les volutes colorées qui ornaient la couverture.

– L... Lima... Loyauté. Ecoute : « *Ile de Lifou. La plus grande des îles Loyauté, au centre de l'archipel. Pacifique Sud. Lat. 22° S.* » Qu'est-ce que ça veut dire ? « *50 kilomètres de long, 15 à 20 de large. Formation corallienne. Alt. max. : 80 mètres. Sommet couvert d'une forêt épaisse. Arbre à pain. Santal... Les seuls terrains fertiles se situent près des côtes, où sont les villages. Majorité de la superficie dépourvue de terre cultivable..* » C'est quoi, « dé-pour-vu » ? Ça veut sans doute dire que la terre est bonne. « *Les indigènes sont...* » Oh !

– Vas-y, Tula, continue !

– « *Les... les indigènes sont fourbes, cruels et lâches. Leurs traditions les poussent à manger de la chair humaine. Pop. 3 000 à 5 000. Découverte par le capitaine Cook.* » Eh bien !

Consterné, Tula relut les dernières phrases. Comment osait-on écrire des choses pareilles sur le pays de son père ? On lui avait toujours appris à être fier de son sang d'insulaire. Les Mélanésiens étaient beaux, courageux, ils aimaient la musique et possédaient une joyeuse nature. Jamais on ne lui avait parlé de cannibalisme. Et ce livre les traitait de cruels, de lâches, de mangeurs d'hommes ! Le peuple de son père !

Tula referma le gros dictionnaire en le claquant avec rage. Il ne prit pas garde à la petite main de May restée à l'intérieur, le doigt pointé sur une gravure représentant une plage couverte de palmiers.

Elle se mit à pleurer, autant de colère que de douleur.

– Allez, c'est rien... Tu la boucles, oui ? Ecoute, je te prête mon bateau, tu pourras jouer avec. Ne bouge pas, je reviens.

Il alla derrière la porte du jardin prendre la bassine de tôle émaillée, l'emplit d'eau, et l'apporta à sa sœur. Il lui donna ensuite son petit voilier, sculpté dans une branche de bois tendre et surmonté d'un mât où s'entrelaçaient des brins de paille. Mais elle ne savait pas s'amuser calmement. Elle tapa sur la surface de l'eau jusqu'à ce que des vagues submergent le bateau. Elle plongea alors les deux mains et mouilla sa robe.

– Espèce d'idiote !

Elle répondit par un adorable sourire naïf. Tula dégagea la bassine et épongea le sol. Puis il alla chercher une robe propre, qu'il lui enfila à la place de la précédente. Heureusement qu'elle ne s'était pas assise dans la flaque ! Il tâta ses fesses pour s'en assurer

La tentation fut trop forte. A l'école du dimanche on apprenait pourtant à se méfier du diable, qui guettait sans cesse l'occasion de pousser les mains au péché.

Il tendit à May le voilier encore tout ruisselant et lui proposa de recommencer à jouer.

– Attends, il faut que je glisse une seconde ma main dans ta culotte, pour voir si elle n'est pas mouillée. Je ne te ferai pas mal.

Elle n'émit aucune objection et posa le bateau sur l'eau. Tula explora les mystères cachés par le sous-vêtement de sa petite sœur. Un mélange de culpabilité et d'ivresse l'envahissait. May releva quelques instants des yeux interrogateurs, puis se concentra à nouveau sur sa manipulation navale. Elle éclata tout à coup en sanglots.

Le sentiment de la faute l'emportant sur l'exaltation, Tula retira prestement sa main.

– Qu'est-ce qui se passe ? Mais tais-toi ! Je t'ai pas fait mal, enfin ! Tais-toi !

Tula se mit à paniquer.

– Ecoute, il ne pleut pas, tu ne veux pas aller sur la balançoire ? C'est sec, sous le caroubier. Je te pousserai. Mais arrête de pleurer ! Si tu le dis à maman, je... je te bats.

Fiona et May demandaient souvent à faire de la balançoire, mais Tula rechignait à les pousser. Cette offre convainquit donc May de ravaler ses pleurs. Son frère l'emmena vers la planchette accrochée aux deux cordes qui pendaient de l'arbre.

Quand le reste de la famille entra, il trembla de peur que May ne tienne pas sa langue. Le soir il pria avec ferveur :

Matthieu, Marc, Luc et Jean,
Bénissez le lit sur lequel je m'endors,
Au cas où je devrais ne pas me réveiller.

Oh, non ! Dire que si jamais il mourait cette nuit, il irait droit en enfer ! Il changea de prière et opta pour : *« Pardonnez-nous nos offenses, comme nous pardonnons à ceux qui nous ont offensés. »* Il savait qu'il avait péché, et que ses parents le réprimanderaient sévèrement s'ils l'apprenaient. Il lui fallut beaucoup de temps pour se sentir à l'abri d'une dénonciation, pour être sûr que May avait oublié l'incident.

4. Le départ des Canaques

En 1893, la Mary River connut une crue exceptionnelle, qui emporta le pont conduisant à Tinana. Elle submergea de nombreuses plantations de qualité, dont elle envoya toutes les cannes à la mer. Le fleuve entraîna des fermes entières. Seules dépassaient les toitures où s'étaient réfugiées les volailles. Des bœufs et des porcs noyés flottaient parmi les carcasses des bâtiments annexes en bois, nombreux depuis l'amélioration des conditions sanitaires.

On ne vit pas de pire inondation dans toute l'histoire de la ville. Elle apparut comme un symbole du flot de calamités qui s'abattait depuis quelque temps. La crise avait commencé par le retrait massif des dépôts bancaires, les restrictions de crédit et l'arrêt de l'expansion territoriale. Elle atteignit son point culminant avec la grève des tondeurs de moutons et l'agitation sociale qui secoua l'année 1894. Les coupeurs de cannes, la plupart du temps des Canaques, ne se mirent pas en grève, ce qui les rendit encore plus impopulaires auprès de cet être mythique qu'on appelait « l'ouvrier australien ».

On mit dans le même lot Canaques, coolies et « bridés », considérés comme « la canaille ». Plus que la couleur de leur peau, ce furent leur capacité et leur acharnement à se contenter d'un salaire de famine qui exaspérèrent les descendants d'Européens nés en Australie. Certains allèrent jusqu'à afficher la même hostilité à l'encontre des immigrés italiens sous contrat qui affluaient depuis la fin de 1891.

Après le scandale du *Hopeful*, le Premier ministre Griffith assura que l'interdiction de séjour des Canaques n'était plus qu'une question de temps. L'émeute au champ de courses de Mackay fournit un argument décisif, et le recrutement fut suspendu en 1891 et 1892. Mais les planteurs ne tardèrent pas à obtenir un répit de la part de la commission d'enquête parlementaire.

Une sécheresse désastreuse succéda aux grandes crues. La nature tombait constamment d'un excès dans l'autre. Entre les inondations et les périodes arides, entre les feux de brousse et les frimas, c'était toujours « le pauvre bougre de fermier qui trinquait ». Le cours du sucre s'effondrait, la production tombait à son plus bas niveau, et l'industrie navale subissait les conséquences de la dépression.

Le recrutement reprit, d'autant plus que l'adoption de la loi de prorogation donna un nouveau sursis. Mais à la suite de la création du Commonwealth d'Australie en 1901, l'une des premières lois fédérales précisa : « Aucun insulaire du Pacifique ne devra entrer en Australie après le 31 mars 1904. » Le gouvernement du Queensland n'eut pas le pouvoir de s'y opposer.

Le ministre du Travail fut autorisé à renvoyer dans son île tout Canaque encore au Queensland à la fin de 1906. « L'Australie blanche » avait triomphé, et le *Bulletin* de Sydney put cesser de pester contre « les bridés, les Japs, les nègres, les Canaques et autres métèques » qui prenaient la place des travailleurs australiens.

Ces mesures satisfirent tout le monde, à l'exception des armateurs, des planteurs et des Canaques eux-mêmes. La compagnie de navigation Burns & Philip tira son épingle du jeu en se proposant pour le rapatriement des insulaires, sous le commandement des mêmes capitaines qui les avaient autrefois amenés en Australie.

De nombreux Mélanésiens dépourvus d'instruction se mirent à paniquer. Alors qu'ils vivaient depuis des années dans des villes côtières du Queensland ou du nord de la Nouvelle-Galles du Sud, devraient-ils abandonner leurs maisons et repartir pour des îles qu'ils avaient presque oubliées ? Là-bas on ne se souvenait plus d'eux, ils ne retrouveraient ni famille ni amis. Ils s'étaient maintenant habitués à la nourriture européenne et à tous les articles vendus dans les boutiques : des vêtements et des chaussures de Blancs, des boissons gazeuses et des glaces, des meubles. Certains possédaient même des pianos et des phonographes.

Le nouveau gouvernement fédéral, partisan d'une « Australie pour Blancs » dans laquelle il oublia de définir la place des aborigènes, voulut montrer qu'il avait néanmoins un cœur. On chargea une nouvelle commission d'enquête de déterminer quels Mélanésiens on exempterait de la déportation, et selon quels critères. Des parlementaires interrogèrent les Tombua à Yeppoon, ainsi que la famille Efate à Maryborough. De Townsville à la frontière, on questionna des centaines d'insulaires. La commission accorda le droit de rester non seulement aux vieillards et aux infirmes mais aussi à tous ceux qui vivaient au Queensland depuis si longtemps qu'ils étaient devenus complètement étrangers à leur pays natal. On constata également que certains avaient fui leur île pour échapper à des conflits tribaux, et que les y replonger reviendrait à les condamner à mort.

Ainsi de nombreuses familles qui se considéraient comme australiennes apprirent-elles avec soulagement les conditions qui leur permettaient de bénéficier d'une exemption.

Joseph Efate répondait à presque tous les critères requis. Il vivait en Australie depuis près de trente ans. Il avait épousé une Australienne blanche. Il possédait en toute propriété une terre achetée devant notaire à Piabla, face à l'île Fraser ; il l'avait choisie pour sa plage abritée et poissonneuse, et espérait s'y retirer à soixante ans avec sa retraite de bedeau.

Il sut en outre qu'une raison majeure le mettait à l'abri de l'expulsion : les originaires des îles Loyauté bénéficiaient de la nationalité française et ne relevaient donc pas de la définition légale de « l'insulaire du Pacifique ».

Sir Edmund Barton, premier chef du gouvernement fédéral, déclara au Parlement que la récente loi constituait « un splendide cadeau de Noël pour la jeune nation ». Mais les Mélanésiens rejetés trouvèrent la pilule amère. Ils avaient aidé à défricher, à planter, à récolter, à bâtir les équipements. Aujourd'hui l'exportation du sucre rapportait plus d'un million de livres sterling par an. Cette situation passait à leurs yeux pour une grave injustice.

Ils échangeaient entre eux des commentaires amers, dans ce langage petit-nègre qui servait de lien entre les idiomes des différentes îles.

– Hommes blancs avoir dit aller Quinland. Avoir dit là-bas bon endroit. Avoir arraché peuples aux îles. Maintenant hommes blancs dire : « Ça va, tous hommes de couleur, dégager. Pays appartenir hommes blancs. »

Un insulaire qui avait un peu fréquenté l'école grimpa sur une caisse en plein centre de Bundaberg et se mit à haranguer les passants.

– Venez, tout le monde, venez. Regardez autour : plein de champs de canne, plein de moulins. Les gros planteurs gagnent plein d'argent, et les hommes des îles font tout le travail.

Les larmes lui montaient aux yeux sous l'effet de l'émotion. Ses phrases se succédaient en un flot continu.

– Hommes blancs, criait-il, ne veulent plus hommes noirs. Ils les ont épuisés, ils les chassent. Ils les renvoient sans argent, ils les renvoient pauvres sur les îles. Mais toutes leurs familles sont mortes.

Et il acheva son discours dans un majestueux geste de dédain, où il dispersa sur l'auditoire une poignée de pennies. Il fendit la foule sans se retourner.

– Il parle vrai, commenta-t-on ici et là. Eux pas vouloir de nous, nous jeter comme des ordures.

5. Angus Johnstone

Helga fit un retour triomphal en Australie, l'année même où les Mélanésiens qui avaient enrichi son père furent déportés vers leurs différentes îles. Des milliers de personnes sortirent dans les rues de Sydney, de Melbourne et de Brisbane pour accueillir la diva aussi chaleureusement qu'un membre de la famille royale. Mais elle était maintenant si habituée à de telles marques d'adulation qu'elle les regardait comme son dû. Elle se contentait d'agiter mollement la main depuis sa voiture découverte...

Mise à part une brève visite à sa fille, elle n'avait pas remis les pieds en Australie depuis un bon nombre d'années. Dès la fin de sa scolarité, Pamela l'avait rejointe en Angleterre. Graham n'avait pas survécu longtemps à cette séparation. Il était mort avant son oncle le baronnet, d'une chute au cours d'un steeple-chase pour amateurs. Trépasser en tenue de cavalier, voilà qui était bien digne de lui, avait jugé Helga. Malgré l'émotion de Pamela, le nom de Graham n'évoquait déjà plus à sa mère que de vagues souvenirs, comme si cet étranger décédé aux antipodes n'avait été son mari que dans une vie antérieure. La jeune Helga Johnstone avait disparu depuis longtemps au bénéfice de la diva Helga Davenport.

La célèbre cantatrice avait été déçue de constater que si Pamela tenait de son père sa beauté typiquement anglaise, il lui avait surtout transmis sa passion pour les chevaux et les promenades. Elle se révélait incapable d'aligner deux notes de musique.

En Angleterre, elle avait passé une bonne part de ses vacances chez les cousins Lindsay, et son amitié avec le jeune Robert, également amateur de chevaux, s'était renforcée de rencontre en rencontre. Le futur baronnet l'avait demandée en mariage. Après leurs fiançailles, on était convenu de célébrer les noces une fois Helga revenue de sa tournée australienne. Pamela ne tarderait sans doute pas à porter le titre de lady Lindsay, car le vieux baronnet, miné par la goutte, venait de subir une attaque d'apoplexie.

Angus Johnstone s'était rendu une fois en Europe pour entendre chanter son illustre fille. Bien qu'il n'eût pas compris pourquoi les critiques la complimentaient tant pour sa voix, elle lui avait inspiré une grande fierté. Le cœur des foules lui était acquis, il l'avait admis. Les acclamations du public la stimulaient toujours autant, elle ne pouvait plus se passer de cette drogue. Lorsque le tonnerre des applaudissements résonnait entre les nymphes et les arabesques d'or qui soutenaient la coupole de l'Opéra, elle se sentait en lévitation au-dessus de la scène, flottant parmi les ondes sonores.

Vu la froideur coutumière de son père, elle attachait une grande importance à ses réactions, et avait tenté de lui arracher des louanges. Mais c'était mal le connaître.

– Qu'avez-vous pensé de moi dans Gilda ?

Covent Garden venait d'accorder un tel triomphe à la première de *Rigoletto* qu'Helga avait dû reprendre trois fois *« Caro nome... »* avant que la représentation pût continuer. Impossible d'imaginer qu'Angus eût réagi autrement que le public tout entier.

– Je n'ai pas aimé ta robe. Elle traînait par terre sur le devant.

En dépit de ses quatre-vingt-dix ans, Angus Johnstone semblait garder son dynamisme et sa bonne santé d'autrefois, mais Helga l'avait trouvé plus fragile que lors de leur précédente rencontre. Elle-même ne cessait au contraire de gagner en robustesse. Toutefois, comme s'en était douté son père, les fameuses « rides Davenport » avaient commencé à creuser sérieusement son visage, de chaque côté de la bouche.

Julia Johnstone n'était plus de ce monde. Une longue maladie avait emporté cette femme volontaire et dominatrice au cours de sa soixante-seizième année. La jeune May Efate, alors âgée de dix-sept ans, lui avait servi d'infirmière, malgré les préjugés de la malade qui doutait des compétences médicales d'une fille de couleur.

Dès son arrivée en Australie, Helga désira passer quelques jours à Chindera, où elle dormit dans l'ancienne chambre de James. Des effluves de roses entraient par la fenêtre. Les buissons qui encadraient la tonnelle avaient doublé de taille et étalaient maintenant leurs rameaux en tous sens. James venait d'épouser Jean Grant, dont le mari s'était noyé au cours d'une partie de pêche près de l'île Fraser. Ils vivaient tous deux dans la maison des Grant, désertée par les deux fils de Jean, aujourd'hui adultes. Helga rencontra sa nouvelle belle-sœur et la trouva très sympathique. Elle fut heureuse que le pauvre James connût enfin le bonheur, même s'il semblait désormais peu probable qu'il eût un jour des enfants.

Helga décida de chercher une résidence surplombant le port de Sydney, afin de pouvoir revenir en Australie quand bon lui semblerait. Elle pressentait que les jours de Chindera étaient comptés.

Angus continuait de superviser personnellement la gestion de la plantation. Dougal avait beau protester, il n'obtenait pas le droit de décider quoi que ce fût sans son consentement. Il s'en plaignit à Helga dès le premier matin où ils se retrouvèrent en tête à tête sur la terrasse :

– Cette propriété est anachronique. Quand on possède un si bon terrain, on ne l'ampute pas pour des sentiers de promenade, un jardin d'agrément, des bosquets, et une maison aussi vaste. Les nouveaux exploitants plantent jusque devant leur porte. C'est un gaspillage ridicule. J'ai calculé qu'au prix actuel du sucre, avec une moyenne de trente tonnes à l'hectare, le jardin nous coûte plus de mille livres par an. Le père ne veut pas entendre parler de le réduire d'un are !

– Hmmm...

Helga s'abstint de réagir explicitement. Elle connaissait aussi bien que son frère la valeur de l'argent, mais... Chindera était si magnifique ! Un si plaisant îlot de calme dans une ville à l'industrialisation galopante ! Elle respira profondément pour s'imprégner des senteurs du frangipanier. Ses fleurs blanches disséminées sur le gazon semblaient autant d'étoiles tombées de la voûte céleste. De chaque côté de l'escalier menant à la terrasse, un lion de pierre veillait sur la pelouse qui descendait en pente douce jusqu'au fleuve. Derrière, sur les hauteurs de la propriété, trônait toujours le « temple de méditation » de style romain d'où Angus se plaisait à contempler son domaine.

– Sans compter qu'il devient de plus en plus difficile d'avoir un jardinier, reprit Dougal d'une voix chagrine. Plus question de faire travailler les Canaques, et les domestiques blancs demandent des salaires scandaleux. Il leur faut dix shillings par semaine, nourris et logés.

Helga glissa un regard en coin vers son frère. Lui aussi avait changé. Son embonpoint lui donnait un air suffisant. Son teint rougeaud produisait un effet singulier sous sa chevelure rousse, dépourvue du moindre reflet grisonnant. Ses yeux brillaient d'un bleu toujours aussi vif. Elle se demanda si les cheveux de Graham avaient eu le temps de blanchir ; elle ne parvenait pas à imaginer son visage le jour de sa mort.

Dans l'église presbytérienne où Joseph tenait encore la fonction de bedeau, un vitrail commandé par Angus évoquait la mémoire de son épouse. Le vieil homme souffrait beaucoup de sa disparition. Malgré toute sa perspicacité, Helga ne soupçonnait pas la profondeur de sa douleur.

– Chante-nous quelque chose, ma petite.

C'était la première fois qu'Angus émettait une telle demande. Ils venaient de finir de dîner et allaient s'asseoir au salon, en compagnie de Dougal et de sa femme Helen.

– Que voulez-vous que je chante ?

– Mon air préféré, bien sûr : *Annie Laurie.*

Alors la voix qui pouvait réclamer trois mille livres pour une seule représentation, la voix qui avait charmé des rois et des dignitaires du monde entier, s'élança par la fenêtre pour répandre ses échos dans la nuit, jusque sur les champs de canne à sucre, si souple et si pure qu'on en aurait oublié qu'Helga avait cinquante et un ans.

Les collines de Maxwellton sont jolies
Quand la rosée tombe au petit matin.
Ce fut là que la belle Annie Laurie
Glissa ses doigts menus entre les miens...
Et depuis ce jour pour Annie Laurie
Je m'attends sans cesse à mourir de chagrin.

Quand la dernière note se fut éteinte, Helga laissa les doigts sur les touches du piano et tourna la tête vers son père. Elle surprit des larmes dans ses yeux.

– Je chantais cet air à ta mère quand nous étions de jeunes amoureux. Je n'avais pas une vilaine voix à cette époque, ma fille. C'est peut-être de moi que tu tiens.

Helga en douta. Mais elle éprouva un violent pincement au cœur, presque un sentiment de jalousie. Elle imaginait mal ses parents sous les traits d'adolescents amoureux. Ils lui avaient toujours semblé vieux. Pourtant ils s'étaient un jour épris l'un de l'autre, ils avaient connu de tendres émois, soixante ou soixante-dix ans auparavant. Que se serait-il passé si elle avait épousé Teddy ? Devenir duchesse ne la tentait pas... Bientôt le roi Edouard la nommerait Dame de l'Empire britannique, cela valait mieux que d'accéder à la noblesse par la voie du mariage. Son titre, elle le devrait à ses propres mérites.

Pourtant, la profonde solitude qui résultait de son existence indépendante l'étreignait plus que jamais.

– Oh, c'était magnifique, Helga ! s'exclama Helen. Penser que vous avez chanté dans les plus grands opéras du monde ! Votre voix est encore merveilleuse !

La femme de Dougal, fille d'un riche magasinier de Maryborough, inspirait à Helga un ressentiment déraisonnable depuis l'installation du couple dans son ancienne chambre. Mais cette fois ses sourcils ne se froncèrent pas par caprice. La rage approfondit les deux sillons qui encadraient sa bouche. Passe pour sa creuse flagornerie, d'autant plus inutile qu'Helga savait avoir très bien chanté. Passe aussi pour l'intrusion dans leur intimité familiale. Mais ce « encore » soulignait outrageusement son âge.

– Gardez vos compliments, petite parvenue !

Elle claqua le couvercle du clavier et quitta le salon. Malgré les efforts de Dougal pour la réconforter, Helen éclata en sanglots. Une fois dans sa chambre, Helga prit sa carafe de whisky et but en solitaire dans l'espoir de dissiper sa colère.

Elle ne resta pas longtemps à Chindera. Ses contrats l'appelaient dans les grandes villes d'Australie, et elle ne se sentait plus chez elle dans une maison dirigée par une autre femme que sa mère. Malgré son affection pour ses deux joyeuses nièces, Julia et Elizabeth, l'envie la démangeait de dire à Helen ce que lui soufflait son intuition : Dougal avait un autre enfant quelque part au Queensland, un petit mulâtre, le bébé d'Estelle. Mais elle laissa sa belle-sœur en paix.

Au-delà du succès à la fois artistique et financier de sa tournée, Helga tira un orgueil particulier de son retour à Maryborough. Elle s'y produisit devant les mêmes gens qui voyaient autrefois en elle une chanteuse pour salons mondains, une oisive qui aurait aussi bien pu s'adonner à l'aquarelle ou à la broderie. Cette « Mademoiselle Johnstone qui chante agréablement » était devenue mondialement célèbre sous le nom de Dame Helga Davenport, la reine de Covent Garden.

Elle s'en retourna en Angleterre pour l'ouverture de la saison suivante. La traversée fut un enchantement. Helga trôna dans la salle à manger où on renouvelait avant chaque repas la gerbe de fleurs qui ornait sa table. Le chef steward resta personnellement à son service tout au long du voyage.

Hélas ! une enveloppe bordée de noir, écrite de la main de son frère James, arriva à Londres peu après elle. Les larmes ruisselèrent sur son visage quand elle lut le carton annonçant le décès d'Angus Johnstone. Plus rien ne la poussait désormais à revoir Chindera. Un long chapitre de sa vie était clos.

Elle pensa à son avenir. Il lui restait, espérait-elle, de belles années pour poursuivre sa carrière. Bientôt naîtrait le premier enfant de Pamela. Elle l'imaginait musicien, peut-être chanteur comme elle. Pas un instant elle ne douta que ce serait un garçon.

Angus s'était soudain senti vieillir après le départ d'Helga. Il avait renoncé à sa coutumière visite matinale au moulin, au grand soulagement de James et de Dougal. Il avait pourtant continué de se lever à sept heures tapantes et de refuser de prendre son petit déjeuner au lit.

Un beau matin, une fois ses fils au travail, il voulut se rendre dans son aire, au point culminant de la propriété, pour y prendre le soleil un moment.

Il se dirigea à petits pas vers la colline, lourdement appuyé sur la canne dont il ne se séparait plus depuis quelques mois. Juchées sur la plus haute branche du jacaranda en fleur, deux pies-grièches chantaient. Les notes cristallines qu'elles dispensaient alentour, pures comme celles d'une flûte, lui rappelèrent la voix d'Helga.

Le souffle lui manqua un peu lorsqu'il atteignit le sommet du sentier. Il s'assit aussitôt sur le banc de pierre circulaire, déjà chauffé par les rayons du soleil. Un bourdonnement lui harcelait les oreilles. Il contempla le méandre du fleuve qui somnolait en contrebas et reflétait le bleu vif du ciel parsemé de petits nuages blancs. Ce signe annonçait un doux vent du sud-est en provenance de la mer.

Angus regarda ses plantations de canne qui, au-delà du parc entourant la maison, s'étendaient jusqu'à l'horizon. Elles formaient un patchwork vert et jaune, avec des taches rouge brique là où les jeunes plants sortaient tout juste de la terre fraîchement retournée.

La saison du broyage ne tarderait pas. Fumée et vapeur allaient jaillir des cheminées de la sucrerie et s'élever au-dessus de la ville, souillant la transparence du ciel. Dans toute la vallée flotteraient à nouveau des particules de suie et des filaments de bagasse incomplètement consumés.

Avoir vécu une vie bien remplie lui réchauffait le cœur. Sa fille, son enfant préféré, avait acquis par elle-même célébrité et richesse, et l'héritage qu'elle recevrait de lui compléterait sa fortune. Il s'était occupé de répartir le domaine le mieux possible, « pour la durée d'une vie et une vingtaine d'années de plus », de telle sorte que la majeure partie en revînt à ses petits-enfants.

Ses premiers descendants bénéficieraient des revenus, mais ne pourraient toucher au capital ni le disperser, et encore moins vendre les terres.

– Ce que j'ai, je ne le lâche pas, se prit-il à marmonner.

Un seul regret le hantait : qu'aucun petit-fils ne perpétuât le nom de la famille. Dommage qu'Helga eût repris le nom de jeune fille de sa mère... Jean, la femme de James, avait le mérite d'être écossaise, mais son âge lui interdisait maintenant de mettre un enfant au monde. Enfin Helen ne semblait pas capable de faire autre chose que des filles.

Le vieil homme se retourna vers la grande maison blanche aux volets verts, aux balustres en marbre d'Italie, aux lions sculptés et à la massive porte d'entrée en cèdre. Dougal prétendait que consacrer une telle proportion de sa terre au pur agrément était un gâchis. Au nom de quelle échelle de valeurs ? Angus considérait la maison et le parc comme les preuves tangibles de son succès. A quoi bon être riche si rien ne montrait qu'on l'était ?

La limpidité du ciel rendait les rayons du soleil très pénétrants. Angus regretta de ne pas avoir pris de chapeau. Et puis ce maudit bourdonnement dans ses oreilles ne cessait pas. Peut-être valait-il mieux rentrer à la maison pour un petit somme réparateur.

Il se leva péniblement du banc et hasarda quelques pas. La mosaïque vert et ocre des champs lui sembla s'incliner, puis se redresser. Il s'effondra sur le chemin, la tête en avant, sans connaissance.

On ne constata pas tout de suite sa disparition. Quand la domestique chargée de son petit déjeuner apporta son chariot, elle parcourut toute la maison à sa recherche, puis sortit dans le jardin.

Trouvant son patron affalé sur le sentier de la colline, elle appela au secours. On le ramena dans sa chambre et on le mit au lit. Il n'avait toujours pas retrouvé ses esprits à l'arrivée du médecin, qui expliqua à James et à Dougal que leur père était victime d'une grave hémorragie cérébrale. S'il survivait il resterait paralysé et ne récupérerait pas l'usage de la parole.

Helen pleura comme il convenait en se glissant dans la chambre du malade. James ne put s'empêcher d'imaginer ce qu'aurait dit le vieil homme s'il avait pu l'entendre et parler :

– Arrêtez de renifler, ma petite. Vous êtes enrhumée ?

Il s'éteignit la nuit suivante, dans le lit conjugal si longtemps partagé avec Julia. Sa dernière image de ce monde avait été un panorama ensoleillé de son vaste domaine, accompagné par les chants séraphiques des pies-grièches qui saluaient le printemps.

III

EN FIN DE CONTE...

1. May

Maryborough accueillit en grande pompe lady Lindsay. Une double raison justifiait cet honneur : Pamela appartenait à la noblesse britannique et elle était la petite-fille d'un des pionniers de l'industrie sucrière.

Le lendemain, on la convia à Bundaberg et on la conduisit aux moulins Isis et à la raffinerie Millaquin, la plus vaste usine de l'hémisphère Sud et la seule à assurer le blanchissage du sucre hors des métropoles. A la sucrerie de Fairymead on lui demanda de bien vouloir inaugurer un bâtiment neuf.

– ... et je déclare ouvert ce nouveau grand complexe. Puisse-t-il fonctionner de nombreuses années !

Maintenant d'une main gantée de blanc son élégant chapeau clair soulevé par le vent, lady Lindsay coupa le ruban avec les ciseaux d'or qu'on lui avait remis.

Les ouvriers agricoles entassés au fond de la cour applaudirent sans cacher leur sourire moqueur. Ils n'affectionnaient pas particulièrement les aristocrates, même originaires d'Australie. L'un d'eux s'amusa à imiter l'accent européen de l'invitée, ce qui provoqua l'éclat de rire général de ses camarades.

– Ils pourraient nous offrir une bière, tu crois pas, George ? cria un autre.

Pamela tourna les yeux vers ces hommes rustauds et basanés. La majorité d'entre eux venaient d'Europe, mais certains étaient canaques, ou mulâtres comme le dénommé George. D'une taille impressionnante, il avait des cheveux auburn, presque roux, bien qu'aussi ras, épais et crépus que ceux des insulaires. Son visage ne semblait pas particulièrement sombre au milieu des Australiens à la peau tannée par le soleil.

– Tu parles, ils sont trop radins ! lança-t-il en réponse.

Soucieuse de ne pas prolonger les quelques secondes d'attention qu'elle avait accordées aux ouvriers, lady Lindsay renoua la conversation avec les dignitaires qui l'entouraient sur l'estrade. Le maire de Bundaberg insista pour qu'elle gardât les ciseaux et un fragment du ruban en souvenir de cette cérémonie.

Sa fine chevelure d'or, son délicat teint d'opale et ses yeux gris faisaient de Pamela le type même de l'Anglaise traditionnelle. La finesse de sa peau évoquait la texture régulière et cristalline du plus raffiné des sucres, celui que les Australiens appelaient le « premier blanc ».

En revanche, le visage de la fillette qui vint lui tendre une immense gerbe d'œillets et de roses avait la couleur chaude et suave du jus de canne qu'on venait de transformer en mélasse. Lady Lindsay se pencha vers elle en souriant pour recevoir son cadeau. Mais la petite fille paralysée par la peur fut incapable de répondre de même, et se contenta de se mettre un doigt dans la bouche et d'écarquiller les yeux.

Tandis que les ouvriers regagnaient leur poste, on conduisit l'invitée vers la grande table garnie de poulets et de bouteilles de champagne. Jamais elle n'aurait soupçonné que le grand mulâtre aux cheveux roux était son cousin germain, le fils de Dougal Johnstone et de la blanchisseuse Estelle, l'unique petit-fils d'Angus Johnstone.

George Tombua rencontra May Efate alors qu'il travaillait comme coupeur de canne à Maryborough. Ils firent connaissance à l'occasion d'un bal local. Quand on l'engagea sur une plantation de Bundaberg il lui envoya trois cartes postales. Ni l'un ni l'autre ne se doutaient alors qu'ils se marieraient bientôt. Ce fut le soir de leur seconde sortie que George « lui proposa la chose ». Il dut se montrer très convaincant pour parvenir à la persuader.

– C'était bien, non ? conclut-il quand il fut arrivé à ses fins.

La rudesse de sa remarque n'empêchait pas sa sincérité. May éclata en sanglots. Il la couvrit de baisers pour tenter de la consoler.

– Voyons, May, ça n'a rien de si terrible !

Elle était restée vierge, expliqua-t-elle à George comme s'il n'avait pas eu l'occasion de s'en rendre compte. Depuis toujours les hommes lui faisaient peur, et elle redoutait de devoir mettre au monde un bébé illégitime.

– Tu te rends compte de ce que tu as perdu ?

Sa plaisanterie n'engendra pas l'effet escompté. May ne cessait de pleurer.

– Ne t'inquiète pas, ma chérie, reprit-il. Je t'aime. Calme-toi.

Elle embrassa son bras robuste.

– Mon George !

– Je suppose que ton vieux me massacrerait s'il me trouvait ici avec toi.

– Oui, sans doute. Il est costaud pour son âge. Mais il ne nous a jamais battus. Maman a toujours été plus sévère que lui. Fiona et moi avons reçu une éducation très stricte au sujet des garçons. Tu sais, ses parents étaient des Ecossais en mission sur l'île où est né mon père. Je revois mon frère Tula me montrant les îles Loyauté sur une carte... une grande page toute bleue, et trois points minuscules entre la Nouvelle-Calédonie et les Nouvelles-Hébrides...

Sa voix se coinça. Quelque chose d'autre lui revenait en mémoire. Plus le souvenir se précisait et plus elle se raidissait. Une main sombre se glissant sous sa petite culotte blanche, des doigts qui cherchaient un chemin mystérieux. Un incident jusqu'ici oublié. Quand May se le rappela, elle éclata à nouveau en sanglots.

Etait-ce la raison pour laquelle elle repoussait toujours les garçons de couleur dès qu'ils commençaient à se montrer entreprenants ? D'autres filles ne s'en offusquaient pas. Elle appréciait que George eût le teint plus pâle que son père et son frère. Elle aimait aussi ses boucles auburn et ses mains claires et fines, bien que tannées par le soleil et zébrées par les cicatrices dues aux travaux des champs.

– Alors toi aussi tu es une « moitié-moitié » ?

Cette confirmation semblait satisfaire George. Il s'allongea sur le dos pour regarder le ciel.

– Mais toi, reprit-il, tu sais qui est ton vrai père, tu as au moins cet avantage.

– Mon père est bedeau à l'église presbytérienne.

– Je ne suis pas très pratiquant. Le dimanche, après une semaine de boulot dans les cannes, je préfère me détendre avec quelques bières.

– J'en ai assez de l'église. Le dimanche on nous y emmenait matin et soir, et entre les deux il y avait l'école paroissiale... George ! Si jamais j'ai un bébé ? Je ne me vois pas le dire à maman, elle se tracasse tellement pour nous !

Après quelques secondes, George lança à mi-voix :

– Il vaudrait peut-être mieux se marier et faire les choses dans la légalité. Qu'est-ce que tu en penses ?

May se redressa. Elle contempla son ami à la lueur des étoiles.

– Oh, George ! George, mon chéri...

– Attention, ne te précipite pas sur moi. Réfléchis ! Tous les hommes doivent te courir après, mignonne comme tu es. Les jeunes médecins de l'hôpital...

– Oui, mais... puisque je suis une « moitié-moitié », ils croient que je me livre facilement. Quand ils voient que ce n'est pas le cas, ils font la tête et ne m'invitent plus. Toi, tu as dû avoir un tas de filles !

George sourit timidement.

– Oh, un tas... Disons que je ne me suis pas ennuyé. Mais maintenant j'aimerais me calmer un peu, fonder une famille, peut-être avoir une maison à moi.

Il épargnait régulièrement pour s'acheter une petite plantation. A présent que les Blancs avaient pris la relève des Canaques dans les champs, les salaires montaient. Il ne fallait pas se fier aux lamentations des gros planteurs, l'industrie du sucre survivait et même prospérait. La seule modification était le morcellement de certains grands domaines. On n'employait plus de main-d'œuvre à l'année comme autrefois, mais on engageait pour des durées limitées des groupes de coupeurs de canne qui se déplaçaient le long de la côte, comme le faisaient les tondeurs de moutons dans l'arrière-pays.

May fut étonnée quand George lui révéla le montant de son épargne.

– Tu sais, commenta-t-il, on ne dépense pas grand-chose pendant la durée des contrats. Le soir, on est trop fatigué pour faire la bringue. Bien sûr, en fin de saison certains copains se paient des voyages à Sydney pour tout craquer avec des filles.

Il ne doutait pas de pouvoir acquérir une bonne terre. Aujourd'hui on n'avait plus besoin d'une grande superficie, ni de matériel de broyage. Il suffisait d'apporter son chargement de canne à un moulin, qui payait selon la T.S.E.

– La T.S.E. ? C'est quoi ?

– La teneur en sucre extractible. Elle est plus élevée l'hiver et le printemps, avant les pluies d'été, parce que la sève contient moins d'eau. J'ai lu tout ça dans un livre que j'ai emprunté à la maison de l'artisanat. Un truc fascinant, le sucre. Je l'ai pourtant assez maudit dans le temps, quand je suais entre les rangs de cannes et que la suie du brûlage me collait à la peau.

– Ça doit être encore pire dans le Nord, vers Tully ou Mossman.

– Ouais, effrayant. Mes parents sont à Keppel Bay, près de Yeppoon, au-delà de Rocky. Ça pousse très bien là-bas, seulement il faut se méfier des années de sécheresse. Il y a moins d'humidité qu'à l'extrême nord et les hivers sont plus chauds qu'à Maryborough. Enfin... je suppose qu'un jour on inventera des machines à couper la canne, on en fait bien pour moissonner le blé.

– Je ne vois pas comment une machine...

– Ça viendra, ne t'inquiète pas. Et ce jour-là le pauvre ouvrier agricole sera au chômage. C'est bien ce qui m'incite à me mettre planteur. Là on ne risque pas de se retrouver sans rien : la verdure, ça pousse toujours.

2. Fiona

George demanda à son ami Chukka Brown de lui apporter le réconfort de sa présence face aux parents de May. Le portrait d'austère fille de missionnaires que May lui faisait de sa mère l'effarouchait. Il se disait pourtant qu'une femme trop conventionnelle n'aurait pas épousé un insulaire du Pacifique pur sang, un ouvrier déporté par des négriers.

Chukka lui conseilla d'éviter le mot « Canaque », que les Blancs prononçaient avec mépris. Il provenait de Polynésie, où il signifiait simplement « homme ». Les négociants européens l'avaient peu à peu utilisé pour désigner tous les autochtones du Pacifique, et particulièrement les Mélanésiens de Nouvelle-Calédonie et des îles voisines, lorsqu'ils en emplissaient leurs cales comme s'il s'agissait de copra ou de bois de santal. On ne devait pas dire non plus « insulaire » tout court, pour ne pas confondre avec les aborigènes issus des îles proches de la côte du Queensland, telles Fraser, Palm ou Thursday.

D'accord, le père de May et de Fiona faisait partie des insulaires du Pacifique, de même que sa mère et l'homme qu'il avait longtemps appelé son père. Il fallait mettre au crédit de Tombua qu'il s'était toujours refusé à marquer la moindre différence entre George et ses propres fils.

George trouvait amusant que Chukka portât le nom de *Brown* alors qu'il appartenait à la race blanche. Certes son visage, sa poitrine et ses bras étaient *bruns*, mais uniquement à cause de leur exposition prolongée au soleil du Queensland. Il aimait travailler torse nu, ce qui avait rendu son buste plus sombre que celui de son ami. A cause de sa pigmentation de roux, George restait en effet sensible aux coups de soleil, ce qui l'obligeait à garder sa chemise dans les plantations.

Emily leur servit le thé dans de fines tasses de porcelaine héritées de sa mère. Assis sur le rebord de leurs chaises, les deux jeunes hommes burent avec une gaucherie qui révélait leur habitude des gobelets émaillés et des timbales, plus faciles à emporter audehors. Au centre du manteau de la cheminée, la vieille pendule achetée par Andrew Duguid en Ecosse cinquante ans plus tôt émettait son tranquille tic-tac. A côté d'elle se trouvait un grand coquillage ourlé de rose et une maquette de voilier. Enfin une photo de David Efate prise peu de temps avant son décès occupait l'autre partie de la tablette, sous un verre joliment encadré.

– Notre plus jeune fils, commenta Emily en suivant le regard de George. Il est mort à l'âge de huit ans. May ne vous a pas parlé de lui ? Notre aîné, Tula, a choisi de retourner au pays de son père. D'après ses lettres, la vie est très perturbée aujourd'hui dans les petites îles. Il y a trop d'armes à feu et pas assez de travail. Nombre de ceux qui reviennent d'Australie repartent tout droit pour l'archipel des Fidji.

Devant le silence de son ami, Chukka prit la parole :

– C'est vraiment moche de les renvoyer dans leur pays de cette façon-là. On les balance comme des outils hors d'usage. Tant qu'ils étaient utiles pour défricher et pour faire prospérer l'industrie sucrière, ça allait. Maintenant on leur dit : « Dehors ! On n'a plus besoin de vous ! »

Au cours de la conversation, Fiona passait en silence le plateau garni de sablés faits par sa mère. Elle couvait Chukka du regard. Elle appréciait son visage émacié, anguleux, que le grand air avait tanné. Ses cheveux éclaircis par le soleil et raides comme du chaume différaient tant des siens qu'elle essayait en vain de défriser en les brossant avec de l'huile et de l'eau !

– C'est écœurant ! commenta-t-elle soudain. C'est une insulte à mon peuple.

Surpris par cette réaction, Chukka la considéra d'un air amusé.

– Votre peuple ? Mais celui qui prône l'Australie blanche est autant le vôtre.

Il se demanda si elle reniait un des deux sangs qui coulaient dans ses veines. Elle possédait pourtant des cheveux plus clairs que ceux de sa sœur. Son teint frais évoquait à Chukka des pétales de magnolia et ses grands yeux noirs « deux profondes flaques d'eau dans un marécage ». Il ne se montrait pas toujours aussi doué qu'il le croyait pour la poésie.

– Je sais. Mais l'autre a besoin de moi. Je milite au

sein de l'Association pour l'aide aux aborigènes et aux insulaires du Pacifique. Vous savez, ma belle-sœur est aborigène.

Elle avait conscience de n'être pas indifférente à Chukka, et ne tournait le regard vers lui qu'avec circonspection. Elle se méfiait des Blancs, particulièrement des coupeurs de canne. Aujourd'hui ici, ailleurs demain, ils se payaient volontiers du bon temps. L'un d'eux, qui revenait travailler régulièrement depuis deux ans, avait semblé disposé à l'épouser puis s'était envolé. La déception avait alors rappelé à Fiona ses origines noires. Dans le cadre de la mission presbytérienne, qu'on appelait encore la mission pour les Canaques, elle était allée visiter les familles miséreuses, surtout celles que la loi de déportation contraignait à partir. Elle les avait aidées à assembler leurs affaires dans de dérisoires caisses, pâles imitations des luxueuses malles en bois de cèdre.

Les policiers étaient venus chercher chez eux ceux qui avaient essayé d'échapper à l'exil. Ils les avaient enchaînés afin de les traîner jusqu'au navire. Certains s'étaient au contraire habillés comme en vue d'une croisière attendue depuis longtemps, et avaient paré leurs enfants de leurs plus beaux atours : on avait vu des petites filles en robe de tulle à volants, sous des chapeaux de paille garnis de fleurs, et des petits garçons en costume de marin et chaussettes blanches.

Tous ces gamins nés au Queensland avaient fréquenté ses écoles, mais on leur avait refusé le droit de se dire chez eux en Australie. « Ces taches noires contaminent notre race », avait clamé un membre du Parlement fédéral lors du débat sur la question canaque.

Tula, le frère de May, s'était trouvé parmi la foule des passagers en partance : bardé de cahiers, de crayons, de livres de prière et de bibles, il retournait dans l'île de son père pour y devenir missionnaire et enseigner à l'école du dimanche.

Rien ne l'avait contraint à partir. Ses parents répondaient l'un et l'autre aux critères exigés pour bénéficier de la nationalité australienne et il était marié à une aborigène. Mais lui, qui ne semblait pas tenir de sa mère, avait en fait hérité de la ferveur de son grand-père pasteur.

Sa femme Maud pleura si abondamment que des spasmes soulevaient son opulente poitrine quand elle le vit sur le pont du *Sydney Belle*, avec son costume blanc immaculé, son casque colonial et ses bottes de toile à lacets. En revanche, le visage de Tula rayonnait, car il s'estimait appelé à la tâche par une voix divine. Fiona avait beau le trouver fou, il lui inspirait de la fierté ; sa robuste silhouette sombre constituait un noble exemple d'homme des îles.

Fiona consola Maud du mieux qu'elle put. Corpulente, généreuse et autoritaire, sa belle-sœur était une forte femme dans tous les sens du terme. Elle resta avec Billy et David, leurs deux enfants costauds, à la peau noire et aux cheveux crépus, et développa une énergie considérable pour faire valoir les droits des aborigènes et tenter de les stimuler. Ce fut elle qui entraîna Fiona dans l'Association pour l'aide aux aborigènes et aux insulaires du Pacifique.

Elle que tout le monde appelait « Tatie Maud » possédait de la famille partout. Née dans l'île Fraser, non loin de la côte, elle avait refusé de suivre Tula à Lifou.

– Ce n'est pas mon pays à moi.

Depuis Hervey Bay, près de Maryborough, elle pouvait apercevoir « son » île, au-delà des eaux abritées qui la séparaient du continent. Elle y allait de temps à autre pêcher avec ses deux fils le grondin et le poisson-tailleur aux redoutables dents, coupantes comme des ciseaux.

Je passerai rendre visite à Maud la semaine prochaine, se promit Fiona...

– Je ne vois pas l'intérêt de se crever pour un patron. Mieux vaut avoir sa propre terre et travailler à son compte.

Chukka intervint pour appuyer l'argumentation que George adressait à Joseph :

– Ouais, ça je le reconnais, la récolte de la canne est un boulot de nigauds. On économise de l'argent pendant un an, mais la plupart des types vont ensuite le craquer dans les tripots de Brisbane ou de Sydney... Tiens, George, tu veux bien me repasser le sucre ? Consommons les produits locaux, ça nous donnera du travail.

George lui tendit le sucrier plein de cassonade, le produit préféré d'Emily, le seul qu'elle avait consommé durant toute son enfance à cause de son prix modique.

Joseph étudia avec sérénité le comportement des deux jeunes hommes. Il arbora un radieux sourire avant de leur répondre. Ses dents blanches avaient le même éclat qu'à l'époque de ses quinze ans.

– Vous ne vous rendez pas compte de votre chance, les gars. Vous savez pour quelle somme on travaillait autrefois ? Six livres par an, tout juste logés et à peine nourris !

– Oui, le « tarif Canaques »...

Chukka se sentit gêné par le mot qui lui avait échappé.

– Oh, la paie est bonne aujourd'hui, reprit-il, si on s'accroche au boulot.

George en profita pour afficher ses connaissances en matière de productivité.

– Maintenant, en équipe, on peut récolter une moyenne de quatre tonnes à quatre tonnes et demie par homme, sur la base de huit heures par jour. Dans le temps on n'arrivait pas à la moitié.

Joseph baissa les yeux vers ses grosses mains calleuses qui avaient si longtemps connu les coupe-coupe et les binettes à sarcler, et qui continuaient de manipuler la faux et la bêche.

– D'accord, mais c'était dur de survivre avec ce qu'ils nous donnaient à manger. Et au bout de douze heures dans les champs, on n'avait même pas un vrai repas. Certains jeunes qui débarquaient des îles étaient pris de malaise et mouraient au cours de la première année. Cela arrivait souvent.

– Merde !

L'exclamation de Chukka trahissait la sincérité de sa consternation.

– Ça te rend pas malade, d'entendre ça, George ? Penser que ces pauv' mecs... oh pardon, madame Efate... que ces pauvres gars n'avaient pas de syndicat pour les défendre ! Ils étaient coincés, carrément ligotés.

Chukka ne sembla pas conscient d'avoir prononcé quelques secondes plus tôt un mot autrement plus choquant pour son hôtesse que celui de « mec ». L'air mortifié de George acheva d'inciter Fiona à éclater de rire. Mis à l'aise par sa réaction, Chukka se tourna vers elle.

– Alors vous vous occupez des aborigènes ? J'ai entendu dire qu'ils essayaient d'obtenir un territoire à eux, sur l'île Fraser, c'est vrai ? Evidemment ils n'appartiennent pas à « votre peuple ».

Il la taquinait, elle s'en rendait compte en scrutant ses doux yeux bleu pâle, d'où partaient quelques petites rides claires striant son visage tanné. Elle lui répondit en souriant.

– Non, mais nous rencontrons les mêmes problèmes. Les uns et les autres, nous nous sommes fait déposséder. Savez-vous que le gouvernement du Queensland veut tous les rassembler, quel que soit leur lieu d'origine, sur l'île de Palm, celle qui est tout au nord ? Loin des yeux, loin du cœur ! Elle se trouve à plus de quinze cents kilomètres de Brisbane et à une cinquantaine de la côte. On les bannit comme des lépreux.

Le visage de Fiona s'anima tellement au cours de sa diatribe qu'une touche de rose apparut sur ses joues. Chukka la trouva « joliment belle », selon l'expression qu'il utilisa plus tard pour la dépeindre à ses amis. Sa réputation de garçon « rapide en besogne » se confirma : avant de quitter la maison des Efate, il trouva le moyen d'entraîner Fiona à l'écart et de lui fixer rendez-vous pour le samedi soir au cinématographe.

– D'accord, mais je reviendrai directement chez moi après.

– Ouais... d'accord, pourquoi pas ?

Il la raccompagna chez elle à l'issue de la séance, mais en empruntant un raccourci herbeux à travers un secteur désert, où les palmiers voilaient la lumière des réverbères. Tout au long du trajet, Fiona dut résister à ses avances pressantes. Il avoua sa déception au moment de la quitter, sur le seuil de la maison familiale.

– Sacrebleu, Fiona, vous avez un cœur de pierre !

– Non, simplement un peu d'expérience. Et je ne tombe pas dans les bras de n'importe quel aguichant coupeur de canne.

– Tout ça parce qu'un type vous a plaquée ?

– Il m'a rendue méfiante.

– Quel idiot !

Chukka lui agrippa le bras. Il l'embrassa longuement, ardemment. Elle sentit soudain sa résistance faiblir et le repoussa en soupirant.

– Je vous aime bien, Chukka. Mais vous savez que chat échaudé craint l'eau froide.

– Sapristi ! C'est cruel de me traiter comme ça ! C'est la première fois qu'une fille me fait un effet pareil ! Quand est-ce que vous pourrez sortir à nouveau ?

– Je ne sais pas... peut-être la semaine prochaine. Venez au meeting de l'Association, si vous voulez. Mercredi, à l'école des beaux-arts.

– D'accord. Du moment que vous y serez.

– Bien sûr, je dois y prendre la parole.

Elle ne s'attendait pas vraiment à sa venue. Le mercredi suivant, elle le découvrit au premier rang de l'assemblée, habillé non sans élégance d'un pantalon de coutil et d'une chemise bleue avec cravate. Il applaudit bruyamment la fin de son discours en se tournant en tous sens, comme pour mettre le public au défi d'exprimer une opinion contraire.

Sur le chemin de la maison, dans un « moment de folie », comme il le dit par la suite à George, il demanda à Fiona de l'épouser. Elle n'acquiesça pas, mais promit d'y réfléchir.

Dans le train qui l'emmena à Bundaberg, Chukka

ragea de constater que son désir était resté inassouvi. Mais, peu à peu, il se sentit tout désorienté par la naissance d'un sentiment de tendresse inattendu, une incapacité à penser à autre chose qu'à Fiona.

Grands dieux, ce serait de l'amour ? Dire qu'il avait acheté une cravate rien que pour lui faire bonne impression ! Son propre comportement l'étonnait. Pareille aventure ne lui était jamais arrivée.

3. Joseph

Dès son premier contrat à Maryborough la saison suivante, Chukka fonça droit chez les Efate, où il demanda à voir Fiona. Emily lui répondit que sa fille travaillait maintenant à la bibliothèque municipale.

– Merci.

Il s'apprêtait déjà à partir.

– Oh, mais vous ne restez pas prendre une tasse de thé, ou un rafraîchissement ?

– Non, merci, madame.

Il se tourna vers la grille, puis leva son vieux chapeau de feutre à large bord, tout cabossé, en guise de salut.

– J'ai quelque chose à lui dire, ajouta-t-il. Ça ne peut pas attendre.

Restée sur le seuil, Emily maintint d'une main le rideau de perles. Elle regarda Chukka s'élancer dans l'allée, puis s'arrêter brusquement à mi-chemin de la rue. Il fit demi-tour.

– Euh, je suppose... qu'elle n'est pas... mariée, par hasard ?

– Non, elle n'est pas mariée.

– Fantastique !

Et Chukka s'enfuit en courant jusqu'à la bibliothèque.

La bibliothécaire, une dame au généreux embonpoint dont les cheveux gris étaient relevés en chignon, sembla désapprouver qu'il fît irruption autrement que sur la pointe des pieds. Fiona triait des fiches dans un local entièrement garni de casiers. Il se précipita vers elle.

– Quand est-ce que tu peux sortir d'ici ?

– Oh, Chukka ! Vous êtes... tu es revenu !

Un radieux sourire illuminait son visage.

– Je termine à cinq heures, reprit-elle.

– Je t'ai pas écrit parce que je voulais te le dire en face. On va se marier.

– Nous ?

Elle sourit à nouveau, et inclina malicieusement la tête.

– Et quand la décision a-t-elle été prise ?

– Dans le train. J'arrivais pas à penser à autre chose qu'à toi. C'est formidable, Fiona ! On s'embrasse !

– Chut ! Pas ici. Mlle Pemberthy a les yeux rivés sur ton dos.

– Pourquoi ? Il n'y a personne, s'exclama-t-il après un regard panoramique sur les tables vides. Tu vas quitter ce boulot et partir avec moi. Je me méfie de ces journaliers qui flânent dans les rues.

Fiona aperçut Mlle Pemberthy en train de rouler des épaules afin de se préparer à la bataille.

– Retrouvons-nous sur le trottoir juste après cinq heures. Je ne peux pas continuer à te parler.

Après avoir dîné en ville, ils gagnèrent la maison

de Joseph et Emily pour s'entretenir avec eux. Fiona prévint Chukka qu'elle prenait toujours ses décisions elle-même et qu'il ne lui serait pas nécessaire de demander sa main à ses parents.

– Moi, épouser un de ces fichus coupeurs de canne ! Qui l'aurait dit ?

– T'inquiète pas, je ne resterai pas longtemps ouvrier.

Comme son ami George, Chukka travaillait dur et épargnait de quoi acheter une terre. George venait d'acquérir le bail d'une fertile exploitation de quarante hectares à Childers. May et lui y occupaient en bordure de route une maison surélevée ; les cannes à sucre semblaient presque monter à l'assaut des murs.

Emily, dont les cheveux d'or étaient devenus blancs bien avant ceux de son époux, s'abandonna à des pleurs de joie. Sachant Fiona charmante et fragile, elle avait toujours redouté le pire : qu'un Blanc la séduise et l'abandonne avec un bébé.

Elle voyait en Chukka Brown un gentil garçon, peut-être un peu fruste, mais très sincère. Elle ne doutait pas qu'il la traiterait dignement, et elle lui savait gré de vouloir l'épouser. En regard du bonheur qu'elle connaissait avec Joseph, il lui paraissait un peu ridicule de se réjouir du mariage de sa fille avec un Blanc, mais cette perspective la rassurait. Si les enfants n'héritaient pas des cheveux impossibles à défriser de Fiona, ils ne seraient pas trop différents de leurs camarades.

Joseph, qui aimait se déchausser dès qu'il rentrait à la maison, posa ses orteils sur les barreaux de sa chaise. Il alluma sa pipe et médita sur le cours étrange de sa vie.

Si ce navire négrier, le *Jason*, n'était venu en face

de son village à Lifou, si la Providence n'avait décrété qu'il serait capturé ce fameux jour ensoleillé de 1871, il n'aurait ni épousé Emily ni connu l'Australie. Et dire que ses petits-enfants recevraient un jour une parcelle de sa terre d'adoption, ce pays où on l'avait amené contre sa volonté, presque en esclave !

Le vieil Angus Johnstone, son premier employeur, était maintenant mort. Son fils Dougal et sa femme ne garderaient pas longtemps le domaine, devenu sans doute trop grand pour eux. Joseph y était passé récemment : le jardin retournait à l'état sauvage, les volets battaient au vent, la façade se lézardait, les balcons s'affaissaient.

Cette vision lui avait fait de la peine, un peu comme s'il se sentait chez lui à Chindera. Le passé s'évanouissait, de même que toute l'histoire de cette vieille plantation avec son village d'indigènes, ses fêtes, ses chants et ses danses. Et aussi ses mœurs cruelles. Samuel McGriggen, l'ancien régisseur, était mort. Certains le disaient tombé dans le fleuve un soir d'ivresse, d'autres pensaient que ses propres hommes l'y avaient poussé.

On retournerait bientôt la terre du parc de Chindera afin de la cultiver, et la demeure ne tarderait pas à tomber progressivement en ruine. Joseph pensa au psaume CIII que M. Duguid lui avait fait apprendre par cœur, jadis sur Lifou :

Que le vent souffle sur l'homme, et il n'est plus ;
Jamais plus ne le connaîtra sa place.

Joseph regarda les volutes de fumée qui s'élevaient de sa pipe et se perdaient dans l'obscurité du plafond.

– Qu'y a-t-il, mon chéri ?

Emily tendit une main vers son époux et la posa sur les siennes.

– Rien. Je réfléchissais.

Dans quelques années il atteindrait la soixantaine et il prendrait sa retraite avec Emily sur leur lopin de terre à Piabla, non loin de celui de Maud. Il aurait un petit bateau et ramerait sur les eaux calmes de la baie pour pêcher avec ses petits-enfants. Ou bien il se contenterait de s'asseoir et de contempler l'océan qu'il avait traversé si longtemps auparavant et qu'il ne franchirait plus jamais.

Joseph savait qu'Emily ne voyait pas d'un bon œil la vie menée par Maud et ses enfants. Ils habitaient une maison de bois partiellement délabrée, juchée sur des souches, juste en retrait de la plage, au sein d'un bosquet de casuarinas dont les feuilles alanguies chantaient sous la caresse du vent salé.

Avant son départ pour Lifou, Tula avait capturé des abeilles, et les ruches blanches s'alignaient toujours au pied des palmiers. Un carré d'herbes folles traversé par un sentier tenait lieu de jardin. La végétation ensevelissait une collection de vieilles ferrailles ramassées çà et là : une roue de charrette, une citerne rouillée, une lame de faux, un harnais brisé et quelques chaînes.

Négligente en de nombreux domaines, Maud ne demandait jamais aux enfants de couper l'herbe. Elle ne les grondait que s'ils omettaient de ramasser du bois pour la cuisinière. Elle refusait de s'avouer le chagrin qu'avait provoqué en elle le départ de Tula, mais elle espérait que les îles finiraient par le décevoir et qu'il rejoindrait un jour sa famille.

4. Helga

Helga gravissait le chemin conduisant à la maison de Chindera, à l'ombre des manguiers touffus dont les fruits mûrs faisaient ployer les branches. Les grosses boules jaunes, à moitié mangées par les roussettes, s'écrasaient en tombant sur la pelouse épaisse.

Au-delà du sentier strié d'or par les rayons du soleil, elle apercevait tout le parc fleuri : le rose étincelant de la bougainvillée magenta, le vermillon des poincianas et le bleu violacé du jacaranda. Un anneau de pétales éparpillés entourait le pied de chaque arbre.

Des champs environnants provenaient des senteurs de végétation écrasée et de canne brûlée, une fumée piquante, mais surtout une odeur lourde et sirupeuse de sucre en train de bouillir. L'air était chaud, ouaté, languide et moite. Quand Helga émergea face à la maison, l'ardeur du soleil qui l'inonda n'eut toutefois rien d'insupportable.

Les graviers crissaient sous ses chaussures. Les deux lions de pierre qui gardaient l'escalier piqué de mousse tournaient leurs yeux aveugles vers l'entrée du domaine. Non loin d'eux était scellé le rail d'attache où Rose Lovelace laissait sa jument arabe, et Graham Lindsay son cheval gris.

Helga entendit un bruit de sabots... et s'éveilla. On frappait à la porte. Elle vitupéra.

– Allez-vous-en ! *Avanti ! Lasciami dormire !*

Elle se retourna pour tenter de replonger dans son rêve. Les images de Chindera étaient si présentes, leurs teintes si vives ! Comment certains pouvaient-ils prétendre qu'on rêvait toujours en noir et blanc ?

A travers les fentes des volets clos s'infiltrait l'éblouissant soleil méditerranéen. Helga prenait quelques jours de repos dans une *pensione* de Lerici, une calme station de la côte ligurienne recommandée par son laryngologue. Le Queensland était bien loin, et elle savait par des lettres de James que le parc de Chindera n'existait plus. Mais la nostalgie de cette chaleur et de cette abondance de couleurs l'oppressait... En Italie, le printemps commençait, la neige persistait sur les sommets de l'Apennin ligure, et la forte luminosité n'atténuait pas la fraîcheur des journées.

Helga repensa à son premier poney, le petit shetland qu'elle avait trouvé attaché à une colonne de son lit un certain matin de Noël. A quelle année cela remontait-il ? Elle revit la lueur grise que l'aube d'été envoyait alors à travers sa fenêtre... Depuis combien de temps ne célébrait-elle plus Noël au milieu de l'été ? Elle entendit à nouveau le bruissement du papier des cadeaux déballés avec ardeur au saut du lit.

Que n'était-il possible de remonter le temps pour retrouver le monde si simple de la jeunesse ! Helga se souvenait des roussettes qui se chamaillaient dans les manguiers les soirs d'été. Elles arrivaient au crépuscule pour déployer les membranes translucides de leurs ailes devant les ultimes clartés du couchant. Lors de sa dernière visite, on venait d'installer l'électricité à Maryborough : victimes du progrès, ces malheureuses bêtes s'empêtraient dans les fils jusqu'à ce que leurs ailes carbonisées se figent, déployées en vain comme les nervures des feuilles mortes.

Helga se retourna une fois encore dans son lit, désespérément en quête des images fugitives de son rêve éveillé.

Elle savait qu'elle enjolivait ses souvenirs, qu'elle en chassait les déceptions et les larmes, les journées froides et pluvieuses. Mais elle aimait les ressasser depuis qu'elle souffrait du manque d'exaltation de sa nouvelle vie.

Commettre l'imprudence d'interpréter *La Tosca* à la Scala lui avait valu un des rares échecs de sa longue carrière. Le public italien ne lui était pas apparu très *simpatico*. Elle venait de dépasser la soixantaine, et *La Tosca* exigeait une voix robuste et un vigoureux registre dramatique. Sa frêle voix de soprano ne pouvait pas y être à l'aise.

Le spécialiste qui suivait Helga avait diagnostiqué un surmenage des cordes vocales, endommagées par une nodosité inquiétante. Le seul remède possible, c'était un repos complet.

– Vous êtes fatiguée, vous avez présumé de vos forces. Arrêtez totalement de chanter pendant trois mois et vous retrouverez votre voix.

Qu'est-ce qui lui en donnait l'assurance ? C'était comme si un oiseau apprivoisé, un bel oiseau bleu, blotti dans sa gorge depuis son enfance, l'avait abandonnée en s'envolant tout à coup. Il ne lui restait plus qu'à attendre patiemment qu'il voulût bien revenir. Rien n'accablait davantage Helga que de ne pas pouvoir chanter.

A peine la *padrona* redescendue à l'accueil, elle envoya une de ses employées demander à la *signora* si elle voulait un *citrone con ghiaccio, un po' di caffelatte*.

– *Niente*.

Obstinément face au mur, elle compléta sa réponse par un *grazie* lancé à mi-voix. La secrétaire qui lui servait de dame de compagnie était retournée à Londres pour ajourner son « gala d'adieu » à Covent

Garden. Bien qu'elle n'eût pas l'allure d'une malade, elle ne se sentait toujours pas apte à chanter, le léger renflement de ses cordes vocales n'en finissait pas de se résorber.

Penser qu'en dépit de sa silhouette enrobée, l'année dernière elle interprétait Mimi dans *La Bohème* ! On avait alors salué la fraîcheur juvénile de sa voix...

Helga alla prendre son miroir à main sur sa coiffeuse. Elle repoussa les volets pour y voir plus clair. Ses grands yeux sombres et mélancoliques purent examiner à loisir son visage. Des yeux soulignés de lourdes poches. De chaque côté de la bouche, à la limite des joues cruellement distendues, les fameuses « rides Davenport », semblables aux deux profonds sillons qui creusaient autrefois le visage de sa mère.

Elle jeta le miroir au milieu de la chambre.

Elle pouvait certes repartir pour l'Angleterre et reprendre des forces à la campagne, dans la splendide demeure des Lindsay. Mais l'instinct la poussait à se terrer comme un animal malade. Elle ne voulait pas inspirer la pitié, ni qu'on se mît en quatre pour elle. En outre, les jumelles de Pamela l'épuiseraient, et il lui serait impossible de rester sans parler.

Pamela ne parvenait toujours pas à mettre au monde un garçon susceptible d'hériter du titre des Lindsay. Etrange, cette prédominance des filles dans la famille ! Deux du côté de Dougal et une du sien. Quant à James, il ne connaîtrait pas de descendance. Le domaine de Chindera reviendrait aux deux gendres de Dougal, supposa-t-elle tout en se doutant qu'aujourd'hui on morcelait nécessairement les propriétés de cette taille.

Elle ne voulait pas revoir la demeure de son enfance, en ruine et dépouillée de son parc. Elle aurait aimé toutefois sauver les deux lions de pierre et les installer dans sa villa de Sydney. Une fois passé son gala d'adieu, elle retournerait vivre en Australie.

Là-bas elle pourrait se reposer dans son patio et, appuyée à la balustrade de marbre où grimpait une glycine semblable à celle de Chindera, scruter les navires reliant Sydney au reste de l'univers. Elle retrouverait de nombreux amis dans le monde de la musique. Dame Helga, la *prima donna*, régnerait sur l'Australie comme un grand coq sur un petit poulailler.

Elle enfouit son visage dans son oreiller et pleura.

5. Tula à Lifou

Tula s'accouda au bastingage du *Sydney Belle*. Il croyait rêver, tant il était fasciné par la coque qui fendait l'eau en sifflant, à la façon d'un diamant sur un vitrail. Parfois des poissons volants effrayés par l'approche du navire brisaient la surface de la mer. Le soleil faisait luire les membranes de leurs ailes déployées.

Il n'avait jamais rien vu de semblable : ce bleu profond, presque violet, de l'océan loin de toute côte, ces poissons étincelants, pareils à des étoiles filantes... Pourtant des échos résonnaient dans sa mémoire, comme si tout cela le renvoyait à une vie antérieure.

Ces souvenirs sont inscrits dans mon sang, dans ma chair, pensa-t-il. Ses ancêtres avaient parcouru ces flots dans des pirogues creusées à même les troncs d'arbres, longtemps avant l'arrivée des colons blancs. Se nourrissant de poissons séchés, buvant le lait de noix de coco fraîches, ils avaient navigué d'île en île, quitte à perdre toute terre de vue.

Le tangage doux et régulier du vapeur chevauchant les vagues berça Tula. Il finit par s'assoupir.

Sa traversée inversait le processus amorcé trente-cinq ans plus tôt par le transfert forcé de son père au Queensland. L'émotion lui noua la gorge quand le navire s'orienta au nord-est et que, cap sur le soleil levant, il laissa derrière l'horizon ce pays natal auquel Tula savait ne pas appartenir.

Puis vinrent les premières îles, de plats atolls coralliens qui ressemblaient de loin à de simples lignes sombres coupant les reflets du soleil. Quand on s'en approchait, on eût dit de gigantesques couronnes jetées sur l'océan.

Enfin on atteignit le pays des ancêtres de Tula qui, loin de n'être qu'un anneau de corail, possédait des collines et des rochers plongeant dans les flots. Des feuilles de palmier y ondoyaient en signe de bienvenue. Quand le *Sydney Belle* franchit la barrière moussue des récifs, il quitta les eaux bleu outremer pour déboucher dans le lagon émeraude. Tula s'extasia devant la courbe luisante de la plage. Comparé à ce sable, celui de Piaba et d'Hervey Bay n'était que poussière jaunâtre. Le chenal qui dormait à l'abri de l'île Fraser devenait noir en regard de ces profondeurs cristallines !

Quand il mit pied à terre, Tula fut impressionné par la hauteur de la jungle verte et fleurie, pleine d'oiseaux multicolores, bourdonnante de vie, qui s'élevait au-dessus de sa tête. Il se sentit tout de suite chez lui. Comment ce lieu merveilleux pouvait-il être celui des « ténèbres païennes » dont parlaient les missionnaires, un enfer où sévissaient des mœurs cruelles, où l'on chassait les têtes et s'adonnait encore au cannibalisme une génération plus tôt ? Il se rappela les commentaires du *Dictionnaire géographique* sur les habitants de Lifou, la grande page bleue parsemée de minuscules taches noires, et comment il avait décidé de se rendre un jour sur place.

Il savait que l'Eglise catholique romaine renforçait aujourd'hui ses positions dans cette région du Pacifique. En bon presbytérien, il devrait combattre le papisme autant que le paganisme.

Il n'eut pas plus tôt déballé ses bibles, son lutrin pliant, ses livres de prière et ses liasses de brochures de piété, qu'il commença à découvrir les surprises qui l'attendaient. Le puissant chef du village réclama un missionnaire blanc pour se faire sacrer.

Tula écrivit à ses parents :

« J'ai beaucoup apprécié la traversée, je n'ai pas souffert du mal de mer une seule fois. Je trouve le climat très agréable. Hélas, le chef du village ne voit pas ma présence d'un bon œil. Il vient de m'autoriser à établir une mission sur son territoire, mais je l'ai entendu dire à un de ses acolytes : "Je ne veux pas de ces foutus missionnaires noirs chez moi !" Il pense qu'un missionnaire blanc lui conférerait plus de prestige. Voilà comment se comporte notre peuple !

« Je suis cependant parvenu à gagner la confiance des enfants. Certains des insulaires revenus d'Australie mènent une vie dissolue et ont pris toutes sortes de mauvaises habitudes. J'ai ouvert une école du dimanche, cependant beaucoup de gens sont malades et ne peuvent sortir. Ils marchent avec des chaussures

trouées et s'entaillent les pieds sur le corail. Les blessures s'infectent souvent.

« Il est difficile de vivre en chrétien ici, mais je sens que le Seigneur me demande d'œuvrer. Si vous pouviez m'envoyer des pommades, des bandages et des médicaments contre la fièvre, cela me permettrait déjà de soigner les corps, en espérant que la santé des âmes suivra. »

Tula cultiva un potager destiné à améliorer la nourriture des enfants. Mais une tribu résidant dans les collines fit des razzias au fur et à mesure que les taros mûrirent. Tula installa alors à l'entrée du terrain une grande gravure coloriée que lui avait donnée Emily, un Christ sur la Croix. Le résultat évoquait un épouvantail veillant sur le potager, mais l'idée était bonne : l'image terrifia les pillards.

– Eh, l'homme de Dieu a des amulettes magiques ! murmuraient-ils.

Ne sachant pas lire, ils délibérèrent longuement devant les mots *« Il a souffert pour nous »*. Ils se grattèrent la tête jusqu'à ce que l'un d'eux conclût :

– Vaut mieux dégager !

Quand Tula eut réussi à convaincre bon nombre d'enfants de suivre sa classe, les parents vinrent les rechercher et leur interdirent de perdre du temps en prières. Les malheurs s'abattaient sur le village. La plupart des jeunes tombaient malades et, en l'absence de médecin et de toute installation sanitaire, la fièvre les emportait très vite. Empoisonnements du sang, dysenterie et fièvre jaune provoquèrent de tels ravages que pas plus d'une victime sur dix ne survécut.

Pendant ce temps, au Queensland, les deux fils de Tula, de sang à la fois aborigène, écossais et insulaire, mais néanmoins australiens de nationalité, trouvaient peu à peu leur place au sein de la société blanche.

Maud reçut une lettre où Tula lui disait qu'il trouvait son contentement dans son travail et n'envisageait pas de revenir. Elle alla voir Fiona. Elle semblait résignée.

– Au moins, j'ai mes fils. Et puis Tula n'était pas un si bon mari que ça. Tu vois ce que je veux dire ? Ça ne l'intéressait pas beaucoup, tu sais... l'amour. Ces dernières années, je dormais presque toujours toute seule. Il passait son temps à prier, à invoquer Jésus.

– Pauvre Maud !

Fiona n'avait pas à se plaindre de son sort. Son bonheur se lisait sur les traits sereins de son visage satiné.

– Je suppose, reprit-elle, qu'il y a eu des conflits, là-bas, entre les missionnaires écossais et les insulaires païens. Une situation déchirante pour lui.

Fiona aimait bien Maud. Elle s'étonnait de cette corpulence, de cette apparence resplendissante, chez une personne si durement déçue par la vie. Peut-être mangeait-elle à l'excès pour se consoler. Heureusement que ses garçons pouvaient la réconforter.

David, ainsi nommé en hommage à son oncle, n'avait que treize ans, mais tout le monde voyait en lui un futur champion de boxe. Ce petit gaillard à la peau très sombre, costaud et trapu, possédait la souplesse et la légèreté d'un danseur. Il s'entraînait déjà tous les samedis matin.

Billy, l'aîné, d'apparence moins insulaire, ressemblait surtout à Maud. Il gagnait toutes les épreuves sportives de l'école, et se serait retrouvé en tête de sa classe s'il avait bien voulu faire ses devoirs.

Il aimait par-dessus tout les activités d'extérieur, et partait le week-end pêcher des poissons et des crevettes dans le bateau qu'il s'était construit. Il voulait arrêter l'école pour passer son temps en mer.

La fille de Fiona, Anna Brown, était tellement certaine de sa vocation de danseuse de ballet qu'elle ne voulait pas d'enfants. Son cousin John, le fils de May et de George, un garçon sensible, au regard profond, collectionnait les enregistrements de concerts classiques. La musique l'attirait infiniment plus que la pêche ou la boxe. Emily, qui le tenait pour son préféré, lui donna le piano de sa mère, tandis qu'elle transmit à Billy la montre de gousset en argent.

Un jour il apporta à la maison sa dernière acquisition, qui lui avait coûté toutes ses économies du mois. Il remonta le phonographe et posa délicatement l'aiguille métallique sur le lourd disque qui tournait. Les premières mesures le mirent en transe.

– Hé, maman ! Ecoute comme c'est beau ! On dirait un chant d'oiseau !

Pures comme le cristal, les notes de l'aria coloratura de *Lucie de Lammermoor* prirent le relais de celles de la flûte. Elles flottèrent dans l'air puis s'échappèrent par la fenêtre pour aller se répandre sur les vastes champs de canne à sucre. Helga continuait à chanter, éternellement fraîche, alors que son corps n'était plus que poussière.

A Childers, Bundaberg, Maryborough, Mackay, Rockhampton, Townsville et le long de la Tweed River, au-delà de la frontière de la Nouvelle-Galles du

Sud, on trouve aujourd'hui encore les descendants des insulaires restés en Australie. Aujourd'hui encore, la canne jaillie de la terre rouge s'élève en de grandes murailles vertes surmontées d'épis lilas. Les champs continuent de se transformer en immenses brasiers quand on brûle sur pied les feuilles sèches. Puis les coupeurs, se glissant entre les rangées, abattent les tiges, avec des gestes amples et harmonieux de danseurs. Mais, le plus souvent, des monstres mécaniques munis de couperets vomissent des cannes en un flot ininterrompu. Un seul homme dompte ces animaux préhistoriques au long cou qui ne cessent de mâcher bruyamment et peuvent abattre quarante tonnes en une seule journée.

Des wagonnets se faufilent comme autrefois le long d'étroits sentiers, même si les moteurs Diesel remplacent les pistons à vapeur. Ils charrient la canne jusqu'aux moulins, où on la trempe, la broie et l'essore pour la changer en mélasse puis en sirop doré. Enfin les cristaux jaunes succèdent aux bruns et terminent à la raffinerie de Millaquin, dont ils ressortent immaculés comme neige. La bagasse sèche est envoyée vers les fourneaux où elle se consume dans de gigantesques foyers. Mais des parcelles de suie s'en échappent. Elles sont expulsées dans l'air des villes par les hautes cheminées et vont se déposer sur les chemises propres que les ménagères tentent en vain de protéger au fond de leurs armoires.

Grands romans

La littérature conjuguée au pluriel, pour votre plaisir. Des œuvres de grands romanciers français et étrangers, des histoires passionnantes, dramatiques, drôles ou émouvantes, pour tous les goûts...

ADLER Philippe

Bonjour la galère !
1868/1

Les amies de ma femme
2439/3

Mais qu'est-ce qu'elles veulent ces bonnes femmes ? Quand il rentre chez lui, Albert aimerait que Victoire s'occupe de lui mais rien à faire : les copines d'abord. Jusqu'au jour où Victoire se fait la malle et où ce sont ses copines qui consolent Albert.

Qu'est-ce qu'elles me trouvent ?
3117/3

ANDREWS™ Virginia C.

Fleurs captives

Dans un immense et ténébreux grenier, quatre enfants vivent séquestrés. Pour oublier leur détresse, ils font de leur prison le royaume de leurs jeux, le refuge de leur tendresse, à l'abri du monde. Mais le temps passe et le grenier devient un enfer. Et le seul désir de ces enfants devenus adolescents est désormais de s'évader... à n'importe quel prix.

- Fleurs captives
1165/4
- Pétales au vent
1237/4
- Bouquet d'épines
1350/4
- Les racines du passé
1818/4
- Le jardin des ombres
2526/4

La saga de Heaven

- Les enfants des collines
2727/5

Les enfants des collines, c'est l'envers de l'Amérique : la misère à deux pas de l'opulence. Dans la cabane sordide où elle vit avec ses quatre frères et sœurs, Heaven se demande comment ses parents ont eu l'idée de lui donner ce prénom : «Paradis». Un jour, elle apprendra le secret de sa naissance, si lourd que la vie de son père en a été brisée, mais si beau qu'elle croit naître une seconde fois.

- L'ange de la nuit
2870/5
- Cœurs maudits
2971/5
- Un visage du paradis
3119/5
- Le labyrinthe des songes
3234/6

Ma douce Audrina
1578/4

Aurore

Un terrible secret pèse sur la naissance d'Aurore. Brutalement séparée des siens, humiliée, trompée, elle devra payer pour les péchés que d'autres ont commis. Car sur elle et sur sa fille Christie, plane la malédiction des Cutler...

- Aurore
3464/5
- Les secrets de l'aube
3580/6
- L'enfant du crépuscule
3723/6 (Juillet 94)
- Les démons de la nuit
3772/6 (Octobre 94)

ATTANÉ Chantal

Le propre du bouc
3337/2

AVRIL Nicole

Monsieur de Lyon
1049/2

La disgrâce
1344/3

Isabelle est heureuse, jusqu'au jour où elle découvre qu'elle est laide. A cette disgrâce qui la frappe, elle survivra, lucide, dure, hostile, adulte soudain.

Jeanne
1879/3

Don Juan aujourd'hui pourrait-il être une femme ? La belle Jeanne a appris, d'homme en homme, à jouir d'une existence qu'elle sait toujours menacée.

L'été de la Saint-Valentin
2038/1

La première alliance
2168/3

Sur la peau du Diable
2707/4

Dans les jardins de mon père
3000/2

Il y a longtemps que je t'aime
3506/3

L'amour impossible entre Antoine, 14 ans, et Pauline, sa belle-mère.

BACH Richard

Jonathan Livingston le goéland
1562/1 Illustré

Illusions/Le Messie récalcitrant
2111/1

Un pont sur l'infini
2270/4

Un cadeau du ciel
3079/3

Grands romans

BELLETTO René
Le revenant
2841/5
Sur la terre comme au ciel
2943/5
La machine
3080/6
L'Enfer
3150/5
Dans une ville déserte et terrassée par l'été, Michel erre. C'est alors qu'une femme s'offre à lui, belle et mystérieuse...

BERBEROVA Nina
Le laquais et la putain
2850/1
Astachev à Paris
2941/2
La résurrection de Mozart
3064/1
C'est moi qui souligne
3190/8
L'accompagnatrice
3362/4
Fascinée et jalouse de la cantatrice qui l'a engagée, une jeune russe découvre un monde qu'elle ne soupçonnait pas.
De cape et de larmes
3426/1
Roquenval
3679/1

BERGER Thomas
Little Big Man
3281/8

BEYALA Calixthe
C'est le soleil qui m'a brûlée
2512/2
Le petit prince de Belleville
3552/3

BLAKE Michael
Danse avec les loups
2958/4

BORY Jean-Louis
Mon village à l'heure allemande
81/4

BRIAND Charles
De mère inconnue
3591/5 (Octobre 94)
Le destin d'Olga, placée comme domestique chez des paysans angevins et enceinte à quatorze ans.

BULLEN Fiona
Les amants de l'équateur
3636/6

CAILHOL Alain
Immaculada
3766/4 Inédit (Octobre 94)
Histoire d'un écrivain paumé, en proie au mal de vivre. Un humour désespéré teinte ce premier roman d'un auteur bordelais de vingt ans, qui s'inscrit dans la lignée de Djian.

CAMPBELL Naomi
Swan
3827/5 (Novembre 94)

CATO Nancy
Lady F.
2603/4
Tous nos jours sont des adieux
3154/8
Sucre brun
3749/6 (Septembre 94)

CHAMSON André
La tour de Constance
3342/7

CHEDID Andrée
La maison sans racines
2065/2
Le sixième jour
2529/3
Le choléra frappe Le Caire. Ignorante et superstitieuse, la population préfère cacher les malades car, lorsqu'une ambulance vient les chercher, ils ne reviennent plus. L'instituteur l'a dit : «Le sixième jour, si le choléra ne t'a pas tué, tu es guéri.»
Le sommeil délivré
2636/3
L'autre
2730/3
Les marches de sable
2886/3
L'enfant multiple
2970/3
Le survivant
3171/2
La cité fertile
3319/1
La femme en rouge
3769/1 (Octobre 94)

CLANCIER Georges-Emmanuel
Le pain noir
651/3
Le pain noir, c'est celui des pauvres, si dur, que même les chiens n'en veulent pas. Placée à huit ans comme domestique chez des patrons avares, Cathie n'en connaîtra pas d'autre. Récit d'une enfance en pays Limousin, au siècle dernier.

COCTEAU Jean
Orphée
2172/1

COLETTE
Le blé en herbe
2/1

COLOMBANI Marie-Françoise
Donne-moi la main, on traverse
2881/3
Derniers désirs
3460/2

Grands romans

COLLARD Cyril

Cinéaste, musicien, il a adapté à l'écran et interprété lui-même son second roman Les nuits fauves.
Le film 4 fois primé, a été élu meilleur film de l'année aux Césars 1993. Quelques jours plus tôt Cyril Collard mourait du sida.

Les nuits fauves
2993/3

Condamné amour
3501/4

Cyril Collard : la passion
3590/4 (par J.-P. Guerand & M. Moriconi)

L'ange sauvage (Carnets)
3791/3 (Novembre 94)

CONROY Pat

Le Prince des marées
2641/5 & 2642/5

Dans une Amérique actuelle et méconnue, au cœur du Sud profond, un roman bouleversant, qui mêle humour et tragédie.

CORMAN Avery

Kramer contre Kramer
1044/3

Un divorce et des existences se brisent : celle du petit Billy et de son père, Ted Kramer. En plein désarroi, Ted tente de parer au plus pressé. Et puis un jour, Joanna réapparaît...

CATO Nancy

Sucre brun
3749/6

DENUZIERE Maurice

Helvétie
3534/9

A l'aube du XIXe siècle, le pays de Vaud apparaît comme une oasis de paix au milieu d'une Europe secouée par de furieux soubresauts. C'est cette joie de vivre oubliée que découvre Blaise de Fonsalte, soldat de l'Empire, déjà las de l'épopée napoléonienne. De ses amours clandestines avec Charlotte, la femme de son hôte, va naître une petite fille aux yeux vairons. Premier volume d'une nouvelle et passionnante série romanesque par l'auteur de *Louisiane*.

La Trahison des apparences
3674/1

DHÔTEL André

Le pays où l'on n'arrive jamais
61/2

DICKEY James

Délivrance
531/3

DIWO Jean

Au temps où la Joconde parlait
3443/7

1469. Les Médicis règnent sur Florence et Léonard de Vinci entame sa carrière, aux côtés de Machiavel, de Michel-Ange, de Botticelli, de Raphaël... Une pléiade de génies vont inventer la Renaissance.

DJIAN Philippe

Né en 1949, sa pudeur, son regard à la fois tendre et acerbe, et son style inimitable, ont fait de lui l'écrivain le plus lu de sa génération.

37°2 le matin
1951/4

Se fixer des buts dans la vie, c'est s'entortiller dans des chaînes... Oui, mais il y a Betty et pour elle, il irait décrocher la lune. C'est là qu'ils commencent à souffrir. Car elle court derrière quelque chose qui n'existe pas. Et lui court derrière elle. Derrière un amour fou...

Bleu comme l'enfer
1971/4

Zone érogène
2062/4

Maudit manège
2167/5

50 contre 1
2363/2

Echine
2658/5

Crocodiles
2785/2

Cinq histoires qui racontent le blues des amours déçues ou ignorées. Mais c'est parce que l'amour dont ils rêvent se refuse à eux que les personnages de Djian se cuirassent d'indifférence ou de certitudes. Au fond d'eux-mêmes, ils sont comme les crocodiles : «des animaux sensibles sous leur peau dure.»

DOBYNS Stephen

Les deux morts de la Señora Puccini
3752/5 Inédit (Septembre 94)

Grands romans

DORIN Françoise

*Elle poursuit avec un égal bonheur une double carrière. Ses pièces (*La facture, L'intoxe...*) dépassent le millier de représentations et ses romans sont autant de best-sellers.*

Les lits à une place
1369/4

Pour avoir vu trop de couples déchirés, de mariages ratés (dont le sien !), Antoinette a décidé que seul le lit à une place est sûr. Et comme elle a aussi horreur de la solitude, elle a partagé sa maison avec les trois êtres qui lui sont le plus chers. Est-ce vraiment la bonne solution ?

Les miroirs truqués
1519/4

Les jupes-culottes
1893/4

Les corbeaux et les renardes
2748/5

Baron huppé mais facile à duper, Jean-François de Brissandre trouve astucieux de prendre la place de son chauffeur pour séduire sa dulcinée. Renarde avisée, Nadège lui tient le même langage. Et voilà notre corbeau pris au piège, lui qui croyait abuser une ingénue.

Nini Patte-en-l'air
3105/6

Au nom du père et de la fille
3551/5

Un beau matin, Georges Vals aperçoit l'affiche d'un film érotique, sur laquelle s'étale le corps superbe et intégralement nu de sa fille. De quoi chambouler un honorable conseiller fiscal de soixante-trois ans ! Mais son entourage est loin de partager son indignation. Que ne ferait-on pas, à notre époque, pour être médiatisé ?

DUBOIS Jean-Paul

Les poissons me regardent
3340/3

Une année sous silence
3635/3

DUNKEL Elizabeth

Toutes les femmes aiment un poète russe
3463/7

DUROY Lionel

Priez pour nous
3138/4

EDMONDS Lucinda

En coulisse
3676/6 (Décembre 94)

ELLISON James

La fille du calendrier
3804/3

FOSSET Jean-Paul

Chemins d'errance
3067/3

Saba
3270/3

FOUCHET Lorraine

Jeanne, sans domicile fixe
2932/4

Taxi maraude
3173/4

FREEDMAN J.-F.

Par vent debout
3658/9

FRISON-ROCHE

Né à Paris en 1906, l'alpinisme et le journalisme le conduisent à une carrière d'écrivain. Aujourd'hui il partage son temps entre de grands reportages, les montagnes du Hoggar et Chamonix.

La peau de bison
715/3

La vallée sans hommes
775/3

Carnets sahariens
866/2

Premier de cordée
936/3

Le mont Blanc, ses aiguilles acérées, ses failles abruptes, son pur silence a toujours été la passion de Jean Servettaz. C'est aussi pour cela qu'il a décidé d'en écarter son fils. Mais lorsque la montagne vous tient, rien ne peut contrarier cette vocation.

La grande crevasse
951/3

Retour à la montagne
960/3

La piste oubliée
1054/3

La Montagne aux Écritures
1064/2

Le rendez-vous d'Essendilène
1078/3

Le rapt
1181/4

Djebel Amour
1225/4

En 1870, une jolie couturière, Aurélie Picard, épouse un prince de l'Islam. A la suite de Si Ahmed Tidjani, elle découvre, éblouie, la splendeur du Sahara. Décidée à conquérir son peuple, elle apprend l'arabe, porte le saroual et prend le nom de Lalla Yamina. Au pied du djebel Amour se dresse encore le palais de Kourdane où vécut cette pionnière.

La dernière migration
1243/4

Les montagnards de la nuit
1442/4

Frison-Roche, qui a lui-même appartenu aux maquis savoyards, nous raconte le quotidien de ces combattants de l'ombre.

L'esclave de Dieu
2236/6

Le versant du soleil
3480/9

3749

Photocomposition Assistance 44-Bouguenais
Achevé d'imprimer en Europe (France)
par Brodard et Taupin à La Flèche (Sarthe)
le 17 août 1994. 6785J-5
Dépôt légal août 1994. ISBN 2-277-23749-3
Éditions J'ai lu
27, rue Cassette, 75006 Paris
Diffusion France et étranger : Flammarion